东西街

WEST EAST STREET

灭绝种族罪和危害人类罪的起源

[英] 菲利普·桑兹 PHILIPPE SANDS

吴筱筠——译

后浪出版公司

民主与建设出版社

· 北京 ·

genocide

拉斐尔·莱姆金手稿（约 1945 年）中的"灭绝种族罪"字样，
赫希·劳特派特手稿（1946 年 7 月）中的"危害人类罪"字样。

crimes against humanity

献给马尔卡和罗莎，

献给丽塔和莱昂，

献给安妮，

献给露德

小城位于一大片平原的中间……从这头到那头都是小木屋。渐渐地，小木屋变成了房子。最初的街道形成了。一条从南通到北，另一条从东通到西。

——约瑟夫·罗特，《流浪的犹太人》，1927 年

阴魂不散的不是死去的人，而是留在我们之间的，由他人的秘密形成的空白。

——尼古拉斯·亚伯拉罕，《关于幽灵的笔记》，1975 年

目 录

致读者

利韦夫市（乌克兰语 Lviv）在这个故事中占有重要地位。整个 19 世纪，它都以伦贝格（德语 Lemberg）之名为人所知，位于奥匈帝国东部边缘。第一次世界大战结束后不久，它就成为刚独立的波兰的一部分，改称利沃夫（波兰语 Lwów）。直到第二次世界大战爆发时，它又被苏联占领，被叫作利乌夫（俄语 Lvov）。1941 年 7 月，德国人突然征服了这座城市，总督政府把它作为加利西亚地区的首府，再次将其命名为伦贝格。1944 年夏天，苏联红军战胜纳粹之后，它成为乌克兰的一部分，改名利韦夫，这个名字是今天普遍使用的。例外的是，如果你乘飞机从慕尼黑飞往这个城市，机场屏幕上显示的目的地会是伦贝格。

伦贝格、利韦夫、利乌夫和利沃夫都是同一个地方。尽管在 1914 年至 1945 年间，这座城市被易手了不下八次，名字几经改变，居民的组成和国籍也变了，但地点和建筑物还在原地不变。这就给如何在本书里称呼这座城市带来了不少困难，因此我决定，写到各个阶段时，就以当时控制该城市的一方使用的称呼为准。（对其他地方大体上也采用了同样的处理方法：附近的若乌凯夫 [Żółkiew] 现在是若夫克瓦 [Zhovkva]，在 1951—1991 年的政权空位期，它被命名为涅斯捷罗夫 [Nesterov]，这是为了纪念"一战"期间的俄国英雄，第一位做出高空筋斗特技的飞行员。）

我曾想过从头至尾使用伦贝格这个地名，因为这个名称唤起了一种柔和的历史感，也是我外祖父童年时代的城市名称。然而，这样的选择可能被看作是发出某种信号，从而冒犯其他人。同样的道理也适用于波兰语名字利沃夫，这个名字用了 20 年；还适用于乌克兰语名字利韦夫，它早在 1918 年 11 月的一小段动乱时期就被使用过。意大利从来没有控制过这座城市，如果有的话，一定会称它为利欧波利斯（Leopolis），意为"狮城"。

主要人物

赫希·劳特派特（Hersch Lauterpacht），国际法教授，1897年8月出生在若乌凯夫小镇，1911年举家搬迁至几英里外的伦贝格市。父母是阿龙和德博拉（娘家姓为蒂尔肯科普夫），他在三个孩子中排行老二，有一个哥哥达维德和一个妹妹萨宾娜。1923年，他与拉谢尔·施泰因伯格在维也纳结婚，他们的独生子伊莱休在伦敦的克里克伍德出生。

汉斯·弗兰克（Hans Frank），律师、政府部长，1900年5月出生在卡尔斯鲁厄。他有一个哥哥和一个妹妹。1925年与布里吉特（娘家姓为赫布斯特）结婚，育有两个女儿和三个儿子，最小的孩子名叫尼克拉斯。1942年8月，他在伦贝格停留了两天，发表了几场演讲。

拉斐尔·莱姆金（Rafael Lemkin），检察官兼律师，1900年6月出生在比亚韦斯托克附近的奥泽尔里斯科。父母是约瑟夫和贝拉，家中还有两个兄弟，哥哥伊莱亚斯和弟弟萨缪尔。1921年，他迁居利沃夫。他终生未婚，没有子嗣。

莱昂·布赫霍尔茨（Leon Buchholz），我的外祖父，1904年5月出生于伦贝格。父亲叫平卡斯（曾是烈酒酿造师，后来成了旅馆老板），母亲叫马尔卡（娘家姓弗莱施纳）。他是四个孩子中最小的那个，有一个哥哥埃米尔，两个姐姐古斯塔和劳拉。他于1937年与雷吉娜·"丽塔"·兰德斯在维也纳结婚，一年之后，他们的女儿露德，也就是我的母亲，在维也纳出生。

利沃夫 1911 年

0 200 400 600 米

A. 莱昂·布赫霍尔茨家 ....C.3.
　（1904—1914）舍普季茨基街 12 号（1904—
　1914 年）
B. 赫希·劳特派特家 ....E.3.
　剧院街 6 号（1911 - 1919 年）
C. 拉斐尔·莱姆金家 ....E.1.
　（1923）扎马斯特诺夫斯卡街 21 号（1923 年）
D. 拉斐尔·莱姆金家 ....C.2.
　（1922）古罗德卡街 44 号（1922 年）
E. 拉斐尔·莱姆金家 ....C.4.
　（1921）格温博卡街 6 号（1921 年）
F. 法律系 ....E.4.
　尼古拉街（1915-1926 年）
G.（2015）伊凡·弗兰科大学礼堂（2015 年）
　.......D.3.
H. 斯卡贝克剧场 ....E.2.
I. 联合山 ....F.1.

1. *Armenische Kathedrale, Klasztor Ormianek*   E.2.
2. *Bernhardiner-Kirche, Kościoł Bernardynów*   F.3.
3. *Dominikaner*   *Dominikanów*   E.2.
4. *Jesuiten-*   *Jezuitów*   E.2.
5. *St Maria Magdalena*   *Maryi Magdaleny*   D.4.
6. *Dzieduszyckisches Museum, Muzeum imienia*
　Dzieduszyckich   E.2.
7. *Finanz-Direktion u. Landesgericht, Dyrekcya*
　krajowa skarbowa i Sąd krajowy dla spraw
　cywilnych   E.2.

8. *Königl. Haus, Kamienica królev.*
9. *Städt. Gewerbemuseum, Muz. pr.*
10. *Stauropigian-Kirche*
11. *Röm.-kath. Erzbisch. Palais,*
　biskupów obrz. łac
12. *Ruthen. Nationalhaus, Dom N.*

Geograph. Anst. v. Wagner & Debes, Leipzig

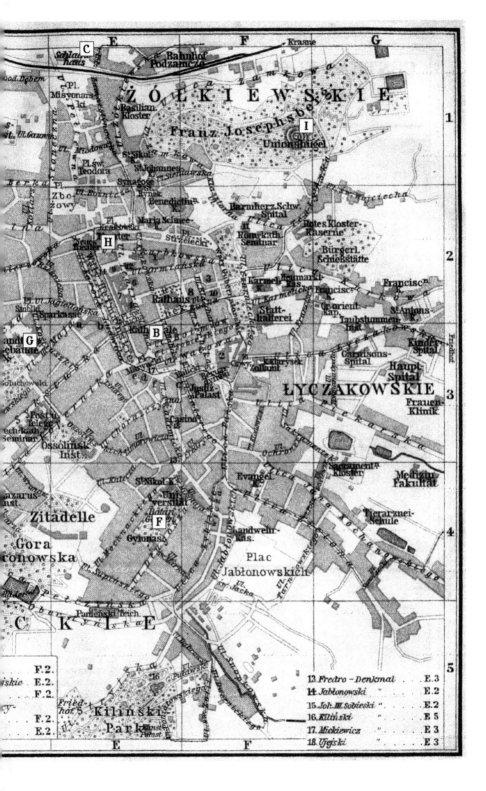

序　章

邀　请

1946 年 10 月 1 日　星期二　纽伦堡司法官

　　下午 3 时许，被告席后的木滑门开了，汉斯·弗兰克走进 600 号审判庭。他身穿灰色西装，与看押他的两名脸色阴沉的军警所戴的白色头盔形成强烈对比。一次次审讯已经打垮了这位粉红色脸颊、细尖鼻子、头发紧贴头皮的前阿道夫·希特勒私人律师、波兰占领区私人代表。弗兰克不再是昔日被他的朋友理查德·施特劳斯所歌颂的身材挺拔修长的部长。的确，他的精神很是恍惚，以至于进入审判庭时转错了方向，背对着法官。

　　那天审判庭坐满了旁听者，当中有一位来自剑桥大学的国际法教授。秃顶、戴着眼镜的赫希·劳特派特像一只浑圆的猫头鹰一样栖息在长长的木桌尽头，身边都是英国检察官队伍的杰出同事。劳特派特坐在距离弗兰克不过几英尺远的地方，身着黑色西装，正是此人最早提出在《纽伦堡宪章》中引入"危害人类罪"这一概念，用这 5 个字来形容发生在波兰领土上的针对 400 万犹太人和波兰人的谋杀。劳特派特后来成了 20 世纪最杰出的国际法人才和现代人权运动之父，然而他对于弗兰克的关注并不仅仅出于专业原因。弗兰克担任波兰被占领区总督的五年间，伦贝格市也被划入他的管辖范围。那里住着劳特派特的大家族，包括他的父母、他的哥哥和妹妹，以及他们的孩子。一年前审判开始时，劳特派特仍未知晓他们在汉斯·弗兰克管辖范围的命运如何。

　　另一个同样关注着这场审判的人，拉斐尔·莱姆金，当天没有到现场。他当时正躺在巴黎一所美国部队医院的病床上通过无线电收听判决。他曾在华沙先后做过检察官和律师，1939 年战争爆发时他逃离了波兰，辗转到达美国。他作为美国检控团队的一员，与英国检控团队一起参与了这次审判工作。他把好几个公文箱千里迢迢带到了美国，每一个公文箱里都塞满了文件，包括许多由弗兰克签署的法令。在研究这些材料时，莱姆金发现了一种行为模式，并为其创造了专有名词，用来形容弗兰克可能被指控的罪行。他将这种罪行定义为"种族灭绝"。与劳特派特旨在保护个体而着重于反人类罪的研究不同的是，莱姆金更多地关注于对团体的保护。为了将灭绝种族罪纳入对弗兰克的指控中，他工作起来不知疲倦，然而在审判的最后一天，他却因病倒而无法出席。他对于弗兰克的关注同样包含了个人原因：他在利沃夫市生活了很多年，而且他的父母和弟弟被卷入了据说发生在弗兰克管辖区的罪行。

　　"被告汉斯·弗兰克。"法庭庭长宣布。弗兰克很想知道自己能否活到圣诞节，因为这关系到他能否向七岁的儿子兑现刚许下的承诺，他向儿子保证一切都会好的，他会回家和他一起过节。

2014 年 10 月 16 日　星期四　纽伦堡司法宫

68 年后，我在汉斯·弗兰克的儿子尼克拉斯的陪同下参观了 600 号审判庭，汉斯·弗兰克许下承诺时，他还是个小男孩。

我和尼克拉斯从司法宫后方废弃监狱空荡荒凉的翼楼开始参观，这是四栋翼楼中仅存的一栋。我们一起坐在一间狭小的牢房里，他的父亲曾经在同样的牢房里住了将近一年。尼克拉斯上一次来这里还是 1946 年 9 月。"这是世界上唯一一个让我感觉离我父亲比较近的房间，"他告诉我，"我坐在这里体会着他的处境，他在这里待了一年左右，只有一个开放的厕所、一张小桌子和一张小床，除此之外没有别的东西。"牢房是无情的，对于父亲的所作所为，尼克拉斯的看法同样毫不留情。"我的父亲是律师，他知道他干了什么。"

600 号审判庭至今仍在使用，自纽伦堡审判以来变化不大。早在 1946 年，从牢房到审判庭必须经过一部窄小的电梯，21 名被告中的每一个人当时都是乘着这部电梯直达法庭。这是我和尼克拉斯都很想亲眼看看的设备。它仍在原处，就在被告席后面，同一扇木滑门像往常一样无声无息地滑开。就像当时每天报道这场审判的伦敦《泰晤士报》前草地网球记者 R. W. 库珀所写的："打开，关上，打开，关上。"[1] 尼克拉斯拉开这扇木滑门，进入那个狭小的空间，然后关上了身后的门。

从里面出来后，他走到他父亲在审判期间被控危害人类罪和灭绝种族罪时所坐的位置。尼克拉斯坐下来，俯靠在木栏杆上。他看了看我，又看了看整个大厅，然后叹了口气。我时常想，他父亲最后一次通过电梯的滑门进入被告席时是怎样的场景。1946 年

10 月 1 日，星期二，因为法庭不允许拍摄审判最后一天的这个下午，所以这一场景只能靠想象而无法目睹。这样做是为了保护被告人的尊严。

尼克拉斯打断了我的思绪。他的语气温和而坚定。"这是一个令人快乐的房间，对于我和全世界而言都是如此。"[2]

我和尼克拉斯一起来到 600 号审判庭的起因是我几年前意外收到的一封邀请函。现名为利韦夫市的城市大学法律系发来邀请，请我讲一堂公开课，谈谈我对于危害人类罪和灭绝种族罪所做的研究。他们请我谈谈我所参与的案件，我对于纽伦堡审判的学术研究，以及这次审判对我们当今世界产生的影响。

我一直对纽伦堡的审判和传说，对现代国际司法体系宣告诞生的那个时刻怀着浓厚的兴趣。那些隐藏在冗长的卷宗里有待发现的奇特细节，那些从法庭细节角度描写了呈堂证词的书籍、回忆录、日记所构成的深刻的证据，它们都令我目眩神迷。那些与之相关的图像、照片、黑白新闻片及电影——比如 1961 年上映的奥斯卡获奖电影《纽伦堡大审判》，因其题材和片中斯宾塞·屈塞与玛琳·黛德丽逢场作戏的片段而令人印象深刻——让我兴趣盎然。

这种兴趣背后有其现实原因，因为它深刻地影响了我目前的工作：纽伦堡的判决像一阵强风，让刚刚萌芽的人权运动顺利扬帆起航。没错，虽然有股强烈的"胜者之正义"的气息，但这桩案件所起到的推动作用毋庸置疑，它开启了将国家领导人送上国际法庭接受审判的可能性，创下了绝无仅有的先例。

利韦夫的邀请多半是因为我的职业是诉讼律师，而不是因为我写的书。1998年夏天，我在罗马开会，参与了关于设立国际刑事法院的谈判的外围工作，几个月后，我在伦敦参与了皮诺切特案。这位智利前总统在西班牙检察官指控他犯灭绝种族罪和危害人类罪后向英国法庭请求司法豁免权，请求最终被驳回。在接下来的几年间，随着其他案件陆续出现，自纽伦堡审判之后经过了冷战时期几十年的沉寂，国际法庭的大门终于再次开启。

　　没过多久，南斯拉夫和卢旺达的案件就出现在了我伦敦的办公桌上。更多案件接踵而至，它们是关于刚果、利比亚、阿富汗、车臣、伊朗、叙利亚和黎巴嫩、塞拉利昂、关塔那摩和伊拉克的指控。这份令人悲伤的长名单反映出，纽伦堡600号审判庭的美好愿景并没有实现。

　　我参与了好几个关于大规模杀戮的诉讼案件。其中一些案件指控的是危害人类罪，即故意杀害大量人类个体的罪行；还有一些案件则提出了灭绝种族罪的指控，即蓄意消灭某一群体的罪行。这两种截然不同的，分别侧重于对个体和群体的犯罪的罪名并行发展，但随着时间的推移，许多人开始把灭绝种族罪看作是众罪之首，这种等级划分某种程度上等于是说针对个体的大屠杀相比之下没那么恶劣。我时不时会无意发现，这两个概念的起源和用意与二者在600号审判庭上的首次针锋相对隐约有着某种关联。但我从来没有更深入地去了解纽伦堡所发生的事。我知道这些新的罪名是如何从无到有被提出来的，以及它们的定义后来是如何发展完善的。至于它们背后与之息息相关的人物故事，它们在指控汉斯·弗兰克的案件中是如何引起争议的，我所知甚少。我也不了解是怎样的个人处境导致赫希·劳特派特和拉斐尔·莱姆金各自产生了不一样的观点。

来自利韦夫的这份邀请给了我探索这段历史的机会。

我抓住这次机会的另一个原因在于，我的外祖父莱昂·布赫霍尔茨在那里出生。我对外祖父的后半生很熟悉——他于1997年在巴黎逝世，那是他热爱并称之为家乡的城市——但我对他1945年以前的生活一无所知，因为他不愿谈论这些事情。他的人生几乎跨越了整个20世纪，当我出现在他的生活中时，他的家人已经所剩无几。我只知道这个事实，至于具体有多少家人，以及他们是在怎样的环境中去世的，我一概不知。这趟去利韦夫的旅程也让我有了了解过去那段痛苦岁月的机会。

对于莱昂的前半生，我只接触到一些零散的信息，绝大部分都被他埋藏起来了。那些留下了种种线索和许多未解之谜的事件在战后时期肯定对我母亲产生过重大影响，对我也具有重大意义。是什么让我选择了法律这条路？而且偏偏是似乎与秘而不宣的家族史紧密相关的法律领域？"阴魂不散的不是死去的人，而是留在我们之间的，由他人的秘密形成的空白。"[3]精神分析师尼古拉斯·亚伯拉罕曾经这样描述孙辈与祖辈之间的关系。利韦夫的邀请让我有机会去探索那些阴魂不散的空白。我接受了邀请，然后花了一个夏天的时间撰写公开课的讲义。

从地图上看，利韦夫在欧洲的正中心，离伦敦路途遥远。假如在里加和雅典、布拉格和基辅、莫斯科和威尼斯之间各画一条连接线，利韦夫正好位于这三条线的中点。它位于分隔东欧与西欧、南欧与北欧两条断层线的交会处。

整个夏天，我都沉浸在有关利韦夫的资料中：书籍、地图、照片、新闻简报、诗歌、歌曲等我能找到的一切关于作家约瑟夫·罗特口中的"边界模糊"[4]之城的东西。我尤为感兴趣的是莱昂在那里度过的 20 世纪之初,当时这个城市有着明艳的色调,"红白色、蓝黄色及一抹黑金色"[5],分别代表着波兰、乌克兰和奥地利。我见识了一座神话之城,在这个具有悠久的知识传统的地方,奥匈帝国中共存的不同群体的文化、宗教和语言彼此碰撞着。第一次世界大战使大厦倾颓,终结了一个帝国,释放出的威力造成了诸多遗留问题和流血冲突。先是《凡尔赛和约》的规定,紧接着是纳粹军事占领和苏联的控制来回更替,共同种下苦果。"红白色"和"黑金色"消失了,现代利韦夫只剩下乌克兰人口,"蓝黄色"完全占据了这个城市。

在 1914 年 9 月到 1944 年 7 月间,城市的控制权易手了 8 次。在成为奥匈帝国的"加利西亚及洛多梅里亚王国,含奥斯维辛——没错,正是那个奥斯维辛——与扎托尔公爵领的克拉科夫大公国"的首都很长一段时间之后,这座城市从奥地利治下转到俄罗斯手中,接着又回到奥地利,后来短暂地归西乌克兰人民共和国所有,然后转由波兰控制,再到苏联,再到德国,然后回到苏联,最后到今天的乌克兰管辖下。莱昂小时候所生活的加利西亚王国是由波兰人、乌克兰人、犹太人和其他人共同拥有的。然而,到汉斯·弗兰克在纽伦堡审判的最后一天进入 600 号审判庭时,也就是在不到 30 年后,整个犹太社群已经灭绝,波兰人也被驱逐出去了。

利韦夫的街道是整个欧洲动荡的 20 世纪的缩影,是割裂了不同文化的血腥冲突的焦点。我逐渐喜欢上那些年代的地图,上面的街道名称一变再变,而绘制的路线却始终如一。一张奥匈帝国

Lwów, Gmach sejmowy. — Lemberg, Landtags-Gebäude

奥匈帝国加利西亚省议会大楼

时期遗留下来的新艺术风格的公园长椅是我后来颇为熟悉的地方。这里可以让我看到世事变迁，可谓是这个城市不断变化的历史上一个绝佳的观测点。

1914 年，长椅所在之处是城市公园，与奥匈帝国最东端省份加利西亚省议会大楼隔街相望。

十年过去了，长椅没有移动，但其所在之处已经是另一个国家的领土，变成了波兰的柯斯丘斯基公园。议会已不复存在，但大楼还在，变成了卡齐米日大学。[6] 1941 年夏天，当汉斯·弗兰克掌管了这座城市，这个长椅也被德国化了，它位于耶稣会花园，对面是被剥除了波兰身份的前大学建筑。

有众多的文学作品以两次世界大战的战间期为主题。然而没有任何作品能像《我的利沃夫》那样把失落的往事描述得历历在目。"已在时间和雨水的洗刷下变黑，粗糙龟裂如同中世纪橄榄树的皮，利沃夫的公园长椅，你们现在位于何处？"[7]波兰诗人约泽夫·维特林于 1946 年叩问道。

六十年后，当我坐到我外祖父在一个世纪前可能也坐过的长椅上时，这个地方已经叫作伊凡·弗兰科公园，这一名称是为了纪念一位写过侦探小说的乌克兰诗人而命名的，现在对面那栋建筑里的大学也冠上了他的名字。[8]

维特林世外桃源般的回忆以西班牙语和德语译本的形式陪伴着我，指引我穿行在这座古老的城市中，认识那些在 1918 年 11 月爆发的冲突中战栗过的建筑和街道。那是一场波兰和乌克兰族群之间的恶性冲突，犹太人也被裹挟在其中，甚至成为攻击目标。其严重程度足以登上《纽约时报》，还促使美国总统伍德罗·威尔逊专门成立了调查委员会。"我不想揭开背负着这些记忆的生者身上的伤疤，所以我不会谈论 1918 年。"[9]维特林这样写道，而且也是坚持这么做的。他指出，尽管"波兰人与乌克兰人之间的自相残杀"肢解了这座城市，许多人被夹在交战双方中间，但是，人们还维持着日常生活中的良善风气，例如就在我坐的长椅附近，当年乌克兰裔的同校朋友暂时停止争斗，好让放学经过此处的年轻的维特林回家。

维特林写道："我的朋友之间仍是和睦为主，即便他们中的许多人分别属于矛盾双方的族群，各自秉持不同的信仰和观点。"这里曾经是加利西亚的神话世界，在这里，国家民主主义者喜爱犹太人，社会主义者与保守派共舞，旧鲁塞尼亚人和亲俄派陪在乌克兰民族主义者身旁一道哭泣。维特林写道，"让我们一起在世外桃源玩耍"，唤醒"身为利沃夫人的精神"。[10]他捕捉到了这座城市崇高而又粗俗、明智而又愚昧、诗意而又平庸的气质。"利沃夫及其文化的味道是酸涩的", 他伤感地总结道, 就像一种不常见的水果的味道, czeremcha (一种野生樱桃), 利沃夫郊区克勒帕里的特产。维特林把这种水果称为 cerenda, 又苦又甜。"乡愁甚至还喜欢篡改味道, 如今让我们以为利沃夫完全是甜味的。但我知道对有些人来说, 利沃夫是一杯苦胆汁。"

第一次世界大战后, 这杯胆汁更苦了, 《凡尔赛和约》使它暂时悬浮着, 并未完全沉淀。每隔一段时间它就报复性地重新泛起沉渣, 愈加苦涩, 例如 1939 年 9 月苏联人骑着白马涌进城里, 又如两年后德国人开着坦克到达。"1942 年 8 月初, 占领区总督弗兰克博士抵达利沃夫," 一位犹太居民在一本罕见的保存至今的日记中这样记录着, "我们深知他的到来不是好兆头。"[11] 同月, 希特勒的御用律师, 时任波兰总督的汉斯·弗兰克登上了大学楼前的大理石台阶, 在大厅中宣布要彻底消灭这座城市的犹太人。

我在 2010 年秋天抵达利韦夫做讲座。到那时为止, 我发现了一个奇怪且显然没有人提到过的事实: 把危害人类罪和灭绝种族罪纳入纽伦堡审判的两个人——赫希·劳特派特和拉斐尔·莱姆金, 都是维特林所描写的那个时期的该城居民。两人都在这所大学学习过, 亲身体会过那些年的苦难。

这只是出现在我案头的众多巧合中的一个, 但它将永远是最深刻的一个。在这次前往利韦夫讲授国际法起源的准备过程中, 我了解到这座城市本身就与这些起源有着密不可分的联系。在现代国际司法体系的建立过程中做出最大贡献的两个人竟然来自同一个城市, 这应该不仅仅是巧合。同样令人震惊的是, 在第一次访问利韦夫的过程中, 我在大学甚至整个城市遇见的所有人中,没有一个人意识到这个城市在现代国际司法体系建立时的作用。

讲座之后的提问环节大部分围绕着这两个人的生活：他们住在哪条街上？他们在大学里学过什么课程？他们的老师是谁？他们是否见过或认识对方？他们离开这个城市后的那些年发生了什么？为什么现在法学院没有人谈论他们呢？为什么其中一个人信奉对个人的保护，而另一个则信奉对群体的保护呢？他们是如何参与纽伦堡审判的？他们的家人后来怎么样了？

关于劳特派特和莱姆金的这些问题，我并不知道答案。

然后有人问了一个我能够回答的问题。

"危害人类罪与灭绝种族罪有什么区别？"

"假设一场屠杀杀害了十万人，他们恰好来自同一个群体，"我解释说，"例如利韦夫市的犹太族群或波兰族群。对劳特派特来说，杀害个体，如果属于系统性计划的一部分，那么就是危害人类罪。对于莱姆金来说，重点是消灭种族，杀害许多人的目的是消灭他们所属的群体。对于今天的检察官来说，两者的区别主要是证明动机的问题：要证明灭绝种族罪，你需要证明杀人行为的动机是消灭这个群体，而证明危害人类罪不需要展示这样的动机。"我解释说，证明要全部或部分消灭一个群体的意图出了名的困难，因为参与这类杀戮的人往往刻意避免留下书面证据。

这种区别很重要吗？另一个人问。法律把人当作个体来保护还是当作群体的一员来保护的区别重要吗？那个问题盘旋在房间里，从那以后一直萦绕在我脑中。

晚些时候，有个学生来找我。"我们可以避开人群私下谈谈吗？"她小声问道，"关于我个人的问题。"我们走到一个角落。"这个城市里没有人知道也没人在乎劳特派特和莱姆金，"她说，

"因为他们是犹太人。他们的身份成了污点。"

"也许吧。"我回答说。我不确定她想要表达什么意思。

她说："我想让你知道，你的演讲对我来说很重要，对我个人来说很重要。"

我明白了她想告诉我的、传达给我的是关于她自己的族裔的信号。无论是作为波兰人还是犹太人，身份问题都是不能公开谈论的。个人身份和族群归属的问题在利韦夫很敏感。

"我理解你对劳特派特和莱姆金的兴趣，"她接着说，"但你难道不是更应该探究你外祖父的经历吗？难道他不是那个离你的心最近的人吗？"

第 1 章

莱 昂

1

我对莱昂最早的记忆可以追溯到 20 世纪 60 年代，那时候他和妻子，也就是我的外祖母丽塔一起在巴黎生活。他们住在莫伯日街中段一栋破旧的 19 世纪建筑里。那是一套位于三楼的两居室公寓，厨房小得可怜。屋子里飘着霉味，总能听见巴黎北站火车的声音。

以下是我能回忆起来的一些事情。

公寓里有一间铺着粉黑相间瓷砖的浴室。莱昂经常在里面待很久，独自坐在塑料帘子后面的狭小空间里。我和我那好奇心更重的弟弟被禁止踏入这一区域。有时候，莱昂和丽塔外出购物时，我们会趁机偷偷潜入禁区。随着时间的推移，我们越来越胆大，还探查了莱昂放在浴室一角当作办公桌的木台子上的东西，木台上面散落着用法语或各种外语书写的无法辨认的文件（莱昂的字迹与众不同，笔画像蜘蛛腿一样伸得长长的）。桌子上还摆满了坏掉的旧表，这些旧表使我们坚信外祖父是钟表走私犯。

偶尔有客人来访，她们都是些名字和长相奇怪的老太太。其中，沙因曼女士令我印象深刻，她穿着黑色衣服，一条棕色皮草从肩上垂下，扑了粉的白色小脸上点缀着一抹口红。她用一种奇怪的口音轻声讲话，讲的大多数是过去的事。我那时从没听过这种语言（后来我了解到那是波兰语）。

　　另一件记忆里的事是房子里照片极少。我印象中只有一张黑白照片，镶在玻璃相框里，高高地立在从未用过的壁炉上面，是莱昂和丽塔在 1937 年拍的结婚照。照片中的丽塔并没有笑容，我后来所接触的她也很少有笑容，这一点我打一开始就注意到，并且一直记得。家里似乎没有剪贴簿或相册，没有他们的父母或兄弟姐妹的照片（据他们说很久以前就去世了），也没有摆在外面的家族留影。家里有一台黑白电视，还有断断续续的几期丽塔喜欢读的《巴黎竞赛》画报，但没有音乐。

　　在谈论来巴黎之前的那些令他们不安的往事时，莱昂和丽塔总是避开我，或者使用我听不懂的语言。时隔四十多年，我现在不无羞愧地意识到我竟然从来没有问过莱昂或丽塔他们童年的故事。即使有所好奇，也不允许表现出来。

　　公寓里有一种沉默的气氛。莱昂比丽塔更好相处，丽塔给人一种疏离感，她有时会进厨房，通常都是在做我最喜欢的维也纳炸牛排和土豆泥。莱昂喜欢拿面包蘸着盘子里剩下的汁水吃掉，吃完后，盘子干净得像洗过一样。

　　外祖父则充满了秩序、尊严及自豪的感觉——一位自 20 世纪 50 年代就认识莱昂的家族世交回忆说，我的外祖父是一个严于律己的人。"永远穿着套装、体面、谨慎，从不喜欢把自己的意见强加于人。"

　　莱昂曾鼓励我从事法律工作。1983 年我大学毕业时，他送给我一本英法对照法律词典。"祝顺利踏上职业生涯。"他在扉页上潦草地写道。一年之后，他寄来一封信，里面夹着从《费加罗报》剪下来的一则招聘广告，说是在巴黎寻找懂英文的国际法律师。他问我，这个怎么样，"Mon fils"？意思是"我的孩子"，他平时这么叫我。

直到现在，很多年以后，我才有能力理解莱昂此前经历的事情有多么黑暗，而他仍然保持着尊严，以温暖和微笑示人。他是一个慷慨大方、富有激情的人，偶尔会出人意料地突然大发脾气；他做了一辈子社会主义者，钦佩法国总理莱昂·布鲁姆，热爱足球；他也是一个虔守传统的犹太人，对他来说，宗教信仰是个人的事情，不应强加于他人。他对物质世界毫无兴趣，也不想成为任何人的负担。他看重三样东西：家人、食物和家。

尽管我有很多快乐的记忆，然而莱昂和丽塔的家在我看来并不是令人感到喜悦的地方。即使还是小孩子，我也能感觉到沉重，那是一种弥漫在屋子里的紧张和沉默的气氛。我每年去探望他们一次，我至今还记得那里缺少欢声笑语。大家讲法语，但如果谈到私人话题，我的外祖父母就改用德语这种关于掩藏和历史的语言。莱昂似乎没有工作，或者有一份不需要每天清早出门的工作。丽塔不工作。她保持着家里的整洁，所以客厅里的地毯边缘永远是平整的。他们怎么支付家用开销是个谜。"我们认为他在战争中走私手表。"我母亲的表姐告诉我。

我还知道哪些事？

莱昂出生在一个叫伦贝格的遥远的地方，年轻的时候搬到了维也纳。那是他不会提及的一段时间，至少不会跟我提。 他只会对我说："这很复杂，都过去了，不重要了。"最好不要打探这事，我明白，这是一种保护的本能。关于他的父母、兄弟和两个姐妹的事被彻底的、不可打破的沉默封锁着。

还有什么呢？ 1937 年他与丽塔在维也纳结婚。一年后，就在德国人抵达维也纳并联合奥地利完成了德奥合并的几周后，他们的女儿露德（我的母亲）出生了。1939年，他移居巴黎。战争结束后，他和丽塔有了第二个孩子，他们给他取了个法国名字：让-皮埃尔。

丽塔于1986年去世，那年我25岁。

4年后，让-皮埃尔和他的孩子们，也就是我的表弟们死于一场车祸。

莱昂1993年来纽约参加我的婚礼，4年后去世，享年94岁。他把伦贝格连同他母亲在1939年1月送他的一条围巾一起带进了坟墓。我母亲在外祖父的告别仪式上告诉我，这是他离开维也纳时的送别礼物。

以上就是我接到利韦夫的邀请时所知道的关于莱昂的所有事。

2

在前往利韦夫的几个星期之前，我和母亲坐在伦敦北部明亮的客厅里，在我们面前摆放着两个旧公文箱，里面塞满了莱昂的照片、文件、剪报、电报、护照、身份证、信件和便条。这些东西大多是维也纳时期的，但有些文件来自更早的伦贝格时期。我仔细地检查了每个物品，既是出于外孙的感情，也是出于诉讼律师对于大量证据的热爱。莱昂保存这些物件肯定是有原因的。这些纪念品似乎承载着经过了语言和语境加密的隐藏信息。

我把一小摞特别感兴趣的物品单独放在一边。里面有莱昂的出生证明，证实他在1904年5月10日出生于伦贝格。这份文件还提供了地址。有家庭信息，他的父亲（我的曾外祖父）是一名旅店老板，名叫平卡斯，这个名字相当于英文里的菲利普。莱昂的母亲、我的曾外祖母名叫阿马莉，大家叫她马尔卡。她于1870年出生在伦贝格以北大约15英里处的若乌凯夫。她的父亲艾萨克·弗莱施纳是玉米商人。

还有一些文件也被选进这一摞。

一本破旧的波兰护照，古老并褪了色，浅棕色的封面上印有一只帝国之鹰。这本护照于1923年6月由利沃夫签发给莱昂，说明了他是该城市的居民。我很意外，因为我一直以为他是奥地利人。

另一本护照的封面是黑灰色的，我看到它时有些心惊。这个证件于1938年12月由德意志帝国在维也纳颁发，封面上也有一只鹰，栖息在金色的纳粹"卐"字标志上。这是一张旅行通行证，把它发给莱昂是因为他失去了波兰身份，变成"无国籍人士"，被剥夺了国籍及其所赋予的权利。莱昂的文件中共有三张这样的通行证：一张是1938年12月发给当时6个月大的我母亲的，还有一张是3年之后的1941年秋天在维也纳发给我外祖母丽塔的。

我把更多物品放进这一摞里。

一小张对折着的黄色薄纸。一面是空白的，另一面上有用铅笔用力写下的名字和地址，字迹尖瘦。"蒂尔尼小姐，诺里奇，英格兰。"

三张小照片，照片里是同一个男性，每一张里都姿势端正，头发乌黑，眉毛浓密，神态略带一丝戏谑。他穿细条纹的西装，喜欢佩戴领结和口袋巾。在每一张照片背后都有似乎由同一个人写下的不同日期：1949年、1951年、1954年。没有写名字。

母亲告诉我，她不知道蒂尔尼小姐是谁，也不知道那个戴领结的人的身份。

我把第四张照片加入这一摞，一张较大的同样是黑白的照片。照片上是一群男人，其中一些人穿着制服，在树丛和白色的大花朵中间列队行进。有些人看着镜头，其他人则没那么明显，我立刻就认出其中一个人，那个正好在画面中央的高个子，那个穿着军装的领袖，我推测军装是绿色的，他腰间束着的皮带应该是黑色的。我认识这个人，还有那个站在他身后的人，那个模糊的面孔正是我的外祖父莱昂。照片的背面是莱昂写下的"戴高乐，1944 年"。

我把这些文件带回了家，把写有蒂尔尼小姐和地址的那张纸挂在我桌旁的墙上，旁边是戴领结的男子摄于 1949 年的那张照片。我还特地给戴高乐那张照片装了相框。

3

10 月下旬，我趁工作安排的空隙，离开伦敦去了利韦夫。此时我刚刚在海牙参加完一个案件听证会，其中我的客户格鲁吉亚指称，在阿布哈兹和南奥塞梯的格鲁吉亚族人受到违反国际公约的虐待。[1] 从伦敦到维也纳的第一程飞行中，我则大部分时间都在研读另一起克罗地亚起诉塞尔维亚的关于"灭绝种族罪"含义的案件。这个案子是对 1991 年在武科瓦尔发生的屠戮事件的指控，该事件造成了自 1945 年以来欧洲最大的万人坑之一。

与我一起旅行的还有我的母亲（心情紧张，持保留态度），我舅舅的遗孀安妮（心情平静），以及我 15 岁的儿子（满怀好奇心）。在维也纳，我们登上了一架小型飞机，继续向东飞行 400 英里，穿过曾经的铁幕所在的那道隐形线。在布达佩斯北部，飞机在经过乌克兰温泉小镇特鲁斯卡韦茨时开始下降，穿过无云的天空，我们可以看到喀尔巴阡山脉和远处的罗马尼亚。利韦夫——一位历史学家在他写的关于斯大林和希特勒带给这个地区的恐怖的书里将这里称为"染血之地"——周边地势平坦，林木繁茂，农田广阔，一片片田野上零星分布着一些村庄和农场，还有红色、棕色和白色的民居。在利韦夫进入视野的同时，我们可能已经直接经过了这个苏联时期的大都会、远郊小镇若夫克瓦的上空，然后飞过了城市的中心，尖顶和圆顶"一个接一个从起伏的绿荫中跳出来"，这些高耸的尖塔属于那些后来为我所熟知的建筑："圣乔治主教座堂、圣伊丽莎白教堂、市政厅、主教座堂 *、科尔尼亚克宫和伯纳德教堂"，这些都是维特林心中珍藏的地标。我当时还不认识的圆顶则属于道明会教堂、城市剧院、卢布林联合山，以及在德国占领期间"浸染了数千名烈士鲜血"[2] 的光秃秃只有沙土的匹亚斯科瓦山。我后来会慢慢熟悉所有这些地方。

飞机在一座低矮的建筑前面停了下来。这场景即使出现在《丁丁历险记》的画面里也毫不突兀，我们仿佛回到了 1923 年，那时这里还是大名鼎鼎的斯克尼利夫机场。仿佛有一种家族的一致性：这座城市的帝国铁路火车站在 1904 年启用，同年莱昂出生；斯克尼利夫机场航站楼在 1923 年启用，同年他出发离开此地；新航站楼于 2010 年投入使用，同年他的后代回到了这里。

---

* 疑为圣母升天圣殿总主教座堂，俗称拉丁主教座堂。——本书中脚注皆为译者注，此后不再说明。

在一个世纪之间，旧的航站楼并没有太大的变化，有着大理石的大厅和大木门，还有那些穿着绿色衣服的年轻面孔的守卫，他们就像奥兹国的巫师一样，毫无威信地发号施令。我们乘客排成一条迂回的长队缓慢地向前移动着，队伍前面的木格子间里坐着一个个严肃的移民官员，每个人头上都扣着一顶大得比例失调的绿色盖帽。

"来干什么？"移民官问。

"做讲座。"我回答。

他面无表情地盯着我。然后他重复了这句话，不止一遍，而是连着三遍。

"做讲座？做讲座？做讲座？"

"大学，大学，大学。"我回答。这让他咧嘴一笑，盖下一个戳，允许我入境。我们慢慢通过海关，经过正在抽烟的穿着有光泽的黑皮革大衣的黑发男人们。

我们坐上出租车前往旧市中心，经过年久失修的19世纪维也纳风格的建筑物和宏伟的乌克兰天主教圣乔治主教座堂，路过旧加利西亚议会，进入主干道，两头分别是歌剧院和令人印象深刻的诗人亚当·密茨凯维奇的纪念碑。我们住的酒店靠近中世纪中心，位于剧院街，过去波兰人称之为鲁托夫斯基大街，德国人称之为长巷街。为了追踪名称的变化并保持一种历史感，我在周围游逛时带着三幅不同的地图，分别是现代乌克兰地图（2010年）、过去的波兰地图（1930年）、很久以前的奥地利地图（1911年）。

在到达后的第一天傍晚，我们出门寻找莱昂的故居。我从他的出生证上得到了一个地址，是由利沃夫的博莱斯瓦夫·祖拉克于1938年编写的英文翻译版本。祖拉克教授和那个城市的许多人一样，有着复杂的生活经历：在第二次世界大战之前，他在大学里教过斯拉夫文学，后来担任波兰共和国的翻译，帮助数百名利沃夫犹太人在德占时期取得伪造证件。因他为犹太人付出的努力，战后苏联把他关押了一段时间作为"报偿"。[3] 祖拉克教授的翻译告诉我，莱昂出生于舍普季茨基街 12 号，由助产士马蒂尔德·阿吉德接生。

今天，舍普季茨基街的名字变成了舍普季茨凯街，就在圣乔治主教座堂附近。为了走到那里，我们先绕过了集市广场，欣赏了 15 世纪商人的住宅，路过了市政厅和耶稣会教堂（在苏维埃时代被关闭，用作档案和书籍存放处），然后走进圣乔治门前的一个不起眼的广场，纳粹加利西亚地区长官奥托·冯·韦希特尔博士就是在这里招募了"武装党卫队加利西亚分部"的成员[4]。

从这个广场步行一小段就到了舍普季茨凯街，这是为纪念安德烈·舍普季茨基而命名的，这位著名的乌克兰希腊礼天主教会都总主教在 1942 年 11 月发表过一封题为《不可谋杀》[5] 的牧函。12 号楼是一座双层的 19 世纪晚期建筑，二楼有五个大窗户，旁边一座建筑墙上喷涂着一颗大卫之星。

我后来从城市档案中取得了建设设计图和早期许可证的副本。[6] 我了解到这座建筑是 1878 年建造的，它被分成了六套公寓，有四个公用厕所，一楼曾经是一家旅馆（可能就是莱昂的父亲平卡斯·布赫霍尔茨经营的那个，不过在 1913 年的城市名录上他被登记为一家餐馆的业主，这个餐馆在隔了几栋楼的 18 号）。

我们进入大楼，在二楼敲响一扇门，有一位老人开了门，他告诉我们他叫耶夫根·特姆契申，1943 年德占时期出生在这里。犹太人都走光了，他补充说，公寓是空的。他友好而害羞的妻子

利韦夫舍普季茨凯街 12 号，拍摄于 2012 年 10 月

邀请我们进屋，自豪地带我们参观了他们的家，一个拓宽了的单间。我们喝着红茶，欣赏着墙上的照片，谈论着现代乌克兰所面临的挑战。房子后方狭仄的厨房外有一个小阳台，我和耶夫根站在那里。他戴了一顶旧军帽。我们微笑着，在太阳的余晖下，圣乔治主教座堂若隐若现，在 1904 年 5 月时应该也是这样一番景象。

4

　　莱昂出生在这座房子里，他的家族谱系可以连到附近的若夫克瓦，他的母亲马尔卡于 1870 年在那里出生，那时那里还叫作若乌凯夫。我们的导游亚历克斯·杜奈开车带我们穿过雾蒙蒙的

布赫霍尔茨一家，伦贝格，大约在 1913 年（左起：平卡斯、古斯塔、埃米尔、劳拉和马尔卡，莱昂在前面）

宁静的乡村路段，沿途是低矮的山丘和散落的树林，以及很久以前因当地产的奶酪、香肠或面包而闻名的乡镇和村庄。一个世纪之前，莱昂去探望亲戚时会骑马或乘马车走过同一段路，也可能在刚落成的火车站乘火车。我寻得一张老库克铁路时间表，其中包括从伦贝格到若乌凯夫的线路，这条线路的终点站是贝尔赛克，那里后来成为第一个将毒气室作为大规模杀戮工具的永久性灭绝营的所在地。

我发现莱昂童年时期只有一张全家福，一张配有绘制背景的影楼照片。莱昂那时候大约九岁，坐在他的哥哥和两个姐姐前面，在他的父亲和母亲之间。

照片上每个人的表情都很严肃，特别是旅馆老板平卡斯，他蓄着黑胡子，穿着虔诚犹太人的长外衣，眼神诡异地盯着相机。马尔卡看起来紧张而庄重，是一位身形丰满、头发一丝不乱的女士，穿着一件带蕾丝花边的长裙，戴着一串沉甸甸的项链。一本打开的书放在她的腿上，这是在向理念世界致意。埃米尔是 1893 年出生的长子，穿着军服佩戴着领章，即将奔赴战场，那时的他并不知道他将死在战场上。在他旁边站着的是古斯塔，小他 4 岁，姿态优雅，比她的哥哥还要高 1 英寸。在他前面的是 1899 年出生的妹妹劳拉，她正抓着椅子的扶手。我的外祖父莱昂在最前面，那时他还是个穿着水手服的小男孩，眼睛睁得大大的，露出一双大耳朵。在快门按下的瞬间，只有他一个人在微笑，仿佛对其他人的肃穆毫不知情。

在华沙的档案馆中，我找到了 4 个孩子的出生证明。所有人都出生在伦贝格的同一所房子里，都由助产士马蒂尔德·阿吉德接生。埃米尔的出生证明由平卡斯签署，上面写着，此子的父亲于 1862 年出生在切沙努夫，伦贝格西北部的一个小城镇。华沙档案馆还提供了平卡斯和马尔卡的结婚证书，是 1900 年在伦贝格举行的民间婚礼仪式。只有莱昂是在他们进入世俗婚姻后生的孩子。[7]

档案材料指出若乌凯夫是这个家族的聚居地。马尔卡及其父母出生在那里，她是 5 个孩子中最年长的而且是唯一的女孩。通过这种方式，我了解到莱昂的 4 个舅舅——约泽尔（出生于 1872 年）、莱布斯（1875 年）、内森（1877 年）和阿龙（1879 年）——都结婚生子了，这意味着莱昂在若乌凯夫有一个大家庭。马尔卡的舅舅迈耶尔也有许多孩子，于是莱昂有了许多表亲和远房表亲。保守地估计，莱昂在若乌凯夫的亲人，弗莱施纳一族，有不下 70 人，占该镇人口的 1%。在我与他接触的这些年里，莱昂从来没有

若乌凯夫，伦贝格大街，1890 年

提到过这些人。他仿佛从来都是孑然一身。

若乌凯夫是在哈布斯堡王朝统治下繁荣起来的，作为商业、文化和学习中心，到了马尔卡生活的时代依然具有影响力。该镇在 5 个世纪之前由波兰著名军事领导人斯坦尼斯瓦夫·若乌凯夫斯基[8]建立，他的居所由一座附带精致意大利花园的 16 世纪风格的城堡构成，花园和城堡均保留至今，但日渐衰败。这个城镇里众多的宗教场所反映了其多样的人口：有道明会和罗马天主教的圣殿，有一座乌克兰希腊礼教堂，正中央还有一座 17 世纪的犹太会堂，这座会堂显示了若乌凯夫曾是波兰唯一印刷犹太书籍之地的突出地位。1674 年，这座宏伟的城堡成为波兰国王扬·索别斯基的王宫，1683 年，这位波兰国王在维也纳战役中击败了土耳其人，结束了奥斯曼帝国与哈布斯堡家族统治的神圣罗马帝国之间长达 3 个世纪的冲突。

当莱昂去拜访他母亲的家族时，若乌凯夫约有 6000 人，由波兰人、犹太人和乌克兰人构成。亚历克斯·杜奈给了我一份 1854 年手绘的精美小镇地图的复制品。[9] 绿色、乳白色和红色的色块相间，勾勒着的黑色的名字和数字，令人想起了埃贡·席勒的那幅《画家的妻子》。地图细节完备：每座花园和每棵树都标记出来了，从中心的皇家城堡（第 1 号）到远郊不那么出名的偏僻地方（第810 号）的建筑也都一一用数字标记出来了。

约瑟夫·罗特描述过这类城镇的布局。这个地区的典型特征是：位于"一片辽阔平原的中间，不受任何山丘、森林和河流的限制"，最初只有几个"小木屋"，然后是一些房屋，大体分布在两条主要街道周围，"一条从南通到北，另一条从东通到西"；两条路的交会处是市场，而火车站一般都是位于"南北向道路的尽头"。[10] 这段描述完全符合若乌凯夫。我查阅了从 1879 年开始编制的地籍记录，了解到马尔卡的家族共同居住在若乌凯夫 762 号地块上的 40 号房子里，她很可能就是在这幢木质结构的建筑里出生的。它坐落在一条东西向的街道上，接近城西的边缘。[11]

在莱昂生活的时代，这条街叫作伦贝格大街。我们从东边进入，经过一座高大的木造教堂，在精心绘制的 1854 年地图上，它被标为 Heilige Dreyfaltigkeit（圣三一教堂）。在路过道明会修道院之后，在我们的右手边，我们进入了主广场 Ringplatz（环形广场）。城堡映入眼帘，跟它挨得很近的是圣劳伦斯主教座堂，里面有斯坦尼斯瓦夫·若乌凯夫斯基和一些没那么出名的索别斯基家族成员的陵墓。与它们相对稍远一些的地方是巴西略修道院，居于这个曾经风光无限的广场的最高点。广场和城镇在这寒冷的秋日的早晨显得黯淡而悲伤：过去的微观文明已经变成地面坑洼不平、任由鸡群散步的地方。

5

1913 年 1 月，莱昂的大姐古斯塔离开伦贝格去往维也纳，与马克斯·格鲁贝尔完婚，新郎是一名酒商。平卡斯出席了婚礼，在巴尔干地区动荡的环境下签署了结婚证书。塞尔维亚与保加利亚和黑山结盟，在俄罗斯的支持下，向奥斯曼帝国开战。1913 年 5 月由巴尔干同盟各国与土耳其在伦敦签署的和平条约，重新划定了边界。[12] 然而仅过了一个月，保加利亚就同前盟友塞尔维亚和希腊反目，引发了第二次巴尔干战争，这场战争直到 1913 年 8 月才结束。[13] 这是这个地区即将发生更大动乱的前兆，因为保加利亚被塞尔维亚击败，后者在马其顿获得了新的领土，被强大的奥匈帝国视为威胁。

为制衡俄罗斯和斯拉夫人，维也纳（奥匈帝国）策划了一场针对塞尔维亚的预防性战争。1914 年 6 月 28 日，加夫里洛·普林西普在萨拉热窝刺杀了弗朗茨·斐迪南大公。在不到一个月的时间内，维也纳（奥匈帝国）袭击了塞尔维亚，促使德国攻击比利时、法国和卢森堡。俄罗斯与塞尔维亚联合起来，攻打维也纳和奥匈帝国军队，并于 7 月底入侵加利西亚地区。根据 1914 年 9 月《纽约时报》的报道，经过一场涉及超过 150 万人的"最大规模的战役"，伦贝格和若乌凯夫被俄罗斯军队占领。在这份报纸的描述中，这"是比以往惨烈千倍、毁天灭地的对人类生灵的毁灭和破坏，是有史以来最令人震惊的浩劫"。[14] 战争伤亡者包括莱昂的哥哥埃米尔，他阵亡时还未满 20 岁。斯蒂芬·茨威格反问道："跟比以往任何战争都惨烈千倍，范围广及天上地下的罪行相比，在这场史无前例、规模空前的人类大破坏、生灵大屠杀之中，单单一起谋杀案又算得了什么？"[15]

平卡斯·布赫霍尔兹陷入绝望之中，为自己一年前阻止儿子埃米尔移民去美国而过分自责，几个星期后因悲痛过度而死。除了在维也纳档案库中证实平卡斯在 1914 年 12 月 16 日死于伦贝格，无论我怎样设法寻找，都没有找到关于平卡斯和埃米尔死亡的更多信息，也没有坟墓，我无法找到埃米尔阵亡的地方。维也纳的战争档案馆提供了简单直白的解释："没有可资获取的个人档案。"[16] 这是一个历史的巧合：当奥匈帝国解体的时候，1919 年签署的《圣日耳曼条约》规定，所有加利西亚地区的文件都留给获得该领土的各国，然而大部分都遗失了。[17]

在短短 3 个月的时间里，莱昂失去了父亲和长兄。10 岁那年，他成了家里最后一个男人。第一次世界大战驱赶着这一家人向西迁徙，他随母亲和姐姐劳拉前往维也纳。

6

在维也纳，他们与古斯塔和她的丈夫马克斯·格鲁贝尔住在一起。1914 年 9 月，莱昂进入维也纳第 20 区格哈德巷的本地小学就读。他的学校报告记录了他的犹太血统和中等的学习能力。就在同月，古斯塔和马克斯的第一个孩子降生了，她就是莱昂的外甥女特雷泽，人们通常唤她黛西。莱昂随格鲁贝尔一家住在靠近学校的克洛斯特新堡大街 69 号大楼二楼的公寓里，后来马克斯和古斯塔通过抵押贷款买下了这个公寓。

莱昂一家是成千上万从加利西亚移居到维也纳的家庭之一，

马克斯·格鲁贝尔站在他的酒品店外，维也纳克洛斯特新堡大街 69 号，大约在 1937 年

这是一场东欧犹太人的迁徙。战争迫使大批犹太难民来到维也纳寻找新的家园。约瑟夫·罗特曾描写过维也纳北站，"他们都抵达了那里"，挑高的火车站大厅里充满了"家的气息"。[18] 这些维也纳的新居民辗转来到了利奥波德城和布里吉特瑙的犹太区。

1916 年，12 岁的莱昂毕业于附近的弗兰茨·约瑟夫中学。他终身保留着学校 12 月 19 日签发的学生证。证上一条褪色的墨线划掉了"弗兰茨·约瑟夫"的字样，表明这位皇帝已于几周前驾崩。证件照片中是一个身穿黑色系扣外衣的瘦削男孩。他的耳朵突出，带着挑衅的目光，双臂交叉。

这所中学以数学和物理见长，离莱昂家很近，位于卡拉扬巷 14 号。那里现在变成了布里吉特瑙文理学校，我和女儿一道去参观的时候，她注意到入口一侧的墙上有一块小铭牌，上面写着这里的地下室在 1938 年曾被用作盖世太保的监狱，关押过布鲁诺·克赖斯基[19]。布鲁诺·克赖斯基在第二次世界大战之后成了奥地利总理。学校的现任校长玛格丽特·维特克找出了1917年和1919年的课程登记表。从这些表格上看，莱昂理科类的成绩比义科类要好一些，他的德语水平"尚可"，法语水平"良好"。

马尔卡在第一次世界大战后回到了利沃夫，住进舍普季茨基街18号楼里的一间公寓，就是过去平卡斯开餐馆的那栋楼。她把莱昂留在了维也纳，由古斯塔照看，很快莱昂又多了两个外甥女，1920年出生的赫塔和1923年出生的埃迪特。年轻的莱昂身为女孩们的小舅舅，与她们共同生活了好几年，但他从来没有提过她们，至少没对我提起过。与此同时，他的另一个姐姐劳拉和农机操作员贝尔纳德·罗森布卢姆结婚了。不久之后，马尔卡从利沃夫返回维也纳。

对于那些生活在伦贝格、若乌凯夫和维也纳的莱昂的亲人，我正在慢慢填补对他们的认知空白。通过家庭文件和公共档案，我得知了他们的姓名、年龄、住址，甚至职业。随着细节陆续浮出水面，我发现到这个家族比我了解的还要大。

7

1923年，莱昂正在学习电气和技术科目，同时在姐夫马克斯的酒品店里帮忙，希望沿着父亲的轨迹接受同样的教育。我在他的相册中找到一些照片，其中有一个看起来很像是老师的人。他仪表堂堂，留着髭须，站在花园中，面前的小木桌上摆满了蒸馏用的器材：酒精灯、烧瓶和试管。老师使用的原料可能是含有乙醇的谷物发酵液体。这种液体被蒸馏提纯后产生一种馏出物，即通过分离过程得到的酒精。

维也纳的现实生活与这个提纯的行为正好相反。在经济困难的时期，随着通货膨胀的失控和紧张局势的加剧，大量新难民从东边涌入。各种条件催化了民族主义和反移民情绪，加上反犹太主义浪潮的兴起，各政治集团无法共同组建出能够正常运转的政府。于 1918 年在奥地利成立的地方党派国家社会主义德意志工人党与它的德国分部合并了，其领导人是一个奥地利人，名叫阿道夫·希特勒。

1923 年夏天，在出席姐姐劳拉和贝尔纳德·罗森布卢姆婚礼的两周后，莱昂为取得护照回到了利沃夫。尽管已经在维也纳生活了 10 年，但是他发现自己并不具有奥地利国籍。1919 年 6 月，与《凡尔赛和约》同日签署的不起眼的《波兰少数民族条约》使莱昂成为波兰公民。[20]

该条约是为了强制其履行保护少数民族的义务而强加给波兰的。作为现代人权公约的早期雏形，该条约第 4 条的法律效力保证了 1919 年签署条约之前出生在利沃夫的任何人都将被视作波兰公民。无须填写任何表格，无须提交申请。"依据事实本身，无须办理任何手续"，该条约一经宣布，莱昂及生活在利沃夫和若乌凯夫等地的数十万居民就成了波兰公民。这件法律界奇事既是惊喜也是麻烦，后来还挽救了他和我母亲的生命。我本人能够活在这世上可以说是多亏了这个《波兰少数民族条约》的第 4 条。

莱昂在第一次世界大战爆发前夕离开奥地利伦贝格，随后这里陷入波兰人、乌克兰人和犹太人之间的激烈冲突中。当他回来领取护照时，这里已经变成了蓬勃发展的波兰大都会，充满了有轨电车刺耳的声音和"糕点房、水果摊、殖民地商店，以及埃德

莱昂的波兰护照相片，1923 年

蒙·里德尔铺子和茉莉曼尼铺子散发的茶与咖啡的香气"[21]。波兰对苏俄和立陶宛的战争结束后，这座城市进入了相对稳定的时期。1923 年 6 月 23 日，利沃夫警察局签发了莱昂的新波兰护照。护照上写明这是一个金色头发、蓝色眼睛的年轻人，但照片中他的头发是黑色的。他的衣着整洁利落：一件黑色外套、一件白色衬衫和一条引人注目的现代风格粗横条纹领带。虽然他当时已经 19 岁了，但是他的职业一栏仍标为 écolier，即学生。

那个夏天剩下的时间他都是在利沃夫度过的，和亲人、朋友，包括他的母亲一起住在舍普季茨基街上。他会去若夫克瓦拜访莱布斯舅舅和那边的大家族，他们住在毕苏斯基大街上的一栋木房子里，就在犹太会堂北边不远的地方（几十年后，街道变成了泥巴路，房子也早已不在了）。莱昂可能喜欢去镇周围的小山丘散步，穿过东面边缘茂密的橡树和桦树林，也就是被叫作 borek 的地方。这一片是若乌凯夫的孩子们经常玩耍的地方，低矮丘陵中间的一片宽阔平原，紧邻通往利沃夫的主路。

8 月，莱昂去了一趟位于布拉杰若夫斯卡街 14 号二楼的奥地利领事馆，就在大学附近。奥地利当局在这些租用的最后的堡垒里，为他加盖了单次往返奥地利的签证印戳。离法律系不远的捷克斯洛伐克领事馆为他提供了过境签证。在城市熙熙攘攘的街道上，与莱昂擦肩而过的很可能就有两名最终将在纽伦堡审判中发挥重要作用的年轻人，他们那时才刚踏上职业道路：赫希·劳特派特于 1919 年离开这里前往维也纳求学，当时可能正返回探亲，同时在为了当选利沃夫大学国际法主席而努力；拉斐尔·莱姆金当时是利沃夫大学法学系的学生，住得离马尔卡很近，就在圣乔治主教座堂的脚下。这段时期塑造了他们，在利沃夫和加利西亚一系列事件的触动下，有关法律在打击大规模暴行中之作用的各种观念正在他们的脑中形成。

8 月底，莱昂离开了利沃夫。他乘坐火车前往克拉科夫，这是一趟长达 10 个小时的行程，然后继续乘坐火车前往布拉格和捷克斯洛伐克南部边界的布热茨拉夫。1923 年 8 月 25 日上午，列车驶入西北车站。莱昂从那里步行回到不远处的克洛斯特新堡大街上的古斯塔家。从此他再也没有回过利沃夫和若乌凯夫，据我所知，他再也没有见过那个家族的成员。

8

5 年之后，莱昂已经成了烈酒蒸馏师，在维也纳第 20 区的劳舍尔大街 15 号拥有一间自己的商店。他保留了一张那个时期的照片，拍摄于 1928 年 3 月，正值新一轮经济萧条和恶性通货膨胀的时期。照片里是他和姐夫马克斯·格鲁贝尔一起参加的维也纳酒商协会年会大合影。他与其他年长一些的人一起坐在有木墙裙装饰的大厅里，头顶上是带有 27 个玻璃灯泡的黄铜枝形吊灯。莱昂是其中最年轻的男性，没有女伴，一个普普通通的 24 岁小伙。他的嘴角浮起一丝笑意。时局的紧张并没有在他的脸上表现出来。莱昂保留了 1926 年 4 月 27 日协会发给他的证明，这一天他缴纳了 8 先令成为会员，正式加入了酒品行业。

80 年后，我和女儿一起探访了劳舍尔大街 15 号。我们贴着窗户玻璃看到里面正在翻新，这个地方将装修成一个俱乐部。正在安装的崭新的橡木大门上，刻着齐柏林飞艇乐队《通往天堂的阶梯》的歌词。"当我向西方眺望，一种感觉油然而生，"歌词写道，"而我的灵魂高喊着想要离去。"

莱昂仍然在劳舍尔大街 15 号待了几年，其间奥地利及其周边地区的政治和经济动荡不断加剧。从他相册里的照片，我看到一段幸福并顺利融入社会的无忧无虑的日子。里面有阿姨们、叔叔们和外甥女们的照片，一些叫不出名字的家庭成员，还有假日里与朋友散步的影像。有几张是莱昂和他最亲密的朋友马克斯·库普费尔曼的合影。两个打扮斯文的年轻人笑着，多数时候穿西装打领带，在奥地利的山地和湖泊度过夏天。

他们两人远足去往附近的利奥波德斯堡，该城堡位于维也纳的北边，还有山顶上的利奥波德教堂，在那里可以俯瞰城市的风景。我也追随他们徒步走了很远一段路，到那座山上去亲眼见识了一下。有时他们继续向北进发，去多瑙河畔的小镇克洛斯特新堡，那里有一座奥古斯丁修道院，或者向西去往普雷斯鲍姆村。这些照片显得真挚而时尚，年轻的男人和女人穿着泳衣，手臂挽在一起，亲密无间，无忧无虑。

莱昂和马克斯·库普费尔曼，维也纳，1929 年

　　我偶然发现了一些家人去远方度假的照片，这些照片拍摄于的里雅斯特港以北奥西阿赫湖畔的博登斯多夫。有几张记录了运动的瞬间，莱昂和马克斯在一起踢足球，莱昂的朋友技术更胜一筹，是威士忌男孩足球俱乐部的一员，这个业余球队的比赛曾被《奥地利酒业报》报道过。

　　这些都是莱昂脱离了血统背景，融入世俗生活的图景。约瑟夫·罗特写到这段战间期时说过："对于刚来到维也纳的东犹太人来说，没有什么比这更困难的了。"而莱昂设法加入了那些"在第一区安全地把脚伸进办公桌底下"的"变得'本土化'的犹太人"行列，过上了普通人的生活。[22] 他的地位似乎正在上升，介于坐办公桌的人和东犹太人之间，他在政治领域很活跃，是社会主义出版社新自由出版的忠实读者，他支持社会民主党，这个进步的政党截然不同于把身份认同、反犹主义和净化作为政治纲领核心的基督教社会党和德国民族主义者的政党。

9

1933年1月底，保罗·冯·兴登堡总统任命阿道夫·希特勒为德国总理。莱昂已经在利奥波德城这一区的中心地段塔博尔街72号开了一间更大的商店。尽管酒品生意越做越大，但邻国德国的这些事肯定会令他感到担忧。国会大厦被烧毁，纳粹党赢得了德国联邦选举中最大份额的选票，奥地利纳粹获得了迄今为止最高的支持率。利奥波德城的示威游行频繁而暴力。

4个月后，1933年5月13日，星期六，德国新政府的代表首次访问了奥地利。一架三发的德国政府飞机降落在离莱昂商店不远的阿斯佩恩机场。坐在飞机上的是7名纳粹部长，领头的是新任命的巴伐利亚司法部长汉斯·弗兰克，他是希特勒的前律师和密友。[23]

弗兰克的到来引发了数场游行，有大量的支持者参与，其中许多人穿着代表认同纳粹的白色及膝袜。奥地利总理恩格尔伯特·陶尔斐斯很快就取缔了奥地利纳粹党，随后采取了其他一些措施。[24]陶尔斐斯在弗兰克访问的一年多之后就遇害了，他在1934年7月被奥地利当地律师奥托·冯·韦希特尔领导的奥地利纳粹集团杀死。十年后，就是这个律师在伦贝格出任纳粹官员，创立了武装党卫队加利西亚分部。

我无从了解莱昂在这段动荡日子里的生活情况。他是个单身汉，尽管他留下的零零散散的文件提供了关于他家人的一些碎片信息，但我没有找到任何信件或其他记述，也没有发现任何政治活动或其他活动的细节。还有几张照片，看起来是后来被人随意

汉斯·弗兰克（车内站立者）抵达维也纳，1933 年 5 月

地插入相簿中的。莱昂在其中一些照片的背面简单写上了日期、地点。我尽可能按时间顺序重新排列了这些照片。他的朋友马克斯·库普费尔曼的照片中最早的一张可追溯到 1924 年，大部分都属于 20 世纪 30 年代，但是在 1938 年以后，照片就逐渐变少了。

有几张照片与工作相关。1930 年 12 月拍摄的男士们携夫人出席晚礼服宴会的照片背后有名字和签名：莱亚·索契、马克斯·库普费尔曼、伯特·芬克、希尔达·艾希纳、格雷特·岑特纳、梅泽尔和罗特。另一张照片展示了莱昂和姐夫马克斯·格鲁贝尔站在克洛斯特新堡大街的酒品店外面的场景。还有一些是家庭成员的照片。他的外甥女赫塔·格鲁贝尔和埃迪特·格鲁贝尔在她们父亲的店外，正要去上学。他的姐姐古斯塔穿着一件黑色外套优雅地走在维也纳街道上。他的外甥女黛西在博登斯多夫度假时写的一张便条："致亲爱的舅舅……"有三张是身着黑衣、眉

莱昂和马尔卡，维也纳，1938 年

头紧锁的寡妇马尔卡的照片，场景分别是马尔卡在外面的街道上，马尔卡在公寓里，马尔卡和儿子在利奥波德堡散步。我只找到一张莱昂和他母亲的合影，摄于 1938 年，背景是小树丛。

有几张照片拍的是莱昂和朋友们在一起，许多都是拍摄于 20 世纪 30 年代的克洛斯特新堡（镇）。穿着泳衣的男女笑着，紧靠着，摆着姿势。莱昂和一个未知姓名的女人一起，但没有线索能揭示他们之间的关系。

从 1924 年到 1938 年，没有间断，每年都至少有一张他最好的朋友马克斯的照片。他是照片里的固定人物。莱昂和马克斯在维也纳北部克里岑多夫的多瑙河岸边；莱昂、马克斯和一个年轻女子，以及他们脚边的一只皮革足球；莱昂和马克斯在瓦豪河谷徒步；莱昂和马克斯站在一辆漆黑锃亮的汽车前；莱昂和马克斯围着一只足球玩闹；马克斯的站立像；马克斯的半身像；马克斯大笑、微笑。

我注意到莱昂一贯穿得雅致考究，利落而庄重。他在维也纳街上，戴着平顶草帽。他在火车站（也可能是市集），穿着正装。他看起来很幸福，经常带着微笑，比后来我印象里的样子要快乐得多。还记得我在纽约举行婚礼时，当时已经 90 岁的他独自一人坐着，心事重重，仿佛在回顾过去的一个世纪。

莱昂单身汉时期拍摄的最后一张照片是两个漂亮的年轻女性在街上。她们穿着毛皮大衣，在她们后面的背景里，隐隐有一团风暴云在逼近。

10

阴云笼罩的 1937 年更加凶险。希特勒废除了保护少数民族的各种协议，使德国脱离国际法的约束，可以按照本国意愿对待少数民族群体。[25] 而在维也纳，日常生活和爱情仍在继续。在欧洲摇摇晃晃地走向战争的同时，莱昂要结婚了。

他的新娘是雷吉娜·兰德斯，他们于 1937 年 5 月 23 日在维也纳最大的犹太会堂——利奥波德街上的利奥波德会堂举行婚礼。我的外祖母丽塔的影像此前从未出现，她的第一张照片就是穿着白色婚纱礼服的样子。

我很熟悉这张照片，她穿着一件垂顺的结婚礼服，手捧着白色的花束，莱昂身穿黑色礼服。在这个幸福的日子，两个人却都没有笑容。这是他们在巴黎公寓里摆出来展示的唯一一张照片，我小时候经常看到的那张照片。

新娘是 27 岁的奥地利维也纳人，是在第 16 区哈比彻巷孀居

莱昂和丽塔，在婚礼当天，1937 年 5 月

的罗莎·兰德斯的女儿。证婚人是莱昂的姐夫马克斯和丽塔的哥哥威廉（一名牙医）。马尔卡与古斯塔、劳拉、两位女婿及莱昂的四个外甥女一道出席了婚礼。丽塔由母亲和三个兄弟交给新郎。莱昂在维也纳有了新的亲人：威廉和妻子安东尼亚，以及他们年幼的儿子埃米尔；伯恩哈德和妻子珀尔（通常唤作菲尼），以及他们的女儿苏珊；还有朱利叶斯。

　　身在伦贝格和若乌凯夫的亲人无法前往维也纳参加婚礼，但他们发来电报表达祝贺。我找到了其中的两封。"愿你们好运。"莱布斯舅舅从若乌凯夫发来的电报写道。另一封来自利沃夫的鲁宾叔叔。

莱昂保存着这些祝贺电报，记录下了这对新人所属的安定的中产社群，一个由医生和律师、店铺经营者和皮货商、工程师和会计师组成的世界，这个昨日的世界即将消失。

11

1938 年 3 月 12 日上午，德国国防军进驻奥地利，开进维也纳，受到人们热烈的欢迎。当奥地利成为德意志第三帝国的一部分时，丽塔已经怀有 5 个月的身孕了。奥地利纳粹党发动政变，阻止了关于从德国独立出去的全民公投。[26] 德国作家弗雷德里希·莱克在 1938 年 3 月 20 日的日记中绝望地指出，这是"第一次对和平的大破坏"。这是"犯罪分子逃脱了惩罚，反而更显猖狂"的日子。[27]

3 天后，希特勒抵达维也纳，在英雄广场上向群众讲话。他和刚刚任命的州长阿图尔·赛斯-英夸特站在一起，他们身后是刚刚从德国流亡归来的奥托·冯·韦希特尔。[28] 在几天之内，公民投票通过了政府接管，德国法律开始在奥地利全国施行。维也纳的 151 个人是第一批被纳粹送进慕尼黑附近的达豪集中营的奥地利反对者。犹太人受到骚扰，被强迫着刷洗路面，接着又受到新法律的打击：他们被禁止上大学和从事专业工作。几周之内，当局开始要求犹太人登记他们的资产、不动产和企业，这等于是给莱昂和姐夫马克斯经营的酒品店敲响了丧钟。

阿图尔·赛斯-英夸特的新政府没收了犹太人的产业，且不予赔偿，接着委任阿道夫·艾希曼执掌犹太移民局中央办公室，一个负责施行"犹太问题解决方案"[29] 的机构。针对犹太人的迫害，以及"自愿"移民出境和驱逐出境被视为政策受到拥护。资产转移办公室将犹太人的财产转移给非犹太人。另一个由奥托·冯·韦希特尔领导的委员会负责清除在奥地利担任公职的犹太人。[30]

许多犹太人移居或试图移居外国，莱昂和他的内兄也在此列。伯恩哈德·兰德斯等妻子和女儿先行出境后，也于 1939 年 4 月移民出境了。威廉的家人在 1938 年 9 月也都跟着搬离了。他们获得了去澳大利亚的旅游签证，但并没有走那么远，他们到伦敦之后就留下来了。威廉的儿子埃米尔那时 6 岁。"我还记得当时在你外祖父母塔博尔街的公寓里，那是夜里，"埃米尔回忆说，"我记得房子外面行军的脚步声，我周围普遍有一种恐惧和不安的氛围。"他也记得是在 9 月的一个夜晚，他们一家从西车站乘火车离开维也纳。"我从高高的火车车厢里向下看，看到了一张张担心和哭泣的脸，我的祖母（罗莎）可能就站在那里，你的外祖母（丽塔）可能也站在那里。有很多哭泣的大人。他们就那么站着，流着泪。"

兄弟俩想方设法为他们的母亲罗莎拿到了签证，但是签证没有寄达维也纳。莱昂的三个外甥女，古斯塔和马克斯的女儿们仍旧想方设法出去了。黛西那时 25 岁，去了伦敦读书（后来移民到巴勒斯坦）。赫塔（当时 18 岁）和埃迪特（当时 15 岁）一道经意大利辗转到达巴勒斯坦。她们的父母马克斯和古斯塔仍留在维也纳。

我追踪到莱昂提交给维也纳犹太社团的申请书，这是移民出境的必备条件。[31] 他在申请中称自己是"烈酒及酒精"制造商，学习过电气和无线电修理，会说波兰语和德语。他愿意去澳大利亚、巴勒斯坦或美国（指认的唯一海外关系是丽塔的一个"表亲"，纽约布鲁克林区叫作 P. 魏克赛尔鲍姆的人，我想不起他是谁）。他还代表家中两位女眷丽塔（有孕在身）和马尔卡申请移民许可。在申报"财务及其他经济来源"那一栏时，他简单地写下一个"无"字。塔博尔街的商铺和股票都没有了。莱昂已经一贫如洗了。

1938 年 7 月 19 日，丽塔生下女儿，也就是我的母亲露德。4 个月后，德国驻巴黎大使馆的一名下级官员被谋杀，引发了"水晶之夜"，犹太人的房产、店铺被破坏。11 月 9 日的夜晚，举办过丽塔和莱昂婚礼的利奥波德会堂被烧毁，数千人被围捕。[32] 在数百名被杀或"失踪"的人中，有莱昂的两个姐夫。马克斯·格鲁贝尔在 11 月 12 日被捕，在监狱里被关押了 8 天才释放。他被迫卖掉他的商店及他与古斯塔共同拥有的那栋楼，而且是以极其低廉的价格。丽塔最小的弟弟朱利叶斯·兰德斯就没那么幸运了，他在"水晶之夜"几天之后就消失了，再无音讯。只有一份文件揭示了在一年后的 1939 年 10 月 26 日，他被往东运到尼斯科镇附近的集中营，该镇位于克拉科夫和伦贝格之间，这是他唯一留下的踪迹。[33] 70 多年后，他仍然是失踪人口。

莱昂和丽塔也被诱捕了。"水晶之夜"过后不到一周，丽塔被强制改名，在本名后面加上"撒拉"以表明犹太血统，同时修改了出生证和结婚证书上的名字。出于未知的原因，莱昂和他们的女儿免于这种羞辱。11 月 25 日，莱昂被当局传唤。维也纳警察局长奥托·施泰因豪斯下达了驱逐令：

限犹太人布赫霍尔茨·莫里斯·莱昂于 1938 年 12 月 25

将莱昂逐出帝国的命令，1938 年 11 月 25 日

日之前离开德意志帝国的领土。

莱昂一直保留着这份驱逐令，但直到去利韦夫之前我母亲把他的文件都交给我为止，我从未见过这张纸。这张纸被对折起来，与当地犹太社区领导签发的良好品格证明保存在一起。经过仔细阅读，我注意到驱逐令是由利奥波德城地区法院登记处做的司法确认。

12

莱昂离开维也纳的确切情形一直是个谜，但我假定他是和妻女一起去的巴黎。

编号 3814 的护照于 1938 年 12 月 23 日签发给他的女儿露德，

说明她是与父亲一同离开的。在盖着"⚡"字印章的照片下面，持有人签名那一栏由官员填写着："护照持有人无法写字。"当时露德 6 个月大，被认定为"幼童"和"无国籍人士"。

编号为 3816 的护照在同一天由维也纳警察局长——下达驱逐令的同一个人——授权发给莱昂。莱昂的签名以一个又大又骄傲又坚定的字母 B 打头。这本允许他在国内和国外旅行的证件把莱昂标为"无国籍人士"，和他女儿的护照一样。波兰外交部长约瑟夫·贝克于 1934 年 9 月在国际联盟大会上发表讲话，宣布摒弃 1919 年的《波兰少数民族条约》，莱昂因此失去了波兰国籍——跟 1919 年取得波兰国籍时一样突然。[34] 国籍的缺失带来了一个意想不到的好处：作为无国籍人士，他只能被签发外国人护照，这种护照不会被强制盖上大大的 J 字红戳——犹太人的标记。莱昂和他女儿的护照上都没有盖红色的 J 字。

第三本编号 3815 的护照应该是丽塔的，已经找不到了。莱昂保存的丽塔的那本护照在 1941 年 8 月签发，比其他人要迟 3 年。护照编号也不一样。丽塔当时留下来是为了照顾母亲罗莎，反正他们对我是这么说的。我曾经以为他们分居的时间很短，但现在我知道其实已经超过 3 年了。丽塔究竟如何设法在 1941 年底离开维也纳？ 1938 年 9 月离开维也纳的露德的表哥埃米尔对此感到震惊。"这真是一个谜，而且一直是一个谜。"他低声说道。我问他是否知道莱昂和丽塔并没有一同离开维也纳。"不知道，他们没有一起吗？"他疑惑地说。我问他是否知道丽塔在维也纳一直留到了 1941 年底，他说："不知道。"

我试图调查编号 3815 的护照是怎么回事，但没有任何收获。最大的一种可能性是丽塔的确拿到了护照，但她没有使用，后来丢弃掉了。德国联邦外交部一名好心的律师调查了此事，但在联邦档案馆中没有找到任何资料。"看起来德国公共档案库里不太可能有这份档案。"他写道。

编号 3814 和编号 3816 的护照的查询结果则带来了更多意外发现：记录显示，莱昂离开时并没有带着女儿。莱昂的护照上唯一一个印章是 1939 年 1 月 2 日维也纳外汇办公室盖的。除此之外，一片空白，没有任何迹象表明他什么时候离开或者经由什么路径离开。另一方面，他女儿护照上的印章表明她离开得要晚一些，她于 1939 年 7 月 22 日离开奥地利，并于第二天进入法国。因为她没有和父亲一起，那么就有一个显而易见的问题，这个婴儿是由谁带着旅行的？

"我完全不知道你外祖父是如何设法离开维也纳的，"露德的表哥埃米尔告诉我，"也不知道你外祖父是如何把女儿弄出维也纳的，更不知道你外祖母是如何逃离维也纳的。"

13

1939 年 1 月底，当莱昂抵达巴黎时，他已经 34 岁了。这里是安全的，尽管爱德华·达拉第总理的政府屈服于政治现实，正在与希特勒谈判，准备承认西班牙的佛朗哥政府。莱昂抵达时身上只有一本护照、一张强制他离开"帝国"的驱逐令和两份证明——一份证明了他的良好品格，另一份证明 1926 年至 1938 年间他在维也纳经营一家酒品店。除此之外，身上没有钱。

我过去也常想象莱昂从维也纳到巴黎的逃亡过程，那时还不了解其中的细节。我在维也纳参加完关于乌克兰切尔诺贝利核事

露德，巴黎，1939 年

故的会议后，临时起意去了维也纳重建的西车站，在那里买了一张去往巴黎的单程夜车票。同包厢还有一位年轻的德国女士。我们谈论了战争年代、战争对我们家人产生的影响、我们对与那段历史发生联系的感觉。这是一段敞开心扉的旅程，一个确认和铭记的时刻，而我们甚至都没有互通姓名。

在巴黎，我去了莱昂刚抵达时暂住过的地方，马尔特街 11号，位于冬日马戏馆背后的一幢 4 层楼房，距离共和广场不远。在这里，他提交过留在法国的申请，收到了许多巴黎警察厅发回的拒绝通知单，他把这些布满蓝墨水字的小单据都保存下来了。通知单限他 5 天内离开，但他对每次拒绝都提出抗议，整整一年里的每个月都是如此。最后他终于获得了居留许可。

1939 年 7 月，莱昂尚在襁褓中的女儿到达了巴黎。他们住在

莱昂，勒巴尔卡雷，1940 年

哪里，他如何谋生，我不得而知。8 月份，他在月神街 29 号，一条狭窄街道上的一栋高耸的建筑里租了一间房，9 月 1 日德国入侵波兰时他就住在那里。几天后，法国和英国对德宣战，由于维也纳属于敌方领地，致使他与丽塔的通信联络变得十分困难。没有任何书信保存下来，只有一张 10 月份寄给丽塔的女儿的照片。莱昂在照片背后写道："小露德奔向更美好的未来。"他也为其他家庭成员写下了一些深情的话，但他并不知道他们已经去了英国。

　　莱昂把女儿托给别人照顾，自己加入了法国军队参加对德战争。法国军方发给他一张身份卡，称他为"电工"。1940 年 3 月，他加入了法国外籍军团的分支——外国志愿者第三前进兵团。几天后，他被转移到西南海岸的一个营地，靠近比利牛斯山脉和西班牙边界的勒巴尔卡雷军营，一条狭长的沙滩隔开地中海和一片宽阔的淡水湖。他所属的第七连是由来自欧洲各地的几千人组成的。他们中包括了西班牙共和党人，来自匈牙利、捷克斯洛伐克和波兰的共产党人及犹太人。[35] 在保留的几张军旅照片里，他戴着宽檐帽，穿着马裤和大衣，看起来很帅气。

不到一个月，他就退役了，35 岁的他被认为年龄太大，不适合战斗。几个星期后，德国攻入法国、比利时和荷兰。莱昂之前所在的兵团改名为"外国志愿者第二十三前进兵团"，被调往北方苏瓦松和约讷河桥村发动对德战役。6 月 22 日，敌对状态以休战告终。该兵团也被解散了。

1940 年 6 月 14 日，德国人进入巴黎，引致许多巴黎人的逃亡，那时莱昂已返回巴黎。

几周之后，巴黎郊外的道路就被夷为平地，德国军队接管了香榭丽舍大街上的餐馆，首都随即充满了"污秽的空气"[36]，法兰西近卫军少年团（与希特勒青年团类似的法国组织）叫卖着激进的反犹反自由民主周刊《耻辱柱上》，呼吁私刑处死莱昂·布鲁姆和爱德华·达拉第。

莱昂靠着他的德语技能在圣拉扎尔路 102 号的语言学校工作。在他的文件里，我找到了学校主任埃德蒙·梅尔菲先生写的一张纸条，证明了他的教师身份。露德被送出巴黎，躲藏在附近的市镇默东。两岁的她已经会走路了，但还不会说话，躲藏在一个名叫"生命的黎明"的私人托儿所。这是她藏身的数个地方中的第一处，关于那里所有的痕迹都从她的记忆中蒸发了。在接下来的四年里，我的母亲与她的父亲分开，成为一个被藏起来的孩子，化名为乔瑟琳·泰维。

14

莱昂保留的文件里只有一张明信片提供了这个私人托儿所的信息，正面是一个有着灿烂笑容的年轻女人。她穿着细条纹外套和白衬衫，打着黑色大领结。她的头发是黑色的，向后梳起来，很漂亮。卡片背面是她写的几句话："向露德的父亲致以我全部的友情，S.曼金，'生命的黎明'托儿所所长，默东（索恩街和瓦兹街）。"

我在默东市政厅的指引下找到了市档案保管人，她帮我查询了这位保育员的档案。在 1939 年至 1944 年间，曼金小姐在她位于拉瓦街 3 号，城镇中心一座门前带有小花园的小型独立式住宅中照顾过几位小朋友。"我们在这个'乳母'记载的儿童名册中没有找到露德·布赫霍尔茨这个名字，"格勒叶夫人告诉我，"也许她是用另外的名字向市政府申报的。"这是常有的事。她把 1938 年 9 月（第一个名字是让-皮埃尔·索迈尔）至 1942 年 8 月（最后一个名字是阿兰·路泽特）在托儿所登记的所有孩子的名字发给了我。一共 25 个孩子，其中有 8 个女孩。假如露德登记在上面了，那么她肯定用的是秘密的假名。更大的可能是她并没有被记录在册。

15

在巴黎以东 1000 英里外的若夫克瓦，居住在马尔卡出生的那条街上的一位女士告诉了我发生在 1939 年的另一件事。90 岁的奥尔加提供了波兰被占领时的清晰的第一手口述史料，德国人在1939 年 9 月到来时她才 16 岁。她站在一大锅炖煮的卷心菜前边讲述，上半身被鲜艳的围巾紧紧包裹着，使她免受秋天的寒冷。

"我会告诉你真实的情况，"奥尔加说，"若乌凯夫以前可能有上万人口，一半是犹太人，其余是乌克兰人和波兰人。犹太人是我们的邻人，我们跟他们是朋友。曾经有一名医生，他受到尊重，我们找他看病。还有一名钟表匠。他们都是正人君子，他们全部都是。"

奥尔加的父亲和犹太人相处融洽。1919 年波兰独立后，他被捕了，因为第一任妻子 —— 不是奥尔加的母亲 —— 是成立于1918 年 11 月，寿命还不到一个月的西乌克兰人民共和国的积极支持者。"当我父亲在监狱里的时候，他的邻居犹太人格尔伯格见他孤身一人，就把钱和食物送去监狱给他。所以我父亲对犹太人没有偏见。"

当我们漫无边际地谈话时，奥尔加喝着茶，时不时去看看煮着的卷心菜，追忆起那场战争。

"首先是德国人来了，"令犹太人感到害怕，"德国人在若乌凯夫待了一个星期，没有太多行动就离开了，向西回撤。接着苏联人来到了城里。"

当苏联人进入城里时，奥尔加正在学校里。

"第一个到达的是一名女性，一个美丽的女战士，骑着高大的白马带领着苏联人进城。后面跟着的是士兵，然后是大型军械。"

她对大炮感到好奇，但骑在马上的女人给她留下了更深刻的印象。

"她很好看，还拿着一杆大枪。"

18个月来，若乌凯夫受苏联控制，变成共产党管辖的直辖市，市内私营企业被取缔。波兰的其他地区被纳粹德国占领，受总督汉斯·弗兰克领导的波兰占领区政府统治。斯大林和希特勒在秘密的《苏德互不侵犯条约》中同意了这一划分，这是一份互不侵犯条约，在伦贝格和佐洛科夫以西划出的一条线把波兰划分为两半，莱昂的家人留在了安全的苏联那一半。[37]1941年6月，德国撕毁协议，发动"巴巴罗萨计划"。其势力迅速向东扩张，因此到6月底，若乌凯夫和伦贝格已在德国的控制范围内。[38]

德国人的归来给犹太人带来恐惧。奥尔加还记得他们抵达后开始封锁、建立隔都（ghetto，犹太人聚居区）、烧毁犹太会堂。她本人并没有结识过马尔卡的家人弗莱施纳一族，但是对这个姓氏有印象。"他们家有一个是开旅店的，"她突然说，回忆起有好多姓弗莱施纳的人，"他们去了镇上的犹太隔都，所有的犹太人都去了。"她说的是莱昂的舅舅莱布斯、舅妈和表亲，所有的亲戚，这座镇上的其他3500名犹太人。远在巴黎的莱昂对这些事件一无所知。

16

1941年夏天的维也纳对丽塔来说同样艰难。与莱昂和女儿分离了近3年，她同母亲罗莎和婆婆马尔卡住在一起。莱昂的文件中没有任何关于那时的信息，丽塔也从未说过那些年，从未说给她的女儿，也从未说给我。通过其他方式，我追查到了后来发生的事。

9月，当局通过了一项法令，要求所有在维也纳的犹太人都佩戴黄色六芒星。他们被禁止使用公共交通工具，也被禁止未经授权擅自离开他们居住的区域。[39] 维也纳的城市档案提供了更多的详细情况。莱昂离开后，丽塔被迫离开塔博尔街的公寓。她搬去与马尔卡同处，她们先在弗朗兹·霍切丁格巷居住，然后去了上多瑙河大街，两处都属于犹太人居住的利奥波德城地区。马尔卡被迫从她已经住了四分之一个世纪的罗曼诺巷的公寓搬出，住进丹尼斯巷的"集体"公寓。1939年10月，当局暂时停止向东驱逐犹太人，但在1941年夏天，在新任维也纳大区长官巴尔杜尔·冯·席拉赫的统治下，关于新一轮驱逐出境的流言又开始传开了。[40]

8月14日，丽塔获得了一张有效期为一年的旅行通行证，允许出入"帝国"国境。尽管她被登记为犹太人，但旅行证上并没

丽塔的护照，1941年

有盖着红色的 J 字印记。2 个月后，在 10 月 10 日这一天，维也纳警方准许她乘哈尔加滕-法尔克的列车经由德法边境萨尔兰州单程出境。这趟旅行必须在 11 月 9 日前完成。丽塔旅行证上的照片显得万分忧郁，她的嘴唇紧闭，眼里充满了不祥的预感。

我在莱昂的文件里还找到了一张一模一样的照片，是她从维也纳寄到巴黎的。照片背面有她写的赠言："赠我最亲爱的孩子，赠我最宝贝的孩子。"

我感到惊讶的是，丽塔，一个登记在册的犹太人，竟然在这么后期的时刻还能获发旅行许可证。位于华盛顿的美国大屠杀纪念博物馆的一名档案保管员在列出了丽塔要获得旅行许可证所必须经历的诸多程序——由阿道夫·艾希曼设置的重重障碍——之后，称这次旅程"简直不可能"。档案保管员指引我去查阅了一张巨大的图表，标题是《1938—1939 年由奥地利移出的犹太人》，由艾希曼编写。[41] 而像丽塔这样一位无国籍人士——在德奥合并之后因与无国籍犹太人结婚而失去了奥地利国籍——则需要经过更加烦琐的程序。

丽塔肯定拜托了有内部关系的人帮忙才得以离开维也纳。1941 年 10 月，艾希曼和副手，即将转移至巴黎的阿洛伊斯·布鲁纳签署了大量驱逐犹太人的命令。[42] 在那一个月里，总计 5 万犹太人从维也纳被驱逐出境。其中包括莱昂的姐姐劳拉和她的女儿——莱昂 13 岁的外甥女——赫塔·罗森布卢姆。两人于 10 月 23 日被送到利兹曼施塔特（罗兹）。

丽塔免于被驱逐出境。她在 11 月 9 日离开维也纳。就在第二天，"德意志帝国的边境向难民关闭"[43]，所有出境移民都被终止，所有的离境路径都被封锁。丽塔在最后一刻逃了出去。她的及时脱逃要么是运气使然，要么是掌握了内部消息的某个人帮助了她。我不知道丽塔何时到达巴黎，以及如何到达巴黎。这张旅行许可证上面既没有印章也没有其他任何线索。其他文件证实，1942年年初她已到达巴黎与丈夫团聚了。

马尔卡是莱昂家族最后一个留在维也纳的人。她的孩子和孙辈都已离开了这个城市，陪伴她的是丽塔的母亲罗莎·兰德斯。由家人的缄默造成的这些事件中间的空白，可以通过档案中大量的文件来填补。对于后来发生的事，这些黑白文件给出了阴森的细节。但首先我想要亲眼看看这些事件发生的地方。

17

我带着15岁的女儿前往维也纳探访了档案中提供的各个地址。她受到学校历史课的触动，想去参观"德奥合并博物馆"，然而并不存在这样的机构。我们退而求其次在一家相当不错的小型私人博物馆看到了类似的展览，这是一家对丽塔最喜爱的，也是我最喜爱的奥森·威尔斯的电影《第三人》致敬的博物馆。[44] 展厅通过照片、报纸和信件追溯了发生在1938年至1945年的不幸事件。其中有一份德奥合并后为了正式批准与德国联盟而组织的全民公决的投票表格的副本，宣称得到了天主教会"坚定而明确"的支持。

之后我们沿着维也纳的街道步行去了克洛斯特新堡大街69号，1914年莱昂刚从伦贝格来到这里时的住处。这里曾经是他姐姐古斯塔和姐夫马克斯的家，那间酒品店现在变成了便利店。附近就是莱昂的学校，位于卡拉扬巷的中学，还有他在劳舍尔大街上的第一家店。我们还去了莱昂和丽塔最开始住过的塔博尔街上的那栋建筑——我的母亲就出生在这里。这条街很美，但是72号楼是被战火摧毁的建筑物之一。之后我们来到马尔卡在维也纳的最后一个居所，伦勃朗大街34号一家集体宿舍的外面，她当时与其他老年居民合住在这里。最后一天的光景不是很难想象，从1942年7月14日清晨开始，街道被党卫队封锁，防止犹太人逃跑。"他们要抓走整条街上每一个犹太人。"[45] 当时就住在附近街道上的一位居民回忆说，看到党卫队员拿着警棍大步走来走去吼着"所有人都出来，所有人都出来"时，她被吓坏了。

马尔卡那年72岁，被允许携带一个手提箱从东边离境。她和其他被驱逐者一起被押送到美景宫后面的阿斯庞火车站，围观的人对着他们吐唾沫、嘲弄、折磨他们，为驱逐鼓掌喝彩。[46] 唯一令人感到安慰的是，她与丽塔的母亲罗莎在一起，并不是完全孤身一人。这是一个挥之不去的画面：两位年老的妇人站在阿斯庞火车站站台上，每个人都紧紧抓着一个小手提箱，站在994名老年维也纳犹太人当中等待被运往东边。

他们乘坐第 IV / 4 次列车，坐在普通车厢里，有座席，还有午餐盒和点心，可以说是非常舒适的"疏散"。车程长达24个小时，去往布拉格以北60千米的泰雷津集中营（特雷西恩施塔特）。甫一到达，他们就遭到了搜身检查。最初的几个小时是未知且难熬的，他们在原地等待着，最后才终于被指引到他们的营房，一个通间，除了地板上的几个旧床垫以外空无一物。

罗莎只撑过了几个星期。死亡证明上说，她于9月16日死于结肠周炎。在这份证明上签字的是来自汉堡的牙医西格弗里德·斯特莱姆博士，他在泰雷津待了两年多，之后被送往奥斯维辛集中营，于 1944 年秋天死在了那里。[47]

罗莎去世一周之后，马尔卡被送上 Bq 402 次运输列车离开泰雷津。她乘着火车往东，经过华沙，进入了汉斯·弗兰克的领地。火车行程超过 1000 千米，历时 24 小时，她与其他 80 位同样虚弱年迈的"劣等人"一起被关在运牲口用的车厢里。那趟列车上运输的其余 1985 人中，还包括西格蒙德·弗洛伊德的 3 个妹妹：78 岁的波林（宝莉）、81 岁的玛丽亚（米茨）和 82 岁的雷吉娜（罗莎）。[48]

火车最后在距离特雷布林卡小镇火车站 1.5 英里处的集中营停下来。接下来的例行程序是在指挥官弗朗茨·施坦格尔的个人指导下精心演练好的。[49] 如果马尔卡那时还活着，她会与弗洛伊德姐妹一起在 5 分钟内下车。他们被勒令在站台上排队站好，分成男女两组，在鞭子的抽打威胁下被迫脱光衣服。犹太裔的苦工收走他们脱下的衣物，拿进营房里。那些还能走路的人光着身子沿着"通往天堂的路"走进营地。女人的头发都被理发师剃掉，成包地捆扎起来，用于制作床垫。

读着对这一过程的文字描述，我想起克劳德·朗兹曼的影片《浩劫》中的一幕。特雷布林卡灭绝营极少数生还者之一理发师亚伯拉罕·邦巴一边为一名顾客理发一边接受采访，当被追问他当时所执行任务的详细情况时，他明显不愿意谈起。邦巴拒绝回答，但朗兹曼一再坚持。最终，理发师崩溃了，一边流泪一边讲述了自己给那些女人剃光头发的事情。[50]

"我执着于那些即将死去的人们的最后时刻，"朗兹曼在参观特雷布林卡灭绝营之后写道，"也就是他们进入死亡营的第一刻。"那一刻是触犯人类禁忌的。剪下人的头发，强迫人裸体行走，把人送进毒气室。[51]

在从火车上下来的 15 分钟之内，马尔卡的生命就结束了。

18

马尔卡是于 1942 年 9 月 23 日在特雷布林卡的树林里被杀害的，莱昂直到多年后才了解到这一确切细节。[52] 在她去世后的 6 个月内，她的弟弟莱布斯和若乌凯夫的整个弗莱施纳家族成员也尽数死去。虽然无从了解确切的情况，但是我从少数幸存下来的犹太居民，现居新泽西州伊丽莎白市的克拉拉·克拉默那里了解了那些若乌凯夫犹太人的命运。

我与克拉拉见面的机缘起于我在若夫克瓦的小博物馆看到的一张被勇敢地展示出来的照片，就在摇摇欲坠的斯坦尼斯瓦夫·若乌凯夫斯基城堡翼楼底层的几个阴沉的展厅里。1941 年夏天，在博物馆的展墙上挂着几张阴暗的黑白照片，这是在德国占领初期拍摄的三四张模糊不清、没有对好焦的照片。照片中显示了装甲车、咧嘴笑的士兵、燃烧着的 17 世纪犹太会堂。还有一张照片是若夫克瓦的入口之一——格林斯基门，我曾经步行从这座城门底下经过，这张照片是在德国人抵达后不久拍摄的。

在雄伟的石门顶上悬挂着 3 条横幅，用乌克兰语向刚刚到来的人致以欢迎："希特勒万岁！荣耀归于希特勒！荣耀归于班杰拉！""乌克兰独立国万岁！领袖斯捷潘·班杰拉万岁！"

这是当地乌克兰人支持纳粹德国的证据，博物馆陈列员决定展出这样的照片是需要很大的勇气的。我最终在城堡的另一侧翼楼里找到了她，柳德米拉·拜布拉，市政府公务员。她让我叫她露达，露达是一位 40 多岁、坚强、有魅力的女性，她头发乌黑，

格林斯基门，若夫克瓦，1941 年 7 月

有着骄傲、豁达的脸庞和着实令人惊叹的蓝眼睛。她花了一辈子的时间去了解她的家乡消逝的战争岁月，因为她从小到大生活的地方没有犹太人，这是一个令人沉默的话题。城中仅有的为数不多的犹太人之一是她祖母的朋友，这位老太太用她童年的故事让露达对消逝的过去产生了兴趣。

露达开始收集信息，然后决定在博物馆的展墙上展出一些她发现的东西。在我们的一次谈话中，伴着腌菜加罗宋汤的午餐，她问我是否读过《克拉拉的战争》，一本关于在德国占领下幸存的一位若乌凯夫年轻女孩的书。[53] 她告诉我包括克拉拉·克拉默在内的 18 名犹太人在波兰夫妇瓦伦丁·贝克先生及夫人住所的地板下躲藏了 2 年。1944 年 7 月，苏联人从东方抵达后，她被解救出来。

我买来克拉拉的书，并一口气读完了。出人意料的是，那 18 个犹太人中有一个名叫盖达罗·劳特派特的青年，竟然是赫希的一个远亲。我去新泽西州拜访了克拉拉，想要了解更多的情况，同时也发现她是一个有魅力的、聪明的、健谈的 92 岁老人。她身体健康、容光焕发，记忆力良好，但正处在几周前丈夫去世的悲痛中。

"若乌凯夫在 20 世纪 30 年代很繁华。"她回忆说，宏伟的市政厅有着高大的塔楼，顶部四面都有露台。"每天正午有个警察用小号吹奏肖邦的曲子，"她微笑着说，"他绕着露台四周走动，专心吹着小号，总是吹肖邦的曲子。"她哼了那首乐曲，但想不起来叫什么名字了。

克拉拉小时候走路上学，路上会经过伦贝格门和市政剧院。她每天往返利沃夫。"一天有三趟列车，但没人乘坐，"她解释说，"公共汽车每小时正点发车，所以我们总是搭乘公共汽车。"不同群体之间称不上关系紧张。"我们是犹太族裔，波兰人是波兰族裔，乌克兰人知道他们是乌克兰族裔。每个人都是信教、守教规的。"她有波兰族裔和乌克兰族裔的朋友，而且过圣诞节的时候，她们一家还会专程去波兰人家里欣赏他们各家装饰的圣诞树。夏天到来时，全家会去波兰其他地方旅行，那些地方有着与加利西亚不一样的美丽森林。在那些地方，她记得，犹太人做交易或旅行的自由度较低。那是她第一次被人辱骂。

她深情地谈起东西街上的那座古老的木造教堂，"它就在我们住的地方的隔壁"。后来发现，她的邻居中有一个老劳特派特，是赫希的叔叔达维德，他们每天早上在街上都会互相问好。她还记起弗莱施纳这个姓以及莱昂的舅舅莱布斯的名字，但想不起他的长相。他过去是不是经营着一家旅馆？她询问道。她知道弗莱施纳家与子女们同住的那条街道，那时叫作毕苏斯基大街，位于她家和主广场之间。

德国人来了又突然走了，就像奥尔加所描述的那样。"苏联人的到来让我们松了口气，我们对德国人害怕极了。"他们从收音机里及 1938 年从维也纳逃过来的几个难民口中听到了德奥合并的消息。一对维也纳夫妇，罗森伯格医生和他的太太，被安排到他们家。他们每个星期三晚上来吃晚餐。起初，克拉拉和她的父母不相信他们描述的在维也纳的生活。

德国人在 1941 年 6 月重新占领了这里，生活变得更加艰难。学校的朋友们在路上故意不搭理她，在她走近时纷纷别过头去。"因为我戴了白色的袖标。"她解释说。一年后，他们躲进了老旧木制教堂对面的贝克家的地板下面，一共 18 个人，包括盖达罗·劳特派特和梅尔曼夫妇，他们也是赫希·劳特派特的亲戚。

她深刻地记得那是 1943 年 3 月的一天，他们被房子外面的脚步声、叫声和哭嚎声吵醒。"我们知道我们在若乌凯夫总有厄运临头的一天。大概是在凌晨 3 点，我被吵闹声吵醒，接着是一些枪声。他们被带到森林里去了，那是唯一可以挖掘坟墓的地方。"她知道那片名为 borek 的森林，那是孩子们玩耍的地方。"那曾经是一片美丽的树林。我们在那里玩得很开心。但现在我们什么都做不了。我们很可能被发现，也会跟他们一样被杀害。至少有三四次，我们都以为肯定要完了。我以为就这样完了。"

那一天是 3 月 25 日。若乌凯夫的 350 名犹太人，一起走进树林，来到一片布满沙坑的空地。他们排成长队，在距离他们的小镇中心 2 千米以外的地方被开枪打死。[54]

19

莱昂对若乌凯夫、伦贝格和维也纳的事件一无所知。丽塔在巴黎和他一起待了一年，但他们为了躲开定期对犹太人的突击搜查用尽了各种办法，处境很不稳定。一年前的 1942 年 7 月，有 1.3 万多名巴黎犹太人被拘留在冬赛馆，然后被送到奥斯维辛集中营。[55]

那年夏天，莱昂和丽塔取得了官方证件。两张小小的身份卡于 1943 年 7 月 6 日由库里耶尔签发，那是法国西北部的一个小城，40 年前发生过欧洲最严重的矿难。这两张身份卡都在莱昂的文件中，每张上面都有一张极小的照片和两个手指印，每只手一个。莱昂的身份卡编号是 433，在"省"那一栏里写明的出生地是伦贝格。丽塔的身份卡编号是 434，她的娘家姓被写成"坎珀"（而不是本来的兰德斯），还有明显伪造的签名。两张身份卡都表示他们的国籍是法国（并非事实），他们的姓氏也拼写为布霍尔茨（Bucholz，省略了一个 h）。

身份卡是一种薄薄的蓝色卡片，可以对折合上，很廉价。当我联系到库里耶尔市政府时，他们告诉我，党卫队在 1940 年 5 月

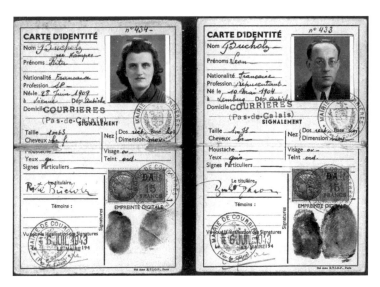

莱昂和丽塔的身份卡，1943 年

毁掉了位于让·饶勒斯街上的市政厅，处决了数十名抵抗德国人的当地居民。当地的历史学家路易·贝特雷米厄先生告诉我这些身份卡不可能是真的，几乎可以肯定它们是伪造的：因为这个城镇曾是法国抵抗运动的中心，在这里签发了许多伪造的身份卡。[56]就这样，我把莱昂与地下运动联系起来了。

20

在美国军队于 1944 年 8 月解放巴黎之前的艰难时期，我能找到的关于莱昂生活情况的资料甚少。莱昂的教书生涯已经结束了，他在一个犹太组织里担任某个职位。在我母亲保管的文件中没有任何关于这件事的资料，但是当我问舅妈安妮（莱昂和丽塔的儿子让-皮埃尔的遗孀，出生在战后），莱昂有没有提到过这个时期时，她拿出了一大堆莱昂在去世前交给她的文件。它们被装在一个塑料购物袋里。

这些文件来得出乎意料。文件有一大部分是由许多期印刷粗糙的新闻通讯《法国犹太人联盟公报》（以下简称《公报》）构成的。[57] 法国犹太人联盟是在纳粹占领期间成立的，为犹太人社区提供援助，每周五发布这个公告。莱昂的收藏近乎完整，从第1期（1942年1月出版）到第119期（1944年5月出版）。《公报》印在廉价的纸上，长度从来不超过4页，刊登着犹太主题的文章、广告（第四区的各家餐馆，一家殡仪馆）和讣告。随着驱逐出境人数的增加，《公报》提供了信件无法送达、收件人已被送到东部遥远的"劳动营"之类的细节。

《公报》也专门留出一部分来刊登纳粹法规，并警告说不遵守规定的行为是危险的，这是被占领后的巴黎生活的缩影。早期的一项法令禁止犹太人在晚上8点至次日早上6点之间离开住所（1942年2月）。一个月后，一项新规定禁止雇用犹太人工作。从1942年5月开始，要求每个犹太人都在左胸口佩戴一颗大卫之星（可从德黑兰路19号《公报》总部领取，莱昂就在这栋19世纪的典雅大楼里工作过）。7月份，犹太人被禁止出入剧院或其他有公开演出的地方。从10月份开始，他们每天只有一小时用来购物，禁止拥有电话，搭乘地铁时只准使用最后一节车厢。次年，即1943年8月，纳粹给犹太人发放了特殊身份证。

随着驱逐出境的人数不断增加，《公报》受到更多的限制，特别是在其领导层拒绝执行解雇外国犹太雇员的命令之后。1943年2月，当地的盖世太保指挥官克劳斯·巴比带人突袭了总部，逮捕了 80 多名员工和受惠者。[58] 一个月后的 3 月 17 日和 18 日,《公报》的前雇员被逮捕(我注意到,莱昂的收藏中缺了那周发行的第 61 期《公报》)。那年夏天晚些时候,阿洛伊斯·布伦纳下令逮捕几名《公报》的领导人,把他们送到德兰西集中营,然后运到奥斯维辛集中营。[59]

作为波兰犹太人,莱昂受到的威胁更大,但他想方设法躲开了逮捕。我的舅妈回忆了莱昂告诉她的 1943 年夏天的那次躲避。当时布伦纳走进了德黑兰路 19 号的办公室,亲自监督逮捕行动。莱昂躲在门后避开了他。

塑料袋里还出现了莱昂参与其他活动的证据。里面有数张未使用过的信纸,分别来自美国犹太人联合分配委员会、全国战俘及被放逐者运动,以及法国犹太人团结和防卫委员会。[60] 这里面的每一个组织在德黑兰路 19 号都设有办公室,他一定与它们都合作过。

文件中有两篇个人陈述,每篇陈述都详细描述了向东部遣送的被驱逐出境者的遭遇。一篇是 1944 年 4 月在巴黎写下的,记录了在奥斯维辛集中营"伴随着音乐声,他们被无缘无故绞死"的证词。另一篇是在战争结束后不久写下的:"在比克瑙,我们干着污秽的活;在奥斯维辛,我们干净而有秩序地死去。"末尾是一段描述性证言:"总之,这个年轻人证实了广播和报纸上关于集中营这个主题所说的一切。"

莱昂保留了很多他给波兰纳粹占领区集中营和隔都寄邮包的收据。在 1942 年的夏天,他往马莱赛尔贝大道上的邮局跑了 24趟,为了给卢布林附近皮亚斯基隔都里的一个叫莉娜·马克斯的女人寄包裹(这个隔都在次年夏天被清算,而莉娜·马克斯并不在少数生还者之列)。

有两张明信片吸引了我的目光，它们是 1941 年 2 月从维也纳被驱逐出境的恩斯特·沃尔特·乌尔曼博士从波兰纳粹占领区的桑多梅日小镇寄出的。第一张于 1942 年 3 月寄出，乌尔曼博士解释说，他是一名年老退休的维也纳律师。上面写着"请帮帮我"。第二张明信片于 4 个月后的 7 月份寄出，收件人是德黑兰路 19 号的莱昂本人。乌尔曼博士感谢他好心寄去的一包慰问品：香肠、西红柿罐头和少量糖。在莱昂收到这张卡的时候，乌尔曼博士已经死了，这张卡寄出的隔都在那个月已经被清空了，其住户被运往贝尔赛克集中营，就是伦贝格至若乌凯夫铁路线的终点。

在袋子的底部，我发现了一摞黄色的布，切成正方形小块，边缘已经脱线散开。每一块上面都印着一颗黑色的大卫之星，中心是"Juif"（法语"犹太"）字样。一共有 43 块这样的布标，每一块都是崭新未使用过的，以备发放和佩戴。

21

在巴黎的第一年，莱昂和丽塔与他们的女儿分开了，但他们似乎偶尔会陪她一段时间。还有一些照片——小小的方形图像，黑白的，不超过二十张，没有注明日期，拍的是一个两三岁的小女孩和她的父母。她的头上戴着白色的蝴蝶结，丽塔一脸担忧地在旁边护着她。有一张照片是我的母亲和一个比她大的男孩站在一起。还有一张，她和她穿着考究的父母坐在公园里的一家咖啡馆里，与一对年长的夫妇一起，其中女士头戴一顶有棱有角的帽子。第三组照片展示了五六岁大的露德与母亲在巴黎，也许是在占领即将结束的时候。

没有一张照片里的丽塔是在笑的。

莱昂和丽塔现在住在巴黎最短的街道布隆尼亚尔街上，离他们的朋友布萨尔夫妇很近，他们不是犹太人，但一直关照着他们。在后来的几年里，莱昂告诉女儿，布萨尔先生会警告他有突击抓捕，告诉他不要去街上，远离公寓。然而在莱昂的文件中没有任何关于布萨尔夫妇的内容，其他地方也没有提到过他们。战后，莱昂和丽塔依然与布萨尔夫妇住得很近，但是在他们拒绝出席我母亲与一个英国人（我父亲）的婚礼之后，我母亲就与他们失去了联系。他们解释说，英国人比德国人更可恶。那是在 1956 年，当母亲告诉我这个故事的时候，我大声笑了起来。但是她说这并不好笑，这给两对老夫妇之间的友谊造成了很大的压力，她再也没有见过布萨尔先生。许多年以后，当她在蒙帕纳斯大道上著名的圆顶屋咖啡馆与布萨尔夫人一起喝茶时，布萨尔夫人告诉她，丽塔一直偏爱儿子让-皮埃尔多过女儿。[61] 我母亲后来再也没和她见过面。

1944 年 8 月 25 日，莱昂和丽塔与布萨尔夫妇一起庆祝巴黎的解放。他们加入了香榭丽舍大街的人群，迎接美国军队，想着如何才能从默东接回他们的女儿。莱昂拦下了一辆载满年轻士兵的美国军车，其中一人会说波兰语。

"上车吧，"美国兵说，"我们带你们去默东。"一个小时后，士兵把这对夫妇送到镇中心。最后送上一句波兰语"祝你们好运"，他们就离开了。

那天晚上，他们一家三口在布隆尼亚尔路 2 号的家中一起入睡，那是位于四楼的一间小小的两居室公寓。这是他们五年来第一次在同一屋檐下睡觉。

22

我回过头来调查莱昂文件中的一张照片，那是我第一次去利韦夫之前在母亲的客厅里看到的。

我把这张照片发给了巴黎戴高乐基金会的档案保管员。她告诉我，这是 1944 年 11 月 1 日在巴黎郊外的塞纳河畔伊夫里墓地拍摄的。戴高乐曾经拜谒过德国的福塞尔纪念碑，为纪念在占领期间被德国人处死的外国抵抗战士。

"那个留着髭须的人是阿德里安·蒂克西，1944 年 9 月被戴高乐将军任命为法兰西共和国临时政府内政部长。"档案保管员解释说。"在他身后是巴黎警察局局长夏尔·吕泽（照片左侧，戴着大盖帽）"，还有塞纳区行政长官马塞尔·弗洛雷（照片右侧，围着白围巾）。"在弗洛雷身后留着小胡子的是加斯东·帕尔维斯基"，这个名字我有印象，帕尔维斯基是戴高乐内阁负责人，也是南希·米特福德的情人，还是她的小说《爱的追求》里虚构的索维尔德公爵法布里斯的原型。[62]

莱昂为什么会跟这些人一起出现？

有一条线索与那些被葬在枪决纪念广场的人的身份有关。在那些被处决的人中，有 23 名法兰西抵抗者，他们是法兰西自由射手游击队-移民劳工的成员，生活在巴黎的外国战士。[63] 这个群体里包括 8 个波兰人、5 个意大利人、3 个匈牙利人、1 个西班牙人、3 个法国人和 2 个亚美尼亚人——其中一人是该组织的领导人米萨克·马努尚。其中唯一一位女性是罗马尼亚人。剩下的一半人都是犹太人。

戴高乐，伊夫里墓园，1944 年

1943 年 11 月，23 名抵抗运动的成员被捕。3 个月后，在巴黎和法国的其他地方出现了红色的海报，上面印着他们的名字和头像，标题是加粗的大字：L'arméedu crime（罪恶部队）。这就是 L'affiche rouge，著名的红色海报，号召巴黎居民揪出这些外国人，以免他们毁掉法国，毁掉法国的妇女儿童。"指挥这些犯罪行为的总是外国人，负责执行的总是失业者和职业罪犯，教唆他们的总是犹太人。"[64] 海报背后的文字如此宣扬着。

几个星期之后，在 2 月份，除一个人之外，所有队员都在瓦勒里昂山堡垒被行刑队执行枪决。受到例外待遇的是他们中唯一的女性奥尔加·班西克，暂时幸免于难。几个星期后，在她 32 岁生日那天，她在斯图加特被斩首。其他人被埋葬在伊夫里墓园，戴高乐就是在莱昂陪同下祭拜了他们的陵墓。

路易·阿拉贡的诗歌《红色海报》悼念了这些烈士。这首诗写于 1955 年，引用了马努尚给他妻子梅林尼的最后一封信，这首诗后来启发了歌手雷欧·费文写下一首我从小就熟悉的歌，也许是因为莱昂知道这首歌：

> 祝所有人幸福，祝活下去的人幸福，
> 对于德国人，我死时不怀仇恨，
> 别了，痛苦和不幸。[65]

当戴高乐拜祭坟墓的时候，莱昂就在随行人员之中。他认识这 23 位烈士吗？海报上有一个叫莫里斯·芬格茨威格的人看起来很眼熟，他是波兰籍犹太人，被处决时才 20 岁。我知道这个名字：我母亲儿时的朋友吕赛特在占领结束后每天早上都与她一同去上学，后来嫁给了卢西恩·芬格茨威格，正是被处决的那个年轻人的堂兄。吕赛特的丈夫后来告诉我，莱昂那时一直同这个团体保持着联系，但他也不了解更多细节。"这就是为什么他在拜祭伊夫里墓地的行列里位置比较靠前。"卢西恩补充说。

23

对巴黎的军事占领结束时，关于马尔卡、古斯塔、劳拉或是伦贝格和若乌凯夫的家人的命运，莱昂一无所知。报纸文章报道集中营的大规模杀戮事件，诸如特雷布林卡和奥斯维辛之类的城镇名开始出现在报刊上。莱昂那时候一定担心过最坏的可能性，但仍怀着一丝希望。

一些新的组织迅速形成。1945 年 3 月，美国犹太人联合分配委员会成立了犹太社会运动与重建委员会。在 4 月 30 日听到希特勒自杀的消息时，莱昂正在位于巴黎市中心的吕特斯酒店的犹太委员会工作，这里曾被用作盖世太保的总部。一个星期后，阿尔弗雷德·约德尔将军签署了无条件投降书。从莱昂的文件中保存的一张褪色的灰色证件卡来看，他在 7 月份被任命为部门主管，但是他所领导的部门名称并不清楚。他从来没有跟我说过这个组织，该组织据说是由法国抵抗运动发展起来的，致力于使难民和集中营幸存者重新融入战后生活。我母亲对那些日子的回忆仅限于偶尔来他们位于布隆尼亚尔街的家中的访客，受到邀请前来用餐和交谈的穷困潦倒的男人或女人。他们中不止一人最后自杀了。

莱昂还是收到了一个令人鼓舞的消息。与他的朋友马克斯分别 6 年后，莱昂 4 月份找到了对方在纽约的一个地址，于是他往这个地址寄了一封信。7 月份，他收到了马克斯的回信，信上既有重新联系上故人的喜悦，也有对失联家人命运的隐隐担忧。"只要我没得到任何坏消息，"马克斯在信里对莱昂说，"我就不会放弃希望。"你的家人有什么消息吗？马克斯询问道。他列出了他在打听寻找的人，包括他失踪的兄弟们。[66] 这封信以真挚动人的话语结束，马克斯鼓动莱昂和丽塔搬到美国，并表明愿意帮助他们获取签证。1946 年 1 月，莱昂和丽塔在美国驻巴黎领事馆登记申请移民，丽塔以奥地利国籍申请，莱昂以波兰国籍申请。

24

差不多在同一时期，《世界报》等报纸报道说，同盟国正在考虑设立一个国际法庭以起诉纳粹头目。理论逐渐变为事实：法庭将有 8 名法官，其中 2 名是法国人。其中 1 名可能是莱昂认识的，至少是知道名字的罗贝尔·法尔科，曾任巴黎上诉法院的法官。[67]

1945 年 10 月，针对 22 名被告的起诉书被提交给了法庭。《世界报》描述了他们将被起诉的罪行，并指出其中一个叫作"灭绝种族罪"的新罪名。"这一罪名代表着什么？"报纸提出问题，"它的起源是什么？"一篇对拉斐尔·莱姆金的访问回答了这个问题，文中称他是发明这个名词的人，身份为美国教授。当被问到它的现实作用时，莱姆金向记者提到那些发生在维也纳和波兰（与莱昂有着密切关系的地方）的事件。莱姆金告诉法国读者："如果将来有一个国家的所作所为是意图毁灭人口中的少数民族或少数族裔的话，任何一个行凶者一旦离开该国，都可以被逮捕。"[68]

对维也纳和波兰的事件的提及，又一次提醒了莱昂，他的家人们还杳无音讯。虽然他的父亲平卡斯和他的兄弟埃米尔在 1914 年年底就已经相继过世了，但那些留在维也纳、伦贝格和若乌凯夫的家人呢？

1945 年的莱昂没有家人的任何信息，但现在我有。他从来没有告诉过我，他从童年起就熟知的加利西亚地区的每一个家人，包括布赫霍尔茨家和弗莱施纳家在内的每一个成员都被杀害了。战争开始时居住在伦贝格和若乌凯夫的 70 多个家庭成员中，唯一幸存的是莱昂，这个微笑的大耳朵男孩。

莱昂从来没有对我讲过那段时期，也从来没有提到过这些家庭成员。直到现在，由于接受邀请去利韦夫做讲座，我才得以逐渐理解他在直到 20 世纪末的余生中所承受的沉重的伤痛和打击。我在他的后半生才认识的那个他，是加利西亚那段岁月中存活下来的最后一个人。这就是我小时候听到那种"沉默"的原因，充斥在他与丽塔共同生活的狭小公寓里的那种"沉默"。

从极少数的文件和照片中，我重新勾勒出了消失的世界的轮廓。空白太多了，而且不仅仅是关于个人的空白。我注意到在他的文件中缺少了莱昂和丽塔感情热烈的通信。对于她"最爱的孩子"，丽塔寄出了衷心的爱意，但是如果也有一种类似的感情是给莱昂的话，它并没有留下任何书面的痕迹。反过来也是一样。

我有一种感觉，他们在 1939 年 1 月分离之前，生活中还有别的事情发生过。为什么莱昂会独自一人离开维也纳？他那尚在襁褓中的女儿是怎么来到巴黎的？丽塔为什么留下来？我再看那些文件，开始在写有蒂尔尼小姐地址的纸片和戴领结的男人的三张照片上面寻找线索。

它们没有提供多少帮助，于是我转而研究另一个与他的早年生活有关的地方，若鸟凯夫小镇。这是莱昂的母亲马尔卡的出生地，也是那位把"危害人类罪"这个词加入纽伦堡审判中的赫希·劳特派特的出生地。

第 2 章

劳特派特

作为个体的人……是所有法律的终极单位。[1]

——赫希·劳特派特，1943 年

在1945年的一个炎热的夏日，欧洲战场上的战争结束后的几个星期，一位出生在若乌凯夫，现居英国剑桥的中年法学教授等待着午宴客人的到来。我想象着他在克兰默路上一栋牢固的半独立式房屋的楼上书房里，坐在桃花心木的办公桌前，凝视着窗外，留声机中放着巴赫的《马太受难曲》。48岁的赫希·劳特派特焦急地等待着美国最高法院法官罗伯特·杰克逊的到来，后者最近被杜鲁门总统任命为纽伦堡国际军事法庭的德国战犯首席检察官。

正向剑桥赶来的杰克逊则怀揣着一个特别的问题，他为此要寻求劳特派特的"良好判断和学识"[2]。具体来说，他需要说服苏联和法国对纽伦堡被告提出指控，指控德国纳粹领导人犯下的国际罪行。杰克逊和劳特派特之间互相信赖的关系可以追溯到几年前。他们会讨论罪名清单、检察官和法官的作用、证据的处理、语言的要点。

他们不会去谈论的问题就是劳特派特的家庭，就像莱昂和其他数百万人一样，他等待着有关他的父母、兄弟姐妹、叔叔、姨妈、表兄弟和侄子的消息，一个大家庭在伦贝格和若乌凯夫悄无声息地失踪了。

他不愿与罗伯特·杰克逊谈起这个话题。

26

劳特派特于 1897 年 8 月 16 日在若乌凯夫出生。从华沙的档案中挖掘出来的出生证明表明他的父母分别是商人阿龙·劳特派特和德博拉·蒂尔肯科普夫。[3] 见证他降生的是巴里希·奥兰德，一名旅馆老板，他碰巧是莱昂母亲那边的一个远亲。

阿龙经营着石油生意，还管理着一家锯木厂。德博拉负责照料孩子们：劳特派特的哥哥达维德（杜涅克），赫希和比他晚三年出生的妹妹萨宾娜（萨布卡）。第四个孩子胎死腹中。劳特派特出生在一个人丁兴旺的、中产的、受过教育的、虔诚的犹太家庭（德博拉衣着低调、遵循佩戴假发的犹太传统，依犹太食规持家）。在一张全家福里，五岁的劳特派特站成丁字步，抓着身形壮实的父亲的手臂。[4]

劳特派特家族，若乌凯夫，1902 年。
最左为赫希

劳特派特的妹妹，那个坐在凳子上的小女孩，后来有了一个女儿，名叫因卡。当我见到因卡的时候，她把阿龙和德博拉形容为"棒极了的"外祖父母，"和蔼又慈爱"，为了孩子们辛勤工作，慷慨大方，"非常有进取心"。因卡回忆起一个充满活力的家，家里充满着音乐和书籍、有关思想和政治的谈话，以及乐观的未来。全家人都讲意第绪语，但是当父母不想让孩子们听懂某些话的时候，就会改说波兰语。

根据若乌凯夫的地籍记录披露的信息，劳特派特一家住在488 号地块上的 158 号房屋里。原来就在我的曾外祖母马尔卡·布赫霍尔茨（弗莱施纳）住过的同一条东西向街道的东端，即镇子的另一头。

正直而友好的若乌凯夫历史学家柳德米拉指出了确切的位置，位于城镇东侧边缘，现在已经铺上了柏油，我从利韦夫来时走的那条路就经过了这里。

"这个位置很适合建立一座雕像。"柳德米拉看了之后挖苦道。我们一致认为总有一天雕像会建起来的。这个地方靠近老墓地和古老的圣三一木造教堂，柳德米拉随后带我去了教堂。教堂外部是棕褐色的木瓦外墙，内部则充满了木材混合着香料的温馨气味。最显眼处是彩绘圣像圣坛，这是用金色、深红色和蓝色装饰起来的温暖而安全的地方，一百年来未曾变过。劳特派特的叔叔达维德曾住在街对面，柳德米拉补充说，那所房子早已荡然无存。她指着在附近的另一所房子，说我们应该去参观一下。她用力地敲着大门，最后房主来开了门，是一个身形圆胖的乐呵呵的男人，带着一脸笑容。"请进"，他说着，然后把我们引到临街的卧室，从这里可以望见木造教堂。他然后走到床和墙之间的狭小区域，跪下来，撬起一片木条地板，地上露出一个不规则的洞，大小刚刚容得下一个成年人通过。克拉拉·克拉默和另外17个犹太人就在这下面的空间里，在黑暗中，躲藏了近两年。他们之中有劳特派特家族的几个成员，距离劳特派特出生的地方不过一箭之遥。

27

1910年，劳特派特与他的父母和哥哥妹妹一起离开了若乌凯夫。[5] 在弗朗茨·约瑟夫一世自由主义统治下的第62年，时年13岁的他到伦贝格去接受更好的教育。同年，一匹名叫伦贝格的马获得艾普森德比赛马大会的冠军，马主人是英国的单身人士阿尔菲·考克斯，与这座城市并无明显的联系。[6]

阿龙在市郊管理锯木厂，他的儿子进入人本主义文理学校，已经成为一个出众且口齿伶俐的少年了。他如饥似渴地阅读书籍，自信，关心政治，不愿遵循宗教的道路。他的同龄人把他视为领袖，一个有文化的、意志坚强的、疾恶如仇的、有着"非常好的头脑"和良知的少年。建立在仇外心理、种族主义、群体认同和冲突的基础之上的社会不公在伦贝格的街道上蔓延，这些因素从小就触动了他。

劳特派特在若乌凯夫已经了解了群体之间的摩擦，因为宗教信仰和政治理念而产生的分歧被深深刻进日常生活中。他和莱昂一样了解到，伦贝格提供了一种更加血腥的诠释，这座城市建立在民族主义和帝国主义野心的断层带上。然而，即使是挤在罗马天主教和东正教文明夹缝之间的正统犹太人家庭，劳特派特一家也相信自己生活在大都会里，作为自由文明的中心，这片天空下

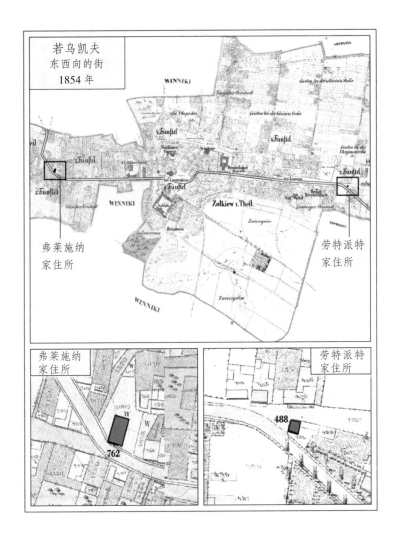

具有创造才能的数学家和无畏的律师，有挤满了科学家的咖啡馆，有诗人和音乐家，城市里有崭新的火车站和宏伟的歌剧院，这也许会是"水牛比尔"科迪想要造访的地方（1905 年，他确实带着他的"狂野西部秀"来过了）。[7]

这也是一个有着自己的声音和气味的城市。约瑟夫·维特林写道："我可以听到利沃夫的钟声响起，每一次响声都不一样。我可以听到市集广场上喷泉的飞溅声，放着雨沈去尘土后，散发着芳香的树木飒飒作响的声音。"年轻的劳特派特很可能像维特林一样经常光顾这些现在已找不到踪迹的咖啡馆：在亚格隆尼路和五月三日大街拐角处的那家"欧洲人"（在那里，"女性成员的出现是件令人不安的稀罕事"[8]），在安德里奥利通道的上层的那家"艺术"（在那里，"每当长发的小提琴手瓦瑟曼开始演奏舒曼的《梦幻曲》时，富有情调的灯光就会立刻配合地调暗"），以及五月三日大街和科修斯柯街交叉路口的那家"文艺复兴"（来自其他咖啡馆的服务员会穿着耀眼的上衣打着彩色的领带光顾这里，吆喝同行出来招待他们）。

在这家人来到伦贝格三年之后，战争也来到了伦贝格。俄国人在 1914 年 9 月占领这座城市的时候，劳特派特当时正身处其中。沙皇尼古拉二世接到消息称，奥地利已完全被击败，撤退时"溃不成军"[9]。莱昂的哥哥埃米尔很可能就是在这场大战役中战死的。《纽约时报》报道，俄罗斯"入侵者"表现出了"仁慈"，尊重了教堂和"路边的祈祷中心"，这使伦贝格得以保持平静和繁忙，而伦敦在战争中却陷入了血腥骚乱。[10]

1915 年 6 月，奥匈帝国军队在德国军队的帮助下重建了这座城市，"在整个奥地利和德国迸发了狂喜"[11]。一个月之后，劳特派特被征入了奥地利军队，然而他似乎大部分时间都借住在他父亲的锯木厂里。一个朋友在发动机房看到他，"仿佛听不见"机器和战争的声音，沉浸在书本里，自学法语和英语。[12]劳特派特留下了一本记录详细的笔记本，现在由他的儿子保管着，他在里面写下了他读过的书籍，横跨众多领域，包括战争和经济学、宗教和心理学、亚当·斯密的《国富论》和关于马克思主义的专著。音乐让他可以暂时逃避现实，特别是巴赫和贝多芬，在他的一生里都给他带来激情和安慰。据说他有"非凡的鉴赏力和音乐记忆"[13]，但他本人的演奏能力不超过用两根手指弹《克鲁采奏鸣曲》的程度。

时间到了他需要做出大学生活选择的时候，他的父母说服他跟随他哥哥的脚步。1915 年秋，他进入伦贝格大学的法律系学习。

28

在关于劳特派特生平的著作里，对于他的大学时代都着墨甚少，他在哪里学习、住在哪里等都没有提及。所以我决定查阅利韦夫的城市档案。由于不懂波兰语和乌克兰语，我需要依靠伊霍尔和伊凡的帮助，他们是令人钦佩的法学系学生，来自一个世纪以前劳特派特求学的同一个法学系。伊凡把我带上了一条小径，通向利韦夫州国家档案馆迂回曲折的大厦。

位于市政厅北面的博物馆广场是我所熟悉的，这里是一个跳蚤市场，一个露天图书馆，里面有明信片、报纸和书籍，提供了对这个城市痛苦的 20 世纪的全面描述。当我正埋头在奥匈帝国时期的纸片、波兰明信片、几个犹太和意第绪语物品中搜寻时，我的儿子给我买了一座苏联的咕咕钟（涂着蓝色和红色，金属制）。这些罕见物品——如果以价格来衡量的话——都是出自纳粹控制的那三年间：我认出来了深绿色德式钢盔的独特形状，一侧有"卐"字，另一侧是党卫队"SS"标志，但是当我想凑近仔细查看时，卖家把我赶开了。

国家档案馆占用的是一座年久失修的 18 世纪建筑，毗邻曾经的谛明会修道院，这座修道院曾是巴洛克式圣体圣事教堂的一部分。在苏联时代，这座教堂曾经改为宗教和无神论博物馆，现在

伦贝格，1917 年。法律系，从上至下第二排左图；火车站，从上至下第二排右图；乔治酒店，最下排右图

归属于乌克兰希腊礼天主教会。一个戴头巾的大娘在入口看守着。"来做什么的？"她喊道。伊凡发出口令——"档案"——足够权威，让我们获准进入。秘诀就是继续往前走，不要停下脚步。

去往阅览室要通过一个杂草丛生的玫瑰花园，然后踏上金属楼梯，楼梯的台阶上面铺着浸泡了雨水的地毯。伊凡和我走进二楼，这个地方没有任何指示标志，楼道没有照明，走廊内镶着伦贝加纳的砾石。墙上贴着一排文件：1918 年 11 月奥匈帝国军队的最后撤退；西乌克兰独立人民共和国同日宣布独立；1941 年 6 月德国包围利韦夫；1941 年 8 月，总督汉斯·弗兰克将加利西亚纳入波兰总督辖区领土的命令；另一个命令，1941 年 9 月，关闭所有伦贝格的学校，包括大学。

走廊的尽头，霓虹灯在阅览室入口上方闪烁。档案员接受了我们的调卷申请单，在场的有五位阅览者，包括一名修女和两个睡觉的人。阅览室内一直很安静，直到突然短暂的断电，这是每天都有的常事，会引起些许骚动，然而有一回我发现那位修女居然能够在整个骚动过程中睡着。"明天十点再过来，"档案员指示说，"取档案。"第二天，一大堆档案，由灰尘、皮革和正在瓦解的纸构成的三座塔，被整齐地摆放在木书桌上等着我们。这些是1915 年到 1919 年法律系的学生记录。

我们从 1915 年秋的学生记录开始，从头至尾浏览了几百页手工填写的表格，按照学生名字字母顺序排列每一页，列为波兰裔或 Mosaic（犹太裔），只有少数几个乌克兰裔。这是一项极为细致的工作。表格上写了学生姓名，列出了其所学课程的名称、课时、教授姓名。每张表格的背面都有签名和日期。

根据他的朋友伊霍尔的研究，伊凡找到了第一份劳特派特的文件，时间可追溯至 1915 年秋天，俄罗斯人被赶走后不久。我们收集了一套近乎完整的档案，从 1915 年到 1919 年的 7 个学期，即劳特派希特成长的关键时期。[14] 文件里有一个家庭住址：鲁比夫斯基大街 6 号，现在是剧院街，跟我住的酒店只隔了几户。我从那里路过，甚至注意到精致的金属大门中间圆形的金属框里是两个大写的字母 L。它代表劳特派特？伦贝格？利沃夫？

我了解到劳特派特的学业是从罗马法和德国公法开始的，接着是关于灵魂与肉体的课程，还有关于乐观与悲观的课程。在早期的老师中，只有一个眼熟的名字，教授波兰和奥地利法律史的教师奥斯瓦尔德·巴尔泽尔教授。[15] 巴尔泽尔是一名执业律师，为奥地利和加利西亚政府辩护棘手案件。我自己在做关于边界争端的工作中遇到的最值得注意的案件，就是 19 世纪由塔特拉山两个湖泊的所有权问题引发的冲突。巴尔泽尔是务实的人，这对劳特派特产生了一定影响。

他从 1916 年 9 月开始的第二学年的学习，受到了战争和破纪录地在位 68 年的弗朗茨·约瑟夫皇帝之死的影响。随着整个城市的战斗持续不断，大变动即将发生，但课程还在继续。我对宗教主题（天主教的基督律法，跟着是以色列的历史和文化）的衔接感到震惊，也对实用主义和立论主义的每日讲座感到震惊，劳特派特成长中的智慧如同一股强烈的电流在这两极之间来回激荡。1917 年 4 月，他通过了历史和法学的国家考试，获得了最高评价（"优"）。[16]

他的第三学年是从 1917 年 9 月开始的，此时奥地利对这个城市的控制变得更加脆弱了。劳特派特第一门课选择了刑法，由奥地利刑法领域著名权威尤利乌什·马卡雷维奇教授讲授。紧接着第二门是关于监狱学的课程，由同一位老师讲授。第三门课是关于奥地利的对抗式诉讼，授课老师是毛雷奇·阿勒汉德教授。我之所以提到这些名字，是因为他们在后面还会出现。

大学的第四学年，也是最后一年，对他来说是戏剧性的转折点，对伦贝格来说也是如此，对欧洲乃至全世界来说都是如此。1918 年 11 月，第一次世界大战与奥匈帝国一起结束，伦贝格的控制权每周都在变动。

29

劳特派特的人生因 23 岁的"红王子"奥地利威廉大公做出的秘密决定而改变，这个决定将导致伦贝格的波兰人和乌克兰人之间的流血冲突。这发生在 1918 年 11 月，即莱昂前往维也纳的 4 年之后，威廉大公命令奥匈帝国军队的波兰部队从伦贝格撤出，用 2 个乌克兰西奇步枪军团取而代之。[17]11 月 1 日，乌克兰人控制了利沃夫，宣布其为新成立的西乌克兰人民共和国的首都。

接着波兰人和乌克兰人两派之间开始了惨烈的战斗，犹太人被夹在两者之间，害怕站错边变成失败的一方，想选择中立。[18]冲突在 11 月 11 日德国与协约国签署停战协议，波兰宣布独立之后也没有停止。流血事件波及劳特派特一家居住的剧院街，房屋被严重毁坏。劳特派特同校的朋友约瑟夫·罗特（与在附近布罗迪出生的小说家同名）将接下来的一段日子描述为奥匈帝国解体时的"摩擦和冲突"。罗特解释说："为了保护犹太人，自愿的犹太民兵组织出现了。"其中包括劳特派特，他"日夜"在犹太人区巡逻。[19]

在一个星期内，乌克兰人的控制权输给了波兰人，达成了结束战斗的协议。[20] 利韦夫变成利沃夫的同时，街头出现了抢劫和杀戮。

我找到了一张街垒的照片，就是劳特派特一家后来居住过的街道，薄薄的初雪落在上面。有了这张照片，我们能更容易地想象发生在那3天里，被《纽约时报》的头条报道描述为"1100名犹太人死于伦贝格大屠杀"[21] 的事件。舆论的压力迫使伍德罗·威尔逊总统出面制止杀戮。

在这些暴力事件陷少数族群于危险之中的同时，劳特派特继续埋头苦读。面对族群冲突波及成千上万个个体的严酷现实，他建立了一所犹太高中（文理中学），并且组织了对波兰学校的抵

伦贝格西斯笃街上的街垒，1918 年 11 月

制。他的一位朋友解释说，犹太青年无法"和那些参与屠杀犹太人的人坐在同一条板凳上"[22]。

随着建立新的波兰或乌克兰国家的可能性出现，现有当权者的崩溃释放出了暴力的民族主义。犹太人对此的反应各不相同。正统犹太教徒中的反民族主义社群希望与波兰人和乌克兰人一起平静地生活，一些人主张在前奥匈帝国领土上的某个地方建立一个独立的犹太国家。其他人则希望犹太人在刚独立的波兰获得更大的自治权。[23]

第一次世界大战结束后，随着民族主义的高涨和新国家的出现，群体认同和自治的问题将法律推上了政治舞台的中心。这既是规模上也是范围上的新进展。"法律能怎样保护少数族裔？"有人问。"他们可以说什么语言？""他们能够在特殊学校教育他们的孩子吗？"这样的问题放到今天仍然会在世界各地引起共鸣，但在那时还没有任何国际规则就如何解决这些问题提供指导。每个国家，不管是新的还是老的，都可以随心所欲地对待那些居住在其境内的人。国际法中既缺少关于多数族裔如何对待少数族裔的限制，也没有赋予个体权利。

劳特派特的智慧成长正值这个关键时刻。在伦贝格生活和授课的哲学家马丁·布伯成了影响他的知识分子，布伯反对作为可恶的民族主义形式之一的犹太复国主义，坚持认为在巴勒斯坦建立犹太国家将不可避免地压迫阿拉伯居民。[24] 劳特派特参加了布伯的课程，被这种想法所吸引，把自己看作是布伯的弟子。这是最初萌生的对国家权力的怀疑。[25]

与此同时，法学院仍在继续上课。劳特派特把自己沉浸在罗曼·隆尚·德贝里埃教授关于奥地利私法的课程中，即便奥地利正在衰败。马卡雷维奇教授每天都会讲授奥地利刑法，而这一法律已经不再适用于波兰的利沃夫，这门课程由此蒙上一层超现实的色彩。1918 年秋天，劳特派特也学习了第一门国际法课程，讲师是活跃在维也纳政界，即将成为波兰新议会议员的约瑟夫·布泽克博士[26]。在这所歧视盛行，教授可以自行禁止乌克兰人和犹太人参加课程的大学里，这门课肯定会强调这个课题的边缘性。

　　劳特派特设想着迁居别处，也许是受到他阅读记录本上某一本书的启发。即将登上《时代周刊》封面的伊斯瑞尔·冉威尔写的《隔都喜剧》，提供了一系列关于"盎格鲁化"的荣耀的故事。在《忧患之子的模特》中，冉威尔写了一个因"无法忍受"国内现状而离开俄罗斯去英国的旅馆老板的故事。另一个故事（《神圣的婚姻》）里提出了一个问题："难道你不想去维也纳吗？"[27]

30

　　到 1919 年时，维也纳成了这个持续了近千年的王朝最后仅剩的领土 —— 一个残破的国家的首都。那里满是破旧不堪的建筑物，退伍的战士和回流的战俘，还有通货膨胀，以及那顶"正像胶冻一样在指间融化流走"[28]的奥地利王冠。斯蒂芬·茨威格描述了被饥荒和"挨饿的人危险而发黄的眼睛"[29]所"凄惨"困扰的奥地利城市：面包只是"尝起来混有沥青和胶水味道的一些黑面包屑"，冻硬的土豆，人们穿着用旧麻袋制成的旧制服和裤子四处走动，"士气全面崩溃"。但这个地方仍然给过莱昂及家人希望，他们已经在那里生活五年了。而对像劳特派特这样的人来说，自由文化、文学、音乐、咖啡馆，以及向所有人开放的大学本来就很有诱惑力。

1919 年夏天，劳特派特在课程结束后离开了利沃夫。欧洲的界线正在重新绘制，利沃夫的管理权问题变得模糊不清：1918 年 1 月，美国总统伍德罗·威尔逊向国会发表了"十四点和平原则"讲话，涉及"奥匈各民族""自主发展"的观点，同时考虑了建立"由毫无争议的波兰人民居住"的新国家的愿望。[30] 威尔逊的提案产生了意想不到的后果：在利沃夫及周边这块铁砧上，现代人权法被打造成形了。

1919 年 4 月，凡尔赛谈判接近尾声，政府间波兰事务委员会划定了一条线作为波兰的东部边界。为纪念英国外交大臣寇松，这条线被命名为"寇松线"，劳特派特在其筹备过程中扮演了一个不起眼的角色——担任翻译（尽管他从来没有写过这段经历）。[31] 他了解领土，而且具备语言能力。"当时 21 岁的赫希被选为口译员，并圆满地完成了任务。"一个朋友讲道。那时他会说法语、波兰语和乌克兰语，具备希伯来语、意第绪语、德语和意大利语的知识。他甚至还会一点儿英语。寇松线落在利沃夫的东边，把这座城市及包括若乌凯夫在内的周边地区都纳入了波兰。[32] 苏俄的控制被避免了。

这些事态发展恰逢波兰对犹太人的袭击，引起了美国和其他国家对新独立的波兰是否有能力保障其境内德意志和犹太少数民族安全的担忧。在凡尔赛的阴影下，出现了一个交换条件：只要波兰保护少数民族的权利，就能获得独立。在威尔逊总统的要求下，哈佛大学历史学家阿奇博尔德·柯立芝汇报了利沃夫和加利西亚的情况，呼吁保障少数民族的"生命、自由、对幸福的追求"[33]。

威尔逊总统提出了一项特别条约，将波兰加入国际联盟与其承诺给予少数民族和少数族裔平等待遇关联在一起。威尔逊得到了法国的支持，但英国表示反对，担心类似的权利会被赋予包括"美国黑人、南爱尔兰人、弗莱芒人和加泰罗尼亚人"在内的其他团体。英国官员抱怨说，新的国际联盟不应该保护所有国家的少数民族，否则它将"有权保护在利物浦的华人、法国的罗马天主教徒、加拿大的法国人，更不用提爱尔兰人这样严重得多的问题"。英国反对任何对主权——按自主意愿对待他人的权利——的伤害或国际监督，即使代价是更多的"不公平和压迫"[34]，也要选择这一立场。

在这一背景下，1919 年 3 月犹太复国派和国家犹太人代表团抵达巴黎，要求更充分的自治权、语言和文化权利，并要求确立自治和派代表出席国际会议等的原则。正当各国代表团讨论这些问题时，一份报告传来，在利沃夫以北 350 千米处的平斯克镇，一群波兰士兵屠杀了 35 名犹太平民。[35] 这件事动摇了凡尔赛谈判的倾向，推动了波兰保护少数民族条约草案的制定。5 月 21 日，这份反映了威尔逊总统"坚决保护"[36] 少数民族的要求的条约草案被交到了凡尔赛波兰代表团手中。波兰新政府认为这是对其内政的无理干涉。古典钢琴家、波兰代表团团长伊格纳齐·帕德雷夫斯基直接写信给英国首相戴维·劳埃德·乔治，反对条约草案中的每一项条款。他警告说，不要在波兰或其他地方制造"犹太人问题"。由于担心华沙方面可能拒不签署条约，劳埃德·乔治同意让步。[37]

一个月后，《凡尔赛和约》签订。第 93 条要求波兰签署第二项条约，以保护那些与多数人口在种族、语言或宗教信仰上不同的"居民"。[38] 协约国有权"保护"这些少数族裔，这在波兰人眼中是进一步的羞辱，因为被强加了具有倾向性的责任：赋予某些而不是全部群体以权利，胜利一方将逃避他们自己对于少数群体的同等责任。

波兰基本上被迫签署了这份被称为"小凡尔赛和约"的文件。第 4 条规定包括劳特派特和莱昂在内的所有利沃夫及其周边地区出生的拥有少数民族身份的人强制拥有波兰国籍。波兰必须采取措施保护所有居民，"不论出身、国籍、语言、种族或宗教"。[39]少数民族可以掌管自己的学校、宗教和社会机构，拥有语言权利和宗教自由。《波兰少数民族条约》甚至将这些少数民族的权利变成了"国际关注的义务"，在国际联盟受到保护。任何争端都可能交由在海牙新设立的常设国际法院审理。

这种革命性责任使得波兰的一些少数民族有权获得国际保护，但波兰多数人口则没有这种权利。这产生了强烈反弹，小条约就是一个小型定时炸弹，这次良好意图的国际立法产生了事与愿违的后果。在签署《波兰少数民族条约》几天后，威尔逊总统成立了一个委员会，委员会主席帕德雷夫斯基要求调查波兰犹太人的处境，由前美国驻奥斯曼帝国大使亨利·摩根索率领。[40]波兰新政府领导人约瑟夫·毕苏斯基元帅对《波兰少数民族条约》感到愤慨。"为什么不相信波兰的名誉？"他问摩根索，"波兰内部的每个派系都同意对犹太人公正，和会却在美国的坚持下要求我们必须公正，这是对我们的侮辱。"[41]

该委员会于 1919 年 8 月 30 日访问了利沃夫。委员们赞赏这个"极其漂亮且现代化的"城市[42]，它基本没有受到前一年 11 月发生的事件的影响，除了被"完全烧毁"的犹太区。委员会的结论是，虽然"过分的事"发生了，但死亡人数只有 64 人，远远低于《纽约时报》报道的上千人。他们还发现，那些负有责任的人是士兵而不是平民，因此，拿少数几个部队或当地暴徒的暴力行为来"谴责波兰整个国家"是不公平的。

在离开之前，该委员会的年轻法律顾问亚瑟·古德哈特在利沃夫理工学院院长菲德勒博士的陪同下，走上俯瞰城市北部的高堡山。麻烦正在酝酿，菲德勒博士对古德哈特说，因为犹太人要求单独的学校。要么同化，要么就会有麻烦。

31

大约一个世纪之后，我走上了菲德勒和古德哈特走上山顶的同一条路，走过了一个 1919 年的城市，这个城市正处在巨大变化的风口浪尖上。"我无法参加我的期末考试，"劳特派特说，"因为大学关闭了对东加利西亚犹太人的大门。"[44] 他遵循了作家伊斯瑞尔·冉威尔的建议，出发前往维也纳。

我去造访了他在利沃夫的故居，位于剧院大街上的一栋灰色的新古典主义的四层建筑，基本完好地保存到今天，现在由"哥萨克旅馆"使用。从那个时期的照片上看，这栋建筑被左右两座教堂和背后雄伟的市政厅塔楼包围着。大厅里有一块铭牌记载了建筑师的名字（工程师 A. 皮勒，1911 年），介绍了装有玻璃天窗的气派的楼梯间。这间位于二楼的公寓有一个露台，提供了欣赏城市街景的良好视野。

我透过眼前的景色想象着劳特派特离开的情形。他到了火车站后，会穿过作家卡尔·埃米尔·弗兰佐斯笔下鲜活的场景，与这样一群人擦身而过：轻骑兵军官和旁边优雅的绅士；有着"黝黑狡猾的脸孔"，戴着"沉甸甸的大金戒指"的摩尔多瓦贵族；穿着"厚重的丝绸衣服和脏兮兮的衬裙"，有着"深色眸子"的女人；留着长胡子的鲁塞尼亚神父；正要去布加勒斯特或雅西碰碰运气的年老色衰的风尘女子。[45] 他可能也遇到了一些"文明的旅行者"，像西行的劳特派特一样思想开明的波兰犹太人。

　　劳特派特抵达维也纳西北车站。这座受弗洛伊德、克林姆特和马勒影响的城市，正在经历经济困难时期，饱受帝国终结的创伤。劳特派特身处红色维也纳，这是一座由社会民主党人担任市长，挤满从加利西亚来的难民，通货膨胀和贫困肆虐的城市。俄国革命引起了一些人的焦虑，给另一些人带来了希望。奥地利屈服了，帝国分崩离析了。它现在依赖捷克和波兰提供的煤炭，以及巴纳特提供的谷物。奥地利失去了出海口，失去了帝国时期领土范围的绝大部分，包括说德语的苏台德地区和南蒂罗尔、匈牙利、捷克斯洛伐克，以及波兰，还有"塞尔维亚人、克罗地亚人和斯洛文尼亚人王国"。布科维纳、波斯尼亚和黑塞哥维那也分离出去了。奥地利被禁止与德国合并，甚至不允许自称为德意志奥地利。

　　屈从和耻辱的感觉进一步激起了民族主义情绪。从加利西亚涌入的"东犹太人"——像劳特派特和莱昂这样的年轻人——很容易就被他们当成攻击目标。在劳特派特到来之际，5000 人聚集在市政厅要求把所有犹太人赶出城市。两年后的 1921 年 3 月，参加反犹太联盟集会的人数增加到了 4 万人，他们鼓掌赞成城堡剧院总监霍夫拉特·米伦科维奇要求严格限制犹太人工作的呼吁。[46]

　　记者雨果·贝陶尔出版了畅销小说《没有犹太人的城市》，书中设想了一座没有犹太人的城市。"如果我能够离开燃烧的伦贝格贫民窟并到达维也纳，"贝陶尔笔下的人物宣称，"我想我会从维也纳设法去别的地方。"[47] 在小说中，没有了犹太人之后，城市就散架了，他们在适当的时候被邀请回来，对他们的驱逐被认为是错误。贝陶尔为这样的想法付出了代价：他于1925年被年轻的国家社会主义者奥托·罗斯托克杀害，后者在审判中以发疯为由逃脱了惩罚，被无罪释放（他后来成了牙医）。民族主义报纸《维也纳早报》警告说，贝陶尔的谋杀案是对"每个有目的地写作的知识分子"[48] 发出的信号。

劳特派特在维也纳的生活中穿插着这类事件。他现在就读于大学法律系，他的老师是西格蒙德·弗洛伊德的朋友和大学同事，著名的法理学专家汉斯·凯尔森。[49] 凯尔森将学术生活和实际工作结合起来，在战争期间曾经是奥地利战争部长的法律顾问。他帮助起草了奥地利革命性的新宪法；推动创立了第一个配备有权解释和适用宪法，并应个体公民的要求行使这一权利的独立的宪法法院，这成为欧洲其他国家所效仿的范本。

1921年，凯尔森成为宪法法院的法官，使劳特派特在欧洲（如果不是在美国）直接接触到了新的观念：个体拥有不可剥夺的宪法赋予的权利，他们可以去法庭行使这些权利。这与波兰那种保护少数族裔权利的模式不同。两个关键的区别——群体与个体的区别、国家执法与国际执法的区别——对劳特派特的思想产生了影响。在奥地利，个体被置于法律秩序的核心。

相比之下，在法律是为主权者服务的观念所主导的这个纯粹的、保守的国际法世界中，个体拥有可以对国家行使的权利是一种不可思议的想法。国家必须自由地按照自己的意愿行事，除非它自愿接受强制性规定（或者这些规定是强加的，如同《波兰少数民族条约》之于波兰）。简单地说，国家可以对其国民做任何事情，可以歧视、使用酷刑或杀害。《凡尔赛和约》第 93 条及后来使我的外祖父莱昂于 1938 年被剥夺波兰国籍的《波兰少数民族条约》可能在一些国家为一些少数族裔提供了保护，但是并没有提供普遍意义上对个体的保护。

劳特派特引起了他教授的注意。凯尔森注意到他"非凡的智力"，这个来自伦贝格的年轻人具有"真正的科学头脑"。[50] 他还注意到他说的德语有"明显暴露他血统的口音"，因为这个学生是"东犹太人"，这在 20 世纪 20 年代的维也纳可算是"严重缺陷"。这就是为什么他在 1921 年 6 月被授予学位时只拿到了"合格"等级，而不是"杰出"。

劳特派特埋首于国际法的研究和关于新国联的博士论文中。他曾在两位导师手下工作：犹太裔教授利奥·斯特里索尔教授和非犹太裔的亚历山大·霍尔德-费尔纳克教授。1922 年 7 月，他获得政治学博士学位，被评为"优秀"。这个评定让凯尔森感到惊讶，凯尔森知道霍尔德-费尔纳克是激进的反犹人士（15 年后，在德奥合并之后，霍尔德-费尔纳克公开且错误地谴责他的大学同事埃里克·沃格林是犹太人，导致这位杰出的哲学家逃到美国）。[51]

在需要古斯塔夫·马勒被迫受洗皈依罗马天主教才能继续担任维也纳国家歌剧院指挥的环境中，劳特派特再次遭遇了种族和宗教歧视的现实。[52] 这促使他产生了一个新想法——个体权利"至关重要"。他不缺乏自信心，他认为自己是知识分子的领袖。同时代人认可了他是一位优秀的倡导者，一位具有"尖锐"幽默感的年轻学者，他受到了对正义的渴望的鼓舞。他长着深色头发，戴着眼镜，有着坚毅的脸庞、炯炯有神的眼睛，是一个内向的人，住在"自己的世界"里，但也关心政治，积极参与犹太学生的生活。他成为犹太学生组织的协调委员会"高校委员会"的会长，并于 1922 年当选世界犹太学生联合会主席，爱因斯坦是这个组织的名誉主席。[53]

除此之外，他参加了更多寻常的活动，帮助管理犹太学生宿舍，这就意味着要雇佣一名管家。他们任命了一位名叫保拉·希特勒的年轻女子，他们并不知道她的哥哥就是正在迅速扩大的国家社会主义德国工人党（纳粹党）的领袖。1921 年，阿道夫·希特勒意外地出现在维也纳，他的妹妹说他是一个"从天而降"[54]的访客，那时他还没有臭名昭著。

32

作为演讲者受到青睐的劳特派特在一次大学活动中被介绍给了拉谢尔·施泰因伯格，一位来自巴勒斯坦的聪明、意志坚强且美丽的音乐系学生。她被这位年轻的法律系学生深深吸引，"那么安静，那么绅士——连手势都没有——与其他东欧学生完全不一样"。[55]她喜欢他较少显露情绪的个性，没多久两人就对彼此动心了。在他们第一次约会时，她弹奏了贝多芬早期的一首钢琴奏鸣曲，是由她的老师整理的曲谱，没有标题，只在一封信中被描述为"很动听，但演奏起来有难度"（有可能是第八号钢琴奏鸣曲《悲怆》？）。劳特派特邀请拉谢尔参加在维也纳交响乐大厅举行的音乐会，其中包括由威廉·富特文格勒指挥的贝多芬《第七交响曲》。她被音乐和她的男伴迷住了，他彬彬有礼，为人正派，具有沉静而敏锐的幽默感，穿着也很考究。

当劳特派特邀请她一同前往柏林时，她同意了。他们分开住宿（她住埃克塞尔西奥酒店，他住在夏洛滕堡区的一家旅舍），在柏林待了 3 个星期。1922 年 12 月 17 日晚上——在波兰总统加布里埃尔·纳鲁托维奇被一名民族主义艺术评论家刺杀的第二天，劳特派特鼓起勇气牵了她的手，亲吻了她的嘴唇，表白了他的爱意。了解到她想去皇家音乐学院深造的愿望后，他提议他们立刻订婚，结婚，并搬去伦敦。她说她会考虑，还不确定他是不是认真的。[56]

他的确是认真的。第二天上午，他就拿着利沃夫的父母发来的电报回到了埃克塞尔西奥酒店，父母在电报中表达了他们听到订婚消息的喜悦之情。而她还没有写信告诉她父母这个消息，劳特派特对此感到很意外，也许还有点儿恼火。她答应了订婚。

订婚照，柏林，1922 年 12 月 18 日

一个月后，拉谢尔在巴勒斯坦的父母也同意他们结婚。劳特派特从柏林写信说"发自内心地"感谢他们。1923 年 2 月，这对情侣回到了维也纳，于 3 月 20 日星期二缔为夫妇。两个星期后，他们乘火车穿过德国，然后乘船到了英国。

33

1923 年 4 月 5 日，这对新婚夫妇抵达英国东北部的格里姆斯比渔港。劳特派特用的是波兰护照，拉谢尔用的是英属巴勒斯坦托管地政府签发的旅行证件。他进入了伦敦政治经济学院就读，她进入了皇家音乐学院。在伦敦的头几个月，他们先后在城市的多个地方居住过，包括摄政广场附近的一个公寓和靠近加里东尼亚路的另一个公寓。那时的伦敦政治经济学院是受进步社会主义者西德尼·韦伯和比阿特丽斯·韦伯夫妇影响的，位于霍顿街上的新兴校园，后来英国广播公司在街对面盖了布什大楼。

在他被任命为利沃夫的国际法系主任的努力失败之后，劳特派特的课程于 10 月份开始了。在伦敦政治经济学院，他师从苏格兰知识分子世家出身的国际法讲师阿诺德·麦克奈尔。[57] 麦克奈尔是一个极为务实的人，对理论和法理毫不关心，他向劳特派特介绍了盎格鲁-撒克逊的方式，强调案例和实用主义。麦克奈尔认为他的学生是一位出色的知识分子，尽管在陌生人面前有些内向。那些劳特派特的泛泛之交可能意识不到"他的真实品质"[58]，麦克奈尔指出。而据拉谢尔回忆，他和他的妻子玛乔里成了劳特派特"伟大而忠诚"的朋友，是"我的崇拜者"。麦克奈尔的孩子和孙子们称她为"拉谢尔姨妈"。

麦克奈尔的实用主义思想体现在他的论著中，其中关于条约和战争的著作在当今仍然极具参考价值。他稳重、温和且独立，这些是为劳特派特所欣赏的英国人的特质，大大不同于利沃夫和维也纳人的热情。

当劳特派特来到伦敦的时候，他的英语很差，连问路都没人听得懂。他可能在来伦敦之前已经阅读过英文，但他显然没有听过英文的真正发音。"在我们第一次会面时，我们几乎无法沟通"，麦克奈尔说，他这位学生的英语口语"几乎不可理解"。[59] 然而在两个星期之内，麦克奈尔就被劳特派特流利、优美的英语造句所"震住"了，这也成了他写作的一大特色。这种成就是靠参加多场讲座达成的，最多时一天就有八场，他以此来拓展词汇量、熟悉发音。夜晚则"无休止地在电影院里"度过，虽然还不清楚这会起到什么作用：因为那一年的佳片——哈罗德·劳埃德的《安全至下》和詹姆斯·克鲁兹具有标志性意义的西部片《篷车队》都是无声电影。

几个认识他的人告诉我，劳特派特讲话有轻微的喉音，而且一直没有丢掉他独特的口音。他在很多年以后才知道自己的声音听起来是什么样的，那是在他为英国广播公司第三节目（现在的第三台）录制了演讲之后。他听到广播时感到"大为意外"，惊愕于自己"浓重的大陆口音"。[60] 据说他关掉收音机，给自己倒了满满一杯威士忌，并发誓永远不要再被录音录下来。最终结果就是今天找不到任何记录他说话声音的录音资料。

34

短短几年，劳特派特在伦敦已经有了归属感，远离了中欧的持续骚乱。他和拉谢尔住在克里克伍德沃尔姆巷 103 号的一所小房子里，位于伦敦西北绿树成荫的城郊，离我家不远。在参观的时候，我注意到入口的瓷砖已经不见了，但正门周围的木质装饰仍然保留着，现在被漆成绿色。如果劳特派特偶尔手头紧缺，麦克奈尔会借一小笔钱帮助他。

1928 年夏天他很忙碌，去华沙参加了国际法协会的会议，这次是作为英国代表团的成员。他从那里前往利沃夫探望家人。他的哥哥达维德和法律系学生宁希雅结婚了，有了一个年幼的女儿埃丽卡。他的妹妹萨宾娜也结婚了，丈夫是马塞尔·格尔巴德（他们唯一的孩子，一个名叫因卡的女孩，在两年后的 1930 年出生）。这次出差，他见到了许多老朋友，他流利的波兰语令初次见面的人大感意外，那是他儿时在若乌凯夫和伦贝格的第一语言。波兰司法部门的一名高级官员询问他为什么能说一口"这么好的波兰语"，他讽刺地回应道："多亏了你们的名额限制。"（指的是利沃夫阻止犹太学生学习深造的规定。）

当时劳特派特在麦克奈尔的指导下获得了第三个博士学位。他的博士论文题目为《国际法的私法渊源和类比》[61]，这也许不是一个很吸引人的标题，却是一部极其重要的作品。论文追溯了国家法规对于国际法发展的影响，探寻两个法律体系之间的桥梁，并希望借此填补国际法规的空白。凯尔森对宪政审查权力的信念继续影响着他，也许同时西格蒙德·弗洛伊德的思想也影响着他，向他揭示了个体的重要性及个体与群体的关系。劳特派特将继续这一主题，在众多选题中着重于这一个。

推进他研究工作的一大要素是，作为《凡尔赛和约》产物的首个全球法庭创立了。常设国际法院设在海牙，于 1922 年开始

运行，致力于解决国家之间的争端。在它所适用的国际法渊源当
中——主要是条约和习惯法——包括了"文明国家承认的一般
法律原则"。这些可以在国家法律制度中找到，因此国际法的内
容能够借鉴已经较为完善的国家法律规则。劳特派特认识到，国
家法和国际法之间的这种联系为制定规则提供了"革命性"的可
能性，从而对国家所谓的"永恒的、不可剥夺的"权力施加更多
的限制。

出于务实和本能，劳特派特坚信控制国家权力是可能的，这
是伦贝格的生活和法律课程教给他的。要达成这个目标，不是靠
作家或和平主义者的许愿，而要靠严谨、有根基的思想，通过实
现公正，为"国际进步"[62] 做出贡献。为此，他希望建立一个不
那么孤立、精锐，对"外部影响"更加开放的国际法体系。他的
博士论文《用国家法律的一般原则来加强国际义务》于 1927 年 5
月出版，获得了大量学术赞誉。直到今天，近一个世纪以来，它
仍然被看作是为国际法奠定基础的著作。

这本书为他带来了更广泛的认可，并于 1928 年 9 月使他得到
了伦敦政治经济学院法律系助理讲师的工作。麦克奈尔认为他在
选择国家时很幸运。"我认为除了在体育比赛和股票交易的场合，
英国没有多少对外国人个体的敌对情绪，"他解释说，"可能过于
乐观，即使在议会和新闻媒体上的确有'不少排外情绪'。"麦克
奈尔认为，劳特派特选择在英国生活"是我们的福气"[63]。尽管
如此，麦克奈尔还是会嘲笑他欧洲大陆式的高傲。"为什么要用
'常态'这个词，"他问，"对于庸俗的英国人来说，太'文绉绉'
了。"务实的麦克奈尔鼓励劳特派特成为大律师，融入伦敦的法
律界，进入这个圈子。劳特派特做到了，但是止于某一点（1954

年，作为国际法院英国法官的候选人，劳特派特遭到反对，结果失败了，国会议员总检察长莱昂内尔·希尔德爵士反对的理由是，在海牙法庭上英国的"代言人"应当　从内到外都是彻彻底底的英国人，而劳特派特无力更改他的出身、名字和教育背景皆不符合资格的事实"[64]）。

麦克奈尔把他的门徒定性为一个完全没有"一丝一毫政治煽动者气质"的人，然而却"渴望实现正义"[65] 和"解除痛苦"。麦克奈尔认为，他从 1914 年到 1922 年在伦贝格和维也纳所经历的事件促使他将保护人权作为"至关重要"的信念。个体应该"拥有国际权利"，从很多方面来看，无论在当时还是在今天，这都是一个具有开创性和革命性的想法。

如果说劳特派特想念利沃夫，那也是想念家人，而不是那个地方。他母亲的来信甚至加重了他的忧虑，信中写道，"现在家里不太好"[66]，指的是经济上的困难。1928 年，她第一次到伦敦去看望那年新添的孙子伊莱休。儿子欢迎她的到来，但批评了他母亲的个性表达，强烈反对她"染指甲"[67]，迫使她除去指甲油。

他同样反对他的母亲对拉谢尔的影响，劳特派特看到她梳着路易斯·布鲁克斯式童花头的新发型时，直呼"刺眼"，并坚持要她改梳回圆发髻。继而引发了这对夫妻的一次大争吵，拉谢尔威胁说要离开他。"我有权而且必须不受你欺压地过我无害的私人生活。"[68] 可是最后，拉谢尔还是让步了：50 多年后，当我见到她时，她依然梳着圆发髻。

个体权利属于一部分人，但不包括他的母亲和妻子。

35

5 年后的 1933 年 1 月，希特勒上台，这是劳特派特极为关注的事情。作为《泰晤士报》的忠实读者，他可能已经读过了报纸上对《我的奋斗》的长篇摘录，书中描述了希特勒在维也纳的日子，以及他认为犹太文化是"精神上的瘟疫，比黑死病还糟"的看法。其中一段引文是希特勒对于犹太人和马克思主义的观点，明确地否定了"个人在人类中的价值"，强调了"民族与种族"的重要性及宗教命运的作用。希特勒写道："我对犹太人的斗争，是在完成主的事业。"[69]

国家社会主义者正在增加，这对利沃夫和若乌凯夫有着严重的影响。波兰与德国签署了互不侵犯条约，摒弃了 1919 年的《波兰少数民族条约》。[70] 1935 年 9 月，德国通过了《纽伦堡法令》，以保护雅利安人的血统纯正。犹太人和德国人不能结婚或发生性关系；犹太人被剥夺了公民权和绝大多数权利，不能担任律师、医生或记者。[71] 这与劳特派特居住的伦敦北部的克里克伍德相去甚远。

1935 年，劳特派特的父母阿龙和德博拉到了伦敦，诉说了利沃夫的生活比以往任何时候都更加困难，经济崩溃和歧视日益严重。他们已经从剧院街搬到了五月三号大街，随着毕苏斯基元帅在 5 月去世，相对稳定的时期也结束了。相比之下，沃尔姆巷的生活是舒适的。劳特派特意气风发，在伦敦政治经济学院晋升为法律系教授，声名鹊起。1933 年，他的第二本书《法律在国际社会中的职能》出版了，得到了更多赞誉。[72] 这本书被劳特派特看作自己最重要的著作，涉及国际法中的个体这一主题。他从国内和国际法院搜集国际法案例，制作了开创性的报告汇编——《国际公法集例年度摘要和报告》，往今大被称为《国际法报告》。他还完成了《奥本海国际法》第二卷的新版本，这是世界各国外交部使用的专著，这一卷是关于战争法的，其中占有中心地位的就是对平民的保护。劳特派特在序言中写道："个体的福祉是所有法律的终极目标。"[73] 这段话具有先见之明，对一个越来越具有权威性的人物来说是激进的看法。

劳特派特并没有逃避时下最大的问题。他写了一篇题为《德国对犹太人的迫害》的论文，提议国际联盟采取行动，制止基于种族或宗教的歧视。[74] 今天人们读到这篇论文的时候，会感觉它是试探性的，因为劳特派特是个实用主义者，他知道以那个时候的国际法来说，德国迫害任何不被视为雅利安人的人是被允许的。但他仍然认为这种迫害行为扰乱了国际关系，而且应该被"世界公法"所禁止。他希望西班牙、爱尔兰和挪威也许会就这一政治道德问题采取行动。但它们没有，这篇论文没有对它们产生显著的影响。

劳特派特也面临着批评。当犹太人纷纷涌出德国时，负责难民事务的国际联盟官员詹姆斯·G.麦克唐纳决定辞职，以抗议政府的不作为。为了准备一封有分量的信件，他向纽约市立学院的历史学家奥斯卡·雅诺夫斯基寻求帮助，后者随即前往伦敦争取劳特派特的支持。[75] 这次会面并不顺利。雅诺夫斯基写道，劳特派特也许是一个"上升中的青年才俊"，但他绝对也是一个"傲慢"自负的人，当他应该为事业积极发声时，他却"像法官一样摆谱"。劳特派特拒绝与雅诺夫斯基的一个研究生合作，由是招致

劳特派特、拉谢尔和伊莱，沃尔姆巷，1933 年

了针对自己摆架子、傲慢、缺乏道德名望和宽阔胸襟的讨檄。"加利西亚犹太人的负面典型。"雅诺夫斯基这样写他。

劳特派特想要将自己的意见"强加"给别人，并且不去理会其他人的意见。他在见面时"焦虑不安"，"做出并不绅士的举动"，如果他不能按照自己的做法来，就会表现得屈尊俯就且愤怒。劳特派特感觉自己可能的确做错了，于是给雅诺夫斯基送去一封勉强的致歉信。"我乐意看到自己的作品送去受评鉴时被撕得粉碎。"他写道，"我可能错误地以为别人也是这么想的。"[76]

尽管面临压力，劳特派特仍拒绝支持将德国对待犹太人的案子送上海牙国际法庭的请求。他认为这个想法"不充分、不切实际，且高度危险"。他在同侪中并不是最好过的一个，因为他认识到国际法的局限性，有着大量的空白使得各国能够歧视和采取诸如《纽伦堡法令》等措施。

1933 年，他获得了大律师的资格。海尔·塞拉西一世最先发来案情摘要，想咨询关于意大利吞并埃塞俄比亚的意见。1936 年11 月，另一份案情摘要送到了，是一位杰出的瑞士学者寻求关于保护上西里西亚犹太人的法律意见。如果他们得不到外交保护，那么能不能至少让他们带着财产离开德国？劳特派特拒绝给出旨在影响英国政府的法律意见，而瑞士学者所追求的目标根本无法实现。[77]

在世界政治的阴云之下，劳特派特试图说服父母搬到英国定居。波兰迄今已经撕毁了 1919 年签订的《波兰少数民族条约》，所以利沃夫的犹太人和其他少数族裔都被剥夺了国际法律的保护。但阿龙和德博拉仍然决定继续留在利沃夫，那是他们的家园。

36

在一个晴朗的秋日，我和劳特派特的儿子伊莱一起坐在他位于剑桥的家中的书房里，看着花园里的苹果树。伊莱回想起沃尔姆巷、电车还有父亲每天"在去伦敦政治经济学院时"顺便送他去幼儿园的那段路。

他回忆起父亲被工作"完全包围起来"，大部分时间都在房子内侧的书房，那间"安静的房间"里度过。他工作起来"太紧锣密鼓"，没有时间哄儿子上床睡觉，但他们之间仍然是亲密的，在一些轻松的时刻，他们之间的关系即便谈不上是"知识教育"，至少也是"关心爱护"的。伊莱记得他的父母会在起居室里伴着比才的《卡门》跳舞，还会去附近的公园散步，那也是考他拉丁文的词形变化和动词变化的时间。"他会让我背诵这些，坚持不懈。"

那些在波兰的家人呢？伊莱隐约知道他们的情况。"我的祖父母来探望过两次"，但他只记得 1935 年那次，当他的父亲"恳求他们留下来的时候"，他们决定不留下来，而是和另外两个孩子住在一起。年轻的伊莱对地平线那头的事没有什么感觉。"我父亲一定意识到了危险，但是从来没有传达给我那种体会。"

他们有没有谈起过利沃夫？

"从来没有。"

利沃夫的影响呢？

"没怎么说过吧，没有。"

我问他，对战争的恐惧是否对他父亲的心理造成了负担？这个问题换来了诧异的表情，然后是沉默。"这个问题有意思，"他说，"但是没有。""他对那些事守口如瓶。也许他和我妈妈分享过，但波兰发生的事情完全被隔绝在外。我们从来没有谈过伦贝格的情况。他找了些别的事情来谈。"

我继续追问。

"怎么说呢，那是一个很可怕的时期，"伊莱最终承认，"他预感到一些很可怕的事情可能发生，但并不确定一定会发生，或是会以这样的方式发生。"

他父亲出于保护的原因，让自己与世隔绝。伊莱解释说："他继续着自己的生活和事业，试图劝说父母搬过来。他们偶尔有信件来往，但是，唉，很可惜，我们没有保存下来。他没有回波兰去看他的父母。我不知道他是否真的"与世隔绝"，但他与父母的关系可以算得上是一种隔绝，虽然我知道他非常爱他们。我怀疑他和母亲是否坐下来讨论过'我们应该把这事告诉儿子吗？'。"

那他有没有谈起他过去在波兰的生活？

"没有。关于那个家庭的唯一信息是，他在波兰一个正统的犹太家庭长大。他会带领我们过逾越节，用传统方式歌唱，我很喜欢那样，旋律仍然在我的脑海中回响。但是我不记得任何有关他的波兰生活的实质性谈话。"

从来没有过？

"对，从来没有。"

伊莱沉默了一会儿，然后说："他很忙，一直在忙工作。"接着发出一声疲惫、轻微的叹息。

37

"一直在忙工作"带来了进一步的成功。1937年底，来自若乌凯夫的小伙子被选为著名的剑桥大学国际法教授。[78]1938年1月，劳特派特从国王十字火车站乘坐火车去新职位就任，他还被授予了三一学院的研究员职位。凯尔森和伦敦政治经济学院的同事纷纷发来了祝贺的信函。系主任菲利普·诺埃尔－贝克向他表示热烈的祝贺，威廉·贝弗里奇爵士也表达了祝贺，这位同事在他还没有考虑建立现代化的福利制度的时候帮助收容了德国难民。[79]

劳特派特回复贝弗里奇说"我一直对你抱有深深的感激之情"，因为他帮助了学者难民，有着"伟大的热情"。

剑桥的消息换来了来自利沃夫自豪而高兴的回应。"我最亲最爱的儿子！"德博拉写道，"为了这个喜讯，我要感谢你一千次。"

这封信暗示了经济上的困难，阿龙正在遥远的格但斯克工作。她写道："我们没办法一起开心了。"[80]

9 月，劳特派特全家搬到了剑桥克兰默路 6 号更大的一栋半独立式住宅，这是他花 1800 英镑向麦克奈尔家族买下的，房子所在的绿树成荫的街道旁都是宽敞的住宅，许多都铺设了专门的车道。房子里有客厅、餐厅、餐具室和用于烹饪的厨房。每顿饭都是准点开始——一点钟午餐、七点钟晚餐——通过敲钟宣布开饭。下午茶通常在四点半的时候送上，佐一块维多利亚海绵蛋糕，蛋糕由附近的菲茨比利斯点心店提供，这家店至今仍在营业。[81]

在二楼，劳特派特、拉谢尔和伊莱每人各有一间卧室，还有一间劳特派特的书房，这是他工作的地方，他时常坐在贴了皮面的桃花心木大办公桌后面的胡桃木扶手椅上，听着古典音乐，眺望着下面的花园。花园里种满了苹果树、李树和青梅树，劳特派特喜欢修剪它们的树枝；还有他最喜欢的水仙、蔷薇和铃兰花。草坪由园丁负责修剪维护，他很重视没有杂草的草坪，一辈子都在担心脚碰到湿草地会患风寒，出于这个原因，每次遇到湿草地，他总是用脚跟走路，脚尖向上翘着，以最大限度地减少与地面的接触。伊莱回忆说："那场面别具一格。"

劳特派特一家过得很舒适，但并不算富有。家里的装饰很朴素，而且在头十年里都没有中央供暖。少有的对奢侈的让步是花90 英镑购买了一辆考文垂制造的 Standard 9 型二手蓝色轿车。赫希不是一个游刃有余的司机，一旦时速超过 80 千米，他就会变得高度紧张。

这条街上的其他居民展现了劳特派特多样化的新世界。住在他们隔壁 8 号的邻居是退休神职人员布鲁克博士。住在街对面

4 号的戴维·温顿·托马斯是教希伯来文的皇家钦定教授，也曾是效力于威尔士的橄榄球运动员。再往前的 13 号住着英国法劳斯·鲍尔教授珀西·温菲尔德爵士，他是国内侵权法方面的领导权威（他的《温菲尔德论侵权》至今仍在使用，历史学家西蒙·沙玛说，正是这本书最终打消了他对学习法律可能存在的任何兴趣）。[82]

政治学教授欧内斯特·巴克爵士住在 17 号，勤于研究英国和英国人民的课题。古典考古学荣誉教授亚瑟·B. 库克住在 19 号。居住在 23 号的是地理学教授弗兰克·德本汉姆，曾任大学的史考特极地研究所第一任所长（年轻时曾参与罗伯特·法尔肯·斯科特的最后一次南极洲科考，结果在颇为不顺的行程中因在积雪中踢足球受伤，错过了最后一站南极点）。[83]

劳特派特喜欢步行去三一学院和附近的法学系。他细致周到，而且一直很注重仪表 —— 讲课时身穿深色套装和长袍 —— 经常能看到他戴着心爱的洪堡帽。有一次，在从海牙到瑞士的火车旅途中，这顶心爱的帽子"飞出窗外，漂亮地落在了铁轨上"[84]，他特地给拉谢尔写信讲了这件事，正好也可以消磨在洛桑失物招领局等待的时间。他一直没有找到帽子。

他第一次在剑桥讲课时，拉谢尔仍住在伦敦市。没有过度谦虚，他认为这次授课"很有说服力"。学生报纸《校队》报道他是"一流的讲师，技巧纯熟精湛"，"为了更好地讲解"，很善于借助手势。如果说有什么明显的不足之处的话，就是他喜欢"凝视窗外"。《校队》注意到他的另一个特点："是有什么私密笑料令他嘴角永远挂着一丝微笑吗？"[85]也许是惊叹于他从若乌凯夫到剑桥的奋斗过程。

在这个世外桃源般的环境中，背景噪声变得越来越不祥。德

国占领了苏台德地区，接着进攻捷克斯洛伐克。劳特派特心里时
时牵挂着利沃夫和若乌凯夫。

<h1 style="text-align:center">38</h1>

德国于 1939 年 9 月 1 日入侵波兰。两天后，在一个星期天上
午，英国首相内维尔·张伯伦对德宣战。劳特派特全家聚集在克
兰默路的书房里收听广播，劳特派特坐在一张高背椅上，他的妻
子和儿子分别坐在两张宽大的绿色方形沙发椅上，面对着派伊牌
无线电收音机。那时伊莱 11 岁。他回想起当时的激动之情，尽管
那时还不明白"这意味着人类将承受怎样的痛苦"。他的父亲平静
地接受了这个消息。家里进入备战状态，储备了食物，挂起了遮
光窗帘。生活还在继续，房客们来了，劳特派特继续教学、写作。
42 岁的他已经不适合战斗，但他仍加入了地方志愿军，在军中他
被人亲切地称为"老兵派特"。[86]

德国人 9 月份占领了利沃夫和若乌凯夫，但很快就撤退了，
正如若乌凯夫老居民奥尔加给我讲述的那样。苏联人立刻接手了，
波兰的独立性被消灭了，希特勒和斯大林分割了这个国家。那时
利沃夫寄来的信，在今天看来，描述了当时在苏联统治下的生活
是艰难的，但没有严重的危险。

1940 年 6 月，德国占领了法国，就是莱昂被迫与我的母亲、
他年幼的孩子分开的那段时间。巴黎被占领促使劳特派特一家决
定让伊莱和拉谢尔到美国避难。劳特派特接受了卡内基基金会的
巡回演讲邀请，于是那年的 9 月，全家人乘坐冠达-白星邮轮公
司的皇家邮轮"斯基泰"号去往美国。[87] 3 天后，另一艘来自利

物浦的"贝拿勒斯城"号被一艘德国 U 型潜艇用鱼雷击沉，造成 248 人死亡，包括许多儿童。劳特派特一家在 10 月初抵达纽约，住进了布朗克斯区哈德逊河畔里弗代尔的一座公寓。伊莱进入霍瑞斯曼（私立预科）学校就读，杰克·凯鲁亚克一年前从该校毕业。劳特派特开始了巡回演讲。

在华盛顿，英国政治学家哈罗德·拉斯基把劳特派特引见给美国法律界的高层。并未与德国交战的美国意图帮助伦敦（英国），但仅限于在中立规则允许的范围内。劳特派特结交了英国大使馆的官员，并拜访了美国最高法院的大法官费利克斯·弗兰克福特。[88] 弗兰克福特的夫人在伦贝格有亲人，他们很感谢拉斯基介绍他们认识，这位伦敦政治经济学院的学者表示，希望劳特派特的理智和宽容或许能让美国人理解英国正为之奋斗的价值。

劳特派特在全美做了 2 个月的巡讲，覆盖了 6000 英里，总计 15 所法学院及大学。他演讲的核心主题是驳斥国际法的批评者，强调国际法在危机时刻的重要性，尤其是保护个体的重要性。而他寄往家中的书信透露了他对战争走向的担忧和焦虑。"我们还能回剑桥吗？"他问拉谢尔。对于伊莱，他给出了简单的建议："尽你最大的努力，要谦虚，试着结交朋友并维护好你们的友谊。"[89]

1940 年 12 月，拉斯基向罗斯福总统的总检察长罗伯特·杰克逊引见了劳特派特。"我将于 1 月份的第一周赴华盛顿，届时可否登门礼节性拜访？"[90] 劳特派特写信询问杰克逊，后者给出了肯定的答复。几周后，他出差前往华盛顿，登门拜访了国务院法律顾问，并再次与弗兰克福特大法官见面。

杰克逊正在寻找使美国能够支援英国而又不被卷入战争的方法，他也有与劳特派特见面的原因。他告诉劳特派特，"我们需要的"是"一种理念",能够帮助落实美国"对盟国的一切非战援助"的政策。[91]杰克逊不信任美国的国际法律师,其中有许多人拒绝参与。

劳特派特想要帮忙,但也知道情况很微妙。他得到了英国驻华盛顿大使馆的允许,撰写了一份美国在不违反中立原则的前提下能够帮助英国的可选方案备忘录。[92]杰克逊在罗斯福总统于几周后获得国会通过的"租借法案"中引入了其中的一些想法,这一具有争议的立法允许了行政部门支援英国和中国。[93]劳特派特与杰克逊首次通力合作取得了成果。

劳特派特传递了其他想法,其中一些被采纳到杰克逊在 1941 年 3 月发表的演讲中。总检察长恳求在座律师——一个保守的群体——采纳劳特派特构想的现代的方法。杰克逊解释说,那些违法的人必须付出代价,所以必须允许美国援助受害者。《纽约时报》报道杰克逊的讲话具有"深远影响",称赞他对关于法律和中立性的那些 19 世纪过时概念的反对。[94]劳特派特无疑为他的观点得到支持而欣慰,但他拒绝了杰克逊所提出的报酬。杰克逊的讲话发表时,他正在返回英国的途中,但拉谢尔和伊莱仍留在纽约。

39

1941 年 1 月底,劳特派特乘大西洋"飞剪"号经过百慕大、亚速尔群岛和里斯本三段飞行航程,回到了剑桥。同机旅伴中有几周前刚在总统选举中被罗斯福击败的共和党候选人温德尔·威尔基。飞行过程中的大部分时间,他们都在热烈地探讨世界局势。威尔基接受了访问三一学院的邀请,但后来一直没有兑现。[95]

　　劳特派特回归的时候正好收到一封越来越难得的利沃夫的来信。"我亲爱的!"他的哥哥写道,告知他家人"相对还好"而"我们亲爱的二老在这段时间简直衰老了 20 岁"。在苏联审查员的凝视下,这封信提供了加密的信息。"我们希望能见到你,让我们能够再次相聚",达维德暗示道,"具体以何种方式取决于你"。如果他们要团聚的话,将由劳特派特来安排。这家人更希望"在这样的时刻能聚在一起",劳特派特能够来利沃夫接他们吗?"你知道我们的愿望,"达维德因为监视审查制度而略带隐晦地在结尾写道,"保持健康,致以我们的亲吻。"[96]

　　这封信引起了劳特派特的担忧,但是他为了把家人带到英国所做的任何努力都没有被记录下来。他把精力投入教学、《年度摘要》和新修订版《奥本海国际法》这些"麻烦"但能分散他的担忧的工作中。[97]食物抚慰了他,因为剑桥的存货有限,他经常回克里克伍德光顾他喜欢的熟食店,店主是采德曼先生。他简直是"福星",劳特派特告诉拉谢尔,不知为何他总有办法弄到"所有我需要的油炸用的油"[98]和其他稀缺物品。

　　写信也给了他安慰。有一封信寄给他在伦敦政治经济学院工作时认识的伦纳德·伍尔夫,表达了对弗吉尼亚去世的悼念。[99]还有一封信寄给纽约的拉谢尔,担心南斯拉夫加入德国一方之后战争的走向,对于重新夺回亚的斯亚贝巴感到更有信心,这是他曾经的客户海尔·塞拉西一世难得的胜利。[100]给伊莱的一封信谴责了他在抱怨纽约生活的同时英国人却处于"更为直接的焦虑和各种担忧状态"[101]。

　　1941 年 4 月,他受邀去马萨诸塞州卫斯理学院讲学。5 月,他在伦敦皇家国际事务研究所就"万国法的现实"发表演讲,再次将焦点放在了个体的困境上。他抨击了消极低落和愤世嫉俗，为国际法和希望提供了正面案例。考虑到广泛传播的有关欧洲各地发生的"严重违法行为"的报道，这可谓是一种挑战。他对听众说，这些不受法律约束的国家的所作所为必须受到其他政府的质询，通过国际律师及"公民的意志和努力"[102] 来实现。

劳特派特发现了一个在逆境中越来越有力量的声音，说着"人的权利和义务"。1941 年 1 月 4 日，他的父亲写来的一封短信进一步激发了他的激情。"最亲爱的！"他充满爱意地写给他的儿子，你的信令我们"格外高兴"。家人在美国很平安的消息令他"完全安定下来"。在利沃夫，每个人都"安然无恙"，但仅限于此。他们致以最好的祝愿。若乌凯夫的达维德叔叔发来问候："向你们一家致以诚挚的问候和亲吻。"[103] 他的母亲加了一行吻。

然后就没有音讯了。"多给我的家人写信"[104]，他敦促拉谢尔，并给了她一个现隶属"苏维埃俄国"的利沃夫通信地址：保卫利沃夫街，一条为纪念"利沃夫的保卫者"而命名的街道。这家人仍然住在五月三日大街。

40

6 月，希特勒撕毁《苏德互不侵犯条约》，下令德国军队向东入侵苏联占领的波兰。不到一周的时间，若乌凯夫和利沃夫就落入了德国人手中，学者被关押起来，其中包括劳特派特的奥地利私法课教师罗曼·隆尚·德贝里埃教授。他因身为波兰知识分子而获罪被捕，第二天就在"利沃夫教授大屠杀"[105] 中连同他的三个儿子一起被处决了。

劳特派特的外甥女因卡给了我关于那段时期的第一手资料，这些资料与克拉拉·克拉默关于德国人到达若乌凯夫的叙述互相印证。2010 年夏天，我与因卡——劳特派特妹妹唯一的孩子——在她位于巴黎埃菲尔铁塔附近的一间整洁小公寓见面了。她很激动，像麻雀一样在屋子里精力充沛地忙来忙去。最终，我们在餐厅坐定，餐桌上铺了洁白的桌布，被一束明亮清澈的阳光照亮。她用精美的陶瓷茶杯为我倒了红茶。靠在敞开的窗户下，她不带情绪地轻声讲话。

我们在桌子上摊开了 1938 年的利沃夫地图。她告诉我，那年她 8 岁，同时指出我外祖父莱昂的家，她曾经从那条街上走过。她想看看我带来的少得可怜的文件。我向她展示了一张 1890 年发给莱昂父亲平卡斯·布赫霍尔茨的证书。"上面写着，他出生于 1862 年。"她向我解读道，她的口音让我想起了我的外祖父。他通过了酒精的生产资格考试，但只取得了"合格"的评定。她笑了。"不是'优秀'！"

她的父亲马塞尔·格尔巴德是一名律师，这是家庭传统，就像他的父亲一样。两人都是金发，格尔巴德在德语里的意思就是"黄胡子"，这个姓氏是在奥匈帝国时期被授予的。因卡对那时的劳特派特记忆模糊，因为在她出生之前他就去了英国。当我们谈到若乌凯夫时，她说："哦，亲爱的，你发音错了。不是'佐尔基夫'，它的发音是'若乌凯夫'，'佐'要发得像'若'一样。"然后，她叹了口气补充道："我这么熟悉，因为那是我母亲、舅舅和外祖父母的故乡，是战后我去过的地方。"

我们在 1938 年的利沃夫地图上查找着。尽管 1945 年以后她再也没有回去过，但她仍能为我指出劳特派特的父母，也就是她的外祖父母阿龙和德博拉在五月三日大街 64 号的住处，他们从剧院街搬过去之后就住在那里。那里靠近舍普季茨基街，离莱昂出生的房子，一个"不那么出名的地区"，仅几分钟的步行路程。"我们曾经在布里斯托尔或乔治餐厅吃过饭。"她回忆说，那是些高档的酒店。

"我可以在利沃夫四处漫步，直到我 9 岁那年，全都变了，当苏联人来的时候，我们此前所过的生活就结束了。"

说到这，她抿了一口茶，然后又抿了一口。

"让我给你看一些照片吧。"我们走到她卧室的衣柜前，她从里面取出一个装着父母照片的小木箱。里面有一封劳特派特在 20 世纪 50 年代寄来的信，还有一张和她舅舅、舅妈站在伦敦威斯敏斯特宫前面的照片，舅舅戴着新任国王律师的假发，是资深大律师。

我们回到客厅。在 1939 年 9 月苏联人占领利沃夫之前，生活是安逸的。因卡在一所小型私立学校上学，完全不知道歧视这回事。"我父母对我隐瞒了这些，在学校里也没有人谈论那些事情。"他的父亲是受人尊敬的好律师，有要好的朋友，其中大部分都是犹太人。在他周围还有一些非犹太人、"来喝鸡尾酒"的波兰人，随后是迟些时候来吃晚餐的犹太人。她的生活中没有乌克兰人。

随着苏联人的到来，一切都"立即"改变了。"他们允许我们继续住在原来的公寓里，但不能再占用整套公寓。一开始我们住其中两个房间，后来我们被允许占用一个房间和厨房，可以合用厕所和浴室。她还记得公寓的地址，五月三日大街 258 号，也可能是 87 号，靠近在同一条街上的劳特派特家。那条街与西斯笃大街平行，后者就是在 1918 年 11 月的战斗中被拍下街垒照片的

因卡（右）与拉谢尔和劳
特派特，伦敦，1949 年

地方。

　　她的母亲"极具魅力"，收到了许多苏联人的邀请。"住在我们公寓里的上校爱上了她。"因卡惊叹道，那些年也不算太坏。然而，1941 年 7 月德国人来了，情况就变得糟糕多了。

　　"生活还在继续，因为我的父亲会说德语，但大多数犹太人不会。他们被迫离开原本居住的社区，除非他们住在犹太隔都区。出于某种原因，我们被允许继续住在我们公寓的一个房间里，公寓一直没有被完全征用。"

　　每隔几天时间，德国人就会发动一次"行动"，在大街上围捕那些没有戴大卫之星臂章的犹太人，她父亲是众所周知的犹太人，所以必须得很小心，但较少人知道她母亲的身份，所以她有时出门不戴 le truc。"那东西",因卡是这么叫臂章的。

"它既令人难受又危险。我们不受人喜欢。在战前,他们不知道街上哪些是犹太人。现在他们知道了。"

我们一起翻看了我带来的几张黑白照片。一张是处于破败状态的著名的 17 世纪若乌凯夫犹太会堂的明信片。我问她记不记得那个建筑。"不记得。"

因卡把明信片凑到眼前仔细查看,这时发生了奇怪的事。门铃响了。门房送来了一封信。因卡看着它说:"是寄给你的。"太奇怪了,这明明是我第一次跟因卡见面。她把信递给我,收件人写的是她,寄件人是若乌凯夫烈士协会。我打开信封,取出一本小册子,放在桌子上。

封面是若乌凯夫那座破旧的犹太会堂的照片。正是我刚才向她展示的那张照片里她不记得的那个犹太会堂。这真是纯粹的巧合,现在她有两份照片了。

41

1941 年 8 月,伦贝格和加里西亚被并入德占波兰总督辖区。当汉斯·弗兰克成为统治者时,劳特派特计划回到美国,去卫斯理学院讲课,并在哈佛法学院图书馆占用一角做他的研究工作。

出发前的日子变得沉重,因为德国占领波兰的征兆逐渐变成现实。"你知道关于利沃夫的一切,"他写信给拉谢尔,"我不喜欢表达自己的感受,但它像噩梦一样持续侵扰着我。"恐惧无法掩饰,但生活仍要继续,好像他"人格分裂了"一样。在与人们的日常交往中,他"完全正常"地装装样子,帮助三一学院的同事招待将军。他对政治的参与更多了：在前往美国之前，他的名字列入了支持苏联科学院为该国"英勇抗击共同敌人"[106]的剑桥学者名单。

劳特派特于1941年8月回到纽约，并在卫斯理度过了秋季学期。他参观了哈佛大学，周末回纽约陪伴拉谢尔和伊莱。10月，他前往华盛顿与接替杰克逊出任司法部长的弗朗西斯·比德尔会面，后者正需要允许美国攻击德国潜艇的法律论证。劳特派特与杰克逊保持着联系，并祝贺他被任命为美国最高法院大法官。杰克逊寄回了一则友好的短笺和哈瓦那讲话的选印本。劳特派特协助他完成了另一场关于结束"国际不法行为"[107]的演讲，但是到他传达自己的想法时，战争已经发生了决定性的转折：12月7日，日本袭击了位于珍珠港的美国海军，导致美国向日本宣战。几天之内，德国向美国宣战。两人于1942年初在华盛顿会面时，军事和政治形势已经发生了变化。

在那个时候，流亡在外的9个欧洲政府，包括波兰和法国政府，都聚集在伦敦的圣詹姆斯宫，协商怎样应对报道中的德国"恐怖政权"。关于大规模的监禁和驱逐、关于处决和屠杀的可怕的故事传开了。它们促使这些流亡政府在1942年1月发表声明，表达他们共同的愿望，即用刑法来惩罚那些对暴行"负有责任"的"罪人"。令施暴者"受到追查，被送上法庭审判"成为打赢这场战争的正式目标。[108]

这9个政府成立了战争罪行委员会，收集暴行和施暴者的信息，这个机构就是联合国战争罪行委员会的前身。[109]丘吉尔授权英国政府律师在总检察长戴维·马克斯韦尔·法伊夫的指导下调查德国的战争罪行。[110]数月之内，据《纽约时报》报道，波兰流亡政府已经确认了 10 名主要罪犯。名单上的第一个名字是汉斯·弗兰克，排在第二的就是劳特派特在维也纳的同学奥托·冯·韦希特尔。[111]

在这一背景下，杰克逊于 1 月下旬在华尔道夫酒店发表了题为《国际不法行为》的演讲。作为嘉宾出席的劳特派特协助他撰写了这篇讲稿，演讲陈述了战争和暴行，以及对法律和法院的迫切需求，"它们是迄今为止被发明出来的遏制暴力的最佳手段"[112]。现在，劳特派特的想法在美国政府最高层中赢得了支持者。但他和杰克逊没有预料到的是，这些暴行即将上升到恐怖的程度：3 天前，在柏林附近的万湖别墅举行的纳粹高级会议秘密地同意了"最终解决方案"。

劳特派特在纽约待了好几周，与英国大使馆的工作人员一起工作，出席会议，会见纽约州长赫伯特·雷曼，甚至还有时间和拉谢尔一起放松，看看电影。这对夫妇并没有被《晚餐的约定》中的贝蒂·戴维斯所吸引，却很喜欢百老汇里沃利戏院上演的《红花侠》。[113]

时隔 70 年，我看完《红花侠》后理解了他们为什么会喜欢这部电影。主角是一位剑桥学者，由英俊小生莱斯利·霍华德饰演（一年后，他因乘坐的飞机在大西洋上空被德国空军击落而身亡），他携带"侦察干扰设备"，身着"棕色衬衫"，帮助包括他女儿在内的（犹太）受害人逃出纳粹恐怖。"尽管新加坡沦陷了，"《纽约时报》的影评激动地写道，"英国人依然能用通俗情节剧让你全身发凉。"[114]

42

1942 年 3 月，劳特派特返回了英国，这时日本已于不久前占领了新加坡，同时德国正试图扩大对欧洲东部地区的控制。伦贝格没有任何消息，劳特派特频繁写信给拉谢尔和在安多弗菲利普斯学院上学的伊莱。"我有点郁闷……因为战争的消息"，他告诉他们，他们正在"经历一段极其糟糕的时期"。[115]

由于食物紧张，限量供应，他的心情没有得到改善。"我已经完全放弃做家务了"，商店也停止送货了。"全部都要靠自己去买回来。"花园带来一线光明，水仙花开得"灿烂夺目"，在他的行李丢失在美国和英国之间海上某处之后，这为他提供了稍许安慰。

他专注于《奥本海国际法》的又一版修订及《国际法报告》第九卷的工作，将空缺的战争年代的案例收入其中。这些案例涉及西班牙的内战、意大利对阿比西尼亚的征服，以及"德国纳粹政权的立法和实践"[116]，有着"不祥的总体特征"。它们是劳特派特谨慎挑选出来的。其中有一项德国最高法院的判决，处理的是一名德国犹太人因违反 1935 年《纽伦堡法令》与雅利安女性发生性关系被判有罪后提起上诉的案件。这个案子提出了新的法律问题：如果性行为发生在德国以外的地方呢？最高法院裁定《纽伦堡法令》适用于在布拉格发生的性行为，理由令人惊奇，带着一种目的论式的粗暴：如果《纽伦堡法令》不适用于在国外实施的行为，其目的就会受到破坏。因此，德国犹太人在"帝国"境外与德意志血统的德国人同居，"如果教唆德国妇女以此为目的与他一起出境的话……那么他必须受到惩罚"[117]。这样的判决，劳特派特评论道，证实了设立国际法庭负责重审的必要。

劳特派特的活跃范围不限于学术领域。他继续向杰克逊提供建议，把杰克逊视作在美国参战时反对美国孤立主义的堡垒，一个作为"政府的耳朵"[118] 的人。他写信给身在美国的伊莱和拉谢尔，告知了他参与的新项目：审查"所谓的战争罪的问题"[119]，以及如何惩罚德国人在被占领土犯下的国际罪行。该项目始于1942 年 6 月，当时阿诺德·麦克奈尔被任命为"战争罪行委员会"[120] 主席，执行《圣詹姆斯宫宣言》。麦克奈尔邀请劳特派特加入他的团队，随后在 7 月初，劳特派特出席了委员会的第一次会议。麦克奈尔请他就法律问题撰写备忘录。

"我真的很头大。"他告诉拉谢尔，因为委员会决定以他的方法为工作"范本"。会议提供了其他机会，因为与会者中有伦敦流亡政府的律师。他写信给他的妻子这样说，希望能"为波兰东部的少数民族多做好事"，因为波兰人将成为战后少数民族稳定下来的"主要因素"。[121] 这项工作使他以切实的方式关注有关个体的正义和责任，而不仅仅是在国家层面思考这些问题。

那个夏天，另一个新项目落在他的办公桌上：美国犹太委员会邀请他写一本关于国际人权法的书，并提供了一笔慷慨的酬劳（2500 美元，另加必要开支）。这是一个诱人的新课题，所以他接受了。他说他会写一本"关于《国际个人权利法案》（或类似标题）的书"[122]。他于 7 月 1 日开始工作，乐观地希望在年底前完成工作。

12 月，他在伦敦的演讲中尝试了在"庄严"的氛围中传达一些关于国际法的新观点。效果很好，他告诉拉谢尔，"他们对你丈

夫的崇拜都让人感到不好意思了"。他的中心主题是呼吁各国政府
接受保护人类基本权利的新国际法"革命性的广袤"[123]。

43

劳特派特并不知道他在 1942 年夏天为新书所做的工作恰逢总
督汉斯·弗兰克访问伦贝格庆祝加利西亚加入波兰占领区政府一
周年。就在劳特派特着手于国际权利法案的那一刻,弗兰克按照
万湖会议上同意的方式,开始在加利西亚实施最终解决方案。这
给劳特派特家族带来了直接且具破坏性的影响。

因卡·卡茨告诉我发生了什么事。她记得弗兰克的访问、它
引起的恐惧,以及随之而来的后果。8 月 16 日,她的外祖父阿龙
第一个被带走,老人当时躲藏在劳特派特的哥哥达维德的住处的
浴室柜子里。

"两天后的 8 月 18 日,赫希的妹妹,也就是我的母亲萨宾娜
也被德国人带走了,"因卡完全平静地说道,"那是在街上,我的
母亲被乌克兰人和德国士兵追赶。"她当时独自待在家里,从屋里
看到窗外发生的事件。她的父亲正在工作,与他们的旧公寓仅隔
了几户。"有人去告诉他,我的母亲被带走了",因卡说,去报信
的是一个门房。"我明白发生了什么事。我透过窗子目睹了全部
经过。"

我问她那时几岁?

"我那时 12 岁,已经不是小孩了。我的童年就在 1939 年终结
了。我明白发生了什么,我知道危险和接下来的一切。我看到我
的父亲追着母亲奔跑,在她后面,在街上奔跑。"

她停顿了一下，从优雅的窗户眺望整个巴黎，抿着红茶。"我明白一切都完了。"

她是从楼上的窗户看到的，以孩子特殊的记忆回忆起一些细节。

"我是躲起来偷偷看的，我没那么勇敢。如果我有那么勇敢的话，我也会去追我的母亲。但我知道发生了什么事。当时的情景仍然历历在目，我母亲的连衣裙，她的高跟鞋……"

我问她当时知道也许再也见不到母亲了吗？

"不是'也许'。我很清楚。"

劳特派特的妹妹就在她女儿的眼前被德国人抓走了。

"我的父亲没有想到我。可你知道吗？我反而宁愿是这样。对他来说，他深爱的女人，他的妻子被他们抓走了，就是这么简单。他只想让她回来。"

她很钦佩她的父亲当时穿着深灰色西装，追着妻子跑的举动。

然后她的父亲也被带走了。他再也没有回来，因卡成了孤儿。

"我后来再也没有他们的消息了。数以千计的人被带走了。谁知道他们的下落？但我那时知道他们将面临什么。几天后，我离开了公寓，我知道德国人会来收走房子。我的外祖母去了隔都，我拒绝了，因为我无法想象自己待在那种地方。我去了我的家庭教师家里，曾经的家庭教师。她一直与我父母关系密切，因为我父亲对她很好。她不是犹太人，不过她本来可能是。我把发生的事情告诉她后，她说'来跟我一起住吧'。她不仅仅是我的家庭教师，她为我做得更多。她其实是……应该怎么称呼呢，奶妈？我母亲没有母乳喂养我，我是她喂养的。她用自己的奶水哺育了我。"

在我们谈话的时候，因卡往杯中斟了好几次浓浓的俄罗斯红茶。

"我就去了她家，但也没有住很久，因为搜查不断。'她是我的小侄女。'任何人问起我，女教师都这样说。我那时候虽然完全看不出来是犹太人，但肯定也不像是她的侄女。他们并没有很相信她的说法，于是她把我送到乡下和她的家人一起生活。"因卡在那里也没能久留。

"我是出于其他的原因离开的。那里有一个男人喜欢年幼的孩子。我知道了这件事。我读过讲这些事的文字，知道关于这种男人的笑话。所以我离开了。我去投靠了其他曾经受过我父亲帮助的人。那是在 1942 年年底，还是在利沃夫周边，但不在犹太人隔都里面。我没有留太久。那家的女主人谎称我是她的表亲，或是侄女，或是她表哥的女儿，但行不通。她的家人开始感到不安。我会隔着门听他们说话；我听见他们说'她长得不像是亲戚'。他们说得没错。"

于是因卡离开了。"那时太艰难了。我不知道还能去哪里。我那时就整天在大街上游荡，晚上找地方将就过夜。在那段时期，波兰公寓大楼的正门一到晚上十点、十一点就锁上了，所以我可以在那之前溜进去，在没有人认识我的大楼里，不出声地窝在阁楼上。我可以在那里睡觉，就在阁楼旁的楼梯上。夜里有人进来的时候很吓人。我那时又害怕，又孤单，提心吊胆怕被别人交给警察。"

她平静地继续说道："那样的日子持续了一两个月。那时是秋末。我母亲对我交代过她的珠宝在哪里，钱在哪里。我一开始就是靠那些生存的。后来我被打劫了。一天早上我醒过来发现全部财物都被人拿走了。什么也没给我留下。"

这个 12 岁的女孩孤单而又走投无路，找到了她父亲的一位客户兼友人，一位上了年纪的女士，她愿意收容她住两个月。

"人们开始议论，所以我那时不得不从她那里离开。她是天主教徒，她提出把我送去修道院。我们一起去了修道院。修女们说好的，她们会接纳我。"

修道院位于郊区。

"我不记得名字是什么了，"因卡说，"那是个很小的修道院，不是很出名。一共有 12 名修女，与耶稣会有联系。"

因卡开始缓慢地、小声地叙述，仿佛即将讲到尴尬的结局。

"修女们说我必须接受一个条件她们才能收留我。我的家人一直不知道这件事。"将要说出严守了一辈子的秘密，因卡一度感到难堪。

"她们说我必须受洗。我别无选择。也许可以说是万幸，与现在相比，我那时也不算是严守戒律的犹太人。我很幸运能够在一个不是特别虔诚的家庭长大。"

七十年过去了，她仍有一种不自在的感觉。这是一个女人在谈及自己为了自救而不得不以某种形式背弃她自己的族群时的感受。

44

劳特派特那时对于他素未谋面的外甥女正在经历的事情一无所知，他下决心戒酒并开始节食减重。这并不是医生的叮嘱，只是明智的预防措施而已。他这么告诉自己，同时继续履行着地方志愿军的义务，思考着权利法案应该包含哪些内容。他并不知道他的父亲在 8 月 16 日被抓走了。就在同一天，他向伦敦的战争罪行委员会提交了一份备忘录，阐述了起诉战争罪行的国际惯例很少。[124]

从东边不断传来零碎的消息和传言。9 月份，《泰晤士报》上出现了一篇关于纳粹在波兰的暴行的文章。这篇文章一下子燃起了剑桥犹太同事之间的同胞之情，这反映在写给拉谢尔的信中。"昨晚我去了德国难民的犹太会堂，以表达我对他们的苦难感同身受。"他把装有食物的包裹邮寄到伦贝格的无效地址，收件人写的是达维德，他对于这座城市的现状毫不知情。

已经有 18 个月没有收到家人的消息了，他的痛苦难以得到慰藉。他听着音乐，回忆着过去的生活，生出了感伤的情绪。

"现在是周日下午 6 点，我已经禁食一整天了"，他在 12 月的信中对拉谢尔说道，他在这天斋戒，同时也代波兰那些被杀害的犹太人祈祷。"我觉得我想要加入。"[125]

他心里永远想着利沃夫。"我的至亲在那里，而我不知道他们是否还活着。那里的情况如此可怕，甚至可以想象他们很可能宁愿死去。我整天都在想着他们。"

45

在接下来的一年里，战争局势逆转了。拉谢尔在 1943 年夏天回到剑桥，但伊莱仍留在美国。劳特派特在书房里一待就是好几个小时，听着巴赫，写作，望向花园，看着叶子变色，默默地担心着被困在利沃夫某处的家人。青梅树的果实凋落殆尽，草坪修剪的次数渐少，冬日的晦暗笼罩着劳特派特，然而他仍专注于积极的事态发展。9 月，意大利投降了。劳特派特大呼这是"令人欢欣鼓舞的一天"。令人感到"活着真好"，他写道，多年以来的头一回，开始"见证邪恶的垮台"。这是"进步力量胜利"[126] 的显著标志。

他发表了一系列演讲，以检验新出现的有关人权的想法。这个项目花费的时间比预期要长，最大的挑战就是找到把个体放在新法律秩序核心位置的有效方法。他在伦敦发表了一场演讲，然后又在剑桥发表了另一场演讲，他在演讲中"郑重"宣读了《国际人权法案》草案，其中一位观众称其为"历史性场合"[127]。他的想法演进了，"《人权法案》要产生效力，不仅应由国家当局执行，还必须由国际行为人执行"。这促成了国际法庭的可能性。[128] 他简单地向伊莱描绘了自己的工作环境："想象一下，在我的书房，开着窗，巴赫的《马太受难曲》在房间里回荡，你就对那种氛围有概念了。"[129]

德国人现在正在整个欧洲撤退。战争罪行委员会的工作变得更加紧迫，因为劳特派特的想法渗入了一年前由盟国政府创立的联合国战争罪行委员会的工作中。国际维度使他能够继续与美国委员会成员保持联系，还有与前伦敦政治经济学院同事、现英国政府成员菲利普·诺埃尔-贝克的联系，让他能接触到权力和影响力。

1944 年 3 月，他完成了一篇关于战争罪行的"非常重要的文章"，希望有可能影响到审判判决。他帮助世界犹太人大会调查暴行，并告诉那时正在纽约的拉谢尔，该大会要成立特别委员会来调查"德国对犹太人犯下的可怕的战争罪行"。但他的重点是保护个人，而不是群体或少数民族，因为他认为《波兰少数民族条约》

并没有达到目标。尽管如此，团体的情况也不容忽视，他推论说因为犹太人是"德国罪行的最大受害者"[130]，所以"反犹太人的暴行应该成为特别调查和报告的主题"是"恰当的"。

劳特派特并不是唯一想到这些问题的人。在11月，前波兰检察官拉斐尔·莱姆金写的另一本书在美国出版了。书名为《轴心国占领欧洲后的统治》（以下简称《轴心国的统治》），这本书采用了与劳特派特不同的角度，目的在于保护群体，为此他发明了词语"灭绝种族罪"形容一种新的罪行，即对群体的摧毁。劳特派特为《剑桥大学法律杂志》撰写了莱姆金这本书的评论，暗示他不是很支持莱姆金的观点。

莱姆金的书很"有分量"，提供了关于德国法律和法令的"翔实的"调查，以及"有趣而可靠的意见"。这是"极其惊人的勤奋和独创性"的"无价"产物。然而劳特派特的语气是中立且不冷不热的，尤其是对于这个新词，"他称其为用来描述肉体上消灭国族或族群的新术语"。它可以说是"学术上的历史记录"，劳特派特总结道，但"严格来说，这本书称不上对法律有贡献"。他赞扬了出版这本书的卡内基国际和平基金会，却没有提及作者的名字。这篇书评对于这个新术语及其实用性持怀疑态度。言外之意很明显：劳特派特担心对于群体的保护会削弱对个体的保护，它不应该是法律的主要焦点。[131]

我对伊莱说起这件事。他认为他的父亲没有提及莱姆金的名字仅仅代表着"客观的学术评估"而已。"我的父亲从来没有见过莱姆金，我也从来没有听说过他来我家。"他补充道。我感到伊莱有所保留，于是又继续追问。

"我有种朦胧的印象，我父亲不是很欣赏莱姆金，"伊莱说，

"他认为他是个编者，而不是思想家。"他的父亲劳特派特并不赞成灭绝种族罪的概念。"他可能很憎恶灭绝种族罪这一类没有实践支持的个人主张入侵国际法领域。他多半感到那是不可行的，是不切实际的做法。他很务实，永远都谨慎避免事情做得太过。"

说它是"个人主张"是不是因为触及了他自己家人的情况？我问道。

"他也许觉得灭绝种族罪太过了。"

太过了是不是因为无法实现？

"没错。我父亲是非常实际的人，而且他担心法官能否处理某些特定问题，因为他知道法官不可能解决所有问题。"

他的父亲是不是担心增加群体的分量会削弱个体？

"对，这应该是一个因素。"伊莱答道。他建议我看看战后编写的《奥本海国际法》第 7 版，其中对于灭绝种族罪极不认可。这个概念充斥着"缺漏、人为因素和可能发生的危险"，劳特派特写道，它将部分导致对个体人权的保护"衰退"。

在 1944 年年底，劳特派特提交了关于个体权利那本书稿的修订校样。至此，莱昂已经在刚解放的巴黎与妻子和女儿团聚了，伊莱已经回到了剑桥，另一个家庭也团聚了。

46

1945 年 2 月，丘吉尔、罗斯福和斯大林在克里米亚的雅尔塔会面，他们在那里做了一些重要的决定。欧洲将会分裂。几个月前由苏联红军解放的利沃夫将归属乌克兰，并由苏联统治，而不是像美国人所希望的那样归属波兰。[132] 德国领导人将被视为罪犯并被起诉。

3 个月后，欧洲的战斗结束了。5 月 2 日，在罗斯福去世后接任总统的哈里·杜鲁门任命罗伯特·杰克逊领导起诉小组审判德国主要战犯。几周后的 6 月 26 日，《联合国宪章》在旧金山签署，各国政府同意对"基本人权"[133] 做出新的承诺，尊重"人的尊严和价值"。

6 月份，哥伦比亚大学出版社出版了劳特派特关于国际人权法案的书。[134] 为了反映他对新的国际法律秩序的期望，他援引了丘吉尔对"保护人权"的承诺，将对个人的保护置于国际法律秩序的中心。劳特派特的序言阐述了他的目标是终结"国家的无所不能"，得到的反响大部分是正面的："令人信服""深刻透彻""叹为观止""充满创意"，是法律理论与政治知识的"务实而实际"的结合。也有一些批评他对于"吉姆·克罗主义和灭绝营"不再是只由国家法律管辖的事务的期望。批评声指出，他的想法很危险，且只不过是枉费心机地对着早已消失的 17 世纪的相似思想的空嚷嚷而已。有人批评劳特派特"与其说是对未来的预兆，还不如说是对过去的回响"。[135]

书中的条款草案是作为"国际法的开拓性创新"提出来的。没有先例可循，除国际法学会有限的尝试及 H. G. 韦尔斯和各种战时国际委员会的想法之外，劳特派特起草的法案包含了 9 条对公民权利的规定（自由、宗教、言论、集会、隐私、平等……）。有些问题被遗漏了，没有提及任何禁止酷刑和歧视女性的内容。事后看来，同样引人注目的是他对于南非非白人的情况和"在美国一些州大部分黑人居民实际被剥夺权利的棘手问题"的处理，以及对这两个国家的现实政治必要性的承认，以便让他们加入国际法案。还有 5 条草案涉及公民的其他政治权利（选举、自治、少数人权利等）并在有限程度上延伸到经济和社会权利，涉及工作、教育及发生"不可控风险"时得到公共援助。劳特派特对财产权保持沉默，可能是因为意识到来自东方的政治风潮及对英国政治上的考虑。

在《联合国宪章》和他的书中提出的观点之背景下，劳特派特乐于支持举行战争罪行审判及任命杰克逊为检察官的意见。这位美国法官向他寻求帮助。二人于 7 月 1 日在伦敦开会，起草了一项协议，即建立首个国际刑事法院来审判德国领导人。[136] 然而，即使伦贝格从德国治下解放了一年之久，他对于家人的命运仍没有半点消息。

7 月底，在一个炎热的周日早上，杰克逊离开了梅菲尔的克拉里奇酒店，乘专车前往剑桥与劳特派特会面。杰克逊寻求这位拥有"良好判断和学识"的学者帮助他解决四国面临的困难，特别是要对被告提出的指控。此前从未有过先例，并且与苏联和法国之间有着"顽固而深刻的"[137]分歧。

四国在某些观点上取得了一致。审判庭将对个人而不是国家行使司法权，被告将不被允许躲藏在国家权力的背后。审判庭将设 8 名法官，每个盟国 2 名，1 名主法官和 1 名候补法官。美国、英国、法国和苏联将各指派 1 名检察官。

但关于接下来的程序，仍有分歧。是应该像法国程序那样由法官审问德国被告人还是像英美法系那样由检察官审问？在所有难题中，最难的是向被告指控的罪行清单问题。所有的分歧集中在《国际军事法庭宪章》（以下简称《宪章》）第 6 条草案的措辞上，这是新国际法院的管辖文书。

苏联要指控他们三项罪行：侵略、为追求侵略而针对平民的暴行、违反战争法。美国想指控的除了这三项罪行，还有两项：发动非法战争、作为党卫队或盖世太保成员的罪行。[138] 杰克逊请劳特派特帮忙牵线促成共识，唯恐法国人会站在苏联那边。杰克逊最近从德国返回，在那里他参观了希特勒的私人办公室，恰巧听闻丘吉尔和保守党在大选中输给工党的消息，而后者可能更多地偏向法国和苏联。他担心新的英国政府会支持苏联。在他于 7 月 28 日星期六这天返回伦敦时，收到了英国关于审判的新提案，法国人已经接受了这份提案，这令杰克逊感到担忧。[139]

这就是杰克逊第二天驾车去剑桥时占据心头的事，随行还有他的儿子比尔、两名秘书和一名参谋律师。他带劳特派特去了"一家雅致的乡村老旅店"共进午餐，可能是在格兰切斯特，然后他们折返克兰默路。在这个温暖的夏日，他们坐在花园里，刚修剪过的草坪"就像网球场一样光滑平整"[140]。花园中弥漫着一股芬芳的气味，劳特派特很高兴客人们注意到了这一点。当他们正交谈时，一个年幼的孩子从旁边的花园溜达进来，拉谢尔送来了茶和咖啡。叙述中没有记录是否提供了菲茨比利斯店的维多利亚海绵蛋糕。

杰克逊摆出了所有的难题。法国和英国总体上支持苏联的做法，所以问题是如何最好地包装解决方案。劳特派特建议把名称加入条文中，以便达成妥协。这可能有助于以渐进的方式发展法律。

他建议用"战争罪"取代"侵略"一词，而且最好将纳粹头目违反战争法的行为称为"战争罪"。名称会更方便公众理解被指控的行为，有助于获得支持，增加诉讼的合法性。[141] 杰克逊对他的名称观表示了肯定。

劳特派特提供了更进一步的想法。能不能在国际法中引入一个新术语来指代对平民的暴行呢？这既是苏联和美国产生分歧的问题，也是与他未公开的个人利益相关的问题。他提了出来。何不把针对平民的暴行称为"危害人类罪"？

这个术语曾经在联合国战争罪行委员会的工作中使用过，但也没有采用具有法律约束力的形式。[142] 杰克逊也喜欢这个想法，这是一个实用而有吸引力的推进方式。他说他会加以考虑的。

之后，随行人员去了三一学院，参观了宏伟的克里斯托弗·莱恩图书馆，游览了私立大学的花园。杰克逊很喜欢树木。杰克逊的随行律师之一凯瑟琳·菲特喜欢上了"后园"和康河上的小桥，它们是"我在英格兰记住的最美的事物"，她在给母亲的信中写道。[143]

47

回到伦敦后，杰克逊于 7 月 31 日发布了修改后的章程草案。他采用了劳特派特的名称概念和对罪行的新定义。就这样，第一次用白纸黑字提出的"危害人类罪"诞生了。"我们应该加入这些字眼来明确表示我们所指的对于犹太人和其他人群的迫害等问题既是指发生在德国境内的，也包括发生在德国境外的，"杰克逊向盟国解释说，"无论是在战争开始之前还是之后。"[144]

采用这样的语言表述将扩大国际法的保护范围。这将把战争开始之前德国对于其国民（犹太人和其他人群）的行为也纳入审判中来。1938 年 11 月纳粹德国对莱昂的驱逐及 1939 年 9 月之前对数百万人的处置都将被涵盖在内。国家不能再随心所欲地对待其国民了。

8月2日，四国在最后一次的努力协商中达成共识。意志坚定的新任英国总检察长哈特利·肖克罗斯爵士喜欢激怒别人，且被形容为"英国最英俊的公职人员"[145]，他与前任总检察长戴维·马克斯韦尔·法伊夫一同出席，以保持连贯性。四国对第6条草案的讨论——劳特派特提出的名称——非常有争议，所以一直留到最后。苏联将军伊欧纳·尼基琴科强烈反对这些名称。他认为应该删掉它们，因为它们会"使事情复杂化"。他的副手A. N. 特雷宁教授从"理论视角"对这些名称表示欢迎，但反对它们的模糊性，应该删除它们。杰克逊坚决不同意。他认为这种分类很有用。这些名称由一位他没有公布名字的国际法学界知名学者向他提出，很是"方便"。它们能帮助公众了解罪行之间的差异；公众的支持很重要。

苏联让步了，允许危害人类罪成为国际法的一部分，以保护个体。一周后的8月8日，四国采纳、签署并公布了最终版本——这是历史性的一天。根据《宪章》第6条（c）款，授权法庭法官惩罚犯有危害人类罪的个人，危害人类罪的定义包括：

> 战争发生前或战争进行中之杀害、灭种、奴役、借暴力强迫迁居及其他不人道行为；或基于政治上或种族上之理由的迫害行为，这种迫害行为是作为完成或共谋归本法庭管辖的任何罪状时所施行者，至于其是否违反犯罪所在地的国内法，则在所不问。[146]

该段值得仔细阅读。尤其要注意其中的那个分号，它在后面将引起一些问题。劳特派特认为条文过于宽泛，但并不担心使用分号可能给予法庭对战争开始之前发生的行为的管辖权。"协议第 6 条（c）款——危害人类罪——显然是一项创新"，他告诉英国外交部，但这是一项开明的创新，提供了"国际立法的基石"。它证实了国际法不仅是"国家之间的法律"，同时也是"人类的法律"。那些违反这项条款的人，即使他们是领导人也没有豁免权，这反映了"全世界愤怒的良知"[147]。

肖克罗斯在取代了麦克奈尔后，在新英国战争罪行执行委员会里给劳特派特安排了一席之地。肖克罗斯问他是否愿意协助筹备审判并撰写英国的陈词，劳特派特接受了邀请。几天后，他收到了杰克逊的便条，感谢剑桥的热情招待，以及关于罪行的"耗费心血的备忘录"。杰克逊指出，并非所有的建议都受到重视，但"都有助于我们更清楚地看待这个问题"。杰克逊暗示未来会有合作："我将不时来伦敦出差，我们会再次见面。"[148]

《宪章》第 6 条带来了职业和学术的飞跃，但并没有给他个人带来多少宽慰。4 年过去了，伦贝格和若乌凯夫依然没有一丝消息。"爸爸不怎么说这些，"拉谢尔告诉伊莱，"他从不表现出太多的情绪。"[149]

48

《宪章》通过几天后，有人注意到第 6 条（c）款关于危害人类罪的文本中的细微差异，即分号问题。这导致俄文版本与英文和法文版本之间的差异。很快一项修正案通过了，使英文和法文版本与俄文版本保持一致。这项举措在 10 月 6 日完成，当时分号被删除并换成逗号。[150]

此举产生的影响可能是巨大的。分号使得在 1939 年战争开始之前发生的某桩危害人类罪案件能够被纳入法庭的管辖范围；然而，分号被替换成逗号后，似乎产生了把战争开始之前发生的事件排除在法庭管辖范围之外的效果。如果危害人类罪必须与战争挂钩，那么这些行动就不会受到惩罚。这一改动是否是有意的，这是否会带来上述效果，都将由法官来决定。

分号消失后的几天，肖克罗斯向劳特派特抱怨了另一桩变故，即针对个体被告的具体指控术语。四国在起诉书——肖克罗斯"根本"不喜欢这份文件——上遇到了"极大的困难"。"我认为，其中的一些指控几乎不可能经受住历史的考验，或者可以说，肯定也通不过任何严肃的法律审视。"肖克罗斯说的可能就是起诉书中出乎意料地引入了"灭绝种族罪"这个新词。这是在最后阶段由美国不顾英国强烈反对执意加上的。劳特派特是不会同意的。"我们只能尽量利用这份不尽如人意的文件了。"[151]肖克罗斯告诉劳特派特。

审判定于 1945 年 11 月在纽伦堡的司法宫举行。盟国确定了24 名主要被告人，包括赫尔曼·戈林（希特勒的副总理），阿尔伯特·斯佩尔（装备部长及战争生产部长）和马丁·鲍曼（元首个人秘书）。第 7 个名字会引起劳特派特的兴趣：汉斯·弗兰克，波兰德占区总督，他的统治范围包括伦贝格和若乌凯夫。

肖克罗斯建议说："如果你能抽出几天时间在审判启动的时候出席，会对我们有极大的帮助。"没有酬劳，但可以报销开支。

劳特派特再次接受了邀请。

第 3 章

诺里奇的蒂尔尼小姐

49

我问我的母亲："蒂尔尼小姐是谁？"

"不认识。"她不怎么热情地答道。

然后她又说："我想她就是 1939 年夏天把我从维也纳带到巴黎的那个人。"但她坚称除此之外她不知道更多的信息。这是莱昂在事情过去多年以后才告诉她的。"不重要的。"

事情似乎是这样的，蒂尔尼小姐接走了才刚满 1 岁的露德，是孩子的母亲丽塔亲手交给她的。交接发生在维也纳火车西站。互相道别后，蒂尔尼小姐带着孩子登上去往巴黎的火车，这一刻对母亲来说是莫大的煎熬。抵达巴黎东站后，小孩就立刻被交到了莱昂手上。蒂尔尼小姐在纸条上用铅笔写下了她的名字和地址。"再见了。"他们再也没有见面。

"是她救了你？"

我的母亲点点头。

"难道你不想知道她是谁，见见她，了解更多情况，谢谢她吗？"

"不想。"

"你不想知道她为什么要做这件事吗？"

"不想。"

50

母亲离开德国占领的维也纳时，她的 1 岁生日刚过了 3 天，而且没有父母陪伴，这种方式令人费解。我能理解她对于解封这段记忆的抗拒。

了解详细情况的人都已经不在人世了，而我能找到的文件也没有提供什么线索。我见到一本 1938 年 12 月签发给母亲的护照，盖有 3 个印章和几个"卐"字符号。第一个印章的日期是 1939 年 5 月 4 日，批准持有护照的孩子从奥地利单程出发，并附带返回权。第二个印章的日期是 7 月 22 日，隔了两个半月，是从位于瑞士边境、苏黎世以东的奥地利小镇费尔德基希出境的印章。第三个印章是次日，即 7 月 23 日在法国盖上的标有"Entrée"（获准入境）字样的入境章。护照封面上有一个"卐"字符号，但并没有鲜红的字母 J。持有护照的孩子没有被标明犹太身份。

丽塔留在了维也纳。这件事一直困扰着我的母亲，令她心生疑窦：丽塔究竟在什么情况下选择了——如果她有选择的话——不陪她唯一的孩子一起去巴黎？是迫于无奈还是出于选择？前一种解释更具吸引力。

除护照之外，还能找到的唯一线索是莱昂的文件中耐心等待着的一张黄色纸条。长宽都不超过 5 厘米，被对折了起来。纸条的一面有几个用力写下的铅笔字："E. M. 蒂尔尼小姐，'梅努卡'，蓝钟路，诺里奇，英格兰。"没有留言，只有名字和地址。

两年来，这张黄色的纸条一直挂在我的办公桌上方。有时候，我看着它，好奇它是在哪里写下的，是谁写的，是什么促使蒂尔尼小姐甘愿冒如此大的风险完成这趟旅行，如果的确是她的话。这张纸条承载的信息一定非常重要，因为莱昂在他余生的 60 年里一直保留着它。

诺里奇的地址在伦敦东北 100 英里外，比剑桥更远，靠近诺福克湖区。我找不到有着"梅努卡"这样一个中产阶级味道十足的名字的房子。

我从 20 世纪初的诺里奇人口普查记录和电话目录开始搜寻，惊讶地发现居然有多达 5 位名叫 E. M. 蒂尔尼的女性。其中 2 人因年龄不符可以排除在外：英德纳·M. 蒂尔尼在那时年纪太小不可能前往维也纳（出生于 1924 年），而伊迪丝·M. 蒂尔尼年纪太大了（生于 1866 年）。还剩下 3 个名字：

1. E. M. 蒂尔尼，生于 1915 年，来自附近的布罗菲尔德村。

2. 艾西·M. 蒂尔尼，1893 年出生，1901 年全国人口普查时年龄为 7 岁，与父母一同住在诺里奇的格劳瑟斯特街95 号。

3. 伊迪丝·M. V. 蒂尔尼，没有出生日期，于 1940 年与一位姓希尔的先生结婚。

电话簿中列有布罗菲尔德村的那位 E. M. 蒂尔尼的电话号码。如果是同一个人，她现在已经 95 岁了。我对着号码拨过去，试了好几天才终于被德斯蒙德·蒂尔尼接起来，他说话带有诺福克口音。"我姐姐艾西·梅在 3 年前去世了。"他悲伤地说。我问，她在 1939 年去过维也纳吗？

"哦，我不知道，从来没有听说过这件事。"他说他会向其他人打听打听。2 天后，他打来电话，令人失望地说道，他的姐姐在战前没有出国旅行。

于是我转而寻找 1893 年出生的艾西·M. 蒂尔尼。1901 年的全国人口普查记录显示，她与父亲阿尔伯特（文具店店员）、母亲汉娜及四个兄弟姐妹住在一间独栋房子里。同一个名字和出生日期在网上又出现了两条搜索结果。1960 年 1 月 1 日，一位同名同龄的女子从南非德班出发，在南安普敦码头从（联合城堡航线的）"MV 斯特林城堡"号下船。船上的清单显示，蒂尔尼小姐——中间名莫德——是"传教士"，刚从巴苏陀兰返回。十四年后的1974 年 10 月，一位同名同龄的女性在佛罗里达州的戴德县去世。

那位女士去世信息的条目中含有邮政编码。交了 6 美元的费用后，我拿到了五位数的邮政编号和城市名：33134，迈阿密。我用蒂尔尼这个姓加上该邮政编码一起搜索，发现在该区域出现

了几个姓蒂尔尼的人，其中有两人已于 1974 年去世。这两人之一
是弗雷德里克，根据 1901 年全国人口普查的结果显示，他是艾
西·茉德·蒂尔尼的弟弟。在迈阿密的白页电话簿中，我在该邮
编区找到了好几个姓蒂尔尼的人。几天之后，我联系的第一个人
是杰梅茵·蒂尔尼。

51

"是的，我认识艾西·蒂尔尼。"杰梅茵·蒂尔尼爽快地告诉
我。艾西是她已故的丈夫的姑妈，她公公弗雷德里克·蒂尔尼博
士的姐姐。距艾西姑妈去世已经过去 40 多年了，对于这位在 20
世纪 60 年代中期出现在他们生活里的"亲切的女士"，杰梅茵并
没有太多关于她的记忆。身为福音派的基督徒，她致力于传教工
作，后来在佛罗里达退休，与她的弟弟弗雷德里克团聚。"她话不
多，喜欢独处，为人得体。"她有时会参加家庭聚餐，通常是在礼
拜日。

杰梅茵没有她的照片，除了知道她在诺里奇有一个名叫阿尔
伯特的传教士兄弟，还有她去过一些不为人知的地方传教之外，
对于蒂尔尼小姐早年的生活也没有多少记忆。"也许她在北非待过
一段时间。"杰梅茵寻思道，她努力回想着，但想不起任何关于战
时或维也纳之行的信息。战争这个话题稍微有点微妙，因为杰梅
茵有德国血统。"在最开始的时候"，杰梅茵解释说，"我丈夫罗伯
特就把家人都聚集在一起，提议说我们以后都不要谈论战争了。"
在战争期间，她的公公弗雷德里克和妻子诺拉曾经主持了慰问驻
迈阿密英军的活动。

杰梅茵问我对蒂尔尼小姐的弟弟弗雷德里克有多少了解。

"完全不了解。"我回答说。她补充说,他的一生很精彩。他在 20 世纪 20 年代来到美国,"成为著名的健美运动员,并发掘了查尔斯·阿特拉斯,也就是他的朋友"[1]。杰梅茵介绍我读一读弗雷德里克的自传《73 岁正年轻——老当益壮!》,我找到了这本书(后来把它当作我母亲 73 岁的生日礼物)和一张弗雷德里克的照片。在书中,他描述了在诺里奇度过的艰难、坎坷、贫穷的童年,强横的父亲(他也是传道者),以及他与查尔斯·阿特拉斯的长期合作关系和友谊。

杰梅茵把我介绍给她的侄子约翰。我们唯一的一次电话交谈却不知道是意外地还是人为地中断了。尽管如此,这次通话仍然透露了一条重要线索。

"艾西·蒂尔尼恨德国人,"约翰突兀地说了这一句,而且没有解释理由,"她就是很讨厌他们。"我问,是因为战争中发生的什么事情吗?他说不记得任何细节了。

蒂尔尼小姐人生的轮廓依稀显现了出来:她来自一个传教士家庭,去非洲南部地区传过教,不喜欢德国人,在迈阿密椰林区度过晚年。我浏览了非洲传教档案(比想象中还要丰富和诱人),这些档案提供的线索指向了威特沃特斯兰德大学图书馆的档案。在那里我发现了有关蒂尔尼小姐在战后去南非传教的文档。在文档当中有几张手写的书信。[2]

我将信纸上的笔迹与纸条上的做了对照,两者完全一致。这位传教士和蓝钟路的 E. M. 蒂尔尼小姐就是同一个人。这些信件勾勒出了一位意志坚强的人物,还提到了她在葡萄牙度过的日子,以及更早之前在法国的日子。于是我又去查了法国的档案,在里面发现了一封 1942 年 2 月由一位法国军官写给 121 号前线战俘营指挥官奥托·兰德霍泽的信。我查到这个战俘营位于温泉镇维泰勒的德国拘禁营。信中列出了被关在拘禁营里的 28 名女囚的身份，德国人希望用她们交换英国人囚禁的俘虏。其中有一个名字是"艾西·M. 蒂尔尼，生于 1893 年"[3]，持有英国护照，被德国人拘禁在维泰勒。

杰梅茵提到过她的一位兄弟，传教士阿尔伯特·蒂尔尼，这又开启了另一个调查方向。原来阿尔伯特一直与诺里奇的萨里小教堂有联系，它是由牛津伍斯特学院的研究员罗伯特·戈维特创立的。戈维特建立这座小教堂是因为他渴望更加忠实于《圣经》经文，他是在逻辑（"无畏地追求理性结论"[4]）、独立性（拒绝"后宗教改革的新教普通教义"）和简单性（使用"直接而平实、所有人都能理解的语言"）的驱使下这么做的。我淘到了一本 1954 年出版的萨里小教堂 100 周年的小册子，其中包括了 1903 年成立的传教士队伍的信息，列出了所有由小教堂派出的传教士。其中有

艾西·蒂尔尼，1920 年

一名传教士于 1920 年离开诺里奇奔赴阿尔及利亚，并附有一张具有颗粒感的黑白照片。照片里是一位意志刚强的年轻女性，坚毅的脸庞，头发掠过额头，身着简洁优雅的连衣裙。我看到的正是我寻找了两年的艾西·蒂尔尼小姐。[5]

52

萨里小教堂是诺里奇市中心一个生机勃勃的社区，由牧师汤姆·查普曼负责管理，我给他发了封电子邮件。他在一小时内就回复了我，说他对这个"令人着迷的调查"感到激动，希望这就是"同一个艾西·蒂尔尼"！他将我的电子邮件转发给小教堂档案员罗萨蒙德·科德林博士。第二天早上，我收到了科德林小姐的电子邮件，她几乎能肯定他们的蒂尔尼小姐和我要找的蒂尔尼小姐就是同一个人。

科德林博士将蒂尔尼小姐和她的牧师兄弟阿尔伯特联系起来（她引导我去看了他的一本小册子——《信者及其审判》，在很多年前可以向诺里奇霍尔路 66 号的 A. J. 蒂尔尼先生购买，12 册定价 6 便士，100 册定价 3 先令 6 便士，免费邮寄）。接着，我们还找到了小教堂新闻通讯中提及蒂尔尼小姐的部分。科德林博士解释说，她是现代主义的"顽强"对手。她的"工作领域"直截了当地写着："犹太人。"

几周后，我第一次前往诺里奇。科德林博士十分热心地协助我，因为她（或是萨里小教堂的任何人）是第一次听说我现在分享的这个故事，她很高兴"被搭救过的犹太人"的孩子主动联系了他们。我受到牧师和科德林博士的热烈欢迎，她还邀请了年长的教会成员埃里克与我们会面。埃里克记得蒂尔尼小姐是"一位年轻漂亮的女士,声音温柔甜美",他略带调皮地说。"你不会把传教士和漂亮联系在一起,对吧?"他补充道,不禁出声询问她后来结婚了没有(并没有记录表明她结过婚)。埃里克回忆起蒂尔尼小姐在主日学校介绍非洲,这是孩子们所知甚少的异域话题。"我们有一张大英帝国的地图,但对于非洲的文化、人民或伊斯兰教一无所知,"埃里克解释道,"我们所有的知识都是从她那里学到的,从她带来的照片和她绘制的画中了解到的。"她很"特别",对阿尔及利亚充满热情,那还是在 20 世纪 30 年代中期。

科德林博士陪同我前往诺里奇记录管理局阅览萨里小教堂的档案,在那里我们花了一个下午翻阅大量文件,寻找蒂尔尼小姐活动的一切痕迹。而这并不难:她很热衷于写信,也为各种福音派杂志撰写短文,可谓是一名文笔流畅又敏锐的观察员。当欧洲拥抱了法西斯主义和反犹主义时,她选择了另一条道路。档案材料清楚地表明,1939 年春天,当莱昂抵达巴黎时,她也住在那里。[6]

她 10 岁时(1903 年 2 月)就加入了萨里小教堂,然后于 1920 年赴阿尔及利亚和突尼斯传教,在那里工作了 10 多年。1927 年 11 月,她落脚在突尼斯地中海沿岸的纳布勒小镇,与加马提夫人一起工作。她写下了登门拜访犹太家庭的经历,当她试图通过引领犹太人认识耶稣来拯救犹太人(没有提到任何成功案例)时,她受到了"盛大的"欢迎。[7] 她偶尔回到祖国,1929 年的夏天是在伯恩茅斯举办的北非使团夏季大会上度过的。有人拍了一张集体照片,照片上的她怀里抱着一个婴儿,这是我找到的几张照片之一。[8]

在 20 世纪 30 年代,她参加了成熟完善的迈尔德梅宣教会,为了犹太人的福祉而活动。萨里小教堂准备的告别信开头引用了"先是犹太人"的首要信条。她与小教堂的牧师戴维·潘顿保持着密切的联系，他在其主编的《黎明》上发表的作品使她深受影响。她肯定读过 1933 年 7 月 25 日潘顿发表在《泰晤士报》上的一篇针对希特勒的演讲《我对付犹太人是在为主做工》而撰写的文章（劳特派特在克里克伍德很可能也读过这篇文章）。潘顿批判元首的"反犹怒火"是非理性的、疯狂的，是"纯粹出于种族和狂热"的仇恨，毫无宗教依据。潘顿写道，希特勒的观点"完全与犹太人个体的人格或行为无关"。当时生活在突尼斯杰尔巴的蒂尔尼小姐可能受到了这篇文章的激励。一年后，在 1934 年的春天，她前往法国开展新的活动，致力于"在巴黎犹太人中间工作"[9]。

到了 1935 年 10 月，蒂尔尼小姐已经在巴黎安顿下来了。小教堂的《宣教笔记》报道了另一本刊物《信靠与劳碌》中的一篇文章，该文章描述了她从一系列可怕的意外中惊险逃脱的经历。蒂尔尼小姐当时走在巴黎繁忙的大街上，正准备走下人行道时，"要不是一位绅士刚好及时将她拉回来，她就会被汽车撞倒"[10]。特别巧的是，而且着实令人高兴的是，救她的是"犹太人！！"。

1936 年，她搬进了巴黎的北非宣教会之家。她用流利的法文和阿拉伯文报道了她访问巴黎清真寺的情况，该建筑因其"教义否认福音"而对她不具任何魅力。但无论如何，在那里可以吃到盛在阿拉伯餐具里的美味的北非古斯米，而且为默祷和见证提供了机会（她欣然将《路加福音》赠予了一位"发自内心感到高兴"的突尼斯来的服务生）。她描写了清真寺的内部环境，"在洒满阳光的庭院里，鲜花、树叶和喷泉展现着异域风情"，但离开时感到"很难过，很难过"，因为一切"似乎都体现了对我们主的无声否认"。[11]

1936 年至 1937 年她只有一半时间待在巴黎，另一半时间在突尼斯南部的加贝斯。在那里，她的全部工作都围绕着伤寒的暴发。她花很多时间陪伴隔离所的阿拉伯人，照顾了"一位担惊受怕的可亲的犹太老妪"。然而她仍然看到了光明的一面，因为伤寒的暴发为"许多犹太人和穆斯林打开了一扇门"，让她得以见证"年轻的犹太小伙子……专心阅读《马太福音》"。在巴黎的那段时间，她在第 14 区曼恩大道上的浸信会教堂工作。"我有幸能够帮助和见证遭受苦难的德国犹太难民。"她写信告诉诺里奇的朋友。[12]

1937 年 9 月，她回到巴黎，在浸信会教堂负责与德国和奥地利的犹太难民面谈，与美国对犹宣教委员会驻巴黎代表安德烈·弗兰克尔并肩工作（弗兰克尔生于 1895 年，是一位匈牙利犹太教拉比的孙子，从犹太教改信了基督教，曾经跟莱昂的哥哥埃米尔一样于 1914 年加入奥匈帝国军队在东线的战斗）。蒂尔尼小姐报告说，浸信会教堂的牧师文森特先生把"教堂和心都向犹太人敞开"。她在集会上为犹太人演讲，接待难民，并协助面谈以决定可以提供哪些帮助。[13]1939 年 1 月，当莱昂来到巴黎时，她仍然在浸信会教堂工作，他一定是在流亡中寻求救助时遇到她的。《信靠与劳碌》上偶有蒂尔尼小姐活动的报道，同时还有关于伦贝格可怕情况的报道，说在那里，"波兰利沃夫大学的犹太学生遭到反犹太暴动分子的袭击"[14]。

曼恩大道上的浸信会教堂在难民援助局的协助下，成了奥地利和德国难民的集散中心，难民当中包括知识分子、学者和医生。教会设立了"施粥厨房"，每天救济数百名像莱昂这样的难民。每周五晚上的集会"尤其感人，因为礼堂里的主要群体是来自德国、奥地利和捷克斯洛伐克的犹太难民"[15]。七十年后，我和现任教堂牧师理查德·盖林在浸信会教堂度过了一个下午。他向我分享了归档材料，其中记录了不计其数的犹太人接受浸礼，希望借此令他们免遭即将到来的危险。档案还包含了教会援助犹太难民及其子女的诸多事迹，以及几本描述亨利·文森特勇敢事迹的书籍。我没有发现任何提及莱昂或蒂尔尼小姐的部分，但有几张记录了来自奥地利和德国的犹太难民的照片给我留下了很深的印象。有一张照片展示了一群人坐在教堂的走廊里，"有困难的人在等候被接纳"[16]。我可以想象莱昂在这个房间里的景况，一文不名，一言不发，在巴黎孑然一身。

1939 年 7 月 15 日，《信靠与劳碌》报道称，蒂尔尼小姐在巴黎工作。一个星期后，她冒着一定的风险前往维也纳火车西站去接一名年幼的孩子。她见到了丽塔，后者把刚满周岁的孩子托付给了她。我从我母亲那里了解到，据说莱昂的姐姐劳拉也带着唯一的孩子——11 岁的赫塔去了车站，预备把她也托付给蒂尔尼小姐带去巴黎。但到了最后一刻，劳拉还是决定不让赫塔走了，因为骨肉分离的痛苦太难以承受。这个决定是可以理解的，但也是灾难性的：两年后，即 1941 年 10 月，年幼的赫塔与她的母亲都被驱逐到利兹曼施塔特（罗兹）的隔都。仅仅数月后，劳拉和赫塔就被杀害了。

蒂尔尼小姐只带上了这一个孩子乘火车去了巴黎。在巴黎东站，莱昂接到了她。我不知道他如何表达谢意，也不知道他有没有再见到她。她在纸上写下自己的名字和地址并交给他，然后他们各自去往巴黎不同的角落。

53

对于蒂尔尼小姐的调查到此应该就算完成了，但是到了这一步我又很想知道她的人生接下来发生了什么，为什么她要那么做，是什么促使她行那些慈善义举。一个月后，战争开始了，她在巴黎为北非宣教会工作，希望能获得法国的身份证，以便能留在法国。她的工作范围很"广"，照顾着"她的犹太人门徒"[17]，对他们和蔼可亲。她常常前往勒阿弗尔和法国其他港口去送别她的"门徒"，祝愿他们平安到达美国。1940 年 6 月，德军占领了巴黎。

她在城里被困了好几个月，无法与外界取得联系。音讯中断令她的朋友们担忧起来，《信靠与劳碌》邀请读者们为她和那些"现在命运比以往任何时候都更悲惨"[18] 的人们祈祷。小教堂提出送去一笔救济金——总计 10 英镑——但耗费了 1 年多的时间才送到，在这之前她只能依靠美国大使馆的支援。1940 年 9 月，她终于写信说，之前过得很不好，但现在好一些了，享受着阳光，欠着许多债，"不停地想念着家人和朋友，尤其是萨里路"[19]。

小教堂的成员非常担心，他们向丘吉尔的外交大臣哈利法克斯勋爵寻求帮助，但没有成功。记录不无讽刺地注明，外交事务大臣"向所有人和各方面人士致敬，但仅此而已"[20]。在这之后她又音信全无了。身处法国境内的敌对国侨民都被拘禁起来了，在 1941 年初，包括蒂尔尼小姐在内的数百名英国女性被送进贝桑松的军营。5 月，她被转移到法国东部温泉小镇维泰勒的 121 号前线战俘营，拘禁在格兰德酒店（现在属于地中海俱乐部度假村的一部分），她接下来的 4 年都将在那里度过。[21]

1942 年 2 月，英国人和德国人试图达成交换俘虏的协议，但这个计划没有任何结果。萨里小教堂给她寄去了 2 英镑用来治疗牙病，但在 1943 年初收到令人担忧的消息称她营养不良。她的信件都很简短，她在"企盼和平的那一天"[22]。到了拘禁的第 3 年，情势变得凶险起来。2500 名敌国侨民被关进营地的 10 间酒店里，营地被用 3 米高的棘铁丝栅栏与温泉镇隔离开来。女俘房大多数来自英国、加拿大和美国，但是在 1943 年 4 月，来了总计 400 名犹太男人、女人和儿童，大多是从华沙隔都来的波兰人，因为持有南美护照而被允许出境。[23]他们讲述了那里发生的令人难以置信的谋杀和大规模杀戮。蒂尔尼小姐当时在总部指挥部做记录和档案工作，获悉这个拘禁营的负责人兰德霍泽指挥官已经收到阿洛伊斯·布伦纳和阿道夫·艾希曼的命令，准备把维泰勒拘禁的华沙犹太人全部集中起来运送到东边去。据说他们持有的是伪造的护照。[24]

1944 年 1 月，指挥官兰德霍泽将华沙犹太人从普罗维登斯酒店转移到美地酒店，远离普通区域。这在拘禁营里引起了很大的骚动。3 月，第一批 169 名华沙犹太人被装上 72 号运输火车，运往目的地奥斯维辛。[25]在他们当中有诗人艾萨克·卡兹内尔森，他把最后的诗作塞进瓶子里藏在营地，后来被人发现。其中一首诗广为人知，即《遭屠戮的犹太人之歌》。[26]

有的人反抗了，有几个华沙犹太人从酒店的高层跳下或服毒自尽，还有一些人试图逃出去。其中有一个名叫萨沙·克拉维茨的波兰青年，他向英语老师蒂尔尼小姐寻求帮助。我是从《索芙卡：公主自传》里面知道这件事的。这本书的作者是索芙卡·斯基普威斯——也是被拘禁者（一个惊喜的发现，她碰巧还是我在伦敦的邻居的姨祖母）。这本书里记叙了萨沙·克拉维茨在即将被运往奥斯维辛集中营前突然消失的事件。"我们认为在指挥部的中年劳工蒂尔尼小姐一直待萨沙特别友好，她肯定参与了这件事。"[27]

索芙卡·斯基普威斯猜对了。蒂尔尼小姐把萨沙·克拉维茨藏了 6 个多月，直到 1944 年 9 月 18 日美国部队到来。索芙卡写道："直到营地解放后才发现，他这几个月竟然一直都藏在她房间的浴室里。"[28] 一个被拘禁者后来告诉蒂尔尼小姐的兄弟阿尔伯特，她"总是把自己摆在最后"[29]，她把大家的护照都保留了下来，并"冒着极大的个人风险……把一位被下令送往波兰境内灭绝营的年轻犹太人藏了 16 周。有一个不知名的被拘禁者向德国人出卖了她。所幸告发者说她藏的是女孩，因此可以否认指控"。另一名被拘禁者告诉阿尔伯特，拯救萨沙·克拉维茨是"这场战争中最勇敢的行为"之一。他从未见过"如此勇敢勤劳，在行此善举时毫不顾虑自己"的人。蒂尔尼小姐是"我见过的最勇敢的人之一"。[30]

解放后，她是最后一批离开维泰勒营地的人。她为美国陆军第六军工作，然后在美国陆军第七军的休养酒店集团下属的艾米塔什酒店担任"秘书和领班"[31]（在那里，人们认为她尽责、有能力、富有想象力且忠诚）。然后，她返回了巴黎，回到了曼恩大道上的浸信会教堂，带回了一些其他被关押者的个人物品。之后，蒂尔尼小姐离开法国到非洲南部地区宣教，几乎整个 20 世纪 50 年代她都在那里度过。退休后，她为了跟椰林区的弟弟弗雷德里克住得近一些，搬到佛罗里达州（弗雷德里克是个人生经历丰富的人物，1955 年迈阿密法官判他邮件欺诈罪，并勒令他停止销售名为 Vi-Be-Ion 的假"健美液"，就是啤酒酵母和蔬菜调味料的混合物）。"他们在椰林区常常一起出去玩，"杰梅茵·蒂尔尼说，"蒂尔尼博士、阿特拉斯先生和艾西。"

蒂尔尼小姐于1974年去世，她的文件被毁了。我无法找到她的墓地在何处，于是联系了《迈阿密先驱报》的讣闻记者。经过几番查询，她最终确证蒂尔尼小姐被火化了，她的骨灰被撒在了佛罗里达州南部大西洋海岸的比斯坎湾。

我没有见到任何记录显示她对任何人提起过维也纳或维泰勒。萨里小教堂没有，佛罗里达州也没有。

54

索芙卡书中提到的其他被关押者多半都去世了，但我依然设法找到了90岁的艺术家舒拉·特罗曼。她在维泰勒被关押了3年，一直到1944年。她生活在布列塔尼半岛普卢米利奥小村镇里，距离大西洋仅几步之遥。我们在巴黎玛莱区会面了，在她最喜欢的餐厅，蔷薇街上的切斯玛丽安餐厅。她穿了一身亮红色的衣服，笑容美丽，而且精神极佳。我对舒拉的第一印象说是崇拜感再合适不过，并且这个印象一直保持了下去。

舒拉被关押到维泰勒是某个文员失误的结果。她当时生活在法国的小村庄里，她去申请办理身份证时，镇政府文员在她的出生证明上看到她出生于英属巴勒斯坦托管地（她的父亲于1923年从华沙迁居至那里）。在他将自己的国籍列为英国时，舒拉并没有指出错误。后来，她因为犹太人身份被迫佩戴了大卫之星黄色臂章。她在巴黎被德国人逮捕后，意外提到的英国国籍救了她一命。

最终，在 1941 年春天，她被送到维泰勒，关进了格兰德酒店的 6 楼。"那是一间很不错的大房间，可以欣赏到庭院的景色，算是套房，有一间浴室。"她颇有些高兴地解释道。营地的生活不是太严峻，虽然也有困难的时期，特别是华沙隔都的犹太人在 1943 年带着"难以置信"的故事抵达时。她参加了一位风华正茂的英国人莫雷·特罗曼的艺术课，与他坠入爱河。后来他们就结婚了。她是一个文学政治团体的一员，成员还包括索芙卡·斯基普威斯和她最亲密的朋友佩涅罗珀·"洛佩"·布赖尔利。

她给我看了一张她和朋友洛佩的照片，后者在照片背面写下了夏尔·维尔德拉克的一首诗。她写道："Une vie sans rien de commun avec la mort." ——"一种与死亡毫无共同之处的生活"。

她们偶尔会做一些无害的、恶作剧似的表演，蒂尔尼小姐也出席观看过，其中包括一次"东方歌谣"之夜。"简直妙极了，"舒拉回忆道，眼睛随即亮了起来，"所有政要都坐在前排，正中间坐着指挥官兰德霍泽，盖世太保的人以嘉宾身份坐在他身旁。我们没有提供歌词内容，所以他们不知道我们唱的是什么。他们特别喜欢其中一首歌，歌词是'以色列人民万岁！以色列永存！'。我们是用希伯来语唱的，所以他们听不懂。整个前排观众都站起来鼓掌欢呼，还要求我们再来一次，简直妙极了。"

她大笑起来。"我们唱得特别起劲，他们鼓掌鼓得很响。最欢乐的是后来他们弄明白了是怎么回事，就禁止我们再做演出了！"

舒拉带着一些感情回忆起兰德霍泽，他从酒店经营者变成了集中营指挥官，而且"一战"期间还在英格兰的战俘营被关押过。"他喜欢英国的被拘禁者，不论基督徒还是犹太人，"舒拉解释说，"解放后，他给了我他的名片，还请我们去拜访他。"

舒拉（右）与洛佩·布赖尔利，
维泰勒，1943 年

　　打从一开始，不知道怎么的，她就注意到这个非常古怪的英格兰老姑娘——她将这个名字念作"蒂尔内小姐"——她对这个人持谨慎态度。"蒂尔尼小姐在指挥部工作，负责被拘留者的文件和档案，我当时对她又害怕又怀疑。"这个女人看不出年龄，头发灰白，"极其瘦削""沉闷"，喜欢独处，并且从骨子里笃信宗教。她当时畏缩、紧张、蜷成一团。舒拉担心这位英国女士可能是个告密者，她还有另一重担心：她希望自己的犹太身份能够继续保密。

　　她与蒂尔尼小姐的关系在 1941 年夏天发生了出乎意料的变化。"当时我正经过走廊，突然看到蒂尔尼小姐朝我走过来。我很紧张，因为我知道她在指挥部工作，想与她保持距离。她离我越来越近，我越来越焦虑。然后发生了一件非常诡异的事。就在她走到我跟前的时候，她突然屈膝跪下，伸出手来握住我的手，吻了一下。我目瞪口呆，不知道该说什么或做什么。接着蒂尔尼小姐说道：'我知道你属于那些将会拯救世界的人中的一员，你是被选中的人之一。'"

舒拉隔着餐桌看着我。"你意识得到这有多可怕吗？"她问。"我在这里，"她继续说道，"希望没有人知道我的秘密——我是犹太人，不是真正的英国人。你能想象这有多可怕，它可能意味着什么吗？"她担心重新被归为无国籍人士，而所有这一切意味着她有可能被驱逐出境。"然后蒂尔尼小姐说：'别害怕，我会照顾你，我会尽一切努力保护你的。'这很不寻常。对于其他人来说，犹太人很危险，但对蒂尔尼小姐来说，犹太人很特别。"

舒拉停顿了一下，然后说道："她与那个时代截然相反。"

蒂尔尼小姐留意保护着这位年轻女子。后来，解放后，舒拉才知道她如何拯救萨沙·克拉维茨。"我们当时在拘禁营的空地上，身处英国人控制下的某种程度上的无主之地，自由了，也惊呆了。在犹太人被转移到另外的酒店随即被运送到奥斯维辛集中营时，我的朋友小兔（马德琳·施泰因伯格）快要发疯了。我们以为萨沙被带走了。然后，突然之间，6个月后，他就站在院子里，皮肤惨白，筋疲力尽，半疯癫，快失去理智了。他就像被下了药的疯子，但至少他还活着，这都多亏了蒂尔尼小姐出手相救。然后我们才知道她是怎么救他的，她告诉他如果又要运走一批人，就给她一个暗号，他照做了。然后她把他召唤到房间，他依言打扮成女人的样子。

舒拉再次沉默，然后小声说道："这就是蒂尔尼小姐所做的。"
她哭了。"一位了不起的女性。"声音小得几乎听不见。

55

萨里小教堂的罗萨蒙德·科德林安排了与会众的另一位成员
的会面，她也记得艾西。格雷丝·韦特利已经 80 多岁接近 90 岁
了，最开始很抗拒与我会面，因为她不信任律师。后来她松口了，
于是在星期天上午礼拜仪式结束后，我们终于见面了。她的脸在
人群中脱颖而出，坚毅而线条分明，眼睛机警而明亮，头发是美
丽的纯白色。是的，她还记得 20 世纪 30 年代初期在主日学校工
作的蒂尔尼小姐，后者那时刚从北非旅行回来。

"我对她的兄弟记忆更深，虽然我不是很喜欢伯特，"格雷斯
很直接地说，"他身上没有她那种特质，有点飘忽不定的。"在回
答问题的过程中，记忆被唤起了。"1935 年，她特意让我坐在她
旁边。"格雷斯清晰地描述道，有些激动。"她为了儿童全心全意
地奉献，毫不畏惧，那就是驱使着她的动力。"她停顿一下。"那
也是驱使我们的动力。"她的微笑仿佛点亮了她的脸庞。"在作为
青少年的那段成长时期里，我对她的感情不能说是崇拜，因为用
这个词是不对的，但我心中充满了对这位女士的崇敬之情。她是
英勇无畏的。"

格雷斯听说过在会众中间传播的关于蒂尔尼小姐行动的传闻。
"人们说她在拯救犹太婴儿。"但她并不了解其中的细节，这些获
救的婴儿也从来没有在小教堂出现过。"那是在战争期间，而她又
身处异国他乡，应该要努力摆脱犹太人才对。但她并没有退缩，

她看到那些可怜的孩子，就出手搭救了他们。她那些甘冒生命危险的义举非常了不起。"

我们坐在那里，陷入了沉思。"所以现在你来看我们了。"格雷斯笑着说。"我认为对于她来说，不仅仅因为他们是即将遇害的犹太孩子，"她补充说，"那也是对希特勒一直以来完全错误的行径的质疑。她被人类的同情心所驱使。毕竟，基督徒应该去帮助一切有难的人。"她回想起那个时期，还有她自己所做的努力。"我面对过什么挑战吗？"她大声问道，"相比之下完全算不上什么。我并不会被盖世太保带走。而她抵上了自己的一切，随时都可能失去生命。"

格雷斯知道蒂尔尼小姐被拘禁过。"我也不知道为什么，"她继续说道，"但她努力拯救着希特勒想要杀死的那些生命，简直是欧洲大陆上彻头彻尾的麻烦人物。"她为认识"九死一生"的蒂尔尼小姐而感到万分自豪。她把我们的谈话带入尾声。"她是一个极富同情心、充满智慧而且和蔼可亲的人。"她顿了一下，"而且是一个彻头彻尾的麻烦人物。"

格蕾丝对于我几经周折终于联系到了她的会众感到欣慰。

"你找到了我们，真好。你看见了光明，真的太好了。"

56

"难道你不好奇蒂尔尼小姐的动机是什么吗？"我问母亲。"那会意味着很大差别吗？"她反问道。但我仍然试图了解蒂尔尼小姐为什么会那样做，专程去维也纳拯救一个犹太婴儿及帮助萨沙·克劳维茨藏起来都要冒巨大的个人风险。

从格雷斯·韦特利和其他人那里可以得到一些线索。于是我又一次向萨里小教堂的罗萨蒙德·科德林求助。她经过一番搜寻得到了一些信息，但告诉我的时候略有些迟疑。

"这事有点儿微妙，"她说，但她已经有答案了，而且是从文本的角度来看相当具体的答案，"这与蒂尔尼小姐奉基督之名对犹太人的伟大的爱有关。"请继续，我说。"看起来驱动她的是对《罗马书》的字面解读。"

罗萨蒙德指点我去参阅这一著名书信的相关字句，对于这些内容，我的母亲——及我本人——显然应该心存感激。我们一起读《罗马书》第 1 章第 16 节（1：16）："我不以福音为耻，这福音本是神的大能，要救一切相信的，先是犹太人，后是希腊人。"

她给我指了另一句话，《罗马书》第 10 章第 1 节（10：1）："弟兄们，我心里所愿的，向神所求的，是要以色列人得救。"

罗萨蒙德相信正是这些经文使蒂尔尼小姐认为自己的使命就是到犹太人中间工作，"为基督赢取他们"。我明白了为什么她在提起这个的时候会有迟疑，她担心说出蒂尔尼小姐是受到宗教意识形态驱动会冒犯到我。她无须担心。

汤姆·查普曼也认同这个调查结果。他认为驱使蒂尔尼小姐的动力是人类同情心，加上对"先是犹太人"的强烈信念——这也是萨里小教堂所有人共同的强烈信念。他的前辈戴维·潘顿牧师采用了对《罗马书》的字面解读，指出对犹太人的深切同情，以及他们在实现上帝旨意方面的关键作用。汤姆认为这与纳粹信条完全相反。

"保罗所表达的是，"汤姆进一步说道，"作为基督徒，就应该通过向犹太人表示同情和友善来体现自己对主的信仰。"

我问，蒂尔尼小姐前往维也纳是希望这个婴儿将来成为基督徒吗？这个问题有点怪。"她对犹太人民有一种欢喜之情，有一种行善帮助那些挣扎者的笼统的渴望，"汤姆继续说道，"这与努力提高敏锐的神学立场相辅相成。"也就是说，是同情心与神学的共同作用？

是的，但主要动机是同情，辅之以神学元素。"她知道德国和奥地利对犹太人的迫害，她的立场与德国反犹主义的主流完全相反。"

我知道《罗马书》是有争议的，不仅仅是因为它涉及同性恋和教会妇女的权利等问题。我也知道它极具影响力，预言了在犹太人转信皈依之前，基督不会再临，直到所有的犹太人都接受了同一位上帝，第二次降临才会发生。这对蒂尔尼小姐来说是一大挑战，她的基督教教义指示救赎是一对一的事业，作为个体行动，每个犹太人必须自己决定。是一个人，而不是一群人。所以蒂尔尼小姐手上有很多工作要做，这是马丁·路德和天主教会在宗教改革期间分裂的结果。焦点在于针对个人良知的经文解释，即对群体的否定。

"这是我们对现代世界个人观念的开端。"一位喜欢研究神学的熟人解释说，是现代人权的起源，是对个人的关注。

与汤姆·查普曼一样，在我的理解中，蒂尔尼小姐是受到意识形态以外的东西的激励。她的文字、搬到巴黎的决定、她会讲阿拉伯语和法语的事实，都指向别的一些原因。在描写她去清真寺的访问时，她注意到了它的美和某些个体的可爱之处。她对于自己的信仰是意识形态化的且笃定的，但她并没有因为这些就忽视生活中的细微差别和多样性，以及那些与她想法不同的个体。相反，她想花时间与他们在一起。

　　蒂尔尼小姐是一位富有同情心的女士，而不是按部就班传教的空想家。她不仅仅是帮助人们藏起来，更是甘冒风险挺身而出地帮助他们。"只有当一个人热烈地信仰着某些东西时，才能做出伟大的英雄行为，"一个朋友在听我讲完这个故事后表示，"抽象的原则不足以使人成为英雄，它必定是情感上的东西，而且必定是深层驱动的。"

第 4 章

莱姆金

对民族、宗教和族裔群体的攻击应被定为国际罪行。[1]

——拉斐尔·莱姆金，1944 年

在纽约市一个温暖的春日，来自肯塔基州路易斯维尔的学生南希·拉维尼亚·阿克历坐在哥伦比亚大学校园附近的河滨公园草地上。那是1959年，南希正和一位印度朋友一起享用简单的野餐。当一个优雅地穿着西装打着领带的年长男人朝她们走过来时，南希注意到他温暖的目光。他用浓重的中欧口音说道："我知道怎么用20种语言说'我爱你'，我可以与你分享吗？"[2]

"请讲，"南希说，"请讲。"于是他加入了野餐，在漫无边际的聊天中，南希了解到他是《灭绝种族罪公约》的作者。他的名字叫拉斐尔·莱姆金，来自波兰。

南希和莱姆金渐渐熟络起来。她会去西112街的住所看望他，这是一个塞满了书和文件的单间，有一张沙发床，没有电话和卫生间。他那时贫病交加，但南希并不知道。在他们的友谊建立了几个月之后，他询问她是否可以协助他撰写回忆录：她是否愿意帮忙"润色语言"？他们整个夏天都在一起忙手稿的工作，莱姆金给手稿拟了标题《完全非官方》。

由于无法找到出版商，这本书最后落入哥伦比亚大学以南几十个街区外的纽约公共图书馆的囊中。[3]许多许多年以后，一位慷慨的美国学者提到了这份手稿并给我寄来了复印件。我在伦敦收到这份手稿，带着极大的兴趣仔细阅读。差距立即显现出来了，我很喜欢阅读这份经莱姆金的手大量标注过的打字文稿。有一个段落特别引人入胜，仅仅几行关于莱姆金在利沃夫的求学经历，记录下了他与一位不知名教授的对话（有一些版本的文本提到了不止一位教授），毫无疑问，是带着时隔久远的后见之明而写下的。尽管如此，这段文字还是引起了我的注意，而且最终令我了解到莱姆金和劳特派特在同一所法学院，有同样的老师。

58

"我的出生地……生命中的头十年都是在一处名叫奥泽尔里斯科的农场里，距离瓦夫卡维斯克市 14 英里。"莱姆金在回忆录中写道。[4] 1900 年 6 月，生活在离比亚韦斯托克不远的森林中的空地里开始。此地距伦贝格以北几百英里，是俄罗斯帝国于一个世纪之前的 1795 年从波兰吞并的土地。这片领土曾被称为白俄罗斯，或立陶宛。北边是东普鲁士，南边是现代乌克兰，东边是俄罗斯，西边是现代波兰。奥泽尔里斯科，现在是白俄罗斯的阿齐亚里斯卡，小到几乎从未被标记过。

这里是莱姆金的诞生地，他在贝拉和约瑟夫的三个儿子中排行第二，夹在哥哥伊莱亚斯和弟弟萨缪尔之间。他的父亲曾经当过佃农，就在那些长期被波兰人和俄罗斯人把犹太人夹在中间争夺的土地上。正如他父亲所说的，生活是一场持续不断的争抢，就像三个人在一张床上共用一条毯子。"当右边的人把毯子往自己那边拽时"[5]，只有中间的人才能保证有毯子盖。

莱姆金一家和另外两个家庭住在一起，孩子们组成了"欢乐帮"。莱姆金回忆起世外桃源般的童年，有公鸡和其他动物，一只叫利亚卜柴克的大狗，一匹大白马，摆动的镰刀收割苜蓿田和黑麦田时发出的"金属低语"。有充裕的食物：黑面包、生洋葱、土豆布丁。他在农场里帮工，他和他的兄弟在白桦树树荫下的大湖旁边造起了小船，在湖上玩海盗和维京人的游戏。有时候，世外桃源般的日子会受到沙皇官员的惊扰，他们是来执行犹太人禁止拥有农场的规定的。约瑟夫·莱姆金向骑在高头大马上穿着制服和发亮黑靴子的大胡子警察行贿，从而规避了这条法律。他是第一个让莱姆金害怕的官员。[6]

莱姆金从 6 岁开始学习《圣经》，由此认识了那些宣扬人与人之间的正义和国与国之间的和平的先知。他接着去邻近村庄继续上课，他的祖父母在那里经营寄宿旅馆。他的母亲贝拉是个如饥似渴的读者，他从她那里第一次听到了伊凡·克雷洛夫的寓言，特别是他那些关于正义和失望的寓言。他一直到生命的尽头都会背诵狐狸邀请鹳吃午饭，用平盘子提供食物的故事。鹳礼尚往来地邀请狐狸从细颈瓶里吃饭。待人不公是没有好报的，这是童年寓言教给他的。[7]

贝拉经常给他唱歌，简单的旋律，可能是用谢苗·纳德松的诗谱的曲。纳德松是 19 世纪俄罗斯的浪漫主义作家，其诗歌《爱的胜利》否定了暴力。"看看邪恶是怎么压迫人类的"，纳德松写道，这个世界"受够了酷刑和流血"。[8] 纳德松的著作后来启发了谢尔盖·拉赫玛尼诺夫，他在莱姆金出生的那一年，用另一首诗（"旋律"）创作了作品 21 号中的第 9 首，用浪漫的钢琴乐和男高音的结合表达了人类可以变得更好的希望。

在我的鼓动下，我的一位白俄罗斯的同事从明斯克开车出发，花了 3 个小时到达阿齐亚里斯卡去实地看一眼。在那里，他发现

阿齐亚里斯卡，白俄罗斯，2012 年

了一组木房子，每间房子都住着一位年老的寡妇。其中一位 85 岁的老妪笑着告诉他，她当时太小了，不认得莱姆金。她给他指了废弃的犹太人墓地。她说，那里也许能提供有帮助的信息。

　　靠近小村庄，我的朋友来到了米泽利策村，这里是很早以前因为收藏法语和波兰语书籍而出名的白俄罗斯贵族斯基尔蒙特氏的家园。"也许这就是莱姆金的母亲会讲这么多语言的原因。"我的朋友推测。

　　他这些年过的并不完全是田园诗般的生活。莱姆金听说过大屠杀和暴徒对犹太人的暴力行为。1906 年在比亚韦斯托克，当莱姆金 6 岁时，有 100 名犹太人在一起事件中被杀害。他想象着受害者的腹部都被割开，里面塞满了枕头羽毛，尽管这些印象更可能来自比亚利克的诗作《杀戮之城》中对于南边 1000 英里以外的另一次暴行的极富画面感的描述，其中有这样一句："剖开的肚子,填满羽毛。"[9] 莱姆金熟知比亚利克的作品,而且他后来(于 1926 年)出版的第一本书就是将这位诗人的中篇小说《诺亚与玛琳卡》从希伯来语翻译成波兰语的译本。[10] 我在耶路撒冷的大学图书馆里找到一册,它讲的是年轻人的爱情故事,一个犹太男孩和一个乌克兰女孩(英文标题是《篱笆后面》),是关于种族间冲突的故事。

1910 年,莱姆金一家离开奥泽尔里斯科,去了附近瓦夫卡维斯克的另一个农场。这次搬迁是为了让孩子们受到更好的教育,让莱姆金进入城市学校就读。在那里,他成了托尔斯泰的崇拜者(他喜欢说"相信一种理念就意味着按照这种理念生活"[11]),也很仰慕亨利克·西克维奇关于爱与古罗马的历史小说《你往何处去》。他告诉南希·阿克利,读到这部小说时他才 11 岁,所以他当时还不解地问母亲,为什么警察没有阻止罗马人把基督徒扔去喂狮子。莱姆金在他的回忆录中提到了类似的问题——例如,关于据说是 1911 年发生在基辅的一起针对犹太人的"仪式性杀戮"的叙述——这类事件导致他和其他犹太学生在学校里因其宗教信仰而受到嘲讽。

59

1915 年,第一次世界大战的战火烧到了瓦夫卡维斯克。莱姆金在回忆录中——据我后来的结论,这部回忆录既不完整也并非完全没有创作润色的痕迹——写道,德国人在抵达时破坏了他们的家庭农场,然后在 1918 年离开时又破坏了一次农场,所幸贝拉的藏书完好无损。作为具有非凡语言天赋的优秀学生,他进入了

莱姆金，在比亚韦斯托克，1917 年

比亚韦斯托克的一所文理中学。随着战争的结束，瓦夫卡维斯克成为波兰的一部分，而莱姆金与劳特派特和莱昂一样，也获得了波兰国籍。

第一次世界大战的结束给莱姆金家族带来了另一个悲剧。1918 年 7 月，全球流感大流行来到了瓦夫卡维斯克，莱姆金的弟弟萨缪尔是无数受害者之一。

大约就是在这个时候，莱姆金说当时 18 岁的他开始思考种族破坏问题。

60

在第一次世界大战结束后紧接着的一段时期里，莱姆金的叙述略有跳跃。有一笔带过的提及在利沃夫的学习，还有其他人写的各种传略都表明他学习了语言学，但他们没有提供任何细节。

在我的两名乌克兰助手伊凡和伊霍尔的帮助下，我回到了利韦夫的档案馆，想看看会发现什么，但空手而归。难道关于莱姆金的生活记叙是错误的吗？他是个幻想家吗？整整一个夏天，我们一无所获，直到我偶然在一本大学年鉴里找到一条信息，提到他在 1926 年夏天被授予法学博士学位。里面提供了一位主管的名字，尤利乌什·马卡雷维奇教授，他就是给劳特派特讲过刑法课程的教师。这很奇怪，甚至很值得注意：分别将灭绝种族罪和危害人类罪纳入纽伦堡审判和国际法的两个人，碰巧有同一位老师。

我们回到城市档案馆再次查找。伊凡系统地检查了 1918 年至 1928 年间与法学院学生相关的每一卷档案，这是一项劳神费力的任务。在一个秋日里，伊凡把我带到一张堆满了一摞摞案卷的桌子跟前，一共 32 本装订册，每本都包含数百页的学生记录。

为了找到莱姆金，我们在数千页档案中细细寻觅。有许多册多年没有被打开过，还有一些则留下了最近一位研究人员的痕迹，作为位置标记插在文档中的小小的细长纸片。几个小时后，我们翻到了第 207 卷，1923—1924 学年的院长办公室目录，"H 部"至"M 部"；伊凡翻过一页后惊呼——有他的签名，"R. 莱姆金"。[12]

自信的龙飞凤舞的黑色字迹证实了他曾在利沃夫学习。伊凡和我拥抱在一起，一位穿粉红色衬衫的老太太看到了笑。他于 1923 年签名，写下了出生日期和地点（1900 年 6 月 24 日，贝兹沃德）、他父母的名字（约瑟夫和贝拉）、他们的家乡（瓦夫卡维斯克）、在利沃夫的地址，以及该学年所修的全部课程列表。

我们很快就凑出了完整的学业记录，从 1921 年 10 月入学到 1926 年毕业。1924 年的文件——结业证书——列出了他所修的全部课程，1926 年的考试证书证实了在 5 月 20 日颁发的法律博士学位。这些文件还包括一些新信息：1919 年 6 月 30 日从比亚韦斯托克文理中学获得高中毕业文凭；3 个月后在克拉科夫雅盖隆大学的法学系入学；1921 年 10 月 12 日来到利沃夫的法学系。[13]

然而从 1920 年的夏天开始，他人生中有整整一年的记录缺失。莱姆金在回忆录或者，很明显，其他任何地方都没有提到克拉科夫。他在那里学习了法律史和各种波兰的学科，但没有学习过刑法或国际法。一位波兰学者声称他在波苏战争中当过战士，而莱姆金本人曾表示他在 1920 年负过伤，即在毕苏斯基元帅将布尔什维克部队赶出波兰东部的时候。然而，他的回忆录对于这类事件却只字未提。波兰历史学家马雷克·科纳特教授告诉我，当他们发现他对于 1919 年在波兰军队服役的叙述失实之后（他只担任过军事法官的志愿者助理），莱姆金被克拉科夫大学开除了。面对这一事实，克拉科夫大学的领导开除了他（科纳特教授表示，与自由派的利沃夫相比，这是个"非常保守的地方"[14]）。

61

"在利沃夫，"莱姆金在他的回忆录中写道，"我参加了法律课程的学习。"他并没有提供细节，但凭借新发现的大学记录，我得以了解他所学的课程和他的住址。

他在劳特派特离开 2 年后来到这里，从 1921 年到 1926 年，在利沃夫大学度过了 5 年时间。在 8 个学期里，他修了 45 门课程，从 1921 年 9 月开始，课程涉及教会法、波兰司法和罗马法等不同领域，这些课程由许多教过劳特派特的老师讲授。他第一年住在城市的西边，在斯特博纳街（现在叫希利博卡街）6 号，那时在与苏俄的长期战争中，波兰逐渐恢复独立，最终通过绘制新的边界确定下来。这条新的边界位于原来的寇松线以东约 150 英里处，劳特派特曾于 1919 年参与过相关工作，这条新的边界线将 400 万乌克兰人纳入波兰的控制下。

莱姆金居住的四层建筑装饰华丽，在入口上方有一个石雕的年轻女子像，每个窗户上方也雕刻着美丽的鲜花，映衬着在我去参观时占据了对面空地的繁忙的花卉市场。附近就是伦贝格理工学院，该校校长费德勒博士曾在 1919 年与亚瑟·古德哈特（为伍德罗·威尔逊总统工作的年轻律师）一起步行去了维索基扎莫克（也被称为城堡山）的山顶，提前警告了将会到来的麻烦。

次年，莱姆金跟随尤利乌什·马卡雷维奇教授学习了波兰刑法，后者在向劳特派特讲授奥地利刑法课之后，重塑了自己。其他课程涵盖了国际商法（由阿勒汉德教授讲授）和物权法（由隆尚·德贝里埃教授讲授），这两位教师的生命都在 1941 年德国人到来之后被终结。那一年，他住在古罗德卡街（现在叫霍洛多茨卡街）44 号，在圣乔治主教座堂投下的长长的阴影里，一座在通往歌剧院的主要道路上的宏伟的帕拉第奥式建筑，距离我的外祖父莱昂出生的舍普季茨基街上的房子不远。

莱姆金的第三学年从 1923 年的秋天开始，他专心致志地学习刑法，还有另外两门由马卡雷维奇教授讲授的课程。他还参加了国际法的第一门课程，授课的是路德维克·埃利希，他担任着当时劳特派特没能当选的主席职位。[15] 莱姆金又搬了一次家，搬到了铁路轨道较差那一侧的更贫穷的工人阶级社区，经桥拱下面的通道可以到达，20 年后，这座桥被用作德占伦贝格犹太隔都的出入口。扎马斯特诺夫斯卡街（现在叫扎马斯提尼夫斯卡街）21 号在今天看来有一种黑暗和阴沉的感觉，需要人们的维护和关注。

每一个新家都不如前一个，仿佛莱姆金正处在向下的轨迹上。

62

在回忆录中，莱姆金没有提及这些地方中的任何一处，也没有提及他在利沃夫的生活。他提及的是1921年6月，他开始自己的研究前3个月在柏林举行的"历历在目的、极具轰动性的"审判，在他开始学习之前三个月。被告所罗门·特利里扬是一个年轻的亚美尼亚人，他在德国首都刺杀了前奥斯曼帝国政府的部长塔拉特帕夏。审判在坐满了听众的法庭上展开（一个名叫罗伯特·肯普纳的年轻德国法学院学生坐在旁听席上，在四分之一个

扎马斯提尼夫斯卡街21号，利沃夫，2013年

世纪后，此人将在纽伦堡协助莱姆金的工作）。主持审判的法官
名字很应景：埃里克·伦贝格博士。特利里扬是一个身材矮胖，
脸色苍白的学生，喜欢上舞蹈课，弹曼陀林。他辩称自己杀死塔
拉特帕夏是为被害的家人和他的家乡埃尔祖鲁姆的亚美尼亚人
报仇。

特利里扬的辩护律师打出"种族认同"牌，辩称被告只是亚
美尼亚这个"庞大而有耐心的"家庭的复仇者。他的主要证人是
约翰内斯·勒普西乌斯，一名 62 岁的德国新教传教士，他指认了
这个土耳其人参与了 1915 年的亚美尼亚人大屠杀。伦贝格法官指
示陪审团成员，如果他们认为特利里扬的行为不是出于自由意志，
而是因为"内心的动荡"，他就可以获释。陪审团只用了不到一个
小时就做出了"无罪判决"，这一裁决引起了很大的骚动。

这次审判在报刊上得到了广泛报道，也成为课堂辩论的主题。

"我和教授们讨论过这件事。"莱姆金在回忆录中写道。他没
有指出教授们的身份，但表达了对规则公平性的担忧，因为这些
规则允许土耳其肆无忌惮地虐待国内的众多亚美尼亚公民而不用
受到惩罚。莱姆金怀疑特利里扬本应扮演"自封的人类良知执法
者"这一角色，力图维护全球道德秩序。然而，更令他困扰的是
关于谋杀无辜的亚美尼亚人而不必受到惩罚的想法。

在后来的日子里，他经常回想起与教授们的对话。莱姆金告
诉老师们，特利里扬做了正确的事情。那主权问题怎么办？一位
没有指出名字的教授问道，国家按照自己的意愿对待其公民的权
利怎么办？严格来说，教授是正确的：那时的国际法允许国家做
它想做的事情。令人惊讶的是，那时并没有条约阻止土耳其像之
前那样杀害本国公民的行为。主权指的是完全和绝对的主权。

　　主权是为别的一些东西而设立的，莱姆金反驳说，像外交政策，或建设学校和铺设道路，或为人民提供福利。主权并非是为允许国家拥有"杀死数百万无辜人民的权利"而设立。如果是这样的话，那么世界需要一项反对这种行为的法律。据莱姆金说，在与一位教授交流（无法证实）时，他们的争论升级为一个重大的顿悟的时刻。

　　"亚美尼亚人是否曾经试图让土耳其人因屠杀而被捕？"

　　"没有任何可以逮捕他的法律。"教授回答。

　　"尽管他参与杀害了那么多人？"莱姆金反问道。

　　"假设一个人养了一群小鸡，"教授反驳道，"他会把它们杀掉。有何不可？这又不关你的事。如果你加以干涉，就是非法侵入。"

　　"但亚美尼亚人不是小鸡。"莱姆金尖刻地说。

　　教授不再反驳这一年轻气盛的评论，然后改变了策略。"你要是干涉一国的内部事务，就是在侵犯该国的主权。"

　　"也就是说，特利里扬击倒一个人是犯罪行为，被击倒的那个人杀害一百万人却不是犯罪行为？"莱姆金问道。

　　教授耸耸肩。莱姆金那时"年轻气盛"。"如果你对国际法有所了解……"

　　这段叙述是否准确？莱姆金终其一生都在回顾这段交流，解释说特利里扬案的审判改变了他的生活。《纽约书评》的编辑鲍勃·西尔弗斯回忆说，他在 1949 年在耶鲁大学法学院听莱姆金教授在课堂上讲过同一个故事（据西尔弗斯回忆，这位老师是一个"孤独、有使命感、复杂、情绪化、孤立、感情奔放的"男人，一个算不上迷人却"试图迷倒别人"的人）。莱姆金还向剧作家、外交官和记者提过这个故事。我很好奇与他展开这段对话的未知教授的身份。有一条明显的线索：在一个如此正式的环境中，他一定已经熟识这位教授，并且自认能够挑战其权威。

63

我去求助利韦夫大学历史学院院长罗曼·舒斯特教授，据说此人了解该机构过去的"一切"。

就在我们见面的同一天，欧洲人权法院重新讨论了莱姆金曾经讨论过的问题，裁定土耳其不得将称亚美尼亚大屠杀为"种族灭绝"的行为有罪化，这个词在 1915 年发生屠杀案之时尚未被发明出来。

舒斯特院长在现属于大学的旧奥匈帝国议会大楼中拥有一间小办公室。他是一个大个子，头发灰白，带着友善、亲切的微笑，他摊开手脚坐在椅子上，面对着从伦敦远道而来的可能对他所在城市的古老故事深感兴趣的学者，明显有着极大的兴趣。他听说过莱姆金，但没听说过劳特派特，并表示对伊凡和我挖掘出来的档案资料有浓厚的兴趣。

"你知道吗，当纳粹在 1941 年来到这里时，就翻遍了学生档案找出犹太人。"舒斯特院长若有所思地说。他指着莱姆金写的"Mosaic"表示他民族的那一行。学生们来到档案馆想处理掉他们的文件；老师们也是，就像教过这两个人的阿勒汉德教授一样。

"你知道阿勒汉德教授的遭遇吗？"院长问道。我点了头。

"他在雅诺夫斯卡集中营被杀害"，[16] 他继续说，就在这里，在这个小镇的中心。"一名德国警官正在杀害一名犹太男子，"他继续说，"阿勒汉德教授想要引起他的注意，于是他走到他面前问了一个简单的问题：'难道你没有良心吗？'这名警官转过身面对阿勒汉德，掏出枪打死了他。这段叙述出自另一名囚犯的回忆录。"

他叹了口气。

他接着解释说，20世纪20年代的教授持有各种各样的政治观点，就像今天的教授一样。"其中有一些从来不接受犹太或乌克兰学生进入课堂，还有一些人强制犹太学生坐在教室最后面。"舒斯特院长看着莱姆金的成绩单。"不理想的成绩"，他大声说道，很可能是因为他的"民族"，因为这可能引起一些教授、多半是民族民主党支持者的"负面态度"。他解释说，该党领袖罗曼·德莫夫斯基是极端民族主义者，对少数民族有"矛盾"情绪。[17] 我回想起1919年8月亨利·摩根索与德莫夫斯基在利沃夫的谈话。波兰仅为波兰人而设，这位美国外交官记录了德莫夫斯基的原话，并解释说他的"反犹主义并非宗教上的——它是政治上的"。德莫夫斯基声称不会对任何非波兰籍的犹太人产生偏见，无论是在政治还是在其他方面。

院长将这次谈话带回到1918年11月的事件中，对犹太人的"清除"——他是这么说的。学生们受到部分教授"负面看法"的影响，主要是较年轻的那部分教授，他们没有奥地利时代的教授那么宽容。"当莱姆金来到这里时，利沃夫是一个多语种、多文化的社会，这个城市的三分之一人口是犹太人。"记住这个，院长总是说，永远都不要忘记。

我们一起欣赏了1912年拍摄的伦贝格众教授的照片。[18]

院长为我指出了照片中央的尤利乌什·马卡雷维奇，胡须最长

Wydział prawa i administracyi: 1) E. Till. 2) A. Doliński.
7) St. Grabski. 8) O. Balzer. 9) St. Starzyński.
13) P. Stebelski. 14) G Roszkowski. 15) J. Makarewicz. 16) A. Janowicz. 17) A. Balasits. 18) K. Stefko.
3) I. Łyskowski. 4)M. Chlamtacz. 5) A. Halban. 6) W. Abraham.
10) St. Głąbiński. 11) J. Buzek. 12) P. Dąbkowski.

法律系，伦贝格，1912 年；尤利乌什·马卡雷维奇，蓄着络腮胡，在正中间，从下往上数第二排

的那位。然后他打了一通简短的电话，几分钟后，一位同事走进了办公室。她是卓娅·巴兰副教授，是研究马卡雷维奇的常驻专家。她总结了她最近用乌克兰语写的一篇关于马卡雷维奇的长论文：优雅、权威、有趣。[19]

　　"马卡雷维奇作为犹太人出生，后来受洗成为天主教徒。他出版了关于少数民族的作品，这些作品成为他所支持的政党——被称为查德贾的波兰基督教民主党的意识形态平台。"

　　他对少数民族，犹太人和乌克兰人有什么看法？

　　她直言不讳地说："那些从来没有打算过统治这个国家的少数民族是可以容忍的。斯拉夫少数派？讨厌。犹太人？移民出境。"她轻描淡写地挥手示意。

　　马卡雷维奇认为，少数民族是"危险的"，她继续说，特别是

当他们占特定地区人口的"最大部分"时，"当他们生活在国家边界时"更是如此。利沃夫就被视为边境城市，因此马卡雷维奇会认为利沃夫的犹太人和乌克兰人对新独立的波兰构成特定的"危险"。她提出了另一个想法：马卡雷维奇"有右翼政治倾向"，他厌恶 1919 年的《波兰少数民族条约》，因为该条约歧视波兰人。如果少数群体的权利受到侵犯，少数群体可向国际联盟投诉，但波兰人不能。

马卡雷维奇是一位民族主义者和幸存者。1945 年，克格勃将他逮捕并流放到西伯利亚。在一群波兰教授的干预下他获得自由，回到苏联控制下的利沃夫继续在法学系任教，于 1955 年去世。[20]

"你想看看劳特派特和莱姆金上过课的教室吗？"院长询问。是的，我回答说，我很想看。

64

第二天早上，在舍甫琴科大道上，在乌克兰最杰出的 20 世纪历史学家米哈伊洛·赫鲁什维斯基的纪念碑的阴影中，我与卓娅碰面。我们站在曾经是"苏格兰咖啡厅"的建筑旁，在 20 世纪 30 年代，学者会在这里碰面解决晦涩而复杂的数学问题。陪同她的是一名叫罗曼的博士生，他找到了马卡雷维奇教授在 1915 年至 1923 年间授课的所有课程清单。授课地点位于赫鲁什维斯科赫街（原名圣尼古拉街）4 号的老法学院大楼 N13 教室，我们步行片刻就到了。这是一个雄伟的 19 世纪奥匈帝国时期的三层建筑，外墙用两种色调装饰——底层是奶白色，在上两层是赭石色。在外墙

前法学院大楼，赫鲁什维斯科赫街 4 号，2012 年

上，一些铭牌记录了曾经在大楼里出入过的杰出人物，里面没有
提到劳特派特、莱姆金或任何律师。

　　幽暗的室内被天花板上悬挂着的玻璃球体照亮，光线足以照
亮破旧的教室和墙壁上开裂剥落的油漆。不难想象，法学院的学
生过去就是在这个秩序和规则的圣殿中躲避严寒和街头冲突的。
现在这里归生物系使用，院长接待了我们并陪同我们到楼上的动
物学博物馆参观。这批蔚为可观的藏品可追溯到奥匈帝国时期，5
个展厅里摆满了死寂的文物。蝴蝶和飞蛾，然后是鱼，包括恐怖
的鮟鱇鱼，这种长着凶恶利齿的蛤蟆鱼也被称为钓鮟鱇。一些蜥
蜴和爬行动物，接着是哺乳动物的骨骼，有的庞大、有的小巧。
一只鹈鹕标本从窗户向外眺望着城市，令人称奇的猴子爬上了墙
壁，有着各种颜色和色调、形状和尺寸各异的鸟类自天花板垂下，

威氏极乐鸟，生物系，利沃夫，2011 年

栖息在玻璃棺材中。数以千计的鸟蛋，按照种属、尺寸和地域精心排列展出。一只老鹰呈猛扑状，旁边纯白色猫头鹰呈观察状。我们欣赏了威氏极乐鸟，一种在巴布亚新几内亚捕捉到的天堂鸟，拥有极致的美丽和色彩的 19 世纪生物。

"奥地利人的帽子式样正是受到这种鸟的启发。"院长解说道。黑黄色羽毛的小鸟头上长着两根螺旋状的羽毛。*一个向左旋转，另一个向右旋转。在这样一个风马牛不相及的地方，它严峻地提醒着我们：利韦夫没有专门为这里的前居民——那些早已消失的族群：波兰人、犹太人和亚美尼亚人——设立博物馆，但拥有一流的动物学收藏，让人们联想到那些业已消失的民族所戴的帽子。

---

* 威氏极乐鸟的卷毛在尾巴上，萨氏极乐鸟的卷毛在头上，作者描述的疑为萨氏极乐鸟，又名萨克森极乐鸟（King of Saxony bird-of-paradise）。

我们的下一站是著名的乌克兰作家伊凡·弗兰科学习过的教室，保存着 20 世纪初的原貌。弗兰科是乌克兰作家和政治活动家，1916 年他在伦贝格因赤贫而死。现在，一座弗兰科的巨大雕像矗立在舒斯特院长办公室和这个专设的教室的街对面。我们敲门后进入。学生们抬起头，课堂被打断了，他们坐在劳特派特和莱姆金可能坐过的一排排木座椅上，从教室可以俯瞰中庭。明亮的阳光穿过房间，与天花板上垂下来的 8 个黄铜吊灯的光线交错。房间优雅简洁，明亮通风，是学习的地方，安静而有秩序，结构分明，层次清晰。

劳特派特和莱姆金就是在这样一间教室里学习了法律。在 1918 年秋天，在这栋楼里，马卡雷维奇讲授了关于奥匈帝国刑法的最后一次课。11 月，当暴力笼罩城市时，劳特派特从街垒走出来坐进一间这样的教室里。在那个月，当权者一周一变，从奥匈帝国人到波兰人，然后到乌克兰人，然后回到波兰人。即便城市几易其主，马卡雷维奇教授仍旧继续讲授一个不复存在的帝国的刑法。

4 年后，当莱姆金坐在同一张木凳上时，马卡雷维奇教的是波兰刑法。上课时间可能已经改变了——劳特派特在早上 10 点钟上马卡雷维奇的课，莱姆金则在下午 5 点钟——但地点一直都是 N13 教室。有点像约瑟夫·罗斯的小说《帝王的胸像》中的旧加利西亚长官莫斯汀伯爵，他每天都在早已去世多年的皇帝弗朗茨·约瑟夫的石像面前例行仪式。"我的故园，君主国家，自身，是一座大宅。"莫斯汀沉思自语道，但现在大宅被"割裂，肢解，粉碎"。[21]

当城市的控制权从一方转到另一方手上时，马卡雷维奇继续埋首于学术。国家改变了，政府改变了，学生改变了，法律改变了，但 N13 教室依旧如故。在后面的年月中同样如此，先是苏联法律的时代，然后是汉斯·弗兰克的德国法令，然后又是苏联法律，马卡雷维奇根据新的现实情况相应地调整着课程内容。每节课结束后，这位了不起的幸存者便离开法律系，沿着德拉霍马诺瓦大街，经过大学图书馆，爬上山坡回到自己建造的房子 58 号。在那里，他可以进入自己的家，把这个世界关在门外。

65

莱姆金于 1926 年从大学毕业。在那前后，他翻译完了比亚利克的中篇小说，并写完了一本关于俄罗斯和苏联刑法的书，尤利乌什·马卡雷维奇为其作了序。[22] 由于毕苏斯基元帅发动政变推翻了民选政府，那段时间的经济和政治情况都十分严酷。莱姆金认为换作另一种情形——德莫夫斯基的反犹太民族民主党上台——会更糟糕。

政变发生两周后，一起政治谋杀案引起了莱姆金的注意。这次事件离家很近，因为受害者是 1918 年短暂的西乌克兰人民共和国的反布尔什维克主席西蒙·彼得留拉将军，他在巴黎的拉辛街被枪杀。更糟糕的是，刺客是犹太制表师萨缪尔·施瓦茨巴德，他想要报复俄国的犹太人屠杀事件，据称这次屠杀是彼得留拉下令实施的。证人中包括一些著名的作家：控方证人伊斯瑞尔·冉威尔和辩方证人玛克西姆·高尔基。但最令人印象深刻的是乌克兰红十字会的护士海亚·格林伯格。她声称在 1919 年 2 月目睹了一场大屠杀，并作证说彼得留拉手下的士兵是在军乐队的伴奏下实施屠杀的。

陪审团审议了不到一个小时，然后宣布施瓦茨巴德"无罪"，因为他的行为没有预谋。《纽约时报》报道，巴黎的法庭上挤满了400名观众——"来自中欧和东欧的白胡子犹太人"[23]"一头短发的年轻女性"和"有着斯拉夫特征的乌克兰人"——用"为法国欢呼"迎接判决书。莱姆金很满意。他写道："他们既不能宣告施瓦兹巴德无罪［原文如此］，也不能判他有罪"[24]，无法惩罚为"包括亲生父母在内的成千上万无辜同胞的死亡去报仇的人"。同样，法院也不会鼓励"为了维护人类的道德标准而将法律掌握在自己手中"。在莱姆金看来，最巧妙的解决办法是宣布施瓦茨巴德疯了，然后让他自由。

莱姆金是在华沙时关注这次审判的，他当时在那里的上诉法院担任秘书，接着在利沃夫东南60英里的别列扎内担任法院书记员和检察官。他写道，他心里有一个决定"逐渐但确实地""成熟起来"，那就是致力于为保护群体而建立新的国际法规。他在华沙法院的"司法职业生涯"[25]及他为了发展"追随者和影响力"而写作的大量书籍为此提供了平台。学术研究是宣传的平台。

到希特勒上台为止，莱姆金已经有6年的检察官资历了。这个来自瓦夫卡维斯克的农场男孩已经站稳脚跟，并与波兰的顶级律师、政治家和法官建立了联系。他出版了关于苏联刑法、意大利刑法典和波兰关于大赦的革命性法律的书籍，它们基本上是描述多于分析。[26]他找到了一位新导师，埃米尔·斯坦尼斯拉夫·拉帕波特，波兰最高法院法官，也是莱姆金曾任教过的华沙自由波兰大学的创始人。

同时，他参与了国际联盟制定刑法的工作，参加各种会议，在欧洲各地建立人脉。在 1933 年春天，预料到即将于 10 月在马德里举行的会议，他事先写了一本小册子，提倡建立新的国际规则，以禁止"残暴"和"破坏"。[27] 他相信这些比以往任何时候都更加必要，因为在希特勒的阴影下，对犹太人和其他少数民族的袭击事件倍增。他担心《我的奋斗》一书是由赋予希特勒独裁权力的傀儡国会通过的新授权法实施的"毁灭的蓝图"。

作为务实的理想主义者，莱姆金认为，适当的刑法实际上可以防止暴行。在他看来，仅有针对少数民族的条约并不够，所以他设想了新的规则来保护"民族的生命"[28]：防止"残暴"灭绝种族，防止"破坏"攻击文化和传统。这些想法并不完全是原创的，而是借鉴了维斯帕先·V. 佩拉的观点，这位罗马尼亚学者倡导"普遍管辖权"思想，即全世界的国家法院应该有权审判最严重罪行的肇事者的理念（60 年后，针对酷刑罪的"普遍管辖权"，英国法庭将参议员皮诺切特绳之以法）。莱姆金没有引用佩拉早期有关"能够造成共同危险的残暴行为或破坏行为"的著作，不过他将建立适用"普遍管辖权"的罪行清单（如海盗、奴隶制、贩卖妇女儿童及贩毒）归功于这位罗马尼亚人。莱姆金的小册子由波道纳出版，这是一家位于巴黎苏弗洛路的出版社，是国际联盟的正式出版商。

莱姆金有望成为马德里会议波兰代表团的成员，但是当他准备这趟旅行时，埃米尔·拉帕波特打电话提醒他一个问题。法官告诉他，司法部长反对你去，这是与德莫夫斯基的民族民主党有关联的日报《华沙报》促成的结果。[29] 莱姆金没有前往马德里，但希望他的小册子会被讨论，它可能引发"思想运动"。会议的正式记录记载了该文件的分发情况，但没有提供任何证据表明其在会议上经过讨论。

　　会议结束几天后，德国宣布退出国际联盟，《华沙报》对"检察官莱姆金"做了人身攻击。"不难推测出莱姆金先生介绍这个项目的动机，"该报纸在 10 月 25 日抱怨说，"考虑到他正属于因为一些国家实行'残暴主义'和'破坏主义'而受到最大威胁的'种族群体'。"[30] 该报称这对波兰来说将是"令人怀疑的荣誉"，其代表之一的莱姆金先生是"这类项目的作者"。

　　一年之内，波兰与德国签署了互不侵犯协议，并撕毁了 1919 年的《少数民族条约》。外交部长贝克告诉国际联盟，波兰没有成为反对少数民族的国家，但希望与其他国家保持平等：如果他们不需要保护他们的少数民族，也不应该要求波兰这样做。在《纽约时报》报道一种"帝国化趋势"的时候，莱姆金辞去了检察官的职位。[31]

66

　　莱姆金转为私人执业的商业律师，在华沙的耶路撒冷大道上开始营业。他的事业很顺利，有足够金钱的他在乡间购买了一幢小别墅，专门用来收藏艺术品。同时他搬到位于信用路 6 号的现代主义街区的公寓，那里更靠近市中心。在这里，他开办了自己的律师事务所（2008 年，当这栋楼挂上牌匾以纪念这位"杰出的波兰法学家和享誉国际的学者"时，该大楼里还设有波兰民族复兴党——Narodowe Odrodzenie Polski —— 一个新法西斯主义的少数政党的办公室）。

　　莱姆金试图每年出版一本书，以保持他对法律改革和恐怖主义的兴趣，在众多备受瞩目的政治杀戮中，恐怖主义是热门话题。（1934年南斯拉夫国王亚历山大一世被谋杀，他的儿子彼得王储后来在剑桥师从劳特派特，这是首桩被拍成电影的政治杀戮事件）。[32] 莱姆金的人脉范围扩大了，包括从遥远国家被吸引来的访客。北卡罗来纳州杜克大学的马尔科姆·麦克德莫特教授来到华沙，将莱姆金的一本书翻译成英文，并且带来了杜克大学教职的邀约。[33] 莱姆金拒绝了，因为他的母亲希望儿子留在波兰。

贝拉是华沙的常客，在1938年夏天她的儿子患上双肺炎症时前来照顾他。在回到瓦夫卡维斯克时，她给孙子绍尔讲了拉斐尔叔叔的公寓和里面神奇的现代电梯、莱姆金在华沙知识界的声誉，还有他那显赫的交际圈。她对这个小男孩说，莱姆金喋喋不休地对那些位高权重者陈述他反对"残暴"和"破坏"的活动。据绍尔说，有人听取了莱姆金的观点，但他的叔叔面临强烈的反对：他被告知，他的想法属于"过去"，况且希特勒只是为了政治目的而煽动仇恨，并没有真正打算灭绝犹太人。他应该克制一下他的"精彩预测"。

1938年3月，德国吞并了奥地利。6个月后，英国首相内维尔·张伯伦接受希特勒的要求，将苏台德地区从捷克斯洛伐克割让给德国，与此同时，莱姆金前往伦敦工作。9月23日，星期五，他在蓓尔美尔街的改革俱乐部与上诉法院法官赫伯特·杜帕克一起用餐，财政大臣约翰·西蒙也加入其中。西蒙向他们讲述张伯伦与希特勒的会面时，解释说英国做谈判是因为他们还没有准备好参加战争。[34]

一周后，张伯伦在与希特勒的再次会面之后站在著名的唐宁街10号的黑色大门前。"我们这个时代是和平的"，他宣称，英国人可以安心地躺在床上入眠。过了不到一年，德国与波兰开战。150 万人的德国国防军军队与党卫队和盖世太保一起入侵波兰，同时德国空军向东部的华沙、克拉科夫和其他波兰城市带去了恐惧和炸弹，利沃夫和若乌凯夫也在此列。莱姆金在华沙继续逗留了 5 天，然后在 9 月 6 日，德军接近这座城市时离开。

等天空终于平静下来时，他途经波利西亚的沼泽区域向利沃夫以北的瓦夫卡维斯克跋涉。莱姆金被夹在西边的德国人和正从东部靠近的苏联人之间。波兰被斯大林的和希特勒的外交部长——莫洛托夫和里宾特洛甫达成的协议划分为两半，丧失了独立国家的身份。英法两国参战后，莱姆金继续北上，他穿着城里人的衣服，戴着昂贵镜架的眼镜，担心苏联人会认定他是波兰知识分子和"大城市居民"。他被苏联士兵拘留，但设法靠说服对方免于受伤害。

到了沃里尼亚省地界，他在杜布诺小镇附近歇脚，投靠一个犹太面包师家庭避难。为什么犹太人想逃离纳粹？面包师问道。莱姆金给他讲述了《我的奋斗》和纳粹打算像消灭"苍蝇"一样消灭犹太人的意图。面包师发出嘲笑，他对这本书一无所知，无法相信这些话是真的。

"如果希特勒必须要同犹太人做贸易，他怎么可能消灭犹太人呢？这场战争要继续下去的话，民众是必不可少的。"

这场战争不是一般的战争，莱姆金告诉他。这是一场"摧毁全体人民"并以德国人取而代之的战争。面包师没有被说服。在第一次世界大战期间，他曾在德国人的统治下生活了三年，并不好过，但"无论如何我们活了下来"。面包师的儿子是一个二十多岁的男孩，有着明亮的脸庞，热情而又焦虑，他表示不同意。"我不明白我父亲和镇上所有像他这样的人的态度。"[35]

莱姆金在面包师的家里待了两周。10 月 26 日，汉斯·弗兰克被任命为总督，管辖波兰德占区，新边界以西的部分，将若乌凯夫、利沃夫和瓦夫卡维斯克留在苏占区。莱姆金滞留在苏占区这边，乘坐前往瓦夫卡维斯克的火车，车上挤满了心惊胆战的旅客。列车在宵禁期间到达，所以莱姆金只好在车站厕所里过夜，以避免被捕。天一亮，他就避开主要街道步行去了哥哥伊莱亚斯在柯斯丘什科街 15 号的家。他轻轻地敲着窗户，把嘴唇贴在玻璃上，低声说："拉斐尔，拉斐尔。"

莱姆金永远忘不了贝拉脸上的喜悦之情。他被安排到床上休息，躺在熟悉的旧毯子里，一边担心波兰遭受的灾难，一边进入梦乡。他被香味唤醒，伴着酸奶油大口吞下了煎薄饼。贝拉和约瑟夫认为待在瓦夫卡维斯克很安全，他们不想随他一起离开。约瑟夫说，我退休了，我不是资本家。伊莱亚斯只不过是小雇员，他放弃了店铺的所有权，苏联人会放过他们的。只有莱姆金会离开，前往美国，去那里投靠约瑟夫的兄弟伊西多。

贝拉同意他去美国，但还有另一个担忧。他为什么还不结婚？这是一个敏感的话题。多年以后，莱姆金会告诉南希·阿克利，他完全专注于工作，以至于"没有时间也没有资金撑起婚后生活"。这是我找到的关于莱姆金的所有资料上令人惊讶的共同特点，没有任何资料显示出一丁点儿关于亲密关系的迹象，尽管有不少女性似乎表达过对他有兴趣。贝拉坚持告诉儿子说婚姻是一种保护手段，"孤独无人疼爱"的男人在来自母亲的支持被"切断"后会需要女人。莱姆金对此没有给出任何积极回应。歌德的叙事诗《赫尔曼和多罗泰》中的一行诗句出现在他的脑海，每次贝拉提出这个问题时都会这样："娶个妻子，让夜晚成为你生活中更美丽的一部分。"我读了这首诗，无法解读出任何能够解释他的孤独状态或诗歌相关性的线索。[36] 他用爱意回应贝拉的劝说，将双手放在她的脑后，抚摸着她的头发，逐一亲吻了她的眼睛，但没有许下任何承诺。"你说得对。"他只能挤出这几个字，希望未来飘荡的生活会带来更多的财富。

他在晚上离开了瓦夫卡维斯克。分别的时刻，一个随意的亲吻，一次眼神的交汇，沉默，难舍难分。

67

在那个瓦夫卡维斯克的秋日，莱姆金的侄子绍尔也在场。通过一番努力，我找到了他在蒙特利尔的住址，他住在一栋风光不再的大楼底层的一套小公寓里，该区域住满了移民。他的外貌令人印象深刻，一双深邃忧伤的眼睛嵌在睿智的面孔上，蓄有一撮 19 世纪托尔斯泰笔下人物一般的灰色胡须。时间没有对这位有风度、有文化的男人手下留情。

他已经八十好几了，坐在杂乱无章的沙发上，周围都是书。他哀悼他最近逝世的女友，他很想谈论这个话题，还有他的眼睛问题和只有一个肾脏的生活的意义（另一个"在 1953 年失去"，未提供细节）。是的，他记得 1939 年秋天拉斐尔叔叔的那次到访，当时他 12 岁，住在一条以"波兰著名英雄"命名的街道上。当拉斐尔离开时，他们很清楚可能再也见不到对方了。

直到 1938 年，绍尔和他的父母一直与贝拉和约瑟夫一起住在瓦夫卡维斯克的房子里。然后莱姆金为他父母买了单独住的房子，大约花了 5000 兹罗提（约 1000 美元）。绍尔说，在那个时候那是很大一笔钱，他的律师事业一定做得很好。他的祖父母"棒极了"，他们是瓦夫卡维斯克的农民。贝拉更热爱文学，不断阅读，而约瑟夫对政治、意第绪语报纸和犹太会堂的生活更感兴趣。"拉斐尔不是信徒。"绍尔毫不迟疑地说。

他的叔叔每年探亲两次，都是在节日期间。逾越节的时候，贝拉派绍尔到繁忙的商店"为叔叔的来访而大采购"。"教授兼律师"的到来，正如他虔诚地提到的那样，一直是重大的时刻，一个给家庭带来政治和"一点摩擦"的时刻。早在 1939 年 4 月探亲时，莱姆金带来了一份法国报纸，这是一件不寻常的物品。关于贝当元帅被任命为驻马德里大使的文章，大家的意见出现分歧，他是作为右翼分子用来安抚佛朗哥的。"我的叔叔不喜欢贝当和佛朗哥。"

绍尔认为莱姆金在波兰"非常知名"。莱姆金叔叔住在一条著名街道上的一座宏伟建筑物里——有高级的电梯！——尽管绍尔从未去过华沙，也没有见过那些"上流社会中的朋友"。我询问了他叔叔的感情生活，提到了莱姆金回忆录中关于青少年时期参观维尔纽斯时，与一位穿着棕色校服的女孩在山坡上漫步的事。莱姆金那时想要吻她，但是这个冲动"被我无法理解的东西从我身上扼杀了"，他写道。他的话意味不明。

"我不知道我叔叔为什么不结婚。"绍尔毫无保留地说。"我觉得他应该有机会，因为他的圈子很广"，但是他从来没有谈起过女性朋友。绍尔依稀记得在维也纳的一次盛会，当时爱德华八世和辛普森夫人都在场，但至于女性朋友？绍尔全无印象。"可能有一位女性朋友"，他补充说，但不记得任何相关信息。"他究竟为什么没有结婚？我不知道。"

苏联没收了他们的家庭住宅，但允许这一家继续住在里面。有一名军官搬了进来，绍尔进了一所讲俄语的学校。"当我的叔叔在 1939 年 10 月从华沙逃来时，我们交谈过。苏联人和德国人联合起来意味着事情将变得极其糟糕。这是我听到的，我记得他说过的。"

绍尔沉浸在悲伤的情绪里。

我问他是否有贝拉和约瑟夫的照片。"没有。"

有没有他叔叔的照片呢？"没有。"

有没有那个时期的其他家庭成员的照片？"没有，"他悲伤地说，"什么都没有留下。"

68

莱姆金从瓦夫卡维斯克乘火车前往维尔纽斯，这个城市当时被苏联占领了。它充斥着波兰难民和黑市商品、签证、护照，以及"面条"（美元）——莱姆金眼中的美国即自由的象征。他见到了国际联盟的熟人，其中包括著名的犯罪学家布罗尼斯瓦夫·弗罗勃列夫斯基。他告诉弗罗勃列夫斯基，自己在"残暴"和"破坏"方面的努力失败了，但"我会再试一次"[37]。

贝拉和约瑟夫写信说与儿子团聚的时光令他们感到幸福。这封信带着熟悉的口吻、黯淡的乐观、几乎掩盖不住的焦虑。信里也带来了消息，说莱姆金的朋友本杰明·汤姆吉耶维奇正在来维尔纽斯的路上，并且带了礼物——散发着贝拉烤箱气味的小蛋糕。汤姆吉耶维奇深深的悲观主义与莱姆金较为明亮的想法形成了对比：莱姆金认为，困难的局面提供了一些机会和真正的挑战，将会终结华沙的轻松生活、丰厚的律师收入、精美的家具和乡间别墅。他已经习惯了充满权威、人脉及"虚假声望"的人生。这样的日子已经过去，但他并不会为此哀叹。

莱姆金写了他如何设法从维尔纽斯出去。10 月 25 日，他申请了挪威或瑞典的临时签证。"我设法靠奇迹拯救了我的生命"，他用法语写道，而且能否设法出去是性命攸关的问题。"我一生都会感激的"，他补充说，强调他唯一需要的就是签证，"我的财务状况并不差"（他的回信地址被列为维尔纽斯的拉脱维亚领事馆）。[38]他给前瑞典司法部长卡尔·施莱特寄去了这封信，寻求一张瑞典签证；另一封信寄给了比利时外交官卡尔东·德维亚尔伯爵，询问前往比利时的旅行信息；第三封信寄给北卡罗来纳州的麦克德莫特教授，请求一份杜克大学的教职。他还写信给运营波道纳出版社的母女团队，让她们知道他还活着，过得很好，并询问她们有没有收到在德国人占领华沙之前发送过去的关于国际合同的新书手稿。他的生活还在继续。

他从维尔纽斯向西去往波罗的海沿岸，向瑞典进发。在考纳斯，他告诉一个熟人，难民的生活令他难受，他仿佛成了幽灵，四处找寻确定性和希望。他人生中想要避免的三件事情都发生了："戴眼镜，掉头发，成为难民。"另一个熟人，退休法官扎尔考斯卡斯博士问他波兰怎么会"在三个星期的时间里消失掉"。总有这样的事发生，莱姆金坚忍地回答道。[39]（几年后，莱姆金在芝加哥又见到了这位法官，他在莫里森酒店当电梯操作员。）

波道纳出版社寄来了他新书的校样，一并寄来的还有几份单行本，是他在 1933 年写的关于残暴罪和破坏罪的小册子。校样经过修订后寄回巴黎，这本书在几个月后出版了。莱姆金带着瑞典签证从考纳斯出发了。他在拉脱维亚首都里加停下来，与历史学家、《俄国和波兰犹太人的历史》一书作者西蒙·杜布诺夫见面喝茶。"暴风雨前的平静"，杜布诺夫警告莱姆金，希特勒很快会来到拉脱维亚。[40]

69

莱姆金于 1940 年初春抵达瑞典。斯德哥尔摩中立而自由，使他得以从容享受风俗和美食，耐心等待着北卡罗来纳州发来期盼中的邀请，与招待他的埃博斯坦夫妇共度惬意时光。从比利时乘船去美国的路径已经被切断了：德国人于 1940 年 5 月占领了比利时和荷兰。不到一个月，法国也陷落了，接着是丹麦和挪威，再后来是立陶宛、拉脱维亚和爱沙尼亚。所有他拜访过的朋友都处在——或者很快将会处在——纳粹的统治下。事实证明，西蒙·杜布诺夫的悲观主义是有根据的：莱姆金离开里加两年后，他在家附近被杀害。

在斯德哥尔摩等待的时间从数周变成了数月。卡尔·施莱特建议他或许可以去大学教书，所以他参加了瑞典语强化课程。到 1940 年 9 月，他掌握的瑞典语足以讲授外汇管理课程，并撰写了一本关于这个主题的书，也是以新学到的语言编写的。来自贝拉和约瑟夫的信件带来了难得的幸福时刻，他们对苏联统治下自身的安康表达了明确的焦虑。

莱姆金感到不安和躁动，无法坐以待毙，开始寻找一个更大的项目。欧洲地图给他的感觉仿佛是"血红色的布和黑色的蜘蛛在白色的田野上"[41] 蔓延直到穿过整个大陆。莱姆金天生的好奇心直面了德国占领的本质。纳粹德国的统治究竟是如何实施的？他相信答案可以在法律条例的细节中找到，便开始收集纳粹的法令和条例，像别人收集邮票一样。身为律师，他明白官方文件往往在没有明确说明的情况下反映了潜在的目标，而一系列文件可能比单独一份文件更能揭示其目的。总体比各个部分的总和更有价值。

他花时间在斯德哥尔摩的中央图书馆搜集、翻译和分析，寻找德国行为的模式。德国人井然有序，用文本记录了许多决定，形成了文件和书面记录，为一个更大的概念提供了线索。这可能是指向犯罪的"无可辩驳的证据"。[42]

他也请求了其他人的协助。其中一个消息来源是一家未署名的瑞典公司，它的华沙办事处之前曾保留过他的律师服务。他拜访了该公司位于斯德哥尔摩的总部寻求帮助，询问公司在欧洲各地的办事处是否可以收集德国人在被占领国发布的官方公报，然后将它们发送到斯德哥尔摩。他的熟人答应了。[43]

欧洲各国的法令条例和其他文件抵达斯德哥尔摩。莱姆金逐一阅读，记笔记，批注文本，翻译。一堆堆的文件成倍增加，还有从斯德哥尔摩中央图书馆获得的材料作为补充，保存了源自柏林的文本。

在莱姆金研读这些法令时，他发现了其中共同的主旨，"集中密谋"的诸多要素。与劳特派特在个人保护方面的努力处于并行状态，但他当时并未意识到这一点，莱姆金的研究指出了德国人将所控制国家的民族全部消灭作为整体目标。希特勒签署了一些文件，实施《我的奋斗》关于"生存空间"的想法，创造一个德国人居住的新生活空间。

10 月 8 日，即莱姆金离开华沙一个月后，希特勒签署了第一份波兰法令。德国占领的波兰得到了一个新名字：合并的东部领土，之后被并入"帝国"版图。这是一片土地和人民可以被"德国化"的领土，让波兰人选择"丢掉性命还是放弃思考"，知识分子被清算，人口被重组为奴工。[44]新任命的总督汉斯·弗兰克于 10 月 26 日签署了另一项法令，他高兴地宣布他的领地很快就会除掉"政治煽动者、奸诈的商人和犹太剥削者"。弗兰克宣布将采取"决定性步骤"。[45]1941 年 8 月 1 日颁布了第三项法令，将加利西亚和伦贝格纳入总督辖区，哥伦比亚档案馆所藏的莱姆金的文件中仍保留着这份法令的副本。

莱姆金循着线索，找到了模式化的"决定性步骤"：第一步通常是剥夺国籍的行为，通过切断犹太人与国家之间的国籍联系使个人变成无国籍者，从而限制法律保护；第二步是"非人化"，剥夺目标群体成员的合法权利，这种两步模式应用于整个欧洲；第三步是"从精神和文化意义上"杀死这个国家。莱姆金指出，1941 年初的一些法令实际上是用"渐进式"步骤"完全毁灭"犹太人。单独而言，每项法令看起来都是无害的，但是当把它们合在一起且跨越国境审视时，更大的目的就显现出来了。犹太人个体被强制登记，戴上以示区别的大卫之星袖标，一个人易于辨认身份的标志，然后被逐入指定区域隔都。莱姆金发现了创建华沙贫民窟（1940 年 10 月），还有后来克拉科夫贫民窟（1941 年 3 月）的法令，并注意到其中针对那些未经许可离开贫民窟的人的死刑惩罚。"为什么要判处死刑？"莱姆金问道。用这种方式"加速""已经存在"的东西？

扣押财产使该群体变得"贫困"并"依赖配给";减少碳水化合物和蛋白质的有限配给量,将该群体成员折磨成"活尸";使他们精神崩溃,令个体"对自己的生活变得漠不关心",因被强制劳动,导致许多人死亡。对于那些还活着的人来说,当他们还在等待"处决时刻"时,还有进一步的"非人化和解体"的措施。[46]

沉浸在这些材料中的莱姆金收到了北卡罗来纳州麦克德莫特教授的回信,他为莱姆金提供了教学职位和签证。

70

这一次,贝拉和约瑟夫赞同他去,尽管莱姆金对于无法从遥远的美国"守护他们"的前景感到不安。然而,到美国的旅程困难重重,经大西洋的路线因战争而被阻断,而斯德哥尔摩满城都是经苏联的通道很快就会受限的传言。莱姆金决定立即从这条漫长的路线启程:到莫斯科,穿越苏联,到日本,从太平洋到西雅图,然后乘火车横穿美国。

他会将极少的私人物品、许多法令及他的笔记一起装在几个大皮革手提箱里,以此来度过旅程。签证已经到手,埃博斯坦夫妇为他举行了欢送晚宴。餐桌上挂着的小小的波兰国旗 ——红色和白色——留下了难以磨灭的记忆。[47]

他在拉脱维亚短暂停留,最后一次望向瓦夫卡维斯克的"大概方向",之后抵达了莫斯科,在一家大堂冷飕飕,卧室巨大的老式酒店投宿。他走在街道上,欣赏了红场、克里姆林宫和圣瓦西里大教堂的洋葱头状教堂顶,这让他想起了儿时读过的书籍,诗人纳德逊和他母亲温柔的声音。他在这个人们都衣衫褴褛而且不怎么微笑的城市里独自用餐。

第二天早上，他浑身被咬了无数处，因为他并不支持的1917年革命"没有废除跳蚤"。他从雅罗斯拉夫斯基火车站出发，到3600英里以东的符拉迪沃斯托克，这是世界上最长的火车行程，需要10天时间，他会与一对带小孩的波兰夫妇共用一个包厢。火车驶过小小的、沉闷的苏联城镇，途经一片忧郁的灰色雪景，慢慢地过去了几个小时，只有餐车能让人转移注意力：莱姆金喜欢一直等到一个看上去是俄国人的人坐在座位上，然后冲到那人对面的空座位，好用童年时代的语言与其交谈。他善于交际，研究出俄国人在吃东西时"最爱交际"。

5天后，列车驶入苏联中途的新西伯利亚车站，这里像巴黎北站或伦敦的维多利亚车站一样繁忙。两天后，灿烂的阳光，深蓝色的水和高山环绕着蒙古北部的贝加尔湖，这是一个纯净和开阔的地方，莱姆金很是赞赏。[48] 又过了两天，火车停靠在一座小站，用俄语和意第绪语写着站名。他抵达了由少数派委员约瑟夫·斯大林于1928年创建的犹太自治区。当莱姆金活动腿脚时，两个衣衫褴褛的男人正在阅读《比罗比詹之声》。"少数流离失所者被迫背井离乡。"莱姆金思忖道。70年后，境况依然困难，但至少他们活着。

48小时后，火车驶入符拉迪沃斯托克市，一个"不注重美观"的城市。莱姆金在一家丑陋的旅店过夜，然后乘船航行到1000千米之外的日本西海岸港口城市敦贺。在疲惫、焦虑的氛围中，莱姆金认出了同行的乘客是杰出的波兰银行家，一位出身于曾经富有家族的参议员。他蓬头垢面，流着鼻涕，看起来活像约瑟夫·罗特的小说《拉德茨基进行曲》里的一个角色，一个没有注意到总是有"水晶滴"挂在鼻尖的人。[49]

这艘船于 1941 年 4 月初抵达敦贺,这是在他离开斯德哥尔摩两个月后,也是在他与贝拉和约瑟夫最后一次拥抱的一年半以后。莱姆金结识了一对年轻夫妇,并与他们一同前往日本的古都京都。莱姆金欣赏了建筑和和服,还有大佛对面公共广场上那株古老的樱花树。他们去了一家剧院,一个字也没听懂,但仍然很欣赏由"富于表现力的面部和身体的颤抖"所创造的"折磨和痛苦的印象"。表演之前有一场在沉默中进行的茶道表演,由艺伎提供服务,每一位都身穿独特图案的和服,一种代表个性的表达。但绿茶与仪式的美感并不相称,对他来说绿茶的味道太苦了。他参观了艺伎的住处,惊讶地发现在场的大部分男士都是已婚的。

在横滨,他给自己买了一件和服,坐在酒店的露台上,望着海港的灯光,想起瓦夫卡维斯克。第二天,他登上了一艘叫作"平安丸"号的现代邮轮,开启前往美国的最后一段旅程。莱姆金放松下来,依然安全掌握着手提箱和德国法令,并结识了同行旅客贺川丰彦,这位一年前曾被捕的日本基督教领袖已经引起了很大的关注。贺川的"过错"是为日本对中国人所做的暴行道歉,现在他正要前往美国呼吁反战。两人都对世界局势感到担忧。[50]

71

在温哥华短暂停留之后,以这座城市的灯光作为"安全的征兆","平安丸"号出发继续前往西雅图的最后一段航程。在 4 月 18 日星期五这天,这艘船驶入白雪皑皑的山峰脚下的海港,莱姆金站在甲板上,头顶是湛蓝的晴空,就像华沙遭到轰炸的那天一样。手提箱从船上卸下；乘客排队等待友好的海关官员为他们办理手续。他看了看莱姆金的那些手提箱，然后看着这个波兰人。"欧洲情况怎么样？很糟糕吗？"莱姆金点了点头。海关官员打开箱子，惊讶于数量庞大的文件，但没有问任何问题。"我自己也是从那边来的。我的母亲还在香农。"他说道，把手放在莱姆金的肩上。"好了，真不容易——你可以入境了！" [51]

莱姆金在西雅图待了一天，然后登上了前往芝加哥的夜间列车。他坐在有着玻璃圆顶的观景车厢里，这是一种全新的体验，视野所及之处不断变化着，经过了巴伐利亚主题的莱文沃思镇，翻越落基山脉，从冰川国家公园里穿过，横跨蒙大拿州的平原，靠近北达科他州的法戈市。与惊惶不安的欧洲人和充满异域风情的日本人相比，美国人似乎很放松。在芝加哥，他参观了商业区卢普区，感觉仿佛"身处工业巨鲸的肚子里"。他试图与人攀谈但没能成功。"我右边的那个人只是非常大声地嘟囔了一声'哈'，而另一边的那个人根本不理会我，只顾低头喝汤。"他再次乘上夜间列车穿过仿佛从天而降的、如梦似幻的阿巴拉契亚山脉。在弗吉尼亚州林奇堡短暂停留时，莱姆金惊讶地看到车站有两个洗手间入口，一个标记为"白人专用"，另一个标记为"有色人种专用"。

他问黑人搬运工，"有色人种"是不是有使用特殊厕所的需求？他回忆说，在华沙，整个城市只有"一个黑人"，他是一所很受欢迎的夜总会的舞者，不需要使用单独的厕所。搬运工被这个问题惊到了。[52]

4 月 21 日，火车驶入达勒姆站，这是一个温暖的春日，空气中飘着一股烟草味和人体的汗味。莱姆金在人群中发现了麦克德莫特。5 年过去了，但他们还接着上次的话头继续聊起来，谈论旅程、文章、政府、商业、少数民族。麦克德莫特对莱姆金的行李和里面装的东西感到困惑。莱姆金到达校园时流泪了，这是他第一次让自己的情绪如此外露。与欧洲大学大为不同，这里的人们没有怀疑或焦虑，校园充满了刚修剪过的草坪的气味，男生穿着敞口白色衬衫，女生穿着轻薄的夏装，到处都有人拿着书，人人脸上都挂着笑容。世外桃源的感觉又回来了。[53]

　　他没有时间休息，因为大学校长邀请他出席晚宴，谈谈他所逃离的那个世界。他讲述了在遥远的地方有一个叫希特勒的人掠夺领土，毁灭种族。他谈到了历史和压迫，时不时注视着坐在前排的一位老妇人，她双眸闪亮，温和地微笑着。"如果妇女、儿童和老人在距这里 100 英里的地方遇害，难道你们不会跑去营救他们吗？"他问道，看着她。这个问题得到了雷鸣般的、出乎意料的掌声。[54]

　　因为这一学期已经结束了，所以他没有机会教课。他回过头来整理他的行李箱和法令，并一直敞开着办公室的门，欢迎不断涌入的健谈的访客。教职人员、学生和图书馆员对这位来自波兰的彬彬有礼的方脸男人感到好奇，在他这里进进出出。他去课堂旁听，大大惊讶于美国法学院（注重案件、法庭辩论和分歧）与欧洲传统之间（强调法条与尊重）的差异。在美国，他们鼓励学生挑战权威，而不是等着被动的灌输。教授可能会关心学生的想法，这是多么令人震惊，莱姆金想，这与伦贝格截然不同。

　　莱姆金很是感激 H. 克劳德·托拉克院长的慷慨相助，后者帮忙解答了一些关于德国法令的问题。图书馆工作人员及他结交的那些极少有可能跟家乡有联系的教职员工都提供了协助。塔德乌什·布赖森法官告诉他，他的名字取自一位波兰军事英雄——塔德乌什·柯斯丘什科——他参加过美国独立战争。太巧了，莱姆金告诉他，他在瓦夫卡维斯克的哥哥伊莱亚斯所住的街道也是以这个人的名字命名的。[55]

72

大约就是在劳特派特开巡回讲座的同一时期，大学安排莱姆金在北卡罗来纳州各地做演讲。莱姆金给自己买了一身白色的西装，搭配白色的鞋子和袜子，还有一条色彩淡雅的丝绸领带。身着这身时髦的行头——我找到了一张相关的照片——他成了校园里及州内旅途中亲切的一景。他讲了关于欧洲的情况，演讲中带着谨慎和感情。激情显而易见，同样显而易见的还有浓重的中欧口音。

麦克德莫特邀请莱姆金前往华盛顿，让他有机会与来自国际

穿白色西装的莱姆金，华盛顿特区，
日期不明

联盟的同事重新联络起来，并为他关于法令的工作创建一个支持者群体。他喜欢华盛顿，这里有"含蓄优雅"的第十六街、奢华的马萨诸塞大道及朴实不浮夸的纪念建筑物。他参观了波兰大使馆和国会图书馆。在那里，他见到了图书管理员约翰·万斯，他们是四年前在海牙举行的一次会议上互相认识的。[56] 瘦高个、友善的图书馆员蓄着浓密的髭须和鬓角，声音带有能容纳世界上所有关切的音色。万斯为莱姆金提供了国会图书馆资源的访问途径和他自己的联系人地址簿。紧接着就有了一次重要引荐，莱姆金认识了阿奇博尔德·金上校，他是美国陆军司法部长办公室战争计划部门负责人，高级军事律师。[57]

莱姆金向金上校分享了他对于残暴和破坏的想法，在耐心地聆听之后，他表示他相信德国的律师肯定会尊重战争法则。莱姆金解释了德国对被占领土采取的措施，以及文件证据。金请求亲眼看一看。莱姆金解释说，德国的战争直接"针对种族"，违反了国际法。德国是否正式排斥海牙章程？"没有正式的，"莱姆金回答说，"但有非官方的。"他告诉金上校关于希特勒首席理论家阿尔弗雷德·罗森堡的消息，但金没有听说过这个人。

德国希望"用一千年的时间改变整个欧洲的人口结构"，莱姆金解释说，这是为了使"某些国家和种族"完全消失。金吃了一惊，并表示他会调查此事。

73

莱姆金回到北卡罗来纳州，在继续研究法令时，收到了贝拉和约瑟夫寄来的信。这封信花了长时间才寄到，磨损的信封里装着一张小纸片，上面的日期是 1941 年 5 月 25 日。约瑟夫感谢莱姆金的来信，说他感觉好多了，马铃薯的季节已经过去了，所以他可以多留在家里了。"目前来说，我们什么都不缺。"他在信里给儿子写了几个姓名和在美国的地址，贝拉让他放心，一切都"很好"，他们很满足。这是一则求生的信息。贝拉请他多写信，并祝他"健康快乐"。[58]

几天后的 6 月 24 日，当莱姆金用无线电听音乐时，节目突然中断，插播新闻。"德军入侵了波兰东部。"德国人违反了与斯大林的协议，向东部派遣部队到利沃夫和若乌凯夫，再到瓦夫卡维斯克和更深入的地方。莱姆金明白接下来会发生什么。

在他走进法学院时，有人问："你听说了吗？那个巴巴罗萨行动？"他当天及后来的日子多次听到别人说"为你感到难过"，因为严肃而又沉默的同事和学生明白其中的含义。不祥的预感令他难以忍受，他只能继续投入工作中。"昂起头来，要坚强。"麦克德莫特鼓励他。[59]

国防军与党卫队同时向东推进，进一步扩大弗兰克总督的帝国。他们在一周内攻下若乌凯夫，一两天后接着占领了利乌夫，罗曼·隆尚·德贝里埃教授与他的三个儿子都被杀害了。同一天，在更远的北部，弗兰克总督辖区边界外的瓦夫卡维斯克也被德国人攻下。现在莱姆金的家人受到他所熟悉的德国法令的管束。

同一天又发布了另一个消息：曾反对 1919 年《少数民族条约》的现代波兰创建者伊格纳西·帕德雷夫斯基在巡回演奏会期间在纽约去世了（葬于华盛顿阿灵顿国家公墓，他的遗体于半个世纪后被移回华沙圣约翰主教座堂）。在病倒前不久，帕德雷夫斯基发表了公开演讲，提醒听众善与恶之间的区别，个人和众人的角色。"对个人和由个人组成的群体来说，坚持走在这条正道上无疑十分重要"，以避免不必要的痛苦和漫无目的的破坏。[60]

到了 9 月，即莱姆金抵达美国 5 个月后，他开始在杜克大学法学院教授第一堂课。同月，他前往印第安纳波利斯参加美国律师协会年会，在那里他发表了关于极权主义控制的演讲，并将自己的名字加入约翰·万斯起草的谴责德国暴行的决议中。[61] 美国最高法院法官罗伯特·杰克逊在晚宴后发表了题为《国际无法无天的挑战》的演讲。这场演讲中穿插了不少取自劳特派特的观点，莱姆金将了解他的研究。不过，莱姆金在当时无从得知有另一个同样在利沃夫求过学的人参与了杰克逊讲稿的写作。

杰克逊对与会者说："德国违反了其条约义务而发动战争，美国已没有义务平等对待交战国。"在演讲结尾他表达了这样的希冀：将有一个"主权国家也需要服从的、旨在保护国际社会和平的法律统治"。[62] 莱姆金想必对这场演讲产生了共鸣。

74

来到达勒姆一年后，莱姆金也在北卡罗来纳州律师协会年会上发表了演讲。英国法官诺曼·博基特与他一同走上讲台。我花了不少时间搜寻，终于找到了这次会议的完整报告。

法学院院长托拉克介绍了莱姆金，并简要讲了他逃出波兰的情况。这位波兰人刚刚得知他的乡间别墅已被德国人占用，院长说明道，并且他那些与司法有关的珍贵的绘画收藏，一幅可以"明确追溯到中世纪"的藏品，已被征用并送往柏林。院长宣读了莱姆金的生平简介。"莱姆金博士所就读的大学"早在 1661 年就成立了，叫作"利乌夫大学，拼写为 L-v-o-v"。欢迎发音更标准的人在晚上结束时与托拉克和莱姆金会面。

莱姆金的演讲论及了"被征服的欧洲国家的法律和律师"。他谈到了纳粹法令造成的欧洲生活的"黑暗画面"，纳粹破坏法庭、囚禁律师和违反国际法的行为。他提到汉斯·弗兰克，他认为他父母和数百万波兰人的命运都握在弗兰克手中。弗兰克会保护被占领的波兰的平民的权利吗？答案不言自明。他提到了弗兰克于 1939 年 12 月在德国法学院发表的文章，当时他说法律的意义只不过是"对德国民族有用和必要"。莱姆金宣称，这样的话是"对国际法的犬儒式否认"，引发了"最深的厌恶"。弗兰克的理念是要让个人服从于国家，其最终目的是要让"全世界从属于德国"。

莱姆金还利用这个机会重申了他关于残暴罪和破坏罪的观点，回顾了他本人参与 1933 年 10 月马德里会议时所扮演的角色。他讲述道，会议主席告诉他不应该谈论德国，但他无视了这个建议："在我念这个（关于需要新法律的）提案时，由德国最高法院院长和柏林大学校长科尔劳施教授组成的德国代表团离开了会议室。"[63]

这段叙述让我感到惊讶。马德里会议官方记录证实，在场的人包括科尔劳施和德国最高法院院长（欧文·邦克，就是在他主持的法院做出了劳特派特同年早些时候报告过的判决——裁决"帝国"针对德国与犹太人之间的性关系的禁令在德国以外同样有效）。莱姆金的同事维斯帕先·佩拉和施莱特法官也在马德里，拉帕波特法官也在，他是波兰代表团的领队。莱姆金没有被列在与会人员中。[64]

他当时不在马德里，没有念出这份报告，没有观察到两名德国人离开房间。这是轻微的修饰加工，没有产生实质性的后果，但仍然是修饰加工。

75

莱姆金关于法令的研究工作传开了之后，他在华盛顿特区的经济战争委员会得到了顾问的工作。[65] 那是在 1942 年的春天，委员会的职责是在珍珠港事件发生及美国加入战争之后协调美国的军事力量。在由副总统亨利·华莱士担任主席的委员会里工作，莱姆金得以直接接触到美国政治生活的高层。

他搬去了华盛顿，这座城市被战争的力量占据着，充满能量，随处都是穿军队制服的人。在委员会的工作颇具挑战性，似乎没有人很了解被占领的欧洲正在发生什么，或者说德国人究竟在干什么。同事并不十分关心他试图分享的信息，因为他们将全部精力都投入了工作任务中，没有兴趣理会一个多少有点儿情绪化的波兰人，在旁人眼中他显得很孤独。他的担忧被视作"理论上的"和"空想的"。"纳粹是否真的开始实施这些计划？"一位同事问道。每个人都听过第一次世界大战期间德国暴行的故事，但结果这些故事大多数是假的。为什么现在的情况就会不同呢？[66]

颓废的莱姆金把时间投入社交，并享受鸡尾酒会。他结识了好几个志同道合的人，其中包括助理检察长诺曼·利特尔的妻子凯瑟琳·利特尔（与他有来往的已婚妇女的数量是档案资料显示的一个突出特征）。利特尔夫妇把他介绍给了与他们关系很好的副总统华莱士（诺曼·利特尔在日记中记录，副总统似乎"对拉斐尔·莱姆金收集的纳粹法令很感兴趣"）。莱姆金获邀为副总统起草在纽约麦迪逊广场花园发表演讲的发言稿（在早期的版本里，有一种主张说，如果美国考虑"选举有色人种当美国总统"，才算是真正的民主国家。[67]这句早先的话后来被删去，因为利特尔暗示华莱士说，如果他有朝一日要竞选总统的话，这句话将让他不得安宁）。

有时，莱姆金会在美国参议院大楼的大办公室里与华莱士会面，希望能参与到他研究法令的工作中。副总统对俄亥俄州的玉米田更感兴趣。"我们对世界农民有亏欠"，华莱士告诉他，那才是他们应该集中精力解决的问题。莱姆金对华莱士不以为然，无法明了副总统的"孤独的梦想"，所以在利特尔的鼓励下，他决定找一个更高的目标——罗斯福总统。至少，莱姆金本人是这样解释的。

他写了一份备忘录，但是太过冗长了。他被告知，如果想让罗斯福读完的话，就得把它缩减到一页纸的长度。那些暴行怎么能缩减？他改变了方法，决定对罗斯福提出另一个观点：非法大屠杀，他写道，足以构成 项罪行，且为"众罪之首"。莱姆金提议签署一项条约，将保护群体作为战争的目标，并向希特勒发出明确警告。备忘录递交上去了，数周过去了，得到了否定的答复。总统已经意识到了危险，但现在还不是采取行动的时候。要耐心等待，莱姆金被告知；会发出警告的，但时机还未到。[68]

没有瓦夫卡维斯克的消息，他仿佛参加自己葬礼的吊唁者一样，被忧郁笼罩着。然而他又一次打起精神，决定忘掉政客和政治家。他要写一本书直接向美国人民发出呼吁。

76

来自斯德哥尔摩、国会图书馆和欧洲各地的朋友的文件继续送到北卡罗来纳州。对于德国的行动，他们提供了详细情况（食物配给和分配给个人的卡路里数量取决于他们所属的群体）和关于犹太人被大规模处决和驱逐出境的传闻。收集到的法令是一个更大的框架的一部分，这是一个杀人系统。莱姆金利用这些材料在弗吉尼亚大学夏洛茨维尔军事政府学院授课。学生们印象深刻。

想要写成书是为了能更广泛地传播这些材料。"我来自密苏里州，拿给我看"是他期待的反应，一如既往地乐观。他想以客观和学术的语调，通过倡议和证据说服美国人民。他向华盛顿的卡内基国际和平基金会提交了一份提案，这份提案最终到达乔治·芬奇的手上，他为其亮了绿灯。莱姆金被告知，请继续完成手稿，卡内基将把这些材料做成出版物。他们商定了 200 页的篇幅、稿费（500 美元）和适度的开销。[69] 在《圣詹姆斯宫宣言》之后，时机已到，战争罪已经提上国际议程。1942 年 10 月，罗斯福总统谈到了纳粹在被占领国家所实施的"残暴罪行"，要求罪犯们走上"法庭"。他宣称要让"战犯"投降，将通过"一切可用的证据"确定个体的责任，并且正在组建联合国战争罪行调查委员会。[70]

莱姆金拥有宝贵的一手材料来支持这些工作。他同意向委员会提供这些法令，但坚持一个条件：每份文件必须注明来源。每份文件的第一页都附有简短的说明，表明该系列文件由拉斐尔·莱姆金在斯德哥尔摩和杜克大学的院系任职及担任经济战争委员会顾问期间编制。

即使莱姆金的情绪变好了，他依旧为家人焦虑不已，还受到健康问题的困扰。42 岁的他，血压已高到危险的程度，随着越来越多关于欧洲发生的大屠杀的消息传到华盛顿，他无视了医生让他放慢节奏、注意休息的叮嘱。在 12 月，波兰流亡政府外交部长出版了一本题为《德占波兰发生的针对犹太人的大规模灭绝》的小册子。它以与华沙的波兰抵抗组织合作的扬·卡尔斯基（另一位利沃夫法学院毕业生）所提供的材料为基础。[71]

尽管莱姆金允许自己稍做休息，但他仍然花了整整一年时间撰写书稿。1943 年 4 月，他与利特尔夫妇一道参加了华盛顿的杰斐逊纪念堂的落成仪式，在活动上他们与演员爱德华·G. 罗宾逊和保罗·慕尼交谈了。罗斯福总统来到了欢呼的人群面前，他身披黑色斗篷，埃莉诺·罗斯福站在他身旁，莱姆金离他们只有几步之遥。"拉斐尔印象深刻，"利特尔在日记中写下，"他以前从未见过总统。"莱姆金被罗斯福的"难得的精神品质"所震撼。"你们真幸运，"他对利特尔夫妇说，"你们国家有这样两位具备了无可置疑的精神领袖力量的人物。"[72]

莱姆金在 11 月完成了手稿。即使在省略了一些材料的情况下，长度仍然超过了 700 页，远远超过了与卡内基约定的篇幅，这件事惹恼了芬奇。他们商定了标题——《轴心国占领欧洲后的统治》（以下简称《轴心国的统治》）——这不太可能在密苏里州或其他地方成为畅销书。莱姆金在序言解释说，基于"客观信息和证据"，他希望整个盎格鲁-撒克逊世界的正派男士们和女士们能够了解德国人对待某些特定群体有多残酷无情。他的重点主要集中在"犹太人、波兰人、斯洛文尼亚人和俄国人"所受到的对待，但至少有一个群体——同性恋——莱姆金完全没有提及。他写了"德国人"而不是纳粹分子的过错，只提到过一次"国家社会主义者"，并认为"德国人民"已经"自主地"接受了计划中的内容，自愿参与这些措施，并在实施过程中得到极大的好处。保护群体的渴望并不妨碍他将德国人这个群体排除在外。莱姆金在书结尾处向一部分提供了帮助的朋友致谢，没有将本书献给任何人，并于1943年11月15日完稿。

《轴心国的统治》不是一本易读的书。全书分为三个部分，系统地涵盖了德国占领下的犹太人"生活的每个阶段"。前八章涉及"德国占领的技巧"，处理行政事务，法律和法院的作用，以及财政、劳动力和财产等各种事务。用简短的一章讲述了"犹太人的法律地位"。

随后是第九章。莱姆金弃用了"残暴"和"破坏"，创造了一个新词——结合了希腊语里的genos（部落或人种）和拉丁语里的cide（杀戮）。

他把这一章的标题定为"种族灭绝"。

在哥伦比亚大学的档案中，我发现了一些保存下来的他的稿件。其中有一张黄色的横线格稿纸，上面满是莱姆金用铅笔涂写的字迹。他在纸上把"种族灭绝"这个词写了不下25次，然后又把它们划掉并到处写下一些其他的词。"灭绝""文化上的""身体上的"。他当时还在推敲其他可能性，比如met-enocide。[73]

在这张纸的正中央，隐藏在杂乱的字迹当中是另一个词，但被划掉了，一条线像箭头一样从中间划过。这个词看起来是"弗兰克"。

"灭绝种族罪"关注的是"直接针对个人的行为，不是针对他

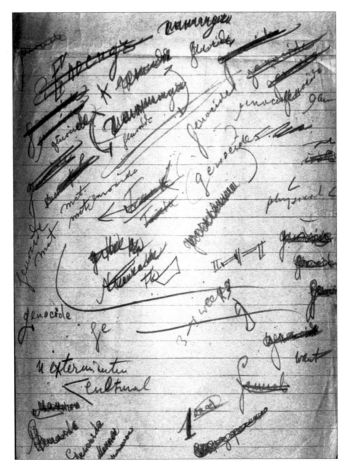

莱姆金的涂写草稿，约 1945 年

们个体的身份，而是针对他们作为民族群体成员的身份"，莱姆金
在第九章这样写道。"新的概念需要新的术语。"[74] 尚不明确他最
终选择这个术语之前经历了什么样的演变。一年前，他向在伦敦
流亡的波兰政府递交了一份提案，使用的是波兰语 ludobójstwo 一
词，直接翻译自德语 Völkermord（谋杀民族）一词，这一说法被

诗人奥古斯特·格拉夫·冯·普拉滕（1831年）使用过，后来还见于弗里德里希·尼采的《悲剧的诞生》（1872年）中。这个词被他用"种族灭绝"取代了，但没有解释原因。[75]这个被选中的词是对德国在被占领土实施生物学上的永久性变革的"庞大计划"产生的反应。"民族和族群的灭绝"需要杀光其知识分子、摧毁其文化、转移其财富。整片领土上的人口都将因饥荒或其他形式的大屠杀而灭绝。莱姆金描述了摧毁的几个阶段，并举出了一些例子，就像检察官陈述案情一样。

该书的第二部分从A（Albania，阿尔巴尼亚）到Y（Yugoslavia，南斯拉夫）依序论述了德国在17个被占国家采取的措施。书中详细介绍了在每一个区域上，包括犹太人、波兰人和罗姆人在内的各群体受到压迫的不同阶段，只略微提及了一下残疾人。他早前的分析进一步完善了。一旦国家被占领，目标群体就会被指定明确的身份地位，然后这个群体里的每个成员都要明确自己的身份，就犹太人来说，是佩戴"至少10厘米宽"的"大卫之星"臂章，随即是禁止一些活动，然后是查封财产，接着是禁止人口自由流动及使用公共交通工具；再接下来是建立隔都，把这些群体迁入其中，如果他们试图离开，就要面对死亡的威胁；再然后是将这些群体从占领区大规模输送到一个集中的指定区域——如汉斯·弗兰克的总督辖区。那是一片实施清算的区域，纳粹最初会减少犹太人的食物配给以令其饥饿至死，后来则会在隔都枪决他们，或者是通过其他手段实现屠杀。莱姆金知道这些使用"特殊列车"前往"未知"目的地的输送。他估计已有近200万人遇害。[76]

这一分析很详细，而且是原创的，在书的最后一部分给出了证据：400页被翻译成英文的法令文本。这里有细节，有记录下来的杀人工具，可供查阅，无可辩驳。许多文件源自波兰，由弗兰克签署，包括他的第一份公告。弗兰克下令说："随着总督辖区的成立，波兰领土已被安全地纳入德国的利益范围。"[77] 似乎在莱姆金眼中，弗兰克作为一名律师，其观点与自己所信奉的一切都相反。

身心俱疲的莱姆金保留了务实的视角。现行的法规是不够的，需要有新的东西。一个新的词语会带来一种新的思想，一个全球性的条约，以防止对群体的灭绝，以在全世界任何一个法庭上惩罚罪犯。各国将不能再随心所欲地对待本国公民。

77

莱姆金在华盛顿度过了 1944 年的头几个月，写文章和做顾问工作，并试图通过修读乔治城大学法学院的课程来提高自己（他的刑法课的成绩比宪法课的要好，他在宪法课上只拿到了令人沮丧的 D 评分）。[78] 那年夏天，他在等待着这本书的出版，因为战局的决定性转折而备受鼓舞。苏联红军迅速向西移动，到 7 月底已经攻打下了伦贝格、若乌凯夫和瓦夫卡维斯克，沿途披露了纳粹可怕的暴行。到了 8 月，为《红军》杂志撰稿的俄国记者瓦西里·格罗斯曼在一篇名为《特雷布林卡的地狱》的文章中描述了他们所见到的情况。怎么会有这种事？格罗斯曼问道。"是器质性的原因吗？是遗传、教养、环境或是外部条件造成的问题吗？是历史的宿命，还是德国领导人的犯罪？"[79]

像这样的疑问和讲述开始在美国产生影响——扬·卡尔斯基及影响力没有那么广泛的莱姆金的警告渐渐说服了美国人。罗斯

福总统委托小亨利·摩根索准备一份报告，后者是 1918 年 11 月
负责编写关于伦贝格犹太人大屠杀报告的亨利·摩根索的儿子，
就是那次事件令劳特派特走到街垒中。与他的父亲不同，小亨
利·摩根索和其他人一致要求立即采取措施，防止"犹太种族在
德国控制下的欧洲被彻底灭绝"。无所作为会导致政府被指控负有
共同责任。[80]《纽约时报》率先刊发了几篇关于波兰死亡营的报道，
其中一篇专门报道了在利沃夫雅诺夫斯卡难民营发生的屠杀。[81] 由
罗斯福在几个月前创立的战争难民委员会发布了一份更为详尽的报
告，名为《奥斯维辛和比克瑙的德国灭绝营》。[82]

这是 1944 年 11 月莱姆金的书终于出版时已经充分发酵的背
景。12 月 3 日《华盛顿邮报》发表了第一篇书评，一个月后，《纽
约时报》在书评部分的头版刊登了一篇带有一丝讽刺意味的正面
评价。"最有价值的指南"，该报的普利策奖得主、前柏林通讯员
奥托·托里斯库斯写道，但他仍然担心这本书中"干巴巴的法律
主义"无法吸引到应有的读者数量。他有更严重的担忧，他反对
莱姆金长篇大论地论述德国人，以及声称这种可怕的行为反映了
"由于德国种族本性固有的邪恶而产生的军国主义"的这种说法。
他质疑莱姆金关于"绝大多数德国人是通过自主选举让希特勒上
台"的说法，并指出莱姆金试图通过谴责一个群体来保护另一个
群体的讽刺性。[83]

总的来说，人们对莱姆金的书评价还是正面的，但并不是每
个人都欣赏书中着重于群体的观点。在档案中，我偶然发现了一
封寄给莱姆金的怒气冲冲的信。写信的是奥地利学者、难民利奥
波德·科尔（一个卓越的人，他创造了"小即是美"的观念，这
个观念被他的学生 E. F. 舒马赫发扬光大）。随信附有科尔决定不

予发表的书评。科尔在书评稿中写道,《轴心国的统治》"非常有价值",但也是"危险的"。[84] 莱姆金有选择地运用事实,他的攻击应该指向纳粹而不是德国人("莱姆金博士一次也没有提到国家社会主义"——科尔的抱怨并不完全准确,在种族灭绝那一章里出现过这个词,但也仅有一次)。

科尔抱怨说,这本书感觉像政治新闻,而不是学术著作,因为莱姆金只注重能够证实他的先入之见的事实,只呈现了片面的陈述。这简直是"普鲁士写历史的方法"。不过最激烈的批评还是留给了第九章,这一章可能"最有意思",但存在着很大的缺陷。通过使团体成为保护对象和国际法的"主要受益者",莱姆金陷入了圈套,采用了导致反犹太主义和反德国主义的那种"生物学思维"。科尔告诉莱姆金,他关注团体而不是个人的责任是错误的,应该采取一种使个人而不是团体成为主要关注对象的方法。他选的那条道路,"即便不一定会变成希特勒,也会跟他差不多"。

这个残酷的批评是私下提出的。科尔写道,他不喜欢"攻击朋友",他并不知道在英国剑桥也有人与他有一样的担忧,那里的劳特派特正在完成一本关注个体权利的书。

78

《轴心国的统治》出版六个月后,欧洲战场的战争结束了,罗斯福已经去世了,瓦夫卡维斯克又回到了苏联的控制之下。莱姆金在没有家人的消息的情况下,全神贯注于杜鲁门总统希望以罗伯特·杰克逊为首席检察官,审判德国主要领导人的战争罪的实际行动中。

5月4日，汉斯·弗兰克在巴伐利亚被美国军队逮捕，大约在那个时候，莱姆金联系了杰克逊。[85]他告诉杰克逊，最高法院的图书馆里有他的书，并附上他的文章《种族灭绝：一种现代罪行》（文章标题下的署名栏将莱姆金描述为具有国际"视角"的波兰人）。这篇文章回顾了莱姆金不懈的努力，从他的马德里小册子到这本书，目标是让任何一个纳粹党人"一踏入海外"就会被抓住。[86]

杰克逊阅读了这篇文章并在上面做了勾画。他圈出了莱姆金引用的深入参与了"巴巴罗萨计划"的格尔德·冯·伦德施泰特元帅的话。在向东进发时，据称冯·伦德施泰特曾指出，德国在1918年犯下的重大错误是"饶了敌国公民的性命"，其中三分之一的居民应该被"有组织地减少食物供应"而最终死去。[87]莱姆金表示，单单这些话就足以对这名元帅提起刑事指控。[88]

5月6日，《华盛顿邮报》刊登了一篇关于惩治罪犯的社论，引用了莱姆金的书。[89]在那时，《轴心国的统治》已经从最高法院图书馆被借出来并送到杰克逊的办公室，并在那里放了一年多，于1946年10月归还。杰克逊感谢莱姆金写作这本书，同时为审判工作招募了一个法律小组，其中包括莱姆金曾担任顾问的战争部门的律师。[90]杰克逊的首席律师是西德尼·奥尔德曼，他是南方铁路系统热情而卓越的总法律顾问，他花了一个周末仔细研读了莱姆金的书。[91]

到了5月14日，杰克逊的团队已经拟定了一份计划备忘录。它总结了起诉个人犯"毁灭少数种族群体"罪行所需的证据，但没有提及"种族灭绝"。两天后，随着备忘录的提交，杰克逊在最高法院会见了他的法律团队，并亲自将"种族灭绝"一词添加到可能的罪行清单中。[92] 他在伦敦会议上向各代表团提交的详细报告中列有该清单，其中包括"种族灭绝"，杰克逊将它描述为"摧毁少数族裔和被征服的人口"。[93]

莱姆金努力想找到一份工作。5 月 18 日，星期五，他被人介绍给杜克大学的校友奥尔德曼。奥尔德曼告诉莱姆金（他错误地认为莱姆金是德国人），《轴心国的统治》"全面"且"非常吸引人"，并且有可能可以作为杰克逊团队的"基本文本"。他们讨论着如何在审判中使用"种族灭绝"，奥尔德曼明白，莱姆金对这个词及他作为其发明者的角色"非常自豪"。[94] 到了月底，莱姆金出席了司法部的会议。这是一个有争议的事件，涉及战略情报局——中央情报局的前身——在收集针对被告的证据时即将扮演的角色。[95] 杰克逊 26 岁的儿子比尔是该团队的成员，他出席了会议，这是他第一次遇见莱姆金（比尔·杰克逊是为数不多与莱姆金和劳特派特都合作过的人之一，他几周后将出席克兰默路的会议，"危害人类罪"就是那时进入《宪章》的）。比尔对莱姆金没有太多印象，后者是一个充满激情的人，也是一个"不完全学者"，只是不切实际，对于他们团队正在准备的案件类型也全无概念。尽管如此，比尔·杰克逊和奥尔德曼当时肯定认为莱姆金有足够的知识可以获得邀请加入团队，就算只是为了盯着战略情报局。[96]

5 月 28 日，莱姆金以杰克逊团队正式成员的身份开始在战争罪行办公室工作。[97] 失望很快就来了，因为他的提议都碰壁了。虽然人们认为他对德国暴行的事实了如指掌，但问题在于风格和性情。杰克逊团队里的一些人认为他没有团队精神，还有一些人认为他缺乏诉讼律师的天资，缺乏处理案件的常识。奥尔德曼最终得出莱姆金不能胜任这项工作的结论，于是向团队里的另一位律师特尔福德·泰勒求助，商议是否将莱姆金移出核心团队。

他们达成共识从内部圈子中"去掉他"，把他当作在审判准备工作中用得上的"百科全书"，去完成后台任务。尽管他被评价为"难民中的顶尖人才"，他的材料也被视为可信赖的，他还是被转移到了外围。[98]杰克逊的团队在7月前往伦敦时，没有把莱姆金包括在内。莱姆金很失望地留在华盛顿，与"后方特遣部队"一起工作，完善关于德国人应受控诉的罪行的概念。[99]

79

在互联网上，我找到了一条《轴心国的统治》第一版签名本的信息。书商告诉我书已经售出，但是当我告诉他我对莱姆金的题词内容感兴趣时，他把我介绍给了买主。几天后，我收到了来自华盛顿特区司法部的一名律师的热心信息。发信者是伊莱·罗森鲍姆，追踪藏匿纳粹的传奇猎手，他发来了题词的照片："罗伯特·M.肯普纳博士，R.莱姆金敬赠，1945年6月5日于华盛顿特区。"

这个名字很熟悉：肯普纳是莱姆金在战争罪行办公室的同事。他因参与对希特勒的法庭诉讼，在1933年被驱逐出"帝国"，他与莱姆金在华盛顿的结识使莱姆金与启发他的那场审判有了直接关联。6月5日这个日期也很引人注目：就是在这一天，盟国在柏林召开会议，协定分割德国，并一致同意惩处"主要纳粹领导人"。他们执行了3个月前在雅尔塔达成的协定，承诺"所有战犯都将得到公正而迅速的惩处"。[100]

7月，杰克逊的团队聚集在伦敦，与英国、法国和苏联的同僚一起研究将要纳入《宪章》的罪行清单。他们于8月8日达成一致并签署协议。第6条中的罪行清单包括了危害人类罪——在劳特派特的建议下——但不包括灭绝种族罪。莱姆金非常失望，并怀疑英国人在其中扮演了狡诈的角色。"你们知道他们是怎么回事。"鲍勃·西尔弗斯回忆莱姆金10年后在耶鲁大学的课堂上这样说起英国人。

灭绝种族罪被排除在《宪章》之外，但莱姆金知道，第6条中列举的罪行还必须进一步详细阐述针对被告的具体指控。这就给未来引入灭绝种族罪提供了可能性。我无法确切地找出他如何设法获得邀请去伦敦与杰克逊团队一起准备起诉书，看起来应该是负责管理杰克逊办公室的穆雷·伯奈斯上校一直在促成此事，他认为莱姆金百科全书般的知识应该能派上用场。伯奈斯是莱姆金的少数支持者之一，他坚信莱姆金可以帮助惩处在被占领的波兰发生的罪行。[101]

伯奈斯遇到了阻力。战略情报局总法律顾问詹姆斯·多诺万指挥官提出反对意见，并向杰克逊的内部团队发送了一份秘密备忘录，抱怨莱姆金的工作"不合格"，有更好的波兰学者可用。多诺万认为莱姆金太过情绪化，易受到"感性方式"的驱使，这种方式不适合这种复杂的法律事务。他还认为他有"性格缺陷"，这一观点得到了一些人的支持，但最终并未获得压倒性的认同。[102] 伯奈斯上校主动提出对这位波兰人负责，但他在莱姆金抵达伦敦后不久就返回了华盛顿。[103] 其他人都不愿意接手做他的领导，但他仍然设法留了下来，成了脱缰的野马，几乎不受监督，也没有指定给他的办公室或办公电话。[104]

80

在伦敦，莱姆金与一切愿意听他讲话的人攀谈，这最终被证实是他失败的原因。对他的投诉倍增，说他不受约束，未经授权地四处胡闹。有传闻称，他安排了与联合国战争罪行委员会成员的非正式会谈；他曾未经授权便与世界犹太复国主义组织有关的知名人士会面。这些投诉被递到了多诺万指挥官在华盛顿的办公室，称莱姆金正在推进自己的计划，而且把他人的功劳据为己有。[105] 压垮骆驼的最后一根稻草是莱姆金私下向媒体透露消息，然后抱怨联合国战争罪行委员会的成员没有得到《轴心国的统治》一书的副本，这令杰克逊的工作人员难堪。

"莱姆金越早离开伦敦越好。"多诺万对特尔福德·泰勒说。[106] 莱姆金坚持不懈地推行自己的意见，时间长到足以使事情发生变化。比尔·杰克逊后来发现，他是一个顽固的"烦人精"。[107] 无论如何，莱姆金还是坚持着，9月过去了，进入10月，草案的起草工作仍在继续。在杰克逊团队其他人的强烈反对下，在要求白人和黑人使用不同厕所的那些州的政界人士的压力下，莱姆金设法将西德尼·奥尔德曼变成了支持灭绝种族罪的盟友。[108] 英国人也坚决反对将灭绝种族罪纳入起诉罪名，大块头、粗眉毛的大律师兼王室法律顾问杰弗里·多林·"卡其"·罗伯茨带头反对，他与哈特利·肖克罗斯关系紧密。[109] 美国方面喜欢罗伯茨，欣赏他代表英格兰在牛津踢橄榄球，但并不是很认可他身为律师的成就。

"卡其"·罗伯茨的反对可能反而帮助了莱姆金。奥尔德曼担负起这项工作，因此"灭绝种族罪"进入了早期起诉书的草案。

英国更加坚决地反对将一个"太花哨"和"古怪"的术语纳入严肃的法律文件。奥尔德曼告诉同事,牛津大学的毕业生"理解不了这个词的意思"。[110]对于英国人没能去掉这个让他们厌恶的词语,莱姆金感到"大为喜悦"。

10 月 6 日,四国就这份起诉书达成了一致:其中包含了四项罪名,最后一项是危害人类罪。然而灭绝种族罪并没有像莱姆金期望的那样在这一项下面被引入,而是出现在第三项战争罪行的下面。这一项包括了纳粹在被占领土虐待和谋杀平民,以及对被告人实施"蓄意且系统的种族灭绝"的指控。

莱姆金尴尬的坚守得到了回报。这是国际文书中第一次使用这个词及其定义,或多或少地直接援引自莱姆金的书。灭绝种族罪指:

> 消灭种族和宗教团体,侵害某被占领土的平民,以摧毁特定种族和阶级的人民,以及民族、种族或宗教团体,尤其是犹太人、波兰人、罗姆人等。[111]

对团体的破坏将出现在纽伦堡审判中,这是莱姆金个人胜利的一刻。他拖着沉重的文件在世界各地辗转的这许多年得到了回报,但也付出了代价。[112]在就起诉书达成一致的三天前,美国陆军医生斯坦利·沃格尔上尉诊断出莱姆金患有鼻咽炎,即普通感冒。这就为赶他回华盛顿提供了一个完美的理由,与此同时,劳特派特正准备踏上一条方向相反的旅程——从剑桥到纽伦堡。到10 月 18 日向法庭提起起诉书时,莱姆金已经回到了美国,精疲力竭但心满意足。"我去了伦敦,并成功地将种族灭绝的罪名写在了纽伦堡的纳粹战犯身上，"他后来写道，"我将灭绝种族罪放进了纽伦堡审判的起诉书中。"[113]

危害人类罪和灭绝种族罪都被纳入审判之中。

第 5 章

戴领结的男子

在我外祖父的文件当中，我发现了一张不太平整的、拍摄于1949 年的黑白照片。照片上是一名中年男子，他专注地盯着镜头，嘴角挂着一丝微笑，穿着细条纹的西装，胸前的口袋里有一条折叠整齐的白色手帕，里面穿着白衬衫。他戴的圆点领结凸显了一丝调皮的气质。

两年来，这张照片的复印件就挂在我桌子上方的墙壁上，与蒂尔尼小姐的照片并列。她的角色之谜已经解开了，我现在每天看着他，感到受到嘲弄且沮丧。"你要是好样的，就一定会找到我的。"他似乎在说。偶尔受到鼓动，我尽力应对挑战，半心半意地努力，不可避免地一无所获，我找不到他的名字。我扫描了照片，尝试使用网上的面部识别，但没有任何收获。

我一次又一次回顾照片背面的有限信息。上面写着："1949 年9 月，来自维也纳的最温暖的问候。"签名很有力，但无法辨认。

我试图从这些话中尽我所能榨取信息，有一个小小的红色印章，显示了照相馆的名称和地址。"F. 金谢尔照相馆，维也纳六区，玛利亚·希尔费大街53 号。"这条街道今天依然存在，但照相馆早已不复存在。我花了数小时试图辨认签名，但没有成功，我也仔细检查了同一个人的其他两张照片。那张写着"1951 年8 月8 日伦敦"的照片有着相同的尺寸，也有金谢尔照相馆的印章，

"1949 年 9 月，来自维也纳的最温暖的问候"

不过是蓝色的。在那个夏日，他戴着一条带斜条纹的普通领带，胸前的口袋里同样有一块手帕。他是不是有点斜视？

第三张照片比前两张要大一些，是明信片那般大小。上面没有任何照相馆标志或签名。照片中的他佩戴着菱形图案的深色领带和口袋巾。背面有手写字迹："1954 年 10 月，维也纳—伦敦。"他长胖了些，现在可以看到双下巴的轮廓。他的确有点斜视。他用蓝色墨水写着："Zur freundlichen Erinnerung an einen Grossvater"——"对一位祖父的友好回忆"。是有一位祖父去世了吗？是他成为祖父了吗？

当我第一次向母亲问起这个男人时，她说她并不知道他是谁。我继续追问。好吧，她说，她曾问过莱昂这个人是谁。"他说这不重要，就说了这些。"所以她就把这件事和她自己的疑虑一同搁置下来。

所以莱昂知道他是谁，并且还保留了另外两张同一个人的照片，一张是 1951 年 8 月拍摄的，另一张是 1954 年 10 月拍摄的。如果这个男人不重要，莱昂为什么要保留这三张照片？

实际上，我母亲后来澄清说，她是在 1986 年丽塔去世后，在丽塔的文件中发现这些照片的。她后来将它们转移到莱昂的文件里，一放就是十年。继续追问了一番，我的母亲分享了她童年的一个记忆片段，模糊但真实。她回想起的也许是战后这位男士到他们位于巴黎布隆尼亚路上的公寓的一次拜访。莱昂和丽塔之间发生了争执，有过大声争吵，愤怒然后是和解。"我的父母有过很多次这样的争执。"激烈，然后就忘记了。

信息缓慢地渗透进来。也许这个戴领结的男人与莱昂在 1939 年 1 月独自离开维也纳有关。总的背景——德国人的到来，犹太人被驱逐出"帝国"——已经够清楚了，但莱昂做出独自离开、不带妻子和年幼孩子的决定，就没那么容易解释了。也许在莱昂离开后，这个戴领结的男人以某种方式出现在了丽塔在维也纳的生活中。也许他是纳粹党人。丽塔与丈夫和孩子分开了三年，直到 1941 年 10 月，在艾希曼封锁国境的前一天，才离开维也纳。

82

时间流逝，我没有取得任何进展。我把三张照片放在一边，准备放弃。我专注于伦贝格、利沃夫、利乌夫、利韦夫、劳特派特、莱姆金。然后，突然之间，我有了意料之外的突破。

在第一次访问利韦夫之后不久，我参加了一个朋友的九十大寿庆祝活动，在伦敦威格莫尔音乐厅，一个演奏古典音乐的场地举办的聚会。梅林·考斯曼[1]是这次庆祝活动的中心人物，她是一名才华横溢、亲切又可敬的画家，也是杰出音乐学家汉斯·凯勒[2]的遗孀。她和丈夫在战前作为难民分别来到英国，她来自德国，他来自奥地利。在20世纪50年代，他们搬到了伦敦北部柳树路上的一所小房子里，靠近汉普斯特德荒野。40年后，我和妻子买下了我们今天住的房子（就在索芙卡·斯基普威斯的外甥家柳树小屋的对面）。

汉斯·凯勒曾在英国广播公司的第三台工作，这让他和梅林得以与许多20世纪伟大的音乐家和指挥家相识。他们认识富特文格勒（"他绝对不是纳粹党人。"梅林激动地对我说）和卡拉扬（"他是个纳粹同情者和机会主义者。"她对两人的看法泾渭分明）。1947年，在理查德·施特劳斯去世前不久，她为他画了一幅肖像画，这幅肖像画和她的一系列其他绘画作品都悬挂在威格莫尔音乐厅里，她的上百位家人和朋友齐聚这里为她庆祝生日。

梅林将我介绍给一位朋友，她已故丈夫的亲戚、91岁的英格·特罗特[3]。她聪明过人，而且后来发现，她还有种讨人喜欢的俏皮。她出生于维也纳，1938年在她17岁时来到伦敦。战后，她在伦敦国王学院的莫里斯·威尔金斯教授那里找到了实验室助理的工作，后者后来与弗朗西斯·克里克和詹姆斯·沃森一同获得诺贝尔奖，英格在剑桥的工作就是向他递交精子样本。作为一个揭开DNA秘密的材料的传递者，英格对她的贡献感到自豪。

我们谈及维也纳、奥地利人的性格、德奥合并。她回忆起德国人到达时的情形，游行、羞辱，家庭住宅被一名穿灰色军装的德国士兵征用。我提到了那个戴领结的男人的照片、上面的手写字迹、无法辨认的签名。

"发一份拷贝给我，"英格指示，"我来看看能不能识别签名。"她补充说，你没法辨认可能因为那是用古德语写的。

"我用信封寄给你。"

"别，"英格果断地说，"把它扫描了，用电子邮件发过来，这样更快。"

那天晚上我依照她的指示做了，第二天就收到了她的回复。"我可以阅读照片背面的所有文字，但没法辨认签名，因为它是颠倒的。"再扫描一次，"这次把它朝上"。

83

一天过后，电话响了。

"这个名字叫林登费尔德，"英格肯定地说道，然后又小声插了一句怀疑，"不过，也可能是林登费尔斯，最后一个字母为 S，但我觉得应该不是。"

她讥讽了这位 L 先生。"我真是不懂，人们为什么故意把签名写得难以辨认。"

这一刻有种奇特的戏剧感。得到了这个名字后，探索的前路顿时明朗起来。我就能够检索 1949 年生活在维也纳的所有林登费尔德（或林登费尔斯），然后交叉核对那些在 1939 年叫那个名字的人。有了那些年代的电话号码簿，我认为，事情可以说非常简单了。维也纳大学的一名博士生帮助我做了最初的研究，然后我又找了一名私人调查员来协助。位于维也纳的维也纳族谱专家卡提娅-玛利亚·克拉德克女士很是积极、礼貌而高效。

法学院的学生找到了 1939 年的维也纳电话簿。没有林登费尔斯，有 10 个林登费尔德。其中 9 人是男性，有着瓦格纳式的好名字：比拉、埃米尔、埃尔文、柯特、马克斯、门德尔、鲁道夫和齐格弗里德。

接下来的任务是找到一本 1949 年的电话号码簿来交叉比照这些姓名。事实证明这要难得多，但私人调查员克拉德克女士最终找到了一份，然后向我报告了调查结果。到 1949 年，那些曾于 1939 年生活在维也纳的 10 位林登费尔德仅剩下 1 位。他的名字是埃米尔，克拉德克女士说，这个名字在她看来不是犹太人的名字。她的言外之意是感觉有点儿不对劲。

埃米尔·林登费尔德住在维也纳六区的古彭多弗街 87 号，离玛利亚·希尔费大街上的金谢尔照相馆不远。克拉德克女士向我说明，从他的公寓到照相馆取照片只需步行 10 分钟。在电话号码簿上，他被列为"公共行政人员"，他的名字一直在上面，直到 1969 年才从中消失。"我认为他在 1968 年或 1969 年去世了。"克拉德克女士说。

她在维也纳市政厅的图书馆继续调查，发现埃米尔·林登费尔德在 1949 年后的 20 年里都住在同一个地址。"我认为他很有可能就是我们要找的人。"她抱着很大的希望，甚至令人鼓舞，但这并不意味着戴领结的男人就是埃米尔·林登费尔德。下一步是查明他的去世日期。有了这些信息，克拉德克女士以为她就可以拿到他的遗嘱认证诉讼了，这份遗产档案将包含关于他家庭的细节，也许还会包含照片。她问我是否同意她继续搜索？我同意了。

我喜欢她生动而热情的沟通方式。在那次沟通的几周后，她又发来了一封新电邮，其中一些信息用她的话说就是"非常令人惊讶的"。埃米尔·林登费尔德是一个商人，1896 年 2 月 2 日生于波兰的科佩钦齐市。在该文件中，写着"波兰"的字样被划掉并替换为"苏联"。他于 1969 年 6 月 5 日在维也纳去世。

"接下来是令我非常惊讶的消息。"

克拉德克女士找到了林登费尔德先生的死亡证明，这是一份官方文件，记录了他死亡时的个人情况。"一开始写了'埃米尔'这个名字，但后来又去掉了。"她说。取而代之的是某个"未知的人"加上了不同的名字"门德尔"。这种改名字的事是个例外，这在她的工作中非常少见。我问她怎么解读这件事。"他是犹太人"，但这一事实并没有公开。克拉德克女士认为他是个"秘密的犹太人"。

这份证明还揭露了其他信息，所以克拉德克女士认为我们应该获得林登费尔德先生的完整遗产档案。她去做了这件事，而且确实有帮助。"他的母亲是萨拉·林登费尔德，她的最后一个住所在英国伦敦。"克拉德克女七写道。这大概可以解释为什么在 1951 年和 1954 年的照片背面写了伦敦的地址，或许是因为他去那里看望母亲。

克拉德克女士还有其他信息。1939 年战争爆发时，埃米尔·林登费尔德与犹太人莉迪娅·斯特姆结婚。他们有一个孩子，一个叫艾丽斯的女儿。在 1939 年的某个时候，林登费尔德的妻子莉迪娅和女儿艾丽斯离开维也纳去了伦敦。这令他与丽塔的生活节奏一致：到 1939 年底，埃米尔和丽塔两人都独自住在维也纳，他们的子女和配偶都已经离开，他们都要应对战争、纳粹和孤独。

克拉德克女士还有更多信息。当埃米尔·林登费尔德去世时，他的女儿艾丽斯住在纽约的法拉盛，丈夫是阿尔弗雷德·塞勒。阿尔弗雷德和艾丽斯有两个孩子，桑德拉和霍华德，他们出生于20世纪50年代。连接点汇合在一起。1952年桑德拉的诞生，可以解释1954年的照片背面的话，他当上了外祖父。

我需要的是一张埃米尔·林登费尔德的照片，但克拉德克女士说档案中没有。好在我还得到了其他线索，他的孙辈的名字，所以搜索范围又转移到了纽约。

84

我在纽约法拉盛的电话目录里找不到艾丽斯·塞勒。在法拉盛或纽约地区的任何地方，也找不到他们的外孙女桑德拉·塞勒和外孙霍华德·塞勒的本地信息。

脸书提供了前进的道路。在数亿用户中有一位佛罗里达州的霍华德·塞勒。线索是他曾在法拉盛读高中。脸书上的照片显示了一位五十岁出头的男子，与克拉德克女士提供的出生日期一致。在霍华德的"好友"中，有一位叫桑德拉的，姓氏为加芬克尔。

我给霍华德发了一条消息，没有得到回复。于是我搜查了桑德拉·塞勒·加芬克尔，并且找到了她在长岛马萨波夸的地址，离法拉盛不远。这个电话号码并未公开可见，但支付了一小笔费用后就能得到一个十位数字的号码。在伦敦一个温暖的夏日夜晚，我拨打了这个号码，心里有些惶恐。

一位带着浓浓纽约口音的女士接了电话。我告诉她，我正在寻找桑德拉·塞勒，她是维也纳的埃米尔·林登费尔德尔的外孙女。

电话那头沉默了很长时间，之后说了一句"我就是"。又沉默了一会，之后说"真是奇怪，你要问什么？"

我把来龙去脉告诉了她，掐头去尾的版本，我说我的外祖母在"二战"前的维也纳认识她的外祖父。"我的外祖父的确是埃米尔·林登费尔德，他的确住在维也纳。"桑德拉说。她持怀疑态度，没有敌意，也没有友善或不友善。她确实提供了她家庭的简短历史。

"埃米尔娶了我的外祖母莉迪娅。1938 年 3 月纳粹分子抵达维也纳后，在战争开始之前，莉迪娅带着她的女儿艾丽斯离开了维也纳，当时我的母亲已经 14 岁了。他们去了伦敦，我的外祖母在那里做女佣。战后，艾丽斯和莉迪娅来到美国，但埃米尔留在了维也纳。我们被告知他不能前往美国，因为他患有肺结核。1958 年，我的外祖母莉迪娅去世了，埃米尔来到了美国。那年我 6 岁。他待了 6 个星期，教我德语，然后离开了。那是我唯一一次见到他。"

我问她有没有埃米尔的照片。"有的，当然有。"她补充说，甚至可能在网上就能搜到一张。她的母亲于 1986 年去世，但她的父亲直到最近才去世。"他写了一本关于他战时经历的书，网上可以搜到，有照片。"她把细节告诉我，就在我们交谈时，我搜索了她父亲的书。它马上就出现了，有着乐观的标题《从希特勒的死亡营到斯大林的古拉格（劳改营）》。[4] 读者受邀"进一步阅读"，在我们继续讲电话时，我就点进去看了。这本书很短，不到 200页。我快速向下滚动页面，查阅里面的照片。在第 125 页，一张熟悉的脸出现在屏幕上，一位身着深色西装的男士在胸前的口袋里有一块白手帕，并系着一条黑色的普通领带。在照片下是一个名字，埃米尔。下一页有埃米尔的妻子莉迪娅的照片，以及埃米尔的孙辈桑德拉和霍华德的照片。

我为自己半晌没有出声向桑德拉道歉。埃米尔的三张照片几十年来一直留在我外祖父的文件中，几年来我一直在试图找出这个人是谁。桑德拉表示理解，她很大方。她问我，可以把她父亲回忆录中照片周围的文字念给她听吗？她不忍亲自去读这本书，因为这本书在她父亲去世后才出版。

我把文字念了出来。埃米尔·林登费尔德-萨默斯坦是阿尔弗雷德父亲的童年朋友。他与苏台德地区雅格恩多夫一家制造"金银饰花边"的工厂主的女儿莉迪娅·斯特姆结婚了，该工厂生产"精美的桌布、床罩等"。这对夫妇有了一个孩子，他们的女儿艾丽斯，她于1939年在"一次著名的儿童运输行动"中被送到英格兰。莉迪娅紧随其后，获得了作为本国公民参加工作的许可。一句话暗示了埃米尔在他的妻子和女儿离开后，在维也纳的生活："在纳粹占领期间，埃米尔设法像'U型潜艇'一样留在维也纳，躲在非犹太人的亲戚和朋友那里。艾丽斯的父母后来再也没有团聚，父亲继续生活在维也纳。"[5]

埃米尔·林登费尔德像丽塔一样独自留在维也纳，然后躲藏在"非犹太亲戚"那里。这表明他可能并不完全是犹太人，或是以非犹太人的身份留在了维也纳。战争结束后，埃米尔和莉迪娅分居了，没有像莱昂和丽塔一样在巴黎重聚。

读到埃米尔女婿的这段叙述，我想起了我母亲的回忆，我现在知道了，那个曾经在战争结束后去巴黎找过丽塔和莱昂的人，正是埃米尔·林登费尔德。当他从公寓离开后，她的父母发生了争吵。一个显而易见的——但不是唯一的——推断就是，丽塔和埃米尔是情人，他在战争结束后来到巴黎找她，是想说服她回到维也纳。我当时没有对桑德拉提到这一点，不过后来我们越来越熟悉后，我把这些想法告诉了她。

我对桑德拉接听我的电话表示感谢。她让我把她外祖父的照片发过去，就是挂在我办公桌上方墙上的那张照片，我依言发给了她。几天后，她回信了。我们的电话交谈促使她翻出了埃米尔的文件，这些文件是在他去世后从维也纳送到纽约的。她有他的相册，其中一些可能来自战前时期。如果我的外祖父母有埃米尔的照片，说不定埃米尔也有莱昂和丽塔的照片？

"给我发一张你外祖父母的照片。"桑德拉提议。我把莱昂和丽塔纳粹时期的护照相片发了过去。丽塔的照片应该是在 1941 年左右拍摄的，就是她看起来伤心欲绝的那张。我一直以来都以为这是因为她与丈夫和孩子分开了，但现在我开始怀疑它可能与别的什么事有关，也许和埃米尔有关。

85

第二天，桑德拉发来了一堆电子邮件。她从头至尾翻阅了埃米尔的相册，找到了几张丽塔的照片，她写道，但莱昂的照片只有一张（他与丽塔还有我母亲于 20 世纪 50 年代在巴黎街头拍摄的合影，我母亲的相册中也有这张照片）。

我惴惴不安地打开了桑德拉发来的那些电子邮件。这些照片可能有助于解释这段时期的沉默。这些照片是黑白的，一共有八张，丝毫未受流逝的岁月影响。桑德拉寄来的丽塔的照片，我一张也没见过。每一张都出乎我的意料。

丽塔和马尔卡，在维也纳，
约 1938 年

　　第一张是丽塔的影楼肖像照，是柔焦的。她微笑的样子容光
焕发，我以前从没见过这样子的她。她很美，仔细地化了妆，而
且涂了鲜艳浓烈的口红。

　　下一张照片带来了更大的惊喜。拍摄日期不详，是丽塔与莱
昂的母亲马尔卡的合影，这一定是我曾外祖母所拍的最后几张照
片之一，看起来似乎很熟悉。马尔卡看起来很优雅，眼角细长，
向下垂，有着跟莱昂一样的双眼皮。她穿着一件带有简单纽扣的
深色衬衫，银色的头发向后梳着。她的脸上有种淡泊的端庄娴静，
那时还不知道即将到来的一切。

　　然而，这张照片有一些奇怪之处，我认出了其中的一半。然
后我意识到我已经见过这张照片，但只见过其中的一半，只露出
马尔卡的那一半。我的母亲有那半张照片，从中间撕开的，所以
带着微笑丽塔的另一半已被拿走。直到现在，在这个更完整的版
本中，我看到原来马尔卡并不孤单，丽塔和她在一起。

下一张照片，第三张，显示丽塔躺在花园的躺椅上，大概是在春天或夏天。第四张照片里她穿着条纹连体裤和正式的鞋子，独自站在花园里。这座花园可能和上一张照片里的花园是同一座花园。

最后一组共四张照片。它们似乎是在同一天拍摄的，仍旧在那个幽静的花园里。树叶和灌木丛中充满了勃勃生机，年轻而充满活力。季节感觉是春天。照片里的每个人看起来平静而放松。在第一张照片里，丽塔独自坐在长椅上，三名女子和埃米尔·林登费尔德躺在她身后的草地上。他们微笑着，大笑着，说着话。每个人都朝着相机和身份未知的拍照者看过来，样子无忧无虑。

下一张照片里丽塔在同一个张椅上，戴着帽子。第三张照片显示在那张长椅上坐着一名身份不明的女子，和一名戴帽子，穿背带皮短裤*的男子，他脚上穿着白色袜子，据我所知这是支持纳粹的标志。背景说明了一切，了解了这些知识之后这种袜子就给人一种不祥的感觉。

最后一张照片是丽塔站在两名男子之间。我不认识她右边的那个人，但她左边是埃米尔，穿着皮裤和白色长林，他的手臂挽着丽塔的手臂。她微笑着，优雅而平和，我从没见过她如此美丽。（后来我把照片拿给我舅母看，她也有一样的反应："我从来没有见过她这副模样，从来没有。"）埃米尔双手插在口袋里。他神态调皮，头向后仰着，露出一丝不明显的微笑，似乎是意外捕捉到的。

丽塔穿着一件深色碎花连衣裙。我凑近了仔细看，但照片不

---

*　巴伐利亚传统服饰。

丽塔和埃米尔，以及右边的不知名男子，维也纳

太清晰，我可以看到她右手上的结婚戒指，可能正是我今天手上戴着的这个。

这些照片是什么时候拍摄的？也许它们是在 1937 年之前拍摄的清白无辜的照片，在丽塔和莱昂结婚之前。也许它们是在 1939 年 1 月之后拍摄的，在莱昂离开维也纳去了巴黎之后。我经常想象那段时间，丽塔独自在维也纳，没有女儿和丈夫，照顾着她的母亲。这就是她留下来的原因，他们是这样告诉我们的，这是一段黑暗的时光，充满难以承受的不幸。然而，这些照片显示出了与那个时代不相符的宁静，那时战争肆虐，维也纳的犹太人正在隔都里或是在去灭绝营的路上饱受折磨。

这四张照片有日期吗？桑德拉说，照片是被贴在相册的页面上的。她可以把它们揭起来，但又担心会撕坏。她说，下次你到纽约时，请务必来访。

"我们可以一起把它们揭下来。"

86

几个星期后，我从曼哈顿的宾州车站搭乘火车前往长岛海岸的马萨波夸，与埃米尔·林登费尔德的外孙女桑德拉·塞勒共度了一天。

在长岛铁路上的路程不到一个小时。桑德拉在火车站等着我，她坐在自己的车里，一头金发，戴着黑色太阳镜。她邀请我在海边的一家海鲜餐厅吃午饭。午饭后，我们开车回到她家，我见到了她的丈夫和一个女儿。埃米尔的相册放在那里，准备好接受检查。她拿出了带有丽塔照片的那一本。我们想知道日期。

正如桑德拉所说，这些照片很小，紧贴在相册的黑色页面上，并且如同当初被粘上去时一样，非常牢固。我们尽可能小心地揭下了一张，不想造成损坏。我希望这些照片是在 20 世纪 30 年代中期拍摄的，在丽塔和莱昂结婚之前。那样事情会简单些。

前四张照片——包括马尔卡和丽塔的那张合影在内——从相册上揭下来之后并没有显示任何日期。然后是第二组，桑德拉称之为"花园四重奏"。我更加小心，尽量不损坏背面，从页面上逐一揭下了全部四张照片。

每张照片的背面都印着维也纳第四区的"库切拉照相馆"的标志。在后面，只有一个几乎不可辨别的铅笔标记，就是在右上角的四个数字：1941。

在几个星期之内，我找到了埃米尔·林登费尔德在1941年的居住地址，位于维也纳市中心一个繁华的地段，在犹太居住区域之外，因此埃米尔不可能以犹太人的身份生活在那里。具体地址是勃拉姆斯广场4号，一座建于19世纪末的宏伟建筑，与维特根斯坦的故居仅隔了几栋房子。

我去了那里。在4号的旁边是一个大花园，有一张长椅和草地，就像那四张照片中的场景一样。可能这就是丽塔和埃米尔在1941年拍照时的花园？我想起他们表现得有多放松，那是一种透过照片传达出来的亲密感。

1941年埃米尔·林登费尔德和丽塔在一起，也许就是在这个花园里。不知道具体是几月，但丽塔是在10月离开的，而花园照片里是春天的景象。我琢磨那应该是1941年4月。丽塔留在维也纳是为了与埃米尔在一起吗？无从得知，而且也许无关紧要。到11月，她已离开维也纳。

莱昂已经于1939年1月独自一人先行离开了。几个月后，在蒂尔尼小姐的协助下，他把女儿也接了过去。丽塔留在了维也纳。为什么莱昂离开时会把他的女儿留下，为什么后来又把她接了过去，我之前不知道。但新的照片显示，莱昂的离开与埃米尔·林登费尔德有关。

第 6 章

弗兰克

共同体优先于个人利己主义的自由主义原子化倾向。[1]

——汉斯·弗兰克，1935 年

1945 年 5 月，希特勒自杀后的几天，正当劳特派特与英国律师一同做犯罪调查，而莱姆金也在为跻身罗伯特·杰克逊的检控队游说时，汉斯·弗兰克总督正在等待美国人的到来。他等待的地点是总理府的前厅，现在这里是巴伐利亚施利尔塞湖畔诺伊豪斯小镇的老伯根富力登咖啡馆。陪同他的幕僚只剩下三个人，包括司机尚佩尔先生在内。在对被占波兰实施残酷统治之后，弗兰克回到了慕尼黑以南 35 英里处的家族老宅附近。

在弗兰克等待时，盟军已准备好对包括弗兰克在内的主要纳粹头目的指控。他曾是希特勒的律师，也是主要的纳粹主义法学家之一，他在把热爱元首和纳粹主义放在首位的思想意识的驱使下，做着侵犯个人和团体权利的事。五年来，他是德占波兰的国王，拥有一个妻子和一个情妇，五个孩子，三十八册巨细无遗的日记，以及包括达·芬奇的一幅著名肖像画在内的画作收藏。他甚至还把这幅《抱银鼠的女子》一起带到了施利尔塞，现在这幅画被安置在一间仿古礼堂里。[2]

5 月 4 日，星期五，一辆美国军用吉普车停在了门前。沃尔特·斯坦中尉从车里跳了出来，走到大楼前，进入前门，问道："你们当中谁是汉斯·弗兰克？"

88

弗兰克于 1900 年 5 月 23 日出生在由新教徒父亲和天主教徒母亲组成的家庭里，他的家在黑森林附近的卡尔斯鲁厄。与劳特派特和莱姆金一样，他在三个孩子中排行老二。全家人不久就搬到了慕尼黑，弗兰克在那里入学。1916 年 6 月，他的哥哥卡尔死于突发疾病。在父母分居后，他随母亲在布拉格度过了一年，但多数时候都是跟父亲住在慕尼黑，他父亲曾是律师，直到因为欺诈客户被取消律师资格。[3]

第一次世界大战结束后，弗兰克被征入了国防军，然后加入了一个私人性质的右翼民兵组织。他加入了反共反犹保守派组织修黎社，这使他能够通过出席会议以发泄他对《凡尔赛和约》的强烈厌恶之情。1920 年 1 月，在慕尼黑的马特海泽啤酒屋，弗兰克观看了阿道夫·希特勒作为纳粹党前身德国工人党第一批成员发表的演讲。接下来的一个月，他又在皇家啤酒馆与希特勒参加了同一次集会，见证了国家社会主义德国工人党——他最终加入的纳粹党——提出政治纲领。

1923 年，他以学生身份加入了暴风突击队，也就是人们熟知的冲锋队。同年，他积极支持希特勒的政变，企图推翻魏玛政府，加入慕尼黑市中心的游行，并在市博物馆大桥的东侧架起了机枪炮台。政变的失败和希特勒的被捕引发了弗兰克对种族主义政治的兴趣。他为躲开法律上的麻烦而逃到意大利。两年后的 1925 年，他在慕尼黑街头与希特勒见面了，这次会面成了后来种种的不祥之兆。[4]

　　在完成基尔大学的法律学业并于 1924 年毕业后，他成了私人执业律师，同时在慕尼黑理工大学法律系任教。他踏踏实实，且见机行事，算不上智力超群或是抱负极高，然而他的人生轨迹却在 1927 年 10 月经历了突变。他在《人民观察家报》上看到一则广告，纳粹党招募一名代理律师在柏林审判中为纳粹被告人辩护。弗兰克去应征并被录用了，最终踏入了备受瞩目的政治诉讼案件的世界。

　　他成为纳粹的法律名人之一，在数十次审判中为纳粹党辩护。其中较为臭名昭著的案件是 1930 年 9 月在莱比锡的叛国审判，涉及三名军官，他们被指控在国防军中成立纳粹基层组织。他为这三个人辩护，把希特勒作为证人传上法庭。在弗兰克的帮助下，希特勒在公开做出合法宣誓的情况下，利用法庭引起了媒体的关注，声称他只会通过合法手段寻求政治权力。这次公开宣传巩固了两人之间的关系，尽管希特勒从来没有多少时间给律师或法律专家，即使是以灵活著称的弗兰克。

　　弗兰克的事业蒸蒸日上，他于 1925 年当选为德国国会议员，并与布里吉特·赫布斯特结婚，新娘比他大五岁，在巴伐利亚议会做秘书。然而，他的真爱和恋人是莉莉·威德（后来改姓格劳），一位慕尼黑银行家的女儿，但莉莉的家人认为弗兰克不合适，阻止了这段关系。布里吉特是一个不起眼但意志坚定的女人，很快为他生了两个孩子。接着又生了三个，最后出生的是尼克拉斯，生于 1939 年。

　　当德国的大部分地区都接受了希特勒时，弗兰克充分利用他与领导层的关系，将自己定位为法律"理论家"。1931 年，他发表了一篇长文，谈论犹太人"颓废的法理学"，他认为，这是在运用法律手段异化德国人对于是非的分辨。在希特勒当上总理后，已经成为圈内人的弗兰克在 1933 年 4 月当上了巴伐利亚州司法部长。[5]

89

希特勒掌权 4 个月后，在 5 月 13 日星期六上午，汉斯·弗兰克乘坐三引擎的德国政府专机飞往维也纳东部的阿斯彭机场，离莱昂在利奥波德施塔特的酒品店不远。[6]一家报社描述了当时的场景：飞机的舱门打开，7 名德国部长从飞机上走下来，踏上奥地利的土地，领头的是兴高采烈的弗兰克，这是刚上台的德国纳粹政府代表的首次访问。国会大厦最近被火烧毁了，联邦选举已经举行（纳粹在这次选举中赢得了最大份额的票数）并通过了新的立法，允许希特勒的新政府通过违背宪法的法律。这些措施在奥地利令许多人感到焦虑，包括处于弱势的总理恩格尔伯特·陶尔斐斯。

弗兰克因为给元首提供律师服务而与其关系密切这一点已经为众人所知。1933 年以前希特勒的无数次出庭受到了广泛报道，并且有至少一张媒体照片展示了希特勒站在法院阶梯上，旁边是身穿黑色律师袍的弗兰克。

这类照片帮助了弗兰克。多年来对纳粹主义者的忠诚服务使他变成一个为人熟知，而且令人恐惧的角色。在被任命为司法部长之后的几周内，他签署了一系列措施来清理巴伐利亚州的法律系统。这些措施是专门针对犹太人的，禁止他们进入法院，并罢免所有犹太裔法官和州检察官的职务。[7]由于弗兰克直接参与了这

希特勒与汉斯·弗兰克在德
国法院外面，1928 年

些措施，加上他与希特勒的关系，他这趟到奥地利的访问并不受
欢迎，总理陶尔斐斯视之为不友好行为并加以反对。在访问的不
久前，弗兰克更是发表了一番火上浇油的演讲，威胁奥地利如果
不顺应德国的新方向就要对其加以暴力干涉。[8]

2000 名支持者在维也纳机场迎接弗兰克，高唱着《德意志高
于一切》和纳粹党党歌《霍斯特·威塞尔之歌》。弗兰克的随从被
车送到维也纳美泉宫，街道两旁挤满了市民，基于不同的政治立
场或欢呼或吹口哨喝倒彩。弗兰克的许多支持者都穿着白袜，这
是支持纳粹事业的象征。当晚，弗兰克向众多支持者发表致辞，
纪念维也纳从土耳其人手中获得解放 250 周年（波兰国王约翰
三世·索别斯基取得的胜利，庆典在若乌凯夫城堡举行，我就是

在同一个建筑中发现了那位勇敢的乌克兰策展人在墙上展示的照片）。弗兰克转达了希特勒的个人问候，说元首很快会为"祭扫他父母的坟墓"访问这里。[9]

后来，弗兰克与记者私下会面。《纽约时报》记者记录了这位巴伐利亚司法部长的风格，将20人的群体"当作2万人一般"。[10] 他不断提高自己的声音，吼叫着反对那些针对他或希特勒表达的任何负面观点。如果奥地利不站在德国这边，他威胁说，"这只是一个应采取什么措施的问题"。

弗兰克离开维也纳前往格拉茨，他在那里对人群说，侮辱他就是侮辱希特勒，然后他又去了萨尔茨堡。这次访问引起了奥地利的骚动，陶尔斐斯政府宣布他不受欢迎。这次访问在全世界范围内被广泛报道，很有可能被伦敦的劳特派特和华沙的莱姆金看到。消息也会传播给伦贝格和若乌凯夫的消息灵通的民众，其中许多人密切关注着奥地利的事态发展。

在弗兰克离开一周后，陶尔斐斯总理发表了讲话，内容经过翻译传递到了美国。他向国民保证，奥地利不会效仿德国政府对犹太人采取措施；这是一个受现代观念启发的国家，这个国家的"所有公民都有平等的权利"。他所指的是奥地利宪法，由劳特派特的老师汉斯·凯尔森亲自拟定，该宪法让所有人都拥有个人权利。[11]

弗兰克的访问起到了一些作用，鼓励了奥地利的许多人倾向于纳粹的做法。一年后，陶尔斐斯被一群纳粹支持者暗杀，他们的头领是劳特派特在维也纳大学的同班同学，33岁的奥托·冯·瓦克特，他逃到了德国。[12]

90

1935 年对于弗兰克来说是不错的一年。他在巴伐利亚（施利尔塞附近的肖博霍夫）买了一幢大房子，80 年后，就在它快被拆毁之前，我参观了这幢房子，在书房的房梁下面依然能看见弗兰克的徽章和姓名的首字母。他参与协助了《纽伦堡法令》的筹备工作，这部反犹太人的法律剥夺了犹太人的公民权，并禁止日耳曼人和犹太人之间的婚外性交。8 月，他主持了在克罗尔歌剧院（国会被烧毁后这里用作国会大厦）举行的德国法学院（由他在几年前创立）联合会议暨第十一届国际刑事和监狱大会。[13]

弗兰克创立了该学院，为德国律师提供了思想和意识形态的视野。作为校长，他向大会发表了以"国际刑事政策"为主题的开幕演讲，就刑法的未来走向提出了一些想法。他反驳了莱姆金之流，即那些推动新的国际罪行清单和国际刑事法院的人。作为一位优秀的演说家，弗兰克迷住了人群，即使他讲话的声音因兴奋、紧张和权力而（与元首一样）尖锐得离谱。

弗兰克的讲话集中在劳特派特和莱姆金非常关心的问题上，尽管两人都不在观众之列。就"残暴"和"破坏"写过文章的罗马尼亚教授维斯帕先·佩拉当时在场。莱姆金的导师、大会组委会成员埃米尔·拉帕波特法官没有出席。[14]弗兰克强烈反对普遍管辖权，他反对这个概念的理由是它会破坏而不是加强国际刑法。他认为没有任何法律或国际组织能够解决布尔什维克主义和纳粹主义之间的分歧，而且对于没有共同"道德原则"的国家，也不会有共同的政策。他还攻击了莱姆金的另一位同事亨利·多纳迪厄·德·瓦布尔教授的观点，单独点出了他的名字，尽管他并没有出席。几周前，弗兰克邀请过多纳迪厄就国际犯罪和"侵略战争"问题为学院做演讲。[15]

弗兰克摒弃了多纳迪厄的那些想法，因为那需要创造一个联合国家。至于法国人提出的"国际刑事司法法院"的建议？谬见。世界法律？"白日梦。"扩大国际罪行清单？绝不。唯一一个被弗兰克认可的想法，就是将全球犹太人抵制德国的行为定为犯罪。

弗兰克想要什么？"不干涉别国内政"就为他所认可，这个理念可以掩盖任何针对德国的批评。独立法官也是如此，但限于一定范围内。他想要一个以保护"国家社会"愿景的价值观为基础的强有力的政府，一个以"共同体意识"为最高指导的法律体系。在新德国，个人权利将不复存在，所以他宣布完全反对"个人利己主义的个人主义，自由主义的原子化倾向"（"完全平等，绝对屈服，绝对的个性丧失"，[16] 作家弗雷德里希·莱克在日记中写下这句话，引用了陀思妥耶夫斯基的《群魔》来反映弗兰克所表达的那种思想）。

弗兰克列出了自 1933 年以来的所有积极发展，包括希特勒对刑事政策的新方法，各国都应当效仿。创新举措包括"优生预防""阉割危险的道德罪犯"以及"预防性拘留"任何威胁国家或"国家社会主义"的人。那些不应该生孩子的人会被绝育（他形容这是"优胜劣汰的自然过程"），不受欢迎的人将被驱逐出境，新的种族法用于防止"绝对不相容的种族混合"。他没有对着这群国际听众明确提到犹太人或罗姆人，但在场的人知道他所指的是什么人。他也没有提及同性恋的危害，当年早些时候（他参与起草的）"帝国"刑法典对这个问题做出了规定，将所有同性恋行为定为犯罪。他宣称，新的德国将是"种族完整的"，可以让德国"摆脱罪犯，因为健康的身体可以摆脱病菌"。这些描述出自尤利乌斯·施特莱彻的文章，他是反犹报纸《冲锋队员》的出版人，弗兰克在 2 月份与他和多纳迪厄一起吃过饭。

不难想象，弗兰克在现场用极高的音调讲话。"纳粹主义抛掉了错误的人性原则"，反对所有"过于人道"的行为，他尖声说道。不履行对共同体之忠诚义务的人将得到相应的处罚。纳粹分子正在发动一场"永无止境的打击犯罪的战争"。

观众的反应各不相同。在场的 463 名代表中，大部分都是德国人，他们大声欢呼。其他人则不太支持。杰弗里·宾是一名年轻的英国律师，后来成为工党议员（也是独立加纳的首位总检察长），他写了一篇报道，表达了他亲眼看见外国官员、犯罪学家和改革者为弗兰克的"残忍提议"而欢呼时不寒而栗的感觉。宾发出明确的警告：当心那些接管德国的新品种律师，那些像弗兰克博士一样"信奉报复和恐吓原则的狂热分子"。[17]

91

4 年后，当德国进军波兰并与苏联瓜分波兰时，弗兰克被召唤到西里西亚与希特勒私下会晤。[18] 经过正式面谈之后，弗兰克被任命为德占波兰的总督，在被称为波兰占领区总督辖区的这一地区作为元首的私人代表，这片包括北部的华沙和西部的克拉科夫在内的领土上有 1150 万人口。他于 1939 年 10 月 25 日上任：希特勒的法令指出，弗兰克亲自向元首报告——莱姆金指出了这一点——并命令整个政府"由总督领导"。[19] 弗兰克现在亲自执掌大权，他的妻子布里吉特成了"王后"。

在一次早期采访中，弗兰克解释说波兰现在是"殖民地"，其居民是"大德意志帝国的奴隶"（柏林的那些律师力求确保管辖被占领土的国际法不适用——总督辖区被有效地视为"帝国"的附属部分，所以适用德国法律，而不应受国际法约束）。[20] 弗兰克把自己和他的政府安置在了波兰国王故居——克拉科夫的瓦维尔城堡里，这是波兰的一大国耻。布里吉特和他们的五个孩子稍后会在那里陪他一起，包括几个月前在慕尼黑出生的最年幼的尼克拉斯。刚从维也纳回来的奥托·冯·韦希特尔被任命为克拉科夫的州长，成为弗兰克的五名副手之一。

弗兰克行事如同君主一般，宣布波兰人民完全臣服于他的权力：这不是人们拥有权利的"宪政国家"，也没有对少数族群的保护。华沙在短暂的战争中遭到严重破坏，但弗兰克并未决定重建这座城市。相反，他签署了一系列法令，其中许多法令后来被莱姆金收集起来带在行李箱里辗转世界各地。弗兰克的法令涵盖了一大片领土和众多领域，从野生动物（受保护的）到犹太人（不受保护的）。从 12 月 1 日起，所有 12 岁以上的犹太人必须在右臂上佩戴至少 10 厘米宽的白底蓝色大卫之星袖章，室内和室外穿的服装上都要佩戴。为了节省公共资金，犹太人必须自己制作他们要佩戴的袖章。[21]

从上任开始，弗兰克坚持每天写日记，记录他的活动和成就。[22] 到他离开克拉科夫时，至少有 38 册日记作为罪证被保存下来，共计 1.1 万张大页纸，由 2 名男秘书每天用打字机录入。[23] 最早的记录反映了该政权行为的永久感，指出这片领土将成为实现希姆莱的愿望——"清空新取得的帝国领土上的所有犹太人"[24]——

的地方。波兰人将受到残酷对待：弗兰克担心波兰人可能期望庆祝该国的独立日（11 月 11 日），他颁布法令，禁止波兰人展示任何庆祝海报，违者将处以死刑。[25]弗兰克全面掌控了生杀大权并打算行使它，实践他在 1935 年柏林大会上表达的想法：在他的总督辖区治下，"民族共同体"将是唯一的法律标准，所以个人会被迫屈从于君主，即元首的意志。

92

1940 年 10 月，弗兰克前往柏林与希特勒一起在他的私人寓所内用餐，并讨论他所辖领土的未来。其他客人包括新上任的"帝国"驻维也纳总督巴尔杜尔·冯·席拉赫和希特勒私人秘书马丁·鲍曼。关于总督辖区的进展，弗兰克提供了个人记录。鲍曼的会议记录记录了早期的成就："帝国部长弗兰克博士向元首汇报说，总督辖区内的行动可谓非常成功。华沙和其他城市的犹太人现在都被关在隔都里，克拉科夫的犹太人很快也会被清除掉。"[26]

弗兰克的努力受到了赞扬。那留在德国和奥地利的犹太人——像丽塔和马尔卡这样的——怎么办呢？这四个人讨论了弗兰克及其政府的作用，特别是他提供的把这些犹太人向东部"运送"的友好援助。弗兰克最初提出了担忧，但很快妥协：

> 坐在元首另一侧的总督冯·席拉赫指出，他治下的维也纳仍然有超过五万名犹太人，弗兰克博士不能不接管。纳粹党员弗兰克博士说这是不可能的。大区长官科赫跟着指出，他迄今为止也没有从东普鲁士区转移任何波兰人或犹太人，

但现在这些犹太人和波兰人，理所应当，必须由总督辖区接收。

弗兰克的反对无效。做出的决定就是将维也纳的犹太人转移到他的领土内。弗兰克回到克拉科夫，已经知道即将有大量新居民涌入其管辖区。他会完成交给他的任务。

93

不久，弗兰克的领土扩张了。继希特勒于 1941 年 6 月通过巴巴罗萨行动袭击苏联后，德军占领了苏联控制的波兰领土（以及前奥匈帝国的加利西亚地区），并于 8 月 1 日将其纳入总督辖区。弗兰克控制了伦贝格，将其定为加利西亚地区的首府，并设地区长官，由卡尔·拉什出任。[27] 弗兰克利用他的权力救了少数克拉科夫被拘留的知识分子，但劳特派特和莱姆金共同的老师、伦贝格的隆尚·德贝里埃教授不在此列。他没有得到怜悯。

领土扩张带来了新的挑战。德国国防军轻而易举地取得了成功，他们向东推进到生活着许多犹太人的土地上，使弗兰克控制着遍布整个总督辖区的超过 250 万犹太人。如果算上犹太"混血儿"，这个数字会更大——350 万。弗兰克与希姆莱一起研究如何处置他们，即使两人并不总是意见一致，积极配合的弗兰克归根到底还是选择了不引起麻烦。希姆莱做出决定，弗兰克服从了。

12 月，弗兰克在瓦维尔城堡召集内阁讨论即将在柏林举办的事关犹太人命运的会议。这次会议在纳粹党卫队全国副总指挥莱因哈德·海德里希的指导下于万湖举行，将开启一场"伟大的犹太人移民"。²⁸ 国务秘书约瑟夫·布勒将代表他出席会议，他告诉内阁，警告同事们要消除"所有怜悯之情"，且不要对"移民"一词的含义有丝毫怀疑。他说，为了保持"帝国"的完整，"犹太人必须灭绝。无论在哪，抓住一个就消灭一个"。阅读着这篇如此忠实地记录下来的日记，我不禁好奇他的秘书有没有迟疑过用书面形式记下这些言论是否明智。

万湖会议于1942年1月举行，当时劳特派特在纽约华尔道夫酒店与罗伯特·杰克逊共进晚餐，而莱姆金却在北卡罗来纳州达勒姆的一间窄小的大学办公室里仔细研读弗兰克的法令。²⁹ 阿道夫·艾希曼负责会议记录，记录了一项"通过法律手段清除德国犹太人生活空间"的协议，这个手段被称为"强制移民"。³⁰ 一份犹太人名单准备就绪，总人数达到了1100万人，其中20%处于弗兰克控制下。"欧洲将被从西向东彻底梳理一遍。"布勒从柏林回来时告诉弗兰克。从奥地利"撤离的犹太人"——仅存的4.37万人——会被带到"中转隔都"，然后向东运进弗兰克总督辖区的领土。住在奥地利和德国的老人首先会被送到特雷西恩施塔特的老年人隔都。我的曾外祖母马尔卡·布赫霍尔茨和罗莎·兰德斯也在其中。

弗兰克渴望能发挥作用，向布勒传达了他的热忱，布勒把他上级的支持转达给了海德里希及在万湖的其他人。布勒在会议上说，"如果这个问题的最终解决方案是从总督辖区开始执行的话"，总督辖区将非常高兴。这片领土具有许多优势，交通方便，劳动力充足，因此可以"高速地"执行移除犹太人的工作。总督辖区的行政机构将提供一切必要的协助，布勒说，用这份请求结束了万湖会议演讲。

经过大致翻译，艾希曼的会议摘要记录了这份明确无疑的提议：请尽快解决犹太人的问题，并让我们拥有率先开始的荣幸。

94

布勒回到克拉科夫，向弗兰克汇报说，他们心怀感激地接受了总督辖区提供的全力援助。《晚邮报》派来采访弗兰克的意大利记者库西内利·马拉帕尔特恰巧同时到达了克拉科夫。对意大利和墨索里尼（一个私人朋友）情有独钟，弗兰克欣然在瓦维尔接见了马拉帕尔特，并举办由高级官员携夫人参加的私人晚宴招待他。宾客之中包括了克拉科夫总督奥托·冯·韦希特尔和刚从万湖会议返回的约瑟夫·布勒。

马拉帕尔特对各种细节印象深刻，紧身的灰色军服、红色臂

弗兰克（中间）在瓦维尔城堡举办晚宴，未注明日期

章和"卐"字符号。主人弗兰克用上好的葡萄酒招待客人，他坐在桌子尽头的直高背椅上，旁边是布勒。马拉帕尔特注意到弗兰克黑亮的头发和象牙色的高额头，突出的眼睛，厚厚的眼皮，布勒脸颊发红，印堂泛着油光，眼里闪烁着对弗兰克的崇敬。每次弗兰克问问题，布勒都第一个抢着回应，夸张地大叫着"对，对！"。[31]

马拉帕尔特是否知道布勒刚在柏林开完万湖会议？布勒是否谈到了海德里希、商定的措施、"全面解决欧洲犹太人问题"？这位意大利人在他提交给《晚邮报》并于 1942 年 3 月 22 日发表的稿件里并没有报道这些事情。他几乎没有写到犹太人——只提了一笔关于没收犹太人财产造成困难的事——却不乏对弗兰克的奉承之辞。这个意大利人写道："他身材高大、强壮、敏捷，有着精致的嘴巴、细长的鹰钩鼻、大眼睛，饱满的前额因微秃而发亮。"[32]

弗兰克会说一口流利的意大利语，他会因马拉帕尔特这样描述他感到高兴：一位"坐上曾属于雅盖隆和索别斯基的宝座"的领袖。波兰伟大的皇室和骑士精神的传统正在复兴。

"我唯一的雄心壮志，"引自弗兰克原话，"是要把波兰人民提升为欧洲文明之光。"[33] 晚宴结束后，他们回到弗兰克的私人公寓里。男人们摊开手脚深陷在维也纳长沙发和包着柔软皮革的大扶手椅里，他们聊着天，抽着烟，喝着酒。两名穿蓝色制服的男仆在房间来回忙碌，送上咖啡、烈酒和甜点。各种各样，丰盛至极：那些绿金漆甜品台上摆满了一瓶瓶法国白兰地、一盒盒哈瓦那雪茄，银盘子里堆满各色水果蜜饯和著名的威德尔巧克力。

弗兰克邀请马拉帕尔特参观他的私人书房，有着罕见的双露台：一个露台朝外，俯瞰着城市；另一个露台朝内，面对着城堡里错落有致的文艺复兴式庭院。书房的正中间摆着一张巨大的桃花心木桌子，裸露的原木表面在烛光中微微发亮，70年后我参观这间书房时，这张桌子早已不在了。

"我在这里思考波兰的未来。"弗兰克告诉马拉帕尔特。

两个人走到朝外的露台上，欣赏下面的城市。

"这是德国堡。"弗兰克说，伸出手臂指向明晃晃的雪地上那道锐利的瓦维尔阴影。马拉帕尔特写到了犬吠声，一支守卫着城堡地下深处坟墓中的毕苏斯基元帅的部队。

那天晚上寒冷刺骨，马拉帕尔特冻得眼泪都流出来了。他们回到书房中，布里吉特·弗兰克加入了他们。她来到这个意大利人跟前，轻轻地把手搭在他的手臂上。"跟我来，"她说，"我想把他的秘密透露给你。"他们穿过书房尽头的一扇门，进入一个小房间，四面是光秃秃的白墙。这是他自己的"鹰巢"，布里吉特说道，一个用来思考和做决定的空间，除了一架普雷耶尔钢琴和一把木琴凳外别无他物。

弗兰克夫人打开键盘盖，抚摸着琴键。马拉帕尔特注意到她那令丈夫十分嫌恶的肥胖的手指（那时，这段婚姻已出现问题）。

"在做出关键决定之前，或者当他非常疲倦或沮丧时，有时在重要的会议当中，"她告诉这个意大利人，"他把自己关在这间斗室之中，坐在钢琴前，从舒曼、勃拉姆斯、肖邦和贝多芬那里寻求慰藉或灵感。"

马拉帕尔特保持沉默。"他真是一个了不起的人，不是吗？"弗兰克夫人低声说道，她苛刻、贪婪、钦慕的脸上显露出自豪和爱意。"他是一位艺术家，一位伟大的艺术家，拥有纯洁而细腻的灵魂，"她补充说，"只有他这样的艺术家才能统治波兰。"

在克拉科夫的那晚，弗兰克没有演奏。几天后，马拉帕尔特得以在华沙听到他弹奏钢琴，总督到访该市是为会见希姆莱，讨论苏联前线的失利和他领土上的人员变动。希姆莱和弗兰克同意将克拉科夫长官奥托·冯·韦希特尔调到 180 英里以南的伦贝格，担任加利西亚地区长官。他会取代卡尔·拉什，后者受到腐败指控，据说与弗兰克夫人有染，而且有人说他是年幼的尼克拉斯·弗兰克的生父。

95

在我们第一次会面时，我和尼克拉斯·弗兰克坐在汉堡郊区雅各布酒店的露台上，俯瞰易北河。那是在初春，在法庭上参加了一整天的听证会之后——汉堡是国际海洋法法庭的所在地——我们坐在芬芳的树荫底下，共享一瓶雷司令酒和一大盘德国奶酪。

尼克拉斯那时 73 岁，留着大胡子，有着一张脆弱的脸，可以看到他儿时照片里的影子。他身上有着善良而又温和的学者气息，同时又很坚毅，有自己的脾气和想法。1942 年春天，当马拉帕尔特到访瓦维尔时，尼克拉斯才 3 岁，因此并不记得这个意大利人，但他知道这个意大利人所写的关于他父亲的内容。我从尼克拉斯在 20 世纪 80 年代所写的一本书中了解到这一点，我们见面也是因为这本书。在《亮点》杂志做了多年的记者之后，他于 1987 年出版了《Der Vater（父亲）》这本书，作为对他父亲毫不留情的严酷的攻击，这本著作打破了一个禁忌，即纳粹高官的子女要维护自己的父母（并且不要泄露太多的秘密）。翻译成英文的删节版的书名改为《在帝国的阴影下》，不过尼克拉斯告诉我，他对这本书的翻译及有意删去某些章节的做法感到不满。我在网上买到了一本——10便士（15美分），外加邮费——并用一个周末读完了这本书。稍后我联系到了这本书的译者——亚瑟·温辛格，维思大学的德国语言文学荣誉退休教授——他把我介绍给了尼克拉斯。又是一个出奇的巧合，原来尼克拉斯·弗兰克这本书的译者在战争年代曾就读于安多弗的菲利普斯学院，与伊莱·劳特派特是同班同学。

　　几周后，我和尼克拉斯在汉堡见面了。我打一见面就很喜欢他，他是个慷慨、富有幽默感且言辞犀利的人。他谈到在克拉科夫和华沙度过的童年时光、在瓦维尔城堡的生活、有着汉斯·弗兰克这样的父亲带来的挑战。20世纪90年代初，他在当记者时曾前往华沙采访新当选的波兰总统莱赫·瓦文萨，他们在美景宫会面，就是在同一个房间里，马拉帕尔特观看了弗兰克弹奏钢琴。

尼克拉斯·弗兰克与父母，在瓦维尔，1941年

"我记得我在桌子旁边跑来跑去，我的父亲坐在对面。我唯一的愿望就是被他拥抱。我在哭，因为他一直叫我 fremdi"——意思是陌生人——"仿佛我不是这个家庭的一员。'你不属于这个家庭。'我父亲对我说，我哭了。"我听完这话肯定看上去一脸疑惑，所以尼克拉斯对我解释了一番。

"我后来才知道父亲认定我不是他的亲生儿子，而是他最好的朋友加利西亚长官卡尔·拉什的儿子；曾有一小段时间，拉什是我母亲的情人。"尼克拉斯最终通过他母亲的信和日记了解了事情经过。"她是一位真正的作家，"他说，"总是把对话记下来，包括在拉什被枪杀时她与我父亲的谈话。"（1942 年春天，拉什被指控腐败，被革除加利西亚长官的职位，由奥托·冯·韦希特尔接任，最终被处决或自杀。[34]）

事实上，布里吉特·弗兰克的信件明确表示弗兰克就是尼克拉斯的生父。多年以后，尼克拉斯去拜访在瓦维尔时期担任弗兰克私人秘书的海伦·温特（婚前原姓克拉夫奇克）时确认了真相。"当我向她的房子走近时，我注意到窗帘微微地动了一下。后来我问她：'温特夫人，我长得像拉什先生吗？'"温特夫人脸色煞白。确定无疑了，她的确好奇过他的样子是像弗兰克还是拉什，看到他长得像弗兰克时才感到释然。

"她很爱我的父亲。她那时爱上了他。"尼克拉斯停顿了片刻，然后以一种我后来逐渐喜欢上的坦率一吐为快："她是他的最后一个情妇，她是个很好的女人。"

多年来，尼克拉斯跟父亲和他的家人一直不怎么亲近。弗兰克的妹妹莉莉利用这层家族关系敛财。"她喜欢到普拉佐的集中营去。"尼克拉斯说，离他们住的克拉科夫不远。"在克拉科夫的犹太隔都拆除后，成千上万的犹太人转移到了奥斯维辛集中营，其余人去了普拉佐集中营。我们的姑妈莉莉去了普拉佐并对人们说：'我是总督的妹妹，如果你们能拿出值钱的东西给我，或许可以救你们一命。'"我问他，他是怎么知道这些事的？"从我母亲的信里看到的。"他回答。

尼克拉斯说，直到 1933 年之前，布里吉特·弗兰克与犹太人都保持着良好的关系。即使在纳粹接管后，她仍继续与他们做交易，买卖她新的社会地位所需的那类皮草和小饰品。"他们掌权后的头几个月，她还在与犹太人打交道。"这令他的父亲感到不快。"你不能这样，"他会说，"我是司法部长，而你在和犹太人做交易，而且我还会把他们全都赶出去。"

我问他和父亲的关系如何。尼克拉斯回忆起来，但只想到一个温情的片段，发生在瓦维尔城堡的父亲的浴室里，在下沉式的浴池旁边。

"我站在他旁边，他正在刮胡子。突然他沾了一点刮胡泡沫在我的鼻子上，"尼克拉斯惆怅地说道，"这是我记忆中跟他唯一一个私底下的、亲密的时刻。"

后来尼克拉斯和我参观了瓦维尔城堡，游览了弗兰克的私人公寓、起居室和浴室。我们站在镜子跟前时，尼克拉斯向我展示他的父亲是如何向他弯下腰，在他的鼻尖上抹上一点儿刮胡泡沫的。

"一点儿也没变。"尼克拉斯看着他父亲过去的卧室旁的下沉式浴池说道。在门的上方，16 世纪的石制门楣上刻着字，我们辨认出了刻在石头上的文字："逆境中的勇气。"

96

马拉帕尔特再次与弗兰克共进晚餐，这次是在华沙的布吕尔宫，他曾于 1919 年访问过这里，当时的新任波兰总理伊格纳西·帕德雷夫斯基演奏了肖邦的前奏曲。现在，马拉帕尔特坐在布吕尔宫一间私人房间的沙发上，回想起帕德雷夫斯基幽灵般的脸庞，泪流满面。四分之一个世纪的时间造成了多么大的变化！现在是弗兰克在弹奏，坐在钢琴前，俯着脸，额头苍白，渗着汗水。马拉帕尔特观察到总督"高傲的"五官表现出的痛苦，听到他沉重的呼吸，看到他紧咬着嘴唇。弗兰克闭着眼睛，眼皮颤抖着。"一个病态的人。"马拉帕尔特想。这一回，肖邦前奏曲那纯粹的、煽动性的音符是从一个德国人手中流动出来的。马拉帕尔特称，他体会到了一种羞耻感和背叛感。

这段叙述没有出现在 1942 年马拉帕尔特为《晚邮报》撰写的报道中，而是出自他 1944 年出版的小说《完蛋》，那时弗兰克的命运已经改变了。在这个说不上是不是更为准确的版本中，马拉帕尔特观察到布里吉特·弗兰克夫人坐在她丈夫近旁，膝上还放着一团编织用的毛线球。

"噢，他弹得像天使一样动听！"这位波兰"王后"轻声说道。

音乐停止了，弗兰克向他们走来。布里吉特把毛线往旁边一扔，立刻跑到丈夫身旁，抓起他的手亲吻。马拉帕尔特以为布里吉特夫人会崇拜得跪下，她却举起弗兰克的双手，转身面向宾客。

"看！"她自豪地说道，"看看天使的手是怎么来的！"

马拉帕尔特看到弗兰克的手，小巧、纤细、白皙，跟他妻子的手截然不同。

"我很惊讶，同时也很庆幸没有在他们身上看到一滴血。"等到可以安全地将这些想法写在纸上的时候，他在小说中这样写道。[35]

在美景宫，弗兰克在华沙的家，马拉帕尔特参加了纪念马克斯·施梅林的午餐会，1936 年 6 月在洋基体育场，这名德国拳击手在第 12 轮击倒了乔·路易斯。弗兰克想要一吐为快。

"我亲爱的马拉帕尔特，"马拉帕尔特的小说记录了弗兰克说的话，"德国人民成了恶毒诽谤的受害者。我们不是杀人犯民族……作为一个诚实和公正的人，你有责任说出事实。你可以无愧于心地说，在波兰的德国人是一个优秀、和平且活跃的大家庭……这就是波兰——一个正直的德国家庭。"

那么犹太人呢？马拉帕尔特问道。

"想想就知道！"华沙地区长官路德维希·费希尔大声说道，"战前居住着 30 万人的地方，现在居住着超过 150 万犹太人。"

"犹太人就喜欢那样活着。"弗兰克的新闻主管埃米尔·加斯纳大声说道，大笑着。

"我们不能强迫他们换种方式生活。"弗兰克解释道。

"这是违背国际法的。"马拉帕尔特微笑着指出。

弗兰克承认在华沙犹太人居住的空间可能有点局促，然而生活在"污秽"之中却是他们的天性使然。

"可悲的是他们像老鼠一样死去"，他补充道，意识到这样的话很容易被误解。他澄清说，那只是在"陈述事实"。

谈话的主题变成儿童。

"华沙隔都的儿童死亡率是多少？"有人问费希尔长官。

"百分之五十四。"弗兰克插话道，惊人地精确。犹太人很堕落，他们不懂得如何照顾孩子，不像德国人。不过，这在波兰境外仍旧造成了不好的印象，需要加以解决。

"如果有人信了英国和美国的报纸的话，那么看起来就像是德国人在波兰什么都不做，从早到晚都在杀犹太人，"他继续说道，"尽管如此，你已经在波兰待了一个多月了，你也不得不承认没见有人动了犹太人一根毫毛吧。"

弗兰克举起盛着深红色土耳其血*的波希米亚水晶酒杯说道："亲爱的马拉帕尔特，你放心地喝吧，这不是犹太人的血。干杯！"马拉帕尔特没有记下他是怎么回答的。

话题转换到附近的华沙隔都。

"在隔都里，他们享有最完全的自由，"弗兰克说，"我一个人也没有迫害。"

他也没有杀死任何人。

"杀死犹太人并不是德国人做事的方式。"这样的行为会浪费时间和力气。"我们把他们驱逐到波兰，把他们关到隔都里。在那里，他们可以自由地做他们喜欢的事情。他们在波兰的隔都里，就跟生活在一个自由的共和国里一样。"

然后弗兰克有了一个想法。

"你去过隔都吗，我亲爱的马拉帕尔特？"

97

我买了一本意大利语的初版《完蛋》，证实了英文译本是完全

---

*　似乎是鸡尾酒名，香槟加红酒。

忠实于原文的，马拉帕尔特在书中提供了他参观华沙隔都的完整报道。[36] 尽管我已经懂得对库西内利·马拉帕尔特的话不能一概信以为真，但他对这次出游的记叙很值得转述一遍。马拉帕尔特记录了他从美景宫出发的情景，他与冯·韦希特尔夫人及弗兰克总督坐在第一辆车上，后面是弗兰克夫人和马克斯·施梅林乘坐的第二辆车，还有两辆车载着其他客人。在"禁城"的入口处，车停在了德国人砌的隔都红砖围墙的大门前，他们全都下了车。

"看到这堵墙了吗？"弗兰克对我说，"你看这像是英美报纸上写的那种架着机关枪的可怕的水泥高墙吗？"然后他还笑着补充道，"这些可怜的犹太人弱不禁风。真要说起来，围墙还能帮他们挡风呢……"

"况且，"弗兰克笑着说，"尽管离开隔都会被处死，犹太人还是来去自如。"

"从墙上面翻过去吗？"

"噢，不，"弗兰克回答说，"他们从地洞钻过去，他们夜里在墙脚下挖洞，白天用一点儿土和树叶掩盖起来。他们从这些地洞里爬出去，到城市里去买食物和衣服。隔都里面的黑市主要就是靠着这些洞发展起来的。这群钻洞老鼠不时就会被陷阱抓到一只，他们是些不到八九岁的孩子。他们有着甘冒生命危险的真正的运动精神，就像玩板球一样，对吧？"

"冒着生命危险？"我惊声道。

"基本上可以这么说，"弗兰克回答说，"他们也没有别的东西可以拿来冒险。"

"你管那个叫板球运动？"

"当然了。每种比赛都有其规则。"

"在克拉科夫，"冯·韦希特尔夫人说，"我丈夫建造了一道东欧样式的墙，有着优美的曲线和典雅的城垛。克拉科夫的犹太人当然没有什么可抱怨的。一道犹太风格的优雅围墙。"

他们在冻结的雪地上一边踩脚一边大笑起来。

"安静！"一名士兵喊道，他跪在距离我们几英尺远的雪堆后面，把步枪顶在肩上。在他突然开枪后，跪在他身后的另一名士兵从他肩膀上伸头看，子弹打到了紧贴着洞口边缘的墙上。"没打中！"这名士兵轻描淡写地说，重新装上子弹。

弗兰克走向两名士兵，问他们在打什么。

"打一只老鼠。"他们大笑着回答。

"打老鼠？啊，原来如此！"弗兰克说着，也屈膝跪下越过那人的肩膀看过去。

我们也凑上前，女士们笑了起来把裙子提到膝盖处，就跟女人们一听到有老鼠的反应一样。

"在哪？老鼠在哪里？"布里吉特·弗兰克夫人问道。

"进陷阱了。"弗兰克笑着说。

"注意！"士兵一边瞄准一边说道。一团打结的黑头发从墙脚下挖的洞里冒出来；接着伸出两只手，抓在雪地上。

是一个小孩。

士兵又开了一枪，子弹再次偏离目标几英寸。小孩的脑袋消失了。

"把枪给我，"弗兰克不耐烦地说，"你的打法不对。"他从士兵手中抓过步枪开始瞄准。天空开始静悄悄地下起雪来。

这是一次作为社交事件的隔都参观之行，同行的有妻子、朋友，可能还有孩子。我想到了萨沙·克拉维茨，那个在维泰勒的艾西·蒂尔尼的房间藏了六个月的年轻人，从弗兰克手底下逃脱的老鼠之一。我向尼克拉斯问了关于马拉帕尔特的这段叙述，所谓的参观华沙隔都。弗兰克有没有可能举起枪瞄准一个犹太人？

他说他的母亲确实读过《完蛋》。"在我的印象中，她坐在沙发上对马拉帕尔特的书发脾气。他写了我父亲手指很长，它们确实很长。还是写的是我母亲的手指？"

"你父亲的手指。"我说。马拉帕尔特形容布里吉特的手指很粗。尼克拉斯点点头，然后咧嘴笑起来。"我的母亲很激动，走来走去，很气愤。'这不属实，'她说，'谎言，全是谎言。'"

那次隔都参观真的发生了吗？

"我们都参观过隔都。"尼克拉斯低声说。他还记得有一次去参观，也许是去克拉科夫隔都，冯·韦希特尔建造的那个。"我的哥哥诺曼参观过华沙隔都，我的姐姐西格丽德参观过克拉科夫隔都。我和母亲一起参观过克拉科夫隔都。"后来他给我看了一段他父亲保存的家庭录影，标题是"克拉科夫"。在家庭场景和弗兰克工作画面中间穿插着一些在隔都的片段。在一个短暂的场景中，镜头停留在一个红衣小女孩身上。

她眼睛直视着镜头，微笑着，她美丽而持久、充满希望的笑容给我留下了深刻的印象。红色连衣裙也令我过目难忘，史蒂

穿红衣的小女孩

文·斯皮尔伯格导演在电影《辛德勒的名单》中也拍下了类似的画面。就在同一个隔都，同样的衣着，一个是虚构的，一个是真实的。难道斯皮尔伯格也看过这段录像吗？不过据尼克拉斯所说，这段录像并没有进入公众领域。或者只是又一个巧合？

我问尼克拉斯，他父亲和马拉帕尔特有没有可能一起去参观过华沙的隔都。

"有可能，"尼克拉斯说，"我相信他没有亲自动手杀死过任何犹太人，我母亲当然也坚信这一点。"

然而，在这个重要的问题上，家庭内部出现了分歧。尼克拉斯的哥哥诺曼（现在已过世）说过，他记忆中是另一番样子。

"诺曼和尚佩尔一起去了隔都。"尼克拉斯补充说，尚佩尔是他父亲的司机。"他告诉我，他完全能想象出我们的父亲从士兵手中拿过枪的样子。"

98

到 1942 年夏天，弗兰克在高层树敌了，需要保持警惕。在 6 月和 7 月，他发表了 4 场关于法治及其重要性的重要讲话，都是针对希姆莱的。[37] 希姆莱迄今都在积极参与领导消灭犹太人的计划，而且与弗兰克就波兰占领区领土内权力的行使问题公开起了冲突。弗兰克强调需要有一个承认法治的法律制度，配备真正的法院和独立的法官。他在柏林、维也纳、海德堡和慕尼黑的一流学府的演讲，是在回应来自那些担心"帝国"司法遭到削弱的高级法官施加的压力。弗兰克想要一个法治下的"帝国"。

"法律的头脑会永远认识到战争优先于一切。"他于 6 月 9 日在柏林对听众说。尽管如此，即使在战争时期，也必须有法律保障，因为人们需要"正义感"。鉴于发生在他所统治的波兰的行动，他竟然不觉得讽刺。他对正义有自己的想法，围绕两个不同的主题组织起来，一方面是"专制"，另一方面是"司法独立"。法律必须是专制的，但它必须由独立的法官来实施。[38]

希姆莱对这 4 场演讲很不满，并向希特勒提出抗议。也许弗兰克在选择字眼时应该更谨慎些。反对演讲的强烈反响不久就出现了。他先是受到盖世太保的审问，然后去肖博霍夫时，他才知道自己已被革除了所有职务，仅一项除外。

"布里吉特，元首为我保留了总督一职。"他告诉妻子说。据尼克拉斯说，弗兰克夫人得知他保住了自己的位子之后松了口气。

弗兰克是否真的在担心"帝国"的方向，尼克拉斯对此表示怀疑，这些担忧相对于他人生中的另一个难题是微不足道的。政治在他的心中退居到了第二位：他的旧爱莉莉·格劳，他少年时曾经想要迎娶的心爱之人意外地重新出现了。她寄来一封信，告诉弗兰克，她的独生子在苏联前线失踪了，问他能否帮帮她。这个请求激起了他的强烈反应和难以抑制的渴望。他去了莉莉位于巴伐利亚州巴特艾布灵的家中，这是他们近二十年来第一次见面。

"我们立即迸发出无法抑制的火焰，"他在日记中写道，"我们再次团聚，如此充满激情，现在再也无法回头。"一周后，他们在慕尼黑会面，弗兰克设法从克拉科夫脱身并腾出足够长的时间，给她一天一夜的个人关怀。"再也抑制不住，互相点燃对方的两个人得以神圣而焕然一新地重聚。"他写道。我第一次读到这段时不禁哑然失笑。[39]

弗兰克决定摆脱与布里吉特的无爱婚姻，与莉莉在一起。在这次慕尼黑之行燃起爱火的一周后，他为了从布里吉特那里脱身，炮制了最有创意也是最恶劣的计划——援引万湖会议的决定让自己得以离婚。就在马尔卡·布赫霍尔茨将要被运往特雷布林卡时，就在劳特派特家族在伦贝格被捕而莱姆金家族被赶出瓦夫卡维斯克隔都时，汉斯·弗兰克拿这　类事件向妻子说明他深深地卷入了犯罪事件中——"罪大恶极"——因此她应该跟他划清界限以求自保。他把那个被称为最终解决方案的机密而可怕的事件的细节告诉了她。这些内容引发的恐惧为个人的幸福提供了一条出路，从咄咄逼人的、贪婪的妻子和日常生活中逃离的出路。为了让她与总督划清界限，他愿意为她做出"最大的牺牲"，离婚，这样她就可以避免与最终解决方案扯上关系。大规模的灭绝为他提供了一条通往莉莉和幸福的道路。[40]

布里吉特·弗兰克没有轻易上钩，正如希特勒或希姆莱没有轻易就接受弗兰克在他的 4 场演讲中提出的观点一样。这位波兰"王后"享受着城堡和守卫的豪华生活，她并不打算放弃这一切。她宁愿承担风险，付出代价，也要坚持到底。"我宁愿做德国部长的寡妇，也不做离婚的前妻！"她对朋友说。尼克拉斯对我讲了这些用白纸黑字记录在她日记里的细节。汉斯告诉了我"罪大恶极的事"，布里吉特写道，不能公开谈论的事。她有朝一日会讲出来，"以后会详细说，但只能私下说"。[41]

几天后，弗兰克改变了主意。他把布里吉特叫到瓦维尔城堡的琴房里，告诉她卡尔·拉什已经开枪自杀了。她对丈夫的反应感到惊讶。"他说现在已经没有必要离婚了。"她记录道。晚上是"和谐的"，这种态度上的突然转变"完全无法令人理解"。

过山车一样的夏天还没有结束。两周后，弗兰克再次要求结束这段关系，把自己的不幸怪罪到布里吉特身上。"有人告诉他我不是一位优秀的国家社会主义者，"她写道，"他讲得就好像是他们在劝他离婚一样。"

可是到了第二天又没事了。弗兰克给她买了一件珠宝，一个护身符，以弥补他造成的伤害。但不到一个月他又改变了主意，重提立即离婚的要求。

"我们之间已经没有肉体上的关系了。"他告诉布里吉特。他的需求已经在莉莉（并且显然还有另一位名叫格特鲁德的女士）那里得到了满足。

在这个艰难的时期，布里吉特仍保持着令人钦佩的镇定，也许是因为她完全掌握住了弗兰克。据尼克拉斯说，她写信给希特勒，乞求他出面干预，阻止离婚。她给元首寄了一张幸福家庭的照片，一位守护着三儿和两女的女家长，一个真正的模范纳粹家庭。

布里吉特·弗兰克寄给阿道夫·希特勒
的照片，1942 年

这张照片肯定起作用了。希特勒出面干预，禁止弗兰克离婚。
布里吉特·弗兰克太了解她的丈夫了。尼克拉斯在另一个场合对
我说："我父亲爱元首胜过爱家人。"

99

弗兰克在 1942 年夏天前往伦贝格时深陷于这次私生活的波
澜。他控制得了加利西亚的领土，但控制不了妻子，也控制不了
情绪，当然也控制不了自己的生理冲动。

那是伦贝格作为德国化的新加利西亚地区首府并入总督辖区
的周年纪念日。他于 7 月 31 日星期五上午抵达，在结束了从捷尔
诺波尔开始，南至乔尔特基夫和扎列希基，东至科索夫和亚列姆

切的为期三天的巡视之后。最后一段行程，转向东北一小段，就到了狮子之城。面对持续不断的袭击传闻，弗兰克此行乘坐的是全副武装的汽车和火车。据《利汰大报》报道，他露面时，他的新臣民脸上"闪耀着快乐"，许多臣民都向他表达了感谢：孩子们献上鲜花，女人们递上一束束玫瑰花，一篮篮面包、盐和水果。[42]

伦贝格现在被德国牢牢控制着。由在几周前取代拉什的奥托·冯·韦希特尔长官严格控制，而弗兰克的主要任务是恢复文官治理。[43] 在驱逐了苏联人之后，弗兰克为这个城市做好了规划。由于在重大政策上与希姆莱存在分歧，弗兰克希望能够充分参与所有关键决定。他监管的越多，责任越大，就越容易被作为领袖得到承认。为此，他运用了曾在克拉科夫向党内领导人说明过的"统一管理"原则。跨立于这座权力金字塔之上，他把自己形容为"狂热分子"。"高级党卫队和警察领导服从于我，警察是政府的组成部分，本地区的党卫队和警察领导服从于总督。"[44]弗兰克位于顶峰，冯·韦希特尔低他一阶。

重点很明确。在总督辖区内，弗兰克可以被视作了解一切，对一切行为负责。他收到了所有活动的报告，包括安全警察别动队和（党卫队）保安局的活动。所有关键文件都抄送给他过目。知道一切事情，他就对一切都负有责任，他坚信权力能永远维持下去而无须承担后果。

他的火车驶入伦贝格的火车总站，劳特派特和莱姆金都是从这座火车站离开的。早上九点钟，他与同事奥托·冯·韦希特尔会合，这位加里西亚长官身材高大，金发碧眼，有着军人气质，是可以跟弗兰克相比的外表无可挑剔的纳粹党人。教堂的钟声响

伦贝格歌剧院，弗兰克视察当天，1942 年 8 月

了，军乐队开始演奏。两人一道出发，从车站前往市中心，穿过装饰着"帝国"旗帜的街道，路过莱昂的第一个家，路过莱姆金的学生宿舍，路过劳特派特旧居附近。小学生挥舞着小旗子在剧院街夹道欢迎，弗兰克来到歌剧院前的主广场，这里现在更名为阿道夫·希特勒广场。[45]

当晚，弗兰克为修葺一新的剧院开幕，这个"艺术庇护所"过去是斯卡贝克剧院。[46] 他骄傲地站在一群政要面前，向他们介绍贝多芬，还有鲜为人知的指挥家弗雷德里克·魏德利希，他在战后于奥地利销声匿迹。弗兰克本想让卡拉扬或者富特文格勒来指挥，这能让他想起 1937 年 2 月的那个美妙夜晚，在柏林爱乐音乐厅有光彩照人的元首出席的一次演奏。他在日记中写道，柏林的音乐会给了他一些无法形容的情感片段，这段记忆使他"在青春、力量、希望和感恩的狂喜中颤抖"。[47]

这一晚，他站在乐团中间，以同样的激情讲话。"我们德国人不会像英国人那样用鸦片和类似手段去征服外国。"他宣称。"我们把艺术和文化带到其他国家"，还有反映了不朽的日耳曼民族的音乐。[48]他们将就着听了魏德利希的指挥，他用贝多芬的《利奥诺拉序曲》第三号（作品72号）开场，接着是《第九交响曲》，利韦夫歌剧院合唱团表演了人声部分。

100

第二天，8月1日，星期六上午，弗兰克出席了在歌剧院和前加利西亚省议会大礼堂举行的加里西亚区并入总督辖区周年纪念庆典。[49]70年后，当利韦夫大学邀请我就那次庆典做讲座时，我就是在同一个房间，站在弗兰克的照片前发言的，照片中他正在发表讲话，庆祝从军事政府向冯·韦希特尔控制下的平民政府的权力转移。

弗兰克讲话时，这栋大学的建筑上挂满了红白黑的旗帜。弗兰克登上中央楼梯来到大厅，走到舞台中央的座位上。他被介绍给观众后，走上装饰着枝条的木讲台，他的上方挂着雄鹰踏着"卐"字的标志。房间里坐满了人，《利沃夫报》称赞弗兰克的这次讲话宣告了文明回归这座城市。"欧洲社会秩序规则"正在回归伦贝格。弗兰克对担任了两年克拉科夫长官的冯·韦希特尔长官的"卓越领导"表示感谢。"我来到这里向你表示感谢，并代表元首和帝国向你表示感谢。"弗兰克对冯·韦希特尔说，后者坐在他右手边的阶梯席位上。[50]

弗兰克告诉在座的各位纳粹党领导，希特勒的反犹主义是合

弗兰克，大礼堂，1942 年 8 月 1 日

理的，加利西亚是"犹太人世界的本源"。控制了伦贝格及其周边地区，他就能抓住犹太人问题的核心。

"我们很感激元首用加利西亚地区这份礼物所给予我们的，我说的不是这里的犹太人，"他喊道，声音依然高得刺耳，"是的，我们这里还留着一部分犹太人，但很快会处理好的。"毫无疑问，他是一位优秀的演说家，能够吸引住观众的注意力。

"顺便说一句，"他说，故意停顿以增强戏剧效果，他对奥托·冯·韦希特尔说，"我今天似乎没有看见任何一个那种垃圾在附近晃荡。这是怎么回事？人们说很久以前这座城市里有成千上万那种扁平足的原始人——但从我来到这里起我就没看见一个。"观众的掌声爆发出来。⁵¹ 弗兰克知道答案。伦贝格隔都的入口距离他当时站的讲台不过几百米。他知道原因，因为他的机构一年前制作了一份《重新安置犹太人》地图，上面规划了隔都的七个区，这个城市的全部犹太人都生活在里面。他的命令意味着，犹太人未经允许踏出隔都一步就会被处以死刑。[52]

他并不清楚那个隔都里具体有哪些人，但他知道怎么煽动在座的观众。

"难道说你们一直在虐待他们？"他说。人们终于被他们激怒了吗？弗兰克告诉听众他正在解决犹太人的问题。他们再也不能去德国了。他传达的信息很清楚，他的话迎来了"热烈的掌声"。

当天晚上，他与长官夫人夏洛特·冯·韦希特尔待在一起。那天的绝大部分时间她都陪在弗兰克身旁，正如她在日记中记录的那样：

> 弗兰克九点钟来吃早饭，随即和奥托一起走了。［我］本该一道去，但我没有。我和维克尔小姐一起留在家里。之后，我沉沉地睡过去了。很累。到了四点钟……［我被送到］弗兰克那里，他又想下棋了。我赢了两盘。之后，他气愤地去睡觉了。然后他回来并开车离开。[53]

日记没有提到当天其他的事态发展，她的丈夫在弗兰克总督的监督下做出决定，并很快付诸实施。

101

弗兰克访问的一周后，伦贝格"大行动"开始了。"大行动"于 8 月 10 日星期一清晨开始，纳粹将隔都和外面剩下的绝大多数犹太人集中起来，把他们扣押在学校操场上，然后送进市中心的雅诺夫斯卡集中营。[54] "伦贝格有许多工作要完成"，冯·韦希特尔长官在 8 月 16 日给妻子的信中写道，用一行字提到了"针对犹太人的大行动"，然后在另一行中提到"热火朝天"的乒乓球比赛。[55] 海因里希·希姆莱于 8 月 17 日抵达伦贝格，与冯·韦希特尔长官和奥迪洛·格洛博奇尼克商议，负责在西北 50 英里处的贝尔赛克建造死亡营。在冯·韦希特尔家共进晚餐时，他们谈到了伦贝格及周边地区（包括若乌凯夫在内）的犹太人的命运。[56] 两周内，有超过 5 万人通过铁路被运往贝尔赛克。

在"大行动"中被捕的成千上万人中就包括了劳特派特的家人，当时，他的小外甥女因卡躲在窗后眼睁睁地看着自己的母亲被带走，多年后她回忆这一刻时，仍然清清楚楚地记得母亲当时穿的连衣裙和高跟鞋。劳特派特的父母和家族里的其他人也被抓走了。多半就在我外祖父在伦贝格的家人被杀害的同一期间，其中包括莱布斯舅舅及他的妻儿。身后仅留下 1937 年打给莱昂和丽塔的婚礼贺电。

随着这些事件的展开，《克拉科夫报》报道了弗兰克发表的另一篇讲话，宣布他的治理取得了"真正的成功"。"现在人们几乎看不到任何犹太人了，"弗兰克宣布，无论是在伦贝格、克拉科夫，还是在他控制下的任何其他城市、小镇和村庄。[57]

102

知道我对伦贝格感兴趣，尼克拉斯·弗兰克提到他认识奥托·冯·韦希特尔——1919 年在维也纳大学与劳特派特是同班同学的加利西亚长官——的儿子。在关于我们父辈的责任这一问题上，霍斯特的"态度与我截然不同"，尼克拉斯解释道。

尼克拉斯收到霍斯特·冯·韦希特尔的邀请，让我们去参观他所住的雄伟的 17 世纪城堡——哈根伯格城堡，距离维也纳一小时车程。环绕着封闭的庭院而建，这座巴洛克式城堡有四层楼高，阴森而坚固的石造建筑风光不再，霍斯特和妻子杰奎琳生活在其中几个摆放了简单家具的房间里。我喜欢友善、温柔的霍斯特，他身形高大，穿着粉色衬衫和凉鞋，戴着眼镜，头发灰白，并且根据他父亲的照片来看，他有着一模一样的灿烂笑容。他很有魅力，也很友善，这座他在四分之一个世纪前用一小笔遗产买下的"城堡"，用业已褪色的辉煌守卫着（抑或是囚禁着？）他。因为没有中央供暖，燃烧木柴的炉火勉强将冬日的酷寒抵挡在由崩落的巴洛克式天花板和褪色墙壁环绕的房间外。

在一个房间里，在支撑高耸屋顶的房椽下，霍斯特保留着他父亲的书房，这个家族历史的"纳粹主义部分"。他欢迎我随意参观。我从满满当当的书架上随手抽出一本书。第一页上有细小工整的手写德语致辞。致党卫队集团领袖奥托·冯·韦希特尔博士，"最诚挚的生日祝愿"。被稍稍蹭掉的深蓝色的落款签名是冷酷无情的。"H. 希姆莱，1944 年 7 月 8 日。"

我看到签名时的震撼在这样一种背景下显得分外强烈：这本书是一个家族的传家宝，而不是博物馆的藏品，是作为嘉奖的象征授予霍斯特的父亲的，是对他尽忠的奖赏。这是霍斯特家族与纳粹德国领导层之间的直接联系（在后面的一次造访中，我又从书架上抽出了一本《我的奋斗》，这是他母亲在恋爱时送给他父亲的礼物。"我都不知道还有这个。"霍斯特说，带着明显的喜悦）。

霍斯特收集了一些家庭相簿放在他用作书房的房间里。里面的照片令他感觉很自在，承载着正常家庭生活的东西：孙辈和祖父母、滑雪假期、外出划船、生日庆祝会的照片。但在这些寻常照片中还夹着一些别的照片。1931 年 8 月，一个身份不明的男子正往墙上凿刻"卐"字；一张没有注明日期的照片显示一名男子从一排行纳粹礼的高举的手臂下走出大楼，标注着"戈培尔博士"；三个男人站在有顶的铁路车厂里谈话，没有标注日期，只注明了姓名首字母"A. H."。我仔细看了看。站在中间的是希特勒，他旁边是摄影师海因里希·霍夫曼，他是将爱娃·布劳恩介绍给希特勒的媒人。第三个人我不认识。霍斯特说："可能是巴尔杜尔·冯·席拉赫，不是我父亲。"我没那么确定。

我又翻看了几页。维也纳，1938 年秋。冯·韦希特尔穿着制服在霍夫堡皇宫里的办公桌前全神贯注地阅读报纸。该页上写着

A. H. 与海因里希·霍夫曼及一个身份未知的男人，大约在 1932 年（出自奥托·冯·韦希特尔的相册）

日期：1938 年 11 月 9 日。就是在那天，几个小时后就开始了"水晶之夜"行动。

另一页：波兰，1939 年底或 1940 年初，被烧毁的建筑物和难民的照片。在这一页的正中，有一张方形小照片显示了一群焦虑的人。他们可能是在隔都里。据马拉帕尔特描述，冯·韦希特尔的妻子夏洛特很欣赏克拉科夫隔都的围墙，它有着东欧样式的"优美的曲线和典雅的城垛"，用冯·韦希特尔夫人的话说，为犹太人提供了舒适的地方（后来发现这张照片是在华沙隔都拍的，临近诺瓦利皮街 35 号，靠近一条通往市场的小路）。

这群人包括一个年轻男孩和一位穿着御寒衣服的老妇人。白色的袖章吸引了我的目光，表明佩戴着它的这个裹着头巾的老太太是犹太人。在她身后几步远的地方，在画面的中心，一个男孩

街景，华沙隔都，大约在 1940 年（出自奥托·冯·韦希特尔的相册）

直视镜头，面对着拍照者，拍照者多半是冯·韦希特尔的妻子夏洛特，她正在参观隔都，像马拉帕尔特所报道的那样。她曾在建筑师约瑟夫·霍夫曼的维也纳工作室学习过，对于线条很有眼光。

这些家庭相册里还有一些其他值得注意的照片。冯·韦希特尔夫妇与汉斯·弗兰克在一起。冯·韦希特尔与他的武装党卫队加利西亚分队。冯·韦希特尔与希姆莱在伦贝格。这些照片将奥托·冯·韦希特尔置于德国行动的中心，是大规模国际罪行的私人纪念。它们的含义是不可否认的，但霍斯特似乎不愿意承认。

霍斯特生于1939年，他跟尼克拉斯一样，对于经常不在家的父亲的记忆很有限。对于父亲，这个被波兰流亡政府指控犯有战争罪的政治领袖，他所持的态度与尼克拉斯不同，谈到奥托的遗产时他很纠结。

"我必须在我父亲身上找到优点，"他在我们的第一次谈话中说道。他在履行重新安置的任务，面临着各种现实困境。我们小心翼翼的交流渐渐变得自在了些。"我的父亲是一个好人，一个尽力了的自由主义者，"霍斯特说，极力让自己相信，"换作其他人可能会更糟糕。"

他给了我一份他父亲的详细生平，里面有很多脚注。"我会仔细研读的。"

"那是当然，"霍斯特立刻说道，"那么你还会再来的。"

103

在大屠杀进行的同时，仍然为婚姻而苦恼的弗兰克抽时间实施了另一个创意：他邀请著名的贝德克尔出版公司为总督辖区出版旅游指南，以鼓励游客。1942 年 10 月，弗兰克写了一篇简介，我从柏林的一位古籍书商那里找到了一份。这本书有着熟悉的红色封面，其中包含一幅可以展开的折叠地图，上面用浅蓝色勾勒出弗兰克领土的边界。在边界之内，伦贝格位于东边，克拉科夫位于西边，华沙位于北边。边界内也包括特雷布林卡、贝尔赛克、马伊达内克和索别堡这些集中营。[58]

"对于那些从东边的国家来到帝国的游客，"弗兰克在介绍中写道，"总督辖区作为国家整体的第一印象，给人一种强烈的家乡印象。"对于从西边前来的游客，从帝国来到他的领地，可以领略到"来自东方世界的第一声问候"。

卡尔·贝德克尔添加了一些自己的话感谢弗兰克，他是这本贝德克尔系列新书背后的推动者。奥斯卡·施泰因海尔负责这本书的筹备工作，他在总督的亲自支持下于 1942 年秋季访问了该地区。施泰因海尔先生在乘汽车和火车四处旅行时亲眼所见却没有放进书里的是什么？贝德克尔希望这本书能够"传达"这种印象：三年半以来，弗兰克在艰难战时条件下完成了大量的组织和建设工作。

游客将从这种大幅改善中获益，各州和市"面貌焕然一新"，可以再次接触到德国文化和建筑。地图和城市规划实现了现代化，命名实现了德国化，完全依照弗兰克的法令。读者会了解到，总督辖区面积达 14.2 万平方千米（占原波兰领土的 37%），拥有 1800 万人（包括 72% 的波兰人，17% 的乌克兰人［鲁塞尼亚人］和 0.7% 的德国人）。100 万以上的犹太人被抹去（"无犹太人"是用以形容各城镇的表述）。细心的读者可能已经注意到这个奇怪的错误，包括提到华沙的人口组成曾经包括 40 万犹太人的事实，现在已杳无踪迹。

伦贝格占了 8 页（及横跨双页的地图），若乌凯夫只占了 1 页，尽管它是座"值得一看"的城镇，因其有着日耳曼 17 世纪的遗产。[59] 环形广场"具有德国特色"，巴洛克式的道明会教堂（可追溯到 1655 年）和罗马天主教堂（1677 年重建）内有一位德国艺术家的画作。附近的德国定居点的存在会使德国游客感到安心。在指南中唯一没有提到的若乌凯夫的宗教场所是 17 世纪犹太会堂，该会堂于 1941 年 6 月被大火焚毁。当该指南出版时，里面完全没有提及若乌凯夫的犹太人及其所居住的隔都。该书出版后的 6 个月内，几乎所有犹太人都被杀害了。

该册书没有暗示若乌凯夫周围的"密林"地区被用于何事，也没有提供任何关于分布在弗兰克领地上的无数集中营的信息。编辑只是顺便提了一下贝尔赛克火车站，它是通往加里西亚其他地区的联络处，而对位于帝国大道 391 号（通往华沙和克拉科夫的主要路线）的奥斯维辛小镇只是一笔带过。[60]

104

贝德克尔指南出版的同时出现了另一种不同的叙述，在《纽约时报》上刊登的一篇题为《波兰控诉 10 人为 40 万人的死亡负责》的文章，文中指明了被称为"邪恶十人"团体的身份，即被波兰流亡政府指控为战犯的总督辖区领导成员。"第一个就是德国总督。"[61]

这所指的正是弗兰克，据说他的罪行包括处死 20 万波兰人，将数十万人转移到德国，以及建造隔都。克拉科夫长官（1942 年

3 月他调到伦贝格时离开了这个职位）奥托·冯·韦希特尔排在第七位，不过它的名字被错误地写成了"J. 瓦希特尔"。冯·韦希特尔的具体罪行被描述为"消灭波兰的知识分子"。

我把这篇文章的复印件寄了一份给霍斯特·冯·韦希特尔，他请我把碰到的任何提及他父亲在波兰活动的材料都给他看看。他的第一反应是指出错误。霍斯特抱怨说，这篇文章把所有弗兰克的副官都"一律视作罪犯"，就像波兰人的看法一样。他邀请我在没有尼克拉斯陪同的情况下再去一次哈根伯格，同行的还有一名摄影师。我们谈到了伦贝格 1942 年 8 月的事件。有一段叙述是由纳粹猎人西蒙·维森塔尔写的，声称 1942 年初他在伦贝格隔都见过冯·韦希特尔，并断言，当他的母亲与他分离并于 1942 年 8 月 15 日遇害时，这位长官是"亲自负责"的。[62] 霍斯特表示怀疑，说事发当天他父亲不在伦贝格。后来，我找到了一张冯·韦希特尔和弗兰克一起在瓦维尔城堡的照片，摄于 8 月 16 日，就是维森塔尔声称在伦贝格隔都见到冯·韦希特尔的第二天。[63]

这些事件在很久很久之后依然在很远很远的地方产生着影响。我告诉霍斯特有关美国联邦法官在 2007 年 3 月做出的判决，密歇根州居民约翰·卡莱蒙被剥夺了美国国籍。法官裁定卡莱蒙在 1942 年 8 月的大行动中作为乌克兰仆从军，直接参与了对犹太人的屠杀。[64] 判决是依据德国学者迪特·波尔教授撰写的专家报告做出的，该报告有几处提及了冯·韦希特尔。[65] 波尔的报告指引我找到了保存在华盛顿美国司法部的其他文件，其中三份文件表明冯·韦希特尔直接参与了 1942 年的事件。我向霍斯特展示了这些文件，一如他所要求的。

克拉科夫瓦维尔城堡，1942 年 8 月 16 日，弗兰克（前）和冯·韦希特尔（左四）

　　第一份文件是 1942 年 1 月在伦贝格举行的会议的记录，就在冯·韦希特尔到达之前，题为"将犹太人驱逐出伦贝格"。[66] 它预示了 3 月份发生的把犹太人送往贝尔赛克和毒气室的单程旅行。"如果可行的话，应避免使用'重新安置'一词"，文件指出，十分注意语言和真相的细微差别。冯·韦希特尔肯定知道他们的命运。

　　第二份文件是 1942 年 3 月由冯·韦希特尔签署的命令。[67] 目的是在整个加利西亚地区限制犹太人就业，这条命令是在第一次隔都行动（3 月 15 日）的两天前发布的，在向贝尔赛克遣送犹太人行动（4 月 1 日）的转天开始生效。该命令切断了绝大多数工作的犹太人进入非犹太世界的通道。莱姆金把这一步定义为通往种族灭绝的必要前提。

如果说这两份文件是破坏性的，那第三份文件就是毁灭性的。它是海因里希·希姆莱发给身处柏林的"帝国"内政部长威廉·斯图卡特博士的简短备忘录。日期为 8 月 25 日，是在大行动时发出的。[68]"我前段时间在伦贝格，"希姆莱写信给斯图卡特，"并与上级长官党卫队旅队长冯·韦希特尔博士非常坦诚地谈了话。我公开问他是否想去维也纳，因为我认为，我在那里的时候，如果我明知道这件事却不提这个问题的话是不对的。冯·韦希特尔不想去维也纳。"

这场谈话是坦率的，列举了离开或是选择其他职业的可能性，指出了一条出路，一条回到维也纳的路。但冯·韦希特尔拒绝了，他选择留下。如果同意的话就葬送了他的仕途。他是在完全了解大行动的前提下做出这个选择的，霍斯特展示给我看的一封他父亲在 8 月 16 日寄给他母亲的信也表明了这一点。信里说，在冯·韦希特尔夫人离开后，"利韦夫有很多工作要完成……要记录收成，提供劳工（现在该地区已经有 25 万人了！），还有当前针对犹太人的大行动"。

希姆莱在他自己的信的结尾提到了一个额外的想法："在我们谈过之后，冯·韦希特尔作为加利西亚地区长官在总督辖区中的表现还有待观察。"

冯·韦希特尔的表现肯定令希姆莱非常满意了，因为他接下来继续负责这项工作并在伦贝格又待了两年。他以文职领导人的身份参与了 1942 年 8 月的大行动。

希姆莱的信没有任何做出其他解读或是否认的余地。当我把它给霍斯特看时，他凝视着这封信，面无表情。我问他如果他父亲现在就站在他面前，他会说什么？

"我真的不知道，"霍斯特说，"很难讲……也许我根本什么都不会问他。"

空荡荡的房间陷入沉默。过了一阵子，霍斯特用开脱的想法打破了沉默：他的父亲是受形势所迫，其无可避免和灾难性的部分是迫于命令，而且是紧迫的命令。没有什么是不可避免的，我向霍斯特指出，签名不是，他行使的监督也不是。冯·韦希特尔本可以远离的。

这导致了又一段长久的沉默，只听见雪落的声音和燃烧的木柴噼啪作响。面对这样一份文件，霍斯特还能不谴责父亲吗？他是一个值得敬爱的父亲，还是别的什么？

"我谈不上爱我的父亲，"霍斯特说，"我爱我的祖父。"他看向挂在他床头的那位老军人的肖像画。

"我在某种意义上对我父亲负有责任，要弄清楚到底发生了什么，要讲出事实真相，为他做我力所能及的事。"

他大声说出想法："我必须找到积极的一面。"

他以某种方式构建了他父亲与系统之间的区别，他个人和他所担任领导的集体之间的区别。

"我知道整个系统是有罪的，而他是其中的一分子，但我不认为他是罪犯。他的所作所为不像罪犯。"

冯·韦希特尔是不是能够远离伦贝格及其政府监督下的屠杀行动？

"根本没有机会离开这个系统。"霍斯特低声说。美国司法部收藏的文件证明并非如此。然而，霍斯特想方设法美化这份材料，仅仅将它形容为"不愉快"或"悲剧"。

我很难理解他的这番反应，但我感到悲伤，而不是愤怒。他无法发出谴责，难道不是在掩盖他父亲的错误吗？

"不是的。"友好、热情、健谈的霍斯特无法再多说，无法做出谴责。这是希姆莱的弗兰克总督辖区党卫队的错。这个团体里其他所有人都有责任，但奥托没有。最终，他说："我同意你的看法，他完全属于那个系统。"

对话打开了一个缺口。

"他对发生在伦贝格的一切事情负有间接责任。"

间接？

霍斯特沉默良久。他的眼睛湿润了，我不知道他有没有流泪。

105

被《纽约时报》指认为战犯令弗兰克颇为自得。1943 年初，他在一次正式会议上宣布："我很荣幸排在首位。"这些话被记录在他的日记中，毫无羞愧之意。[69] 即使战争形势对德国不利，他仍然坚信第三帝国将延续千年，在提及如何对待波兰人和犹太人或他的相关言论时无须有所顾忌。"他们必须消失，"他对内阁说，"因此，原则上来说，我会以犹太人终将消失为期望来处理犹太人问题。"[70]

"消失。"这一字眼迎来了掌声，鼓励他更进一步，因为他从来不知道何时停止。只要发现他们，他继续说，无论何时何地，抓住一个，消灭一个。只有这样，才能保持"帝国"的统一和完整。那么他的政府具体要怎么推进？"我们不可能枪决这 350 万犹太人，也不可能毒杀他们，"他说，"但我们可以采取必要步骤，以这样或那样的方式达到成功灭绝他们的目标。"这些话也记录在他的日记里。

8月2日，弗兰克在瓦维尔城堡举办了招待会，为纳粹党官员思考后续工作提供了机会。虽然在苏联前线失利了，但在其他方面还是取得了不错的进展。3月份，克拉科夫隔都已被清空，只用了短短一个周末的时间，这是在党卫队下级突击队领袖阿蒙·哥特（后来在电影《辛德勒的名单》中由英国演员拉尔夫·费因斯饰演）的高效指挥下取得的结果。这是因为弗兰克不想再从瓦维尔看到它。[71] 5月份，华沙隔都的暴动终于被镇压下来，最后一幕就是大犹太会堂被毁。这是由党卫队集团领袖于尔根·斯特鲁普执行的，他在给希姆莱的报告中得意地描述了详细过程。[72] 华沙的人口减少了100万，这使得弗兰克希望隔都被"完全拆除"之后，人口会"进一步减少"。

然而，战争局势正在发生扭转。在意大利，墨索里尼已被赶下台，意大利国王下令逮捕了他；波兰知识分子越来越多地公开讲出附近的奥斯维辛和马伊达内克集中营里的暴行。

瓦维尔的宴会成了弗兰克的避难所。在这个艳阳高照的八月天，弗兰克的日记以明确的语言记录了新的战线。"一边是'卐'字徽，另一边是犹太人。"他描述了他的领土上的进展："从350万犹太人开始"，现在他的领土上只有"所剩不多的工人"。其余的去哪儿了？"其他所有人，我们这么说吧，移民了。"[73] 弗兰克很清楚他在其中的角色和责任。"事实上，我们都是共犯。"[74] 他满不在乎地在日记上记录着。

他与希特勒和希姆莱的关系似乎有所改善，因为元首给了他一个新的职务，命他担任法律研究国际中心的主席，这并非出于讽刺。他的总督位子保住了，他有工作和朋友，婚姻战争也偃旗息鼓了。莉莉·格劳离得不远，而且还有音乐，理查德·施特劳斯创作了献给他的新作品，为感谢他使这位作曲家的司机免于被征召到东边：

> 是谁走进房间，如此挺拔修长？
> 看我们的朋友，我们的弗兰克部长。

歌词是已有的，我尝试搜寻曲谱，但没有找到。"消失了。"我被告知，毫无疑问是出于名誉上的考虑。[75]

弗兰克欣赏着音乐和围绕在自己身边的艺术品。作为总督，他采取了无私的政策，托管了波兰的重要艺术珍品，签署了一些法令，以"保护"为由没收著名艺术品。它们成为德国艺术遗产的一部分。这一切都相当直接。一部分艺术品被运到了德国，例如阿尔布雷希特·丢勒的 31 幅素描，是从伦贝格的卢博米尔斯基收藏中挑选出来的，然后亲手交给了戈林。其他艺术品保存在瓦维尔城堡里，其中一些放在弗兰克的私人房间里。[76] 他制作了一份精装的目录，列出了头六个月保护性地搜刮来的所有重要艺术品。该目录显示了令人惊叹的大量精美而珍贵的艺术品：德国、意大利、荷兰、法国和西班牙大师的画作；绘本；印度和波斯的微缩模型和木雕；原本放置在克拉科夫圣母大殿的、出自维特·施托斯之手的著名 15 世纪木雕圣坛，按照弗兰克的命令被拆卸下来送往德国；金银手工艺品、古董水晶、玻璃和瓷器；挂毯和古董武器；稀有钱币和奖章。所有这些都掠夺自克拉科夫和华沙的博物馆，攫取自主教座堂、修道院、大学、图书馆、私人收藏。

弗兰克把一部分最好的艺术品留在他自己的房中。但并不是每个人都能欣赏他的品位。尼克拉斯过去很少进入他父亲的办公套间，但唯独记得里面一幅"丑陋的画"：一个"头上缠着绷带"的女人，她的头发"光滑且梳得一丝不乱"，沿一条笔直的发路分成两半。弗兰克用这幅画为他儿子示范。"你就应该像这样梳头发。"他指着那个怀抱着老鼠似的"白色小动物"的女人对尼克拉斯说。她用一只手抚摸它，眼睛没有看着这只动物，而是望着远处。尼克拉斯被教导"要像画中人一样把头发梳到两边"。这幅画是莱奥纳尔多·达·芬奇于 15 世纪创作的切奇莉亚·加莱拉尼的肖像画《抱银鼠的女子》。[77] 他最后一次见到此画是在 1944 年的夏天。

106

尼克拉斯告诉我这段故事时，这幅切奇莉亚·加莱拉尼的肖像画正作为国家美术馆达·芬奇展的最佳展品在伦敦展出。我在 12 月一个阴天的上午前去看望她，这位有名的美人是米兰公爵卢多维科·斯福尔扎的情妇，并为他诞下一子。她的这幅肖像画大约绘于 1490 年，银鼠象征着纯洁。1800 年，这幅画被纳入了恰尔托雷斯基公主的收藏，进入俄罗斯帝国控制下的波兰，从 1876 年起就悬挂在克拉科夫的恰尔托雷斯基博物馆里。它在那一直挂了 63 年（第一次世界大战期间曾暂时转移到德累斯顿），直到弗兰克偷走了它。他为这幅画的美丽和象征主义深深着迷，把它留在身边有 5 年之久。

尼克拉斯回忆这幅画时带着畏惧和一丝笑意。作为一个小男

莱奥纳尔多·达·芬奇的《抱银鼠的女子》

孩，他害怕那个像老鼠一样的生物，违逆他父亲让他像切奇莉亚一样梳头的意图。在他和哥哥诺曼的记忆中，这幅画被挂在不同的房间，"是我记忆中的细微点滴之一"，就像浴室里的剃须泡沫一样。

在我第一次参观瓦维尔时，策展人正在为切奇莉亚·加莱拉尼肖像画的回归做准备。在参观完弗兰克的私人公寓之后，摄影指导把我带到她的办公室，向我展示了一个扁平的大盒子，包着褪色的天鹅绒。外封上的标题是"克拉科夫的城堡"，内衬是精致的红色压花天鹅绒。"纳粹离开时遗漏了它，我们在地下室发现了它。"

在盒子里，一张大卡片上印着贺词："致总督、帝国部长弗兰克博士，在1944年5月23日您生日之际，法院办公室属下敬上。"下面附有8个签名，尽管苏军正在步步逼近，这些忠心耿耿的下属仍委托拍摄了这套精美的黑白照片。照片展示了瓦维尔的辉煌，里面的房间和文物。其中一张是《抱银鼠的女子》的黑白照片，镶嵌在纳粹时期的"红白黑"图像中。

107

　　我在尼克拉斯的陪同下参观了瓦维尔，那时切奇莉亚·加莱拉尼的肖像画已经归还回来了。博物馆馆长和这幅画的拥有者允许我们在清晨博物馆开放之前可以有一小段时间单独欣赏此画。距离尼克拉斯上一次站在此画面前已经过去了 70 年。他现在再次站在此画面前，在这幅画的力量面前变回小孩。

　　那天晚上，我和尼克拉斯在克拉科夫老城区的一家本地餐馆用餐。我们谈论了写作、文字、时间及责任。在这顿饭快吃完时，有三个人从旁边的桌子离开。他们经过时，其中一位年长的女士说："我们忍不住听了你们的谈话，你的书好像很有趣。"我们交谈起来，他们也坐到我们这桌，包括一位母亲与她的女儿和女婿。

尼克拉斯·弗兰克和切奇莉亚，2014 年

这位母亲富有学识、从容且优秀，在巴西担任化学教授。她出生在这座城市，1939 年 10 岁的时候因为犹太人身份被迫背井离乡。她又回到了这里，近乡情怯。我们的谈话到底有多少被她听到了？我不禁好奇，随即发现其实并不多。

她女儿在战争结束很多年以后于巴西出生。她的态度比母亲更坚决。她说："我喜欢待在克拉科夫，但我永远不会忘记德国人做的事。我永远不想和德国人说话。"

尼克拉斯和我对视了一眼。

这位母亲看着尼克拉斯问道："你是来自以色列的犹太人吗？"

尼克拉斯立即回答："恰恰相反，我是德国人。我是波兰总督汉斯·弗兰克的儿子。"

接下来是一瞬间的沉默。

然后尼克拉斯站了起来，冲出餐厅。

那天晚些时候，我找到了他。

"他们有权持这种强烈的观点，"他说，"我对于德国人对他们、对这位母亲、对他们的家庭所犯下的罪孽感到憎恶。"

我安慰了他。

108

对于尼克拉斯的父亲来说，1944 年是颇具挑战性的一年。他受到好几次刺杀威胁，其中一次是在从克拉科夫乘火车前往伦贝格的途中。在夏天，盟军解放了巴黎；德国人从西线和东线撤退，向内收缩。

从东边传来的消息及红军前进的速度尤其令他担忧。然而，弗兰克仍然有时间将注意力放在他领土上剩下的不到十万的犹太人身上。必须处理掉他们，他在克拉科夫的纳粹党员会议上叮嘱，"必须根除这个种族"。[78]

在这次早春发言的两天后，苏军攻入了总督辖区领土，迅速向克拉科夫和瓦维尔推进。在 5 月里，弗兰克的 44 岁生日到了。他信任的下属们献上了一份贺礼：装在天鹅绒盒子里的 50 张照片，包括《抱银鼠的女子》的照片。

7 月 11 日，波兰抵抗组织试图对克拉科夫德国警察头目实施大胆暗杀。弗兰克报复性地处决了波兰囚犯。[79] 7 月 27 日，伦贝格被苏联人攻陷。[80] 当冯·韦希特尔向南斯拉夫逃逸时，劳特派特的外甥女因卡·格尔巴德得以再次自由地行走在大街上。若乌凯夫也解放了，克拉拉·克拉默从躲藏了近两年的地窖里出来了。8 月 1 日，华沙发生起义。弗兰克无意退缩，下令采取比之前更加残酷的新措施。[81]

9 月，弗兰克盯上了位于其领土内的那些集中营。他的日记记录了与约瑟夫·布勒关于马伊达内克集中营的谈话，这是他第一次提到这一类死亡之地。[82] 在两个月前解放了这个集中营后，苏联人已经传播了一部关于他们发现的可怕情形的纪录片，这部纪录片主要关注的是仅存的 1500 名囚犯的悲惨处境。

109

随着苏联向克拉科夫步步逼近，弗兰克决定在逃出城时把那幅切奇莉亚·加莱拉尼的肖像画一起带走。1945 年初，当苏联人从东边进攻时，已经近到能听见枪声了，弗兰克吩咐幕僚把《抱银鼠的女子》打包，随他本人一道带到巴伐利亚。

在最后几周里，弗兰克做了一些收尾工作。他完成了两篇小论文，一篇题为《论正义》，另一篇题为《乐团指挥》。他设法到克拉科夫歌剧院最后一次，观看歌剧《俄耳甫斯与欧律狄克》。他看了些电影，包括与莫泽尔·汉斯一同观看的《七年厄运》，这位奥地利著名演员曾经主演过电影版《没有犹太人的城市》。[83] 那时前景十分光明，不过弗兰克无视了莫泽尔拒绝与他的犹太妻子布兰卡·希尔施勒离婚的事实。

出发的日子定在 1945 年 1 月 17 日。克拉科夫湛蓝的天空中没有一片云彩，整座城市沐浴在阳光中。弗兰克于下午 1 点 25 分乘坐黑色奔驰轿车（车牌号 EAST 23）离开瓦维尔城堡，开车的是司机尚佩尔先生，通行车队载着他的亲信和他的至少 38 卷日记回到了巴伐利亚。《抱银鼠的女子》也在其中，这是预防措施，弗兰克后来宣称，以免它"在我离开的时候被掠走"。

车队向西北方向驶到奥波莱，然后到达锡霍夫城堡，弗兰克和一位老熟人冯·里希特霍芬公爵一起在这里躲了几天。大部分从克拉科夫偷来的艺术品都已经提前转移到了那里。布里吉特和包括尼克拉斯在内的大部分孩子都回到了肖博霍夫。离开瓦维尔 4 天后，弗兰克与从 1939 年 10 月起每天忠实地为他录入日记的速记员莫尔和冯·芬斯克一道，销毁了绝大部分从瓦维尔带出的官方文件。然而，那些日记都完好无损，作为他所取得的成就的证明保存了下来。

弗兰克往东南方向去了阿格尼腾多夫（现在的亚格尼翁特库夫），拜访他的另一位朋友，诺贝尔奖获得者、剧作家盖哈特·霍普特曼。在与这位支持纳粹的作家喝过茶后，弗兰克继续去了巴特艾布灵，去见莉莉·格劳，满足对情爱的需要。从巴特艾布灵到弗兰克的老家施利尔赛湖畔诺伊豪斯村只有一小段路程。[84]

2 月 2 日，弗兰克成立了总督辖区的流亡总理府，维持着当权的幻象。他在约瑟夫塔拉大街 12 号，从前的伯根富力登咖啡馆设立了办公室，他将在那里待上 12 周。偶尔，他会到肖博霍夫探望布里吉特和孩子们，但他也会去巴特艾布灵与莉莉在一起（据尼克拉斯说，多年以后，在她去世后，人们在她的床头柜上发现了一张弗兰克的照片）。[85] 4 月份，罗斯福总统去世，由副总统哈里·杜鲁门接替出任总统。3 周后，德国电台宣布了元首的死讯。

战争和纳粹"帝国"都走到了终点。5 月 2 日，星期三，弗兰克观察到美国坦克正向施利尔塞行进。两天后的 5 月 4 日，星期五，他给了布里吉特最后一份礼物，一沓总额达 5 万德国马克的现金。[86] 弗兰克与妻子告别的那一刻，尼克拉斯的哥哥诺曼在场，他指出，他们没有吻别，也没有任何饱含感情的言语交流。失去权力后，弗兰克比以往更害怕布里吉特了。尼克拉斯认为布里吉特也负有一部分责任，毕竟她鼓励了丈夫，利用他的权力地位牟取了利益，在 1942 年夏天拒绝与他离婚。"如果我的母亲说：'汉斯，不要参与其中，我不准许。'那么他就不会参与其中。"这只是用来说明，而不是当作借口。

尽管弗兰克对布里吉特很残忍，但尼克拉斯对于她对丈夫的强有力的控制有着自己的理解。尼克拉斯告诉我："他表现得残忍是为了隐瞒他身为同性恋的秘密。"他是怎么知道的？他说是从他父亲的信件和他母亲的日记里看到的。"每一次，我的汉斯似乎都在拼命挣扎，一次又一次，"布里吉特吐露道，"让自己摆脱年轻时与男性的牵扯。"这是指在意大利度过的时光。正是同一个弗兰克欣然支持了 1935 年通过的"帝国"刑法典第 175a 款，进一步禁止同性恋。[87]这种行为"表现出与正常的民族社会相反的倾向"，弗兰克曾宣称，如果"不消灭这个群体"，就要受到毫不留情的惩罚。"我认为他是同性恋。"尼克拉斯说。

弗兰克和布里吉特告别之后，前总督回到了伪总理府。他坐在老咖啡厅的前厅静候，陪着他的是忠心耿耿留到最后的三个人，他的副官、司机和秘书。他们喝着咖啡。

一辆车在前门停下，是一辆美国吉普车。发动机关掉了。美国第七集团军的沃尔特·斯坦中尉从车里钻出来，环顾四周，走向咖啡厅，进入室内，扫视着房间，问哪一个是汉斯·弗兰克。[88]

"我是。"帝国部长兼前波兰占领区总督说。

"你跟我走，你被捕了。"

斯坦让弗兰克坐在吉普车后座。日记都放在副驾座位上，然后吉普车开走了。在某个时间点，斯坦曾回到约瑟夫塔拉大街取了一些影片，它们一直由斯坦家族保留着，直到数十年后才回到尼克拉斯手中。他给我看了这些影片，片段里展示了弗兰克对一只狗很友善，一列火车经过，参观克拉科夫隔都，穿着红色连衣裙的小女孩。

《抱银鼠的女子》留在了约瑟夫塔拉大街，几周后跟几幅伦勃朗的画一起被取走。另一幅画，拉斐尔的《年轻男子肖像》则失踪了，这是世界上最著名的遗失画作之一。尼克拉斯认为布里吉特可能把画拿去跟当地农民换了牛奶和鸡蛋。"也许它现在挂在巴伐利亚的一个壁炉上面。"尼克拉斯说着挤了一下眼睛。

110

6 月，弗兰克的名字出现在对首要德国官员做刑事审判的准被告名单上。[89]在波兰流亡政府的支持下，罗伯特·杰克逊批准将"华沙屠夫"——他臭名昭著的外号——囊括在内。[90]弗兰克被转移到米斯巴赫附近的监狱，在那里遭到了那些解放达豪集中营的美军士兵的殴打。他试图自杀，先是割左手腕，然后用生锈的钉子刺向喉咙。他自杀失败后被带到卢森堡的温泉小镇蒙多夫莱班，与其他主要纳粹分子一起住在被征用的皇宫酒店里。他在那里接受审讯。[91]

来到这家酒店的访客之一是经济学家约翰·肯尼斯·加尔布雷思，他向美国战争部请了假。他写了一篇关于皇宫酒店的文章，发表在《生活》杂志上，旁边刊登着美艳得不可方物的多萝西·拉莫尔拍摄的维生素 B 胶囊广告。加尔布雷思对弗兰克那群人印象不佳，他们大部分时间都在沿着阳台走动，看着外面的景色。加尔布雷思观察到每个囚犯的特征，记录了《冲锋队员》创始人尤利乌斯·施特莱彻的习惯，他会中断他的散步，毫无预兆地转向栏杆，然后在那里"立正举起手臂行纳粹礼"。罗伯特·莱伊，希特勒的德意志劳工阵线领袖，看起来活像个"包厘街流浪汉"。赫尔曼·戈林给人的印象是"不怎么聪明的讼棍"。[92]

在这些人物的陪伴下，蓬头垢面、心烦意乱的弗兰克终日都在哭泣和祷告。在 8 月初，他接受了美国军官的讯问。他的言语反映出他思想的混乱状态，这是为了让自己摆脱即将来临的清算所做出的微弱挣扎。在被囚禁的第一阶段，弗兰克试图美化自己扮演的角色。他对审讯者说，他在克拉科夫的处境"难以置信地困难"。[93] 党卫队被赋予了"特别权力"，是他们在执行"所有这些可怕的暴行"。是他们，而不是他，压迫了波兰抵抗运动和犹太人。然而，他无意中承认了他是知情的，声称已经做了"不断的斗争"来避免"最坏的"情况。有时，他一边说一边哭。

弗兰克解释说，他从来没有在政治上活跃过，他早期的角色只限于法律事务（好像这可以作为辩解一样），他于1942年在德国各大学发表了4场演讲后，就与希特勒闹翻了。他否认他知道波兰境内的集中营，即便是在他控制的地区。他只在苏联接手后才从报纸上了解到它们。奥斯维辛？那在他的领土之外。这些日记将免除他的责任，这就是他保留着它们的原因。"如果杰克逊拿到了我的日记，我将能够作为波兰法律和司法的战士站在那里。"

谁应该负责？"德国领导人。"党卫队。希姆莱和鲍曼的"朋党"。而不是"德国人民"。波兰人呢？"一个勇敢的民族，一个好民族。"他带到德国的画呢？帮"波兰人民"保管着。

他有没有感觉到负有责任？是的，他"受到良心的折磨"，因为他没有勇气杀死希特勒。元首害怕他，他告诉审讯者，因为他是"一个被《马太受难曲》所影响的人"。这是我后来遇到的几篇参考文献中的第一篇，其中弗兰克谈到了约翰·塞巴斯蒂安·巴赫的作品中关于激情和慰藉、宽恕和怜悯的首要特征。这提醒了我，弗兰克是一个文化涵养深厚的人，博览群书，对古典音乐怀着极大兴趣并且与顶尖的作家和作曲家关系甚笃。

1945年8月12日，他被转移到纽伦堡司法宫法庭后面的14号囚室。在这个月底，检察官宣布了被告人名单，其中有24名

"战争罪犯"将在国际军事法庭被审判。弗兰克在名单中非常靠前的位置。[94]

几天后，在一名 20 岁美国陆军口译员在场的情况下，他继续接受审讯。[95] 现在西格弗里德·拉姆勒定居在夏威夷，他已经不怎么记得当时审讯的问题了，对于这个人却记得非常清楚。"噢，是的，"西格弗里德告诉我，"弗兰克的目光很坚定，很锐利，与我有着强烈的目光接触。"他认为弗兰克"有趣且令人印象深刻"，谈吐流利，有文化，是一个"头脑清晰"的人；也是一个"被狂热主义所支配"，承认"集体有罪但他自己无罪"的人。是集体的责任，而不是个人的责任？是的。"所有事情都是他头脑清醒地做的，"拉姆勒补充道，"据我所见，他很清楚他犯了错。"

10 月 18 日，在莱姆金完成起诉书的工作并准备返回华盛顿后不久，弗兰克被正式起诉。自 1935 年夏天他反对国际刑事法院的设想已经过去了十年，时移世易。当初设想中的法院现在已成为现实，而他正身陷其中。将要审判他的八位法官之一正是亨利·多纳迪厄·德·瓦布尔教授，这个蓄着小胡子的人 1935 年曾在他的德国法学院致辞，与他一起吃过饭。

这两人的关系令苏联感到不快，他们也对弗兰克新暴露的宗教信仰嗤之以鼻：10 月底，在司法宫后面的空牢房里，弗兰克受洗加入天主教会。以天主教的身份，他将直面自己被指控的罪行，包括在波兰占领区里犯下的危害人类罪、战争罪及灭绝种族罪。

弗兰克、劳特派特和莱姆金的人生在纽伦堡的司法宫，在起诉书的文字里，正式交汇到了一起。

第 7 章

茕茕孑立的孩子

Wien am 6. Feber 1939

Diese Niederschrift ist seitens eines gütgesinnten Freundes, für die Familie Buchholz angesichts einer überstandenen Gefahr, ihrer zum Erlöschen bedrohte junge Liebesche, verfasst worden.
Da dieselbe nunmehr glücklicherweise, der vollständigen Genesung entgegengeht, eben in Form eines Glückwunsches gedacht, ist zum Andenken gewidmet.

111

1945年10月，当《世界报》报道弗兰克皈依天主教时，莱昂正在拉斯帕伊大道上的鲁特西亚酒店工作。这个酒店之前被盖世太保占用过，后来成为许多救援组织的办公场所，包括犹太社会运动与重建委员会，莱昂在这个机构担任部门主管。每天结束安置流离失所者的工作后，他会回到布隆尼亚尔路上他那位于四楼的小公寓，回到丽塔和女儿身边。

没有任何来自维也纳、伦贝格和若乌凯夫的消息。随着更多关于所发生事情的细节浮出水面，他担心维也纳的母亲、波兰的姐姐们和家人已经罹难。7月，他的女儿庆祝了7岁生日——这是她第一次在双亲的陪伴下过生日。我母亲对于那段日子已经没有什么印象了，只有一种动荡和焦虑的感觉，那是一段不安宁的时光。我把了解到的一切都告诉了她：莱昂离开时的情形、蒂尔尼小姐的维也纳之行、丽塔与埃米尔·林登费尔德的关系、丽塔在1941年10月离开维也纳、维也纳的封锁。

直到这时她才告诉我还有一份文件，这份文件与其他文件分开，被单独藏起来了。我从没见过这份文件，这是一封在莱昂离开维也纳前往巴黎不久后收到的手写信件。写信日期是1939年2月6日，莱昂在巴黎收到的，他为我了解莱昂离开维也纳时的生活状况提供了新的视角。

莱昂·斯坦纳写给莱昂·布赫霍尔茨的信，1939 年 2 月 6 日

这份字迹优美的 12 页文档的落款是莱昂·斯坦纳。他称自己是"心灵的医生"，一位在信末以笔迹心理学家的身份落款的心理医生。我找不到关于此人的任何记录或任何痕迹，也找不到叫这个名字的具有任何医疗资格的人。

字迹是古德语字体。在需要帮助时，我又去找了英格·特罗特，她完整地将它翻译成了英文，经由另一位说德语的朋友审阅过后发给了我。我一读就明白了为什么这封信会被单独收起来。

斯坦纳先生写了一段简短的前言：

> 这份手稿是由布赫霍尔茨家庭的一位好心的朋友写的，鉴于他们年轻的爱情婚姻受到了威胁。万幸的是这段婚姻现在期待着全面复苏，我将以祝贺和纪念的方式写作这份手稿。

然后是正文。"亲爱的布尔霍尔茨先生"，开头写道。

作者描述了他为恢复这段婚姻所做的努力，并对莱昂的批评——"心灵医生斯坦纳没有做好他的工作"——做出了坚决而机敏的反击。斯坦纳先生补充说，我本可以完成自己的工作，但你没控制住你自己的不正当言论。他指的是莱昂对妻子丽塔的"行为"做出的"惩罚性指控"，这导致斯坦纳只有在莱昂"成功离开"维也纳后——仅仅几天前的事——才能开始他的心理工作。斯坦纳假定"因为一个误会",莱昂"满怀愤怒和敌意",他离开维也纳时"带着要永远离开这个刚组建的家的坚定意图"。他做出离开的决定是因为他面临着年轻婚姻中的"不和谐"和"沉痛的冲突"。这些都是丽塔"行为过激"(没有解释)和她的"缺点"(没有提供细节)导致的结果。

所以这封信明确了一点:莱昂的离开发生在他与丽塔发生激烈矛盾的时候,而且这可能正是他离开的原因。矛盾的性质没有写明。在这样的背景下,斯坦纳先生描述了他试图运用自己掌握的"所有心理分析方法"来处理这个情况的努力,反映了他"不遗余力"的心情。他解释说,他也跟莱昂一样,狠狠谴责了丽塔("她真的是自找的!"),最终他付出的心血得到了"成功的加冕"。尽管有莱昂的谩骂指责,丽塔最终还是"承认了她的缺点",这为"全面恢复"打开了大门。

斯坦纳补充说,鉴于这个家庭中"普遍糟糕的境况",即便是达成这一点也相当有难度。他继续说,"外部的和潜在的破坏性影响——双方都承认了——造成了沉重的矛盾",这种"不和谐"极有可能恶化成"对立"。

斯坦纳称,取得成功的前提是他能够看出被隐藏起来的东西,即莱昂对妻子和"那个茕茕孑立的可爱孩子"的"深深的爱"。这似乎说的是我母亲,当时她只有几个月大。斯坦纳预测,莱昂会开始想念她们俩,他"全心全意"爱着的两个人。丽塔"会渴望你的陪伴",他预测到,通过莱昂最近来信中的一句话,他感觉到"被重新唤起的爱的感觉"。这种爱的表达让斯坦纳有了底气,他尝试让丽塔准备好——"同样充满被重新唤起的爱"——拥抱婚姻美满幸福的未来。他在结尾乐观地期望莱昂"对上帝的坚定信仰"会帮助他们二人克服在"新世界"一定会遇到的艰难险阻。至于维也纳家庭以外的生活、德国接管、新颁布的法律，斯坦纳先生只字未提。

112

发生了一些事情，出现了"可悲的矛盾"，所以莱昂离开了。至于到底发生了什么，则无法从这封奇特的、迂回的、自我辩护的信中弄清楚。斯坦纳百般讨好的文字像密码一样，充满了模棱两可的含义，有多种可解读的角度。英格·特罗特问我是否想听听她对于这封信的解读。是的，我想知道。她给出的解读是，这封信可能被用来表明有人对于孩子的生父有疑问，就是那个"茕茕子立的孩子"。这是一个奇怪的表达，英格说。这样的遣词造句令她不由得产生了某个想法，因为她心里很清楚，在那段时期，"孩子的生父另有其人"这种性质的信息是不能明说的。

我和我们的德国邻居一起审阅了这封信，她整理出了一份翻译件。她赞同英格的看法，"茕茕子立的孩子"所指的意思很"微妙"，显然是模棱两可的。然而，她并不认为一定指的是生父的问题。我儿子学校的一名德语老师愿意帮忙看看这封信。他更倾向于我邻居的观点，而不是英格的观点，但他不愿意说出他本人的解读。

另一位邻居，一位不久前因写作关于德国的作品获得歌德奖的小说家表达了另一种看法。"确实很怪异。"他在从我家前门投递进来的亲笔信中写道。Seelenarzt（心灵医生）这个用词可能是

"贬义的",或者也可能是"自嘲"。从这封信的风格来看,他认为斯坦纳先生很可能是个"半吊子",或者只是一个"阴郁且爱绕圈子的作者"。这个作者——用一种斗气般的胜利姿态——想表达的真正意思并不明确。"我感觉他是在竭力向布赫霍尔茨先生灌输什么,但是目标是布(赫霍尔茨)先生而不是我们,他想灌输的是什么呢?"这位邻居建议把信拿给德国语言学专家看看。我找到了两位专家,但无法抉择选哪一个,于是我就把这封信给他们两人都发了一份。

语言学家一号说这封信很"奇怪",有一些语法错误,有的句子不完整,还有无数标点符号错误。他说,斯坦纳先生似乎有"语言缺陷",并且更进一步地给出了明确的诊断。"读起来像是轻度韦尼克失语症患者笔下的文字",这是一种因大脑左半球受损造成的语言障碍。也可能仅仅是因为斯坦纳先生是在巨大的压力下写下的——毕竟,在维也纳时势艰难——因此大团的思绪不断涌出,"匆匆倾泻到纸上"。这位语言学家总结道,除了出现"孩子的父亲离家出走的家庭问题"之外,"我没有看出关于孩子身世的表达"。

语言学家二号对斯坦纳先生要宽容一些。他起初以为信中提到的妻子和孩子指的是同一个人,一个"有双重人格"的人。然后他把信拿给妻子看,他的妻子不同意(他解释说,她在理解微妙语义方面相对更有经验)。妻子与英格·特罗特的看法一致,认为"茕茕孑立的孩子"是特意选择的微妙表达,可能意味着父亲是一个"未知的人",也可能是斯坦纳先生仅仅不愿意"表明自己的态度"。

各个观点莫衷一是。它们给出一些推测，但也仅限于推测，莱昂是在与丽塔关系相当紧张并爆发冲突的情况下离开维也纳的。这些有可能是（也有可能不是）由孩子的生父问题引起的。

莱昂有可能并不是我的亲外祖父，这是我从没想到的。这似乎是最不可能的情况。从某种程度上说，这并没有特别让我困扰，因为他的行为和给我的感觉就是我的外祖父。他就是我的外祖父，这不会随着生物学关系而改变。然而，这种可能性对其他人的影响，尤其是对我的母亲来说，要难以接受得多。这真是出乎意料的敏感微妙。

113

这件事让我考虑了好几个星期，不知道下一步该怎么做，直到长岛的桑德拉·塞勒发来的电子邮件打断了这一过程。她也一直在想着她的外祖父埃米尔·林登费尔德，想着 1941 年在花园里拍摄的丽塔和埃米尔·林登费尔德在维也纳时期的照片。她跟一位朋友谈了这件事，于是有了一个想法。

"有充分的理由相信他们之间有点什么。"她写道。和丽塔一样，1939 年埃米尔·林登费尔德在他的妻子和女儿都离开之后选择留在维也纳。这两个人在维也纳都是独自一人，配偶和孩子都不在身边。三年之后，丽塔离开了。埃米尔战后是单身状态；他去找了丽塔。

桑德拉写道："我一整天都在纠结这个问题。"

几个月前在桑德拉的客厅里，当从埃米尔相簿上揭起一张张照片时，我们就已经谈及了 DNA 测试的可能性——"为了确认"。这个想法似乎有点不敬，所以我们打消了这个念头。然而它一直挥之不去。

桑德拉和我继续用电子邮件讨论，又提到了 DNA 测试的话题。我告诉她，我想试试这种办法。我们发现这个测试原来还比较复杂：要了解两个人是否有共同的祖父母并不能用同一个测试过程直接确认，确定两个人是否有共同的祖母或外祖母则要容易得多，至于共同的外祖父，从技术意义上说，要更为复杂。

我被介绍给了莱斯特大学遗传学系的一名学者，一位挖掘考察万人冢的专家。她把我介绍给一家专门从事这类检测的公司。他们有一项测试可以用于评估两个不同性别的人——桑德拉和我——是否有共同的外祖父。其原理是比较 DNA 片段（以厘摩为单位）之间的匹配度。这项测试会采集两个或两个以上个体间的匹配片段的数量、大小，以及匹配片段（或块）的总体大小。通过这些厘摩和块，就能够估测两个个体之间是否有血缘关系。该测试并不完全精确，只是估测，仅仅是对概率的评估。测试只需要采集唾液拭子。

经过一番思考后，桑德拉·塞勒和我同意继续。公司把资料寄过来。支付费用后，你会收到一套采集工具，用棉签在口腔内侧刮取采样，将拭子放进密封的塑料容器中，将包裹寄到美国，然后静候结果。桑德拉比我勇敢。"我昨天晚上非常用力地刮取了样本，今天一早就寄出去了。"她兴奋地写道。

我不确定我是否真的想知道结果，犹豫了两个月。最终，我还是刮取了样本，寄出了包裹，等待着结果。

一个月过去了。

114

桑德拉发来了电子邮件。DNA 测试的结果可以在网站上查看了。我到网站看了报告，但它提供的信息太复杂了，我没法弄明白它的含义，所以我通过电子邮件向那家公司寻求帮助。我的联系人马克斯立刻答复了，为我解读测试结果。

马克斯解释说我有"约 77% 的犹太血统和 23% 的欧洲血统"。这个结果的误差较大（25%），源于历史上阿什肯纳兹犹太人和欧洲人之间的融合。有些人可能会觉得这个证据"很有趣"，他补充说，就像他所说的那样，这种结果倾向于"支持这样一种观点，即犹太人除了以宗教信仰维系认同感，还是一个（在除了共同语言、文化等因素以外）受共同基因背景约束的民族国家"。我对马克斯的总结没有做出任何评论，它令我突然之间想到了各种各样的问题，关于身份，关于个人和群体。

接着马克斯说到重点了。我与桑德拉可能有"非常远"的血缘关系，他说，实际上我与马克斯的血缘关系可能还要近一些。在这两个例子中，血缘的联系也仅限于共同的祖先而已，一个"好多好多代以前"共同的祖先。即桑德拉和我有共同外祖父的"可能性为零"。

这让我放下心来。我想我从来没有真正怀疑过这个结论。我这么告诉自己。

莱昂独自离开维也纳。也许他是因为怀疑孩子的血缘问题才这样做的，也有可能是因为他和丽塔合不来，又或者是他被驱逐了，也可能因为他受不了纳粹，或是害怕纳粹，或者也可能是他有办法离开，还可能是因为林登费尔德先生，甚至还有许多其他的可能性。而他是那个"茕茕孑立的孩子"的父亲，这一点毫无疑问。

　　然而，还有其他的不确定性。莱昂独自离开了。几个月后，艾西·蒂尔尼前往维也纳把孩子接走了。丽塔同意了这么做，然后她变成独自一人。他们于 1937 年结婚，一年后有了一个孩子，然后婚姻中出现了"不和谐"，关系中出现了"可悲的矛盾"。他们求助于"心灵医生"。还有其他事情在发生，我仍然不知道具体是什么。

第 8 章

纽伦堡

我第一次去纽伦堡司法宫参观 600 号审判庭时，惊讶于其由木镶板营造出的亲切和温暖。这个空间有种奇特的熟悉感，既不像我预期中的那样冷酷，也没有想象中那么大。我注意到被告席正后方有一扇木门，但在第一次参观时没怎么仔细观察。

现在我在尼克拉斯·弗兰克的陪同下又来到了这里，很想从这道门穿过。当尼克拉斯在审判庭里四处走动时，我站在窗户下方，这里曾经摆放着长长的法官席。我绕着房间的外缘走了一圈，曾经分别挂在有着白色大屏幕的墙上、证人席后面的墙上、左边的墙上、被告人坐的两排木质长椅后方的墙上的四面胜利盟国的旗帜早已不在。

尼克拉斯拉开滑门，走进去，关上门。过了一会儿，门开了，他从里面出来，走到他父亲曾经坐了近一年的位置。在这个房间里，检察官竭尽所能想给被告定罪，而被告试图为其行为辩护，使自己免受绞刑。律师就暧昧不明之处辩论，证人提供证词，法官听取各方陈述。问题被提出，并且有时得到回答。法官审查并研读了证据，包括文件、照片、录影、人皮。法庭里有过骚动，流泪，戏剧性和很多乏味的时刻。从这个意义上讲，就是一段普通的法庭经历，实际上却是独一无二的审判。这是人类历史上第一次有国家领导人在国际法庭受审，被控危害人类罪和灭绝种族罪两项新罪行。

116

1945 年 11 月 20 日，审判第一天的清早，汉斯·弗兰克在法庭后面的监狱内带开放式厕所的囚室中醒来。大约九点钟时，一个身穿白衣的警卫押送他穿过一系列走廊并乘小电梯进入审判庭。他通过木滑门进入，然后被带到被告席前排的长椅坐下。他与赫尔曼·戈林隔了五个人，坐在希特勒的首席种族理论家阿尔弗雷德·罗森堡旁边。检察官按国籍分坐在弗兰克右侧的四个长木台后面。穿着军装的苏联检察官离被告最近，其次是法国人，然后是英国人，美国人离得最远。检察官的背后坐着记者团队的成员，他们正吵吵闹闹地交谈着。在他们之上，是少数幸运的被允许坐在旁听席的人。在弗兰克的正对面，一排女速记员身后是法官席，仍然空着。

弗兰克穿着灰色西装，戴着可以用来在审判过程中辨认他的黑色眼镜。他将戴着手套的左手隐藏起来，这是他自杀未遂的证据。他很沉着，没有显露出明显的情绪。另有 14 名被告跟在弗兰克之后进入法庭，依次坐在他左边空位和后排座席上。前弗兰克的副总督、前德占荷兰总督阿图尔·赛斯-英夸特坐在他的正后方。3 名被告人缺席审判：罗伯特·莱伊自杀身亡，恩斯特·卡尔滕布伦纳重病，马丁·鲍曼尚未被捕。[1]

劳特派特当天上午也在法庭上观察着被告，而莱姆金却远在华盛顿。这两个人都不知道他们在波兰的某个地方下落不明的家人情况如何。他们也没有任何关于弗兰克在他们的命运中扮演的角色的信息。

十点整，一名书记员通过另一扇靠近法官席的门进入法庭。"现在法官就座"，他说，他的话语通过六个悬挂的话筒和笨重的耳机被翻译成德语、俄语和法语，这是另一道奇观。[2]弗兰克对面左侧的一扇沉重的木门打开了。八名长者鱼贯而入，其中六人穿着黑色长袍，两个苏联人身穿军装，他们走上了法官席。弗兰克认识其中的一位，尽管距离他们在柏林最后一次见面已经过去了十年：法国法官亨利·多纳迪厄·德·瓦布尔。

审判长是英国上诉法院法官杰弗里·劳伦斯爵士，坐在法官席的正中。这个谢顶的狄更斯式的人选在几周前由英国首相克莱门特·艾德礼任命。他被另外七名法官选为案件主审，因为他们无法就其他任何人选达成一致。他和妻子玛乔丽住在市郊施蒂勒大街 15 号的房子里，这座大宅曾经属于一名犹太玩具制造商，后来被用作党卫队食堂。[3]

四个盟国各提名了两名法官，被告们尽其所能地收集关于每一个法官的少量信息。在最左边——从被告的视角看——坐着苏联的前外交官亚历山大·沃尔契科夫中校，以及脸色阴沉、严肃的军事律师伊奥纳·尼基琴科少将。[4]然后是两位英国法官，可能给弗兰克带来一丝希望。诺曼·伯基特——1942 年春在杜克大学与莱姆金登上过同一个讲台——曾经当过卫理公会讲师，后来成了议员，再后来成了法官。在他的右边，是职业大律师杰弗里·劳伦斯爵士，然后是年长的美国人弗朗西斯·比德尔，他接替罗伯特·杰克逊成为罗斯福（内阁）的司法部长，曾与劳特派特合作过一次。接下来是来自弗吉尼亚州里士满的法官约翰·帕克，他仍在为没能进入美国最高法院而愤愤不平。[5]法国人坐在最右边：索邦大学的刑法教授亨利·多纳迪厄·德·瓦布尔、巴黎上诉法院法官罗贝尔·法尔科，后者曾在 1940 年底因犹太人身份被迫离开司法职位。[6]法官身后挂着四面盟国旗帜，宣示着战胜国。没有挂德国国旗。

劳伦斯大法官宣布开庭。这次审判"在世界法学史上独一无二"，他开场说道，在宣读起诉书之前做了简短的介绍。[7]弗兰克和其他被告表现良好，礼貌地聆听着。四个盟国的检察官一一提出了全部指控。从美国人开始，提出第一项，阴谋违反国际法罪。接力棒传递给了英国人，戴维·马克斯韦尔·法伊夫爵士提起了第二项，危害和平罪。

第三项分配给了法国人：战争罪，包括对"灭绝种族罪"的指控。检察官皮埃尔·穆尼耶是第一个在法庭上使用这个词的人，那一刻弗兰克肯定想知道这个词的含义，以及它是怎么进入诉讼程序的。第四项，也是最后一项，"危害人类罪"，由苏联检察官提出，这个新术语在公开法庭上首次提出，足以让弗兰克细细思量。

提出各项指控后，检察官开始陈述一连串可怕的事实：被告被指控的杀戮和其他恐怖行为。负责处理针对犹太人和波兰人暴行的苏联团队，很快就紧盯在利沃夫的暴行，触及 1942 年 8 月的"行动"，这是弗兰克已经亲自了解的事情，而劳特派特只能想象。苏联检察官掌握的日期和数字精确得惊人。在 1941 年 9 月 7 日至 1943 年 7 月 6 日间，他对法官说，德国人在伦贝格市中心的雅诺夫斯卡集中营杀害了 8000 多名儿童。[8]读完文本记录后，我不禁想象这时的弗兰克是否想起了他 8 月 1 日在大学礼堂的演讲，或是输给冯·韦希特尔夫人的那盘国际象棋。在新闻影像中，弗兰克没有表现出明显的反应。

第一天耗时很长。在阐明了总的事实后，检察官随后转而谈到具体被告的行为。首先是赫尔曼·戈林，然后是约阿希姆·冯·里宾特洛甫、鲁道夫·赫斯，恩斯特·卡尔滕布伦纳、阿尔弗雷德·罗森堡。接着是汉斯·弗兰克，他的角色由美国检察官西德尼·阿尔德曼来总结，此人支持莱姆金的种族灭绝罪的提议。他只需要几句话就可以概括弗兰克的角色。前总督应该已经知道会听到什么，因为详细情况已经告知他的律师阿尔弗雷德·塞德尔博士。[9] 阿尔德曼描述了弗兰克在 1939 年的角色，接着是他被元首任命为总督。他曾对希特勒有过私人影响，据说，他"授权、指挥并参与"战争罪和危害人类罪的实施。[10] 波兰和伦贝格的事件被摆在了审判的中心位置。

117

劳特派特写信给在巴勒斯坦探望父母的拉谢尔，向她描述了"饱含激情"的一天，他将永生难忘但鲜少谈起的一天。"这是一次难忘的经历，历史上头一回，主权国家坐在被告席上。"[11]

劳特派特听到苏联检察官陈述伦贝格的屠杀事件时，他对于家人的下落仍--无所知。新闻媒体报道了他的出席，作为英俊潇洒的哈特利·肖克罗斯爵士领导的团队中的重要成员。英国《泰晤士报》报道，年轻的英国大律师团队"因为剑桥大学劳特派特教授的加入而实力大增"，称劳特派特为"国际法领域著名权威"。他前一天从剑桥来到纽伦堡，入住纽伦堡大酒店，这家拥有精美酒廊的酒店至今仍保持着原貌。他领取了第 146 号通行证，凭此可以出入司法宫大楼（"此通行证允许持有者进入警戒区和法庭")。

苏联检察官陈述危害人类罪时,把保护个人摆到了中心位置。劳特派特应该已经听到了"种族灭绝"的提法,这个他不赞成的不切实际的概念,令他担心会损害对个人保护的术语。他唯恐强调种族灭绝会强化部落主义的潜在本能,可能还会增强"我们"和"他们"的感觉,让一个群体与另一个群体对立。

与被告人(包括弗兰克在内)的近距离接触让他印象深刻。"我的桌子距离被告大约 15 码",他告诉拉谢尔,他可以近距离地观察他们。在检察官公开宣读罪行清单时,观察被告人的面部表情是一种"极大的满足"。[12] 但是,他丝毫没有向拉谢尔提及在审判第一天检察官描述的恐怖事实,即 1942 年夏天发生在伦贝格的那些事件。他有没有特别注意弗兰克?弗兰克是否留意到了劳特派特?我问伊莱是否知道他父亲具体坐在哪里,是坐在旁听席里,还是与英国检察官一起或是坐在其他位置?伊莱对我说他没有相关信息。"我的父亲从来没有向我说过这件事,"他说,"而且家里也没有我父亲在法庭上的照片。"相关的资料里,仅留下一张《伦敦新闻画报》上刊登的照片,显示了英国检查团队在法院外。[13]

这是一个由 12 名身穿正装、面无笑容的男性组成的团队。肖克罗斯在正中,跷腿坐着,双手交叠于大腿上。坐在他左手边,正看着摄影师的是严肃的戴维·马克斯韦尔·法伊夫,再往左,坐在前排顶头处叉着手臂看向镜头的是劳特派特。他看上去很自信,甚至可以说志得意满。

我想知道劳特派特坐在 600 号审判庭的哪个位置。在一个温暖的 9 月下午,我来到隐藏在伦敦西郊的盖蒂图片资料馆。我在那里找到了很多在纽伦堡审判中拍摄的照片,包括《图画邮报》

英国检查团队，纽伦堡，《伦敦新闻画报》，1945 年 12 月（前排左起：劳特派特、马克斯韦尔·法伊夫、肖克罗斯、卡其·罗伯茨及帕特里克·迪安）

授权的一套珍贵的照片，这份现已停刊的报纸当时派了数个摄影记者去了审判庭现场。"有一位德国摄影师拍摄的联络表"，档案员带着讽刺的笑容说道，还有大量底片，都是印在易碎的矩形薄玻璃片上的，需要使用特殊的查看器。这是一个耗时的过程，因为每张玻璃底片都必须先从保护它的半透明纸封套中取出，然后放在查看器上，而且还要调节对焦。在一个下午的时间里，我手动查看了数百个小封套里面的玻璃底片，费力地寻找着劳特派特的身影。好几个小时过去了，我终于找到了他，在审判开庭那天他正在进入法庭，神色忧虑，穿着深色西装和白色衬衫，鼻梁上架着那副熟悉的圆框眼镜。他走在哈特利·肖克罗斯身后，后者正用略有些不屑的目光盯着镜头。这两人即将见到被告。

纽伦堡，1945 年 11 月 20 日；肖克罗斯（看向镜头）进入法庭，身后是劳特派特

我仔细查看众多小玻璃片中的每一张，扫过一张张细小的面孔，希望能再找到一张劳特派特的照片。那天在场的人太多了，这个过程如同在勃鲁盖尔的画中寻找一张熟悉的脸。最终我发现了他，在离弗兰克很近的地方。

这张照片是在开庭日当天从法庭上方的阁楼以俯视角度拍摄的。被告席在右下角，可以看到赫尔曼·戈林显眼的身形，他穿着一件宽大的浅色西装向前倚在栏杆上。同样坐在被告席上的，戈林左手边的第五个，就在画面被拍摄处的阁楼栏杆遮挡的近旁，我可以看到弗兰克微微低下的头。他坐在阿尔弗雷德·罗森堡旁边，后者似乎正在看向弗兰克的腿上（的文件）。

在照片中间，我数了数共有五张长木桌，每张桌子有九到十个座位。英国检查团队坐在左起第二张桌子上。正在发言台上向（左侧）画面以外的法官做陈述的苏联检察官的左边是戴维·马克斯韦尔·法伊夫。劳特派特坐在同一张桌子的末端，双手交叠撑

纽伦堡司法官，1945 年 11 月 20 日

着下巴，全神贯注地思索着。他面朝被告，与弗兰克之间只隔着寥寥几张桌椅。

弗兰克当天肯定有很多需要担心的事。布里吉特来信了，他告诉阿尔弗雷德·罗森堡和前维也纳大区长官巴尔杜尔·冯·席拉赫，后者曾亲自负责将马尔卡·布赫霍尔茨和其他超过 1.5 万名维也纳犹太人驱逐到特雷西恩施塔特。她在信中说，尼克拉斯和其他孩子已被派去街头乞讨面包。

"告诉我，罗森堡，所有这些破坏和痛苦有必要吗？"弗兰克问道，"所有那些种族政治的意义何在？"[14]

巴尔杜尔·冯·席拉赫听到罗森堡解释说，他没有料到他推行的种族政治会导致大屠杀和战争。"我所寻求的只是和平的解决方案。"

118

第二天，弗兰克在劳特派特的注视下为自己做了辩护。和其他被告一样，他有两个选择，"有罪"或"无罪"。在他之前发言的五个人选择了"无罪"。

"汉斯·弗兰克"，劳伦斯大法官用浑厚低沉的声音说道，示意这位德国法学家发表抗辩意见。玛莎·盖尔霍恩是那天在法庭上的美国战地记者，他惊讶于弗兰克那"刻薄的小脸"，挺立在粉色两颊中间的"细尖的鼻子"，以及"服帖的黑发"。很有耐心的样子，她想，弗兰克就像生意冷清的餐厅里的服务生一样泰然自若，与抽搐发疯的鲁道夫·赫斯形成鲜明对比。[15]

弗兰克用墨镜遮住了眼睛，以免向外界流露出类似于情感的东西。他有足够的时间衡量两种选择之间的利弊，从头到尾想一遍他那 38 册日记给控方提供了多少机会。假如他曾想过要表明自己负有一定程度的责任，也许非常有限的一点点责任就足以把他与其他被告区别开来，那么他就不打算表现出来。

"我声明自己无罪。"[16] 他目的明确地说道，然后在冰冷的长凳上坐下。我找到了一张照片，他戴着手套的左手放在被告席的栏杆上，他的外套扣得整整齐齐，昂首挺胸地站着，目光坚定地看着法官，一位辩护律师好奇地回头看着他。

没有一个被告选择"有罪"。不过他们总体表现良好，唯一的插曲是戈林突然站起来对法庭大发演讲，立刻就被劳伦斯大法官厉声喝止。坐下，肃静。戈林没有做出任何抵抗，这一刻体现了悄然无声的权力转移。接着，罗伯特·杰克逊应要求为控方做开

"我声明自己无罪。"汉斯·弗兰克，1945 年 11 月 21 日

场陈词。

　　在接下来的一个小时里，杰克逊发表了一段令他闻名世界的演讲。劳特派特坐在一位令他钦佩的同事后面，看着杰克逊登上几级台阶站到木制发言台前，在台子上整齐地摆放好自己的文件资料和钢笔。而在一众专注地盯着这个美国人的德国辩护律师后面，弗兰克可以从一个不同的角度细细观察这位控方首席的五官。

　　"这是有史以来首次公开审判破坏世界和平的罪犯，我们深感责任重大。"[17] 杰克逊字字珠玑，掷地有声。他谈到战胜国的仁慈和战败国的责任，谈到那些应受谴责和惩罚的精心策划、恶毒狠绝的罪行。人类文明不能容忍对这些罪行置之不理，因其重演必将导致人类文明的毁灭。"四个伟大的国家满怀胜利的喜悦和受伤者的悲痛，停住复仇之手，主动将俘获之敌送上法庭审判，这是武力为公理献上的最有意义的赞颂。"[18]

　　杰克逊的发言镇定而从容，他感受到了这一刻法庭上与众不同的紧张气氛，停顿了一会儿才又开口，向人们指出一条可行的道路。是的，这个法庭是"新奇和试验性的"，他承认道，其目的是"利用国际法以对抗最大的威胁"。然而，它要切实可行，而不是为了维护模糊的法律理论，而且它无疑不是为了"惩处犯有轻微罪行的小人物"。被起诉的是那些握有巨大权力的人，他们利用权力，"实施波及世界上每家每户的罪恶行动"。

　　杰克逊谈到了被告"对于彻底性的日耳曼式执着"，以书面形式记录自己行为的习惯。他描述了民族群体和犹太人的遭遇、纳粹"对无数人的冷血大屠杀"，以及他们所犯的"危害人类罪"。这些观点是他与劳特派特曾于1941年在纽约讨论过的，并于四年后在克莱默路的花园中再次讨论过。这些也是他1941年9月在印第安纳波利斯演讲时提出的主题，当时莱姆金听到他呼吁用"法律统治"终结国与国之间不受某种普通规则约束的状态。

　　杰克逊落脚在汉斯·弗兰克个人身上，后者似乎在自己名字被提到时瞬间绷紧了。"一名专业的律师，说起来令我蒙羞"，一个帮助制定《纽伦堡法令》的人。杰克逊介绍了弗兰克的日记，它是对心得和公开演讲的日常记录，杰克逊的引用初次显示了这些日记将在审判过程中扮演的重要角色。"我不可能在短短一年内就消灭所有的虱子和犹太人。"弗兰克在1940年说道。一年后，他自豪地提及他送到"帝国"去的上百万甚至更多的波兰人。直到1944年，即使苏联人步步逼近克拉科夫，弗兰克依然在办这件事，他宣称犹太人是"必须消灭的种族"。[19]这些日记是一座等待开采的金矿。可能弗兰克预料到了他的言论将被用在何处，但他没有表现出来。

如此丰富的证据使杰克逊能够以简单的请求作为陈词的结尾。此次审判"致力于将政治家纳入法律之管辖范围",它的有效性将以它结束无法无天状态的能力来衡量,正如这个新的联合国组织提供了朝着和平与法治迈进一步的前景一样。杰克逊对法官说,"真正的控方"不是同盟国,而是"文明"本身。由于被告已将德国人民拖入如此"深重的不幸",在每个大陆激起仇恨和暴力,他们现在唯一的希望是国际法远远落后于道德。法官必须表明这一点,"国际法的力量"是"站在和平这一边的,这样,所有国家的善良的男男女女才能够'过上任何人无从干涉、唯以法律为准的生活'"。[20]劳特派特认出了这段话,它引自鲁德亚德·吉卜林的诗《老问题》,该诗援引了 1689 年发生在英国的事件,当时人民反抗全能的英国君主,最终将其送上法庭。

在杰克逊讲话时,劳特派特没有表现出一丝情绪。他务实、坚忍、毫不急躁。他后来对拉谢尔说,杰克逊的演讲极其精彩而且具有重大历史意义,这是一项"伟大的个人成就"。[21]他也对能够看到弗兰克和另一名被告人被迫听着他们施暴行径时的表情感到满足。杰克逊一说完,劳特派特立刻走上前去和他握手,紧紧握了"许久"才松开。他会注意到杰克逊演讲中至少有一处明显的省略:尽管在 5 月份向莱姆金表示了支持,10 月份再次表示支持,但起诉书最终定稿时,杰克逊没有使用"种族灭绝"这个词。

119

劳特派特在审判第三天离开纽伦堡,返回剑桥和课堂。他与肖克罗斯同行,后者需要回伦敦处理政府公务,如此一来,英国检察官团队的开庭陈述便推迟到 12 月 4 日。肖克罗斯不希望副手马克斯韦尔·法伊夫成为第一个发言的英国人。

由于天气恶劣，劳特派特这趟回家的旅程很是缓慢。当小型飞机降落在克罗伊登机场时，他感到身体不适。他一直以来都睡不好，现在反复回想着在法庭上听到的细节就更加辗转反侧。弗兰克日记中的文字、对利沃夫家人的担忧和提心吊胆，以及他没能说服他们转移到英格兰的挫败感和内疚感——在这些个人担忧之外，他还挂心肖克罗斯那篇在法律专业层面结构较差而且论点薄弱的低水平开场陈词。[22]

随着杰克逊的强有力的开场，英国人不得不更加努力，他先后对拉谢尔和肖克罗斯本人都说过，这不是一件容易的事情，因为总检察长本人撰写了大部分的发言稿。肖克罗斯让他帮忙修改发言稿，这是一个不容拒绝的邀请。劳特派特无视医生让他好好休息的嘱咐，花了整整一周时间完成了这个任务，借此机会推行自己关于保护个体和危害人类罪的观点。他亲自手写发言稿，然后把这些纸稿交给了他忠实可靠的秘书莱昂斯太太，她将其制作成打字稿供他审阅。最终打出的发言稿长达 30 页，并用火车从剑桥发往伦敦利物浦街车站，由肖克罗斯的办公室签收。

伊莱保存着他父亲的原始手写稿。我得以拜读劳特派特如何处理肖克罗斯分配给他的主题——德国之诉诸战争。劳特派特将对该主题的论述调整为更好的顺序，然后他引入了对于他个人更热衷的问题的论证：个体的权利。[23] 他使用的文字非常明显地源自他在几个月前出版的《国际人权法案》中提出的观点。他的思想要点凝结在了一句话中："我们已经在过去宣布并成功论证了，国际社会有权代表受侵犯之人，出面干预国家蓄意以毁灭人类道德感之方式践踏和侵犯人权的行径。"[24]

这些话是在请求法庭裁定盟军有权使用武力来保护"人权"。这个观点在当时是有争议的，今天仍然如此，有时它被称为"人道主义干预"——在我第一次看到劳特派特的原始手稿时，奥巴马总统和英国首相戴维·卡梅伦正在努力向美国国会和英国议会证明，对叙利亚的军事干涉在法律上是正义的，是为了保护数十万人的人权。他们那最终未被接受的论证源自劳特派特的观点，这一观点体现在危害人类罪的概念当中——危害人类罪所指向的，是那些足以令他人有权以保护者的身份采取行动的极度恶劣行径。劳特派特据理力争，称自己只不过是在发展完善已有的、早已确立的规则。这个论点——在 1945 年是颇有野心的——现在由一位倡导者提出，而不是由一位学者提出。

劳特派特起草的发言稿中没有提到种族灭绝、纳粹、作为一个群体的德国人，或针对犹太人和波兰人的罪行，它事实上没有提到针对任何一个群体的罪行。劳特派特反对法律对群体身份的识别，无论是作为受害者还是加害人。为什么这样选择？他从来没有彻底地解释过，但我想到了他在伦贝格的经历，在街垒中亲眼看见一个群体如何与另一个群体反目成仇。后来他又亲眼看到，法律希望保护一部分群体时，就像《波兰少数民族条约》宣布时，所引发的激烈的反弹。制定不完善的法律可能产生意想不到的后果，恰恰容易引起它们试图阻止的错误。我本能地同情劳特派特的观点，这种观点的动机是希望加强对每个人的保护，而不管他或她属于哪个群体，以限制潜在的部落主义，而不是加强它。通过关注个人而不是群体，劳特派特希望减少群体间冲突的趋势。这是一种理性的、开明的观点，也是一种理想主义的观点。

　　莱姆金对这个论点做出了最激烈的反驳。他不是要反对个人权利，但他认为过分关注个体未免有些天真，忽视了冲突和暴力的现实：个体成为目标是因为他们是特定群体的成员，而不是因为他们的个体特质。对于莱姆金来说，法律必须反映真实动机和真正意图，这些力量解释了为什么来自某些目标群体的特定个体被杀害。对于莱姆金来说，关注群体是比较现实的方法。

　　尽管他们有着共同的种族背景，都渴望找到行之有效的方法，劳特派特和莱姆金在针对这个重大问题提出解决方案时却存在严重分歧：法律如何有助于防止大规模杀戮？劳特派特说，保护个人。莱姆金说，保护群体。

120

　　劳特派特完成了肖克罗斯的演讲稿并于 11 月 29 日将其发送到伦敦，演讲稿中对种族灭绝和群体保持沉默。作为小小的庆祝，他在夜色中散步到三一学院的研究员花厅，给自己来了一杯波特酒。[25] 第二天，肖克罗斯发来礼节性的谢函。

　　肖克罗斯独自先行回到纽伦堡代表英方发表开庭陈述。12 月 4 日，总检察长在第一部关于集中营的严肃电影上映后不久向法庭发表了讲话，这部电影让许多人陷入相当痛苦的境地。电影充满颗粒感的黑白画面显示的残酷内容反衬出了肖克罗斯在发言中采取的有条不紊的冷静语调。他勾勒出了纳粹侵略整个欧洲大陆的行动：从 1939 年入侵波兰开始，到 1940 入侵比利时、荷兰、法国和卢森堡，然后在 1941 年初入侵希腊和南斯拉夫，最后是 1941 年 6 月入侵苏联的巴巴罗萨行动。

肖克罗斯的法律论证大部分来自劳特派特起草的发言稿。演讲中大段大段地用了这位剑桥学者的话来论述危害人类罪的概念由来已久，"国际社会"长期以来一直声称"有权代表受侵犯之人，出面干预国家蓄意以毁灭人类道德感之方式践踏和侵犯人权的行径"。演讲的这一部分用了 15 页的篇幅，其中 12 页由劳特派特撰写。关于危害人类罪和个体权利，肖克罗斯讲出了劳特派特的原话，力陈法庭应该抛弃主权国可以按自己的意愿行事，肆意杀害、伤残和折磨人民的传统。[26]

劳特派特预料到被告将声称由于不能依据国际法对国家定罪，因此为国家服务的个人也不能被定罪，他提醒肖克罗斯在被告辩护之前先发制人。国家可以是罪犯，肖克罗斯对法庭陈述道，因此必须通过"采取比处理个人案件时更激烈和更有效的"方式来惩治其罪行。代表这种国家行事的个人"负有直接责任"，应该受到惩罚。戈林、斯佩尔和弗兰克都是他的目标。

肖克罗斯论证的核心属于劳特派特。英国总检察长称，"国家不是抽象的实体"，这一陈述将在本法庭上，以及之后的岁月中被一再重复。"它的权利和义务就是人的权利和义务"，其行为就是政治家的行为，必能让他们"躲在国家无形人格的背后寻求豁免"。这是激进的言论，蕴含了个人责任的观点，将"基本人权"和"基本人道主义义务"置于新的国际体系的核心位置。如果这是一项创新，肖克罗斯总结说，那么这是我们应当捍卫的创新。

按照劳特派特的引导，肖克罗斯没有提及种族灭绝。当总检察长在纽伦堡发言时，劳特派特在剑桥大学做了一场关于这次审判在强调个人保护方面的作用的讲座。讲座结束后，三一学院的研究员 T. 埃利斯·刘易斯发来一封短笺，表达了对劳特派特的

"精彩表现"的欣赏。"你的发言充满信念，源自头脑和内心的信念，充满了人们期望在一个熟悉自己领域的律师身上看到的公正。"[27]

121

在审判开始的几周内，新颖的法律论证和前所未有的、可怕的证据——呈现在法官面前。除了弗兰克的日记之外，还有诡异的手工艺品——带有刺青的人皮、萎缩的头颅，一些影片则被投放到挂在法庭后面的白色大银幕上。希特勒在一部短片中的出现在被告席引起了骚动。"你难道感受不到他强大的人格力量吗？"有人听到里宾特洛甫评论道，"他是怎样让人们拜倒在他脚下的？"人格的力量是"惊人的"。[28]

被告席对于其他影片的反应要平静得多，特别是在欧洲各地的集中营和隔都中拍摄的场景。一部私人影片——由一名参加了华沙的一场屠杀的德国士兵拍摄——映衬了"被大声朗读出来的纳粹波兰总督弗兰克日记中的文字"（据《纽约客》杂志报道）。[29]文字和图像的相互作用有没有令弗兰克反思他在华沙的行动或是不毁掉日记的决定不够明智？他有没有想起希特勒做出的把华沙夷为平地的命令？或是想起他发给元首的那封提到华沙正"被烈焰包围"的奇迹景象的自夸电报？——苏联人后来发现了它。或者有没有想起党卫队集团领袖于尔根·斯特鲁普为他准备的有关毁灭隔都的装帧精美的报告？或是他自己陪同库西内利·马拉帕尔特到华沙隔都的那次参观？或是那个直到他统治结束都带在身边的家庭影片中那个穿着红色裙子微笑的小女孩？

即便弗兰克想到了这些，他也没有在脸上显露出来。除了偶尔表现得"极度专注"，他没有流露任何其他情绪，他的眼睛隐藏在墨镜后面。[30] 看起来这不是因为他感到羞愧，而是因为他正专注于法律论证，忙着准备对这些影片做出抗议和解释。他的律师塞德尔对法官说，华沙的影片只提供了一个更为复杂的故事中的一面，并请求给予弗兰克立即做出回应的权利。请求被驳回。弗兰克会有机会向法庭发言，但不是现在。

记者和旁听席的观众也观看了这些影片。在审判过程中，著名的观众包括前纽约市长菲奥雷洛·拉瓜迪亚，伊夫林·沃、约翰·多斯·帕索斯等作家，学者，军官，甚至还有演员。每日的媒体报道吸引了人们前来观看，人们期望见识赫尔曼·戈林的"戏剧气质"，看他穿着他那华丽的"花哨衣服"。[31] 法官和检察官的少数家庭成员坐在旁听席里，其中一人是主持审判程序的劳伦斯大法官的 21 岁的女儿伊尼德·劳伦斯。

122

伊尼德·劳伦斯，后来成为邓达斯夫人，通常用罗比这个名字，她邀请我到她位于肯辛顿的静谧老公寓的家中喝茶。她是世上少数几个能够提供审判早期第一手资料的人。这位英国战斗英雄的遗孀从容而又清晰地讲述了她如何于 1945 年 12 月第一次到达纽伦堡，与父母一起在酒店住宿。她保存了一本用铅笔书写的口袋日记，现在她借助它来唤起记忆。[32]

她前往纽伦堡是出公差，她解释道，因为她在战争期间及战争结束后为盟军做关于双重间谍之使用问题的工作。她前往纽伦堡与被告德国国防军作战部长阿尔弗雷德·约德尔面谈。"一个足够友好的小个子。"她说，而且非常配合。他不知道那位与他面谈的年轻女士是审判长的女儿，也不知道她在空闲时间参观了纽伦堡的景点。

她很崇拜她的父亲，一个没有被野心或意识形态所污染的"坦率的人"，无论是对关于种族灭绝或危害人类罪的神学辩论，还是对保护团体或保护个人之间的细微区分，他都毫无兴趣。温斯顿·丘吉尔坚持选择他，他们同为私人餐会"另一俱乐部"的成员。在她父亲眼中，这份工作就是将法律应用于事实，并且公平而迅速地做到这一点。他预计用不了半年时间就能回家了。

他被选作庭长属于巧合，罗比补充说，因为他是唯一能被所有人接受的法官："俄国人不想选美国人，美国人不想选俄国人或法国人，法国人不想选俄国人。"她的父亲从来没有写过关于这场审判的文章，没有任何详细的记叙，不像美国法官比德尔写了书，[33]或是法国法官法尔科在70年后出版了审判日记。[34]

"我的父亲不认同比德尔的日记。"罗比尖锐地指出。法官之间商量做出的私密决定就应当保持私密。

她后来结识了其他法官。尼基琴科将军如何？"受莫斯科的控制。"而他的替补法官，偶尔与她跳舞的沃尔契科夫中校"更有人情味"。他教她用俄语怎么说"我爱你"（她父亲在审判结束后仍与沃尔契科夫保持联系，直到某天通信突然中止了，外交部建议他与其保持距离）。多纳迪厄年纪很大，而且"几乎无法接近"。她的父亲与法国候补法官法尔科的关系要好得多，他们在审判后成了好朋友。他也喜欢比德尔，一位受过良好教育的"常春藤盟校型的美国人"。

在检察官中，最令罗比钦佩的是马克斯韦尔·法伊夫，因为他"在各个方面都是顶尖的",也是在整个审判期间都坚持到场的恪尽职守的律师。我认为这是对肖克罗斯的挖苦,他在聆讯的关键时刻出现,但大部分时间都没有到场,而杰克逊在纽伦堡待了整整一年。罗比不愿意多说,她并不是第一个表达出对肖克罗斯的强烈反感的人。虽然他是一个不错的倡导者,但许多人都认为他傲慢而自大。

12 月初,罗比在 600 号审判庭度过了 5 天。它比英国的审判庭还要大,而且通过耳机翻译有种新奇感。几乎全是男性的场景——每个法官、每个被告、每个检察官。仅有的女性是速记员和翻译人员(其中一名有着一头蓬松的金发,被法官们称为"热情的干草堆"),以及少数记者、作家。

她回忆起被告是"令人印象深刻的一大帮"。戈林很突出,因为"他有意如此",像个领导一样。赫斯"非常扎眼",有一些"极为怪异"的行为,包括持续的古怪的面部活动。卡尔滕布伦纳有一张"瘦长的脸,样子非常残暴"。约德尔"长得不错",他的上司威廉·凯特尔"看起来既像将军,又像士兵"。弗朗茨·冯·帕彭"外表颇为端正"。里宾特洛甫因为他的知名度在伦敦被大量新闻报道。亚尔马·沙赫特"端正而整齐"。阿尔伯特·斯佩尔呢?"就是不一般",因为他的忍耐和克制。施特莱彻?"可怕极了,"罗比·邓达斯笑着说,"他样子很可怕,关于他的一切都很可怕。"

弗兰克呢?是的,她记得汉斯·弗兰克,戴着墨镜。他看起来微不足道,沉浸在自己的思绪里。英国报纸当时刊登了漫画家戴维·洛所画的他的恶毒形象,她提醒我。"关于'在场最卑鄙者'的奖项属于谁，可能意见不一"，洛写道，但他不得不毫不犹豫地投票给"华沙的屠夫"弗兰克。一成不变的冷笑和小声嘟囔的组合为他赢得了这位漫画家的一票。[35]

"他就是从头到尾一直在哭的那个人吗？"她突然问道，这让我想起其他人谈起过弗兰克的眼泪。是的，我说。播放有希特勒的那部影片的那天她就在法庭上，影片让里宾特洛甫等人控制不住地哭起来。

恐怖的片段仍然历历在目。她回忆起达豪集中营一位女性指挥官的罪证，她"用人皮制作灯罩"。她说话时轻轻地摇着头，仿佛试图驱散这段记忆，她的声音越来越低，低到几乎听不到的程度。

"大多数时候是很枯燥的，后来发生的事让我感到惊恐。"

她克制了一下情绪。

"那很恐怖……"

她听到了题为《华沙犹太人隔离区不复存在》的斯特鲁普报告的摘录。

她坐在旁听席里听着弗兰克日记的摘录被宣读。"我们决定饿死 120 万犹太人这件事只应略记一笔。"她听到了这样的话。[36]

她看到了据说是从布痕瓦尔德集中营的尸体上剥下来的人皮。她记得那段将刺青与活生生的肉体联系起来的讲话。

这些证物对罗比·邓达斯产生了深刻的影响，持续了七十多年。"我憎恶德国人，"她突如其来地说道，"一直都是。"然后她拘谨的脸上流露出一丝羞愧的神色。"我很抱歉，"她说话的声音很小，我差点没听到，"我就是无法原谅他们。"

123

至于莱姆金呢？这场审判的开头对于他所支持的观念来说已经很不错了，但经过两个月之后，他的全部努力似乎已经付诸东流。法国和苏联的检察官在第一天就提到了种族灭绝，这让他很满意。跟着是美国人和英国人，但他们完全避免提到这个词。让莱姆金沮丧的是，11 月剩下的日子和整个 12 月 —— 31 天的聆讯里 —— 法庭上再也没有人提到过这个词。

由于杰克逊团队让莱姆金远离纽伦堡，他就在华盛顿关注着审判进展。读到每日送到战争办公室（他在那里担任顾问）来的庭审记录，看到新闻报道中完全没有提及种族灭绝，他十分失望。也许是南方的参议员说服了杰克逊及其团队，害怕对灭绝种族罪提出指控可能波及地方政治，涉及美洲印第安人和黑人的问题。

杰克逊团队积极采取措施让莱姆金远离审判。经过他于 10 月的一番恣意妄为在伦敦制造了麻烦之后，这并不意外。他的才能被转而用于将于 1946 年 4 月在东京举行的另一场战争罪行审判。不过他的任务是调查卡尔·豪斯霍费尔的活动，这位"一战"中的德国将军后来成为慕尼黑学者，是作家斯蒂芬·茨威格相识的人。有人说，豪斯霍费尔为生存空间的概念奠定了知识基础，即通过占领他国领土以增加德国人生存空间的必要性，而且鲁道夫·赫斯曾做过他的研究助理。莱姆金建议对豪斯霍费尔提出指控，但杰克逊以他的活动仅限于"教学与写作"为依据否决了。不久后，豪斯霍费尔夫妇双双自杀，这个问题也就没有实际意义了。[37]

12 月 20 日，审判因圣诞假期休庭。多纳迪厄回到巴黎圣米歇尔大道的寓所中，发现有一封莱姆金的信在等着他，一同寄来的还有一本《轴心国的统治》。莱姆金在 1946 年 1 月收到的答复一定勾起了这位波兰律师设法重新参与审判的渴望。"也许我会很高兴在纽伦堡见到你。"这位法国法官在信中诱惑道。这两位自 20 世纪 30 年代就在国际联盟会议上认识了。"我很高兴收到你的来信并看到信中的消息"，多纳迪厄用瘦长的字体补充写道，他惊讶于莱姆金的信花了这么久才寄到。"我是国际军事法庭的法官"，他接着写道，仿佛莱姆金可能还不知道一样。[38]

法国人认可莱姆金的书是一部"重要"作品。他承认，他没有逐页读完，因为他事务繁忙，只有"略读"的时间。但他确实读了第九章，并认为"种族灭绝"这个词"非常正确"，因为这个术语"明确地"指出了"占据法庭注意力的可怕罪行"。这些话本应该让莱姆金飘飘然，但他足够机敏地察觉到它们的模棱两可。毕竟，多纳迪厄是能够在 1935 年接受邀请去柏林拜访弗兰克的人。

"唉，波兰一直都是主要受害者。"法国法官继续写道。这个提法很奇怪，因为这位法官已经看过了证据。波兰当然是受害者，但它真的是主要受害者吗？也许他是跟身为波兰人的莱姆金客套。也许他不知道莱姆金是犹太人。你有没有听到关于"我们的朋友拉帕波特"的消息？法官问道，他指的是波兰最高法院的法官，也就是曾在 1933 年 10 月警告莱姆金不能去马德里的那个人（拉帕波特在战争中幸存下来，被任命为波兰最高国家法庭庭长，在这个法庭上审判的罪犯包括因电影《辛德勒的名单》而出名的阿蒙·哥特、弗兰克的同事约瑟夫·布勒及奥斯维辛指挥官鲁道夫·赫斯，他们全部被判处死刑 [39]）。

多纳迪厄提到他在战争中失去了一位女婿，一年前"在抵抗运动中"遇害，他与维斯帕先·佩拉保持着联系，后者正在日内瓦撰写一本关于战争罪行的书。多纳迪厄的回信寄到了莱姆金几个月前发信的伦敦地址，从那里转寄到了华盛顿。最后寄到莱姆金位于沃德曼公园酒店的小公寓处。莱姆金知道，如果想要灭绝种族罪在这个案子里获得任何关注，他本人需要动身到纽伦堡去。

124

他的父亲在什么时候或如何得知自己的父母及在伦贝格和若乌凯夫的其他亲人的情况？当我第一次提及这个话题时，伊莱相当粗暴地说他不知道。这个话题从来没有在家里提起。"我估计他是想保护我，所以我从不问。"这是一种熟悉的沉默，是莱昂和许多其他人选择的同一种沉默，被他们身边的人所尊重的沉默。

在与克拉拉·克拉默的对话中，出现了一连串几近不可能的巧合，最终让劳特派特和他外甥女因卡得以团聚。她曾经在若乌凯夫与劳特派特家比邻而居。与她在若乌凯夫一起藏起来的同伴之中有一位梅尔曼先生，他在重获自由之后去伦贝格寻找生还者。他找到犹太人福利委员会，给他们列出一份在若乌凯夫幸存的少数犹太人的名单，其中包括几个姓劳特派特的。这张名单被钉在委员会办公室的墙上，因卡离开在德国占领期间提供避难所的修道院时，碰巧也来到这间办公室。她看到那些若乌凯夫的人名后与梅尔曼先生取得了联系，接着就去了若乌凯夫。在那里，她经人介绍认识了克拉拉·克拉默。

"梅尔曼带回来这位美丽的女孩，"克拉拉对我感叹道，"她光彩照人，就像麦当娜一样，她是我结束躲藏重见天日后结交的第一个朋友。"比克拉拉小三岁的因卡成了她最好的朋友，她们多年来关系一直很好，"亲如姐妹"。因卡把她舅舅的事告诉了克拉拉，因卡的舅舅是剑桥的著名教授，名叫赫希·劳特派特。她们在梅尔曼一家和帕特朗塔西先生——他也是若乌凯夫的幸存者，1913 年在伦贝格上学时曾与劳特派特是同学——的协助下试图找到他。梅尔曼夫妇和因卡离开苏占波兰前往奥地利，最后在维也纳附近的难民营落脚。到了某个时间点——克拉拉不记得确切的情形——帕特朗塔西先生得知劳特派特参与了纽伦堡审判，也许是从报纸上看到的，克拉拉说。帕特朗塔西先生对梅尔曼先生说："因卡的舅舅在纽伦堡，我会想办法见到他。"

因为帕特朗塔西住在难民营外面，能够自由地旅行。"他答应去寻找著名的劳特派特教授。"克拉拉解释说。他到了纽伦堡，站在由坦克守卫着的司法宫的大门外。他无法进入，也不愿惹出麻烦来，于是就等待着。

"他们不让他进去，"克拉拉补充道，"所以他就这样连续三个星期每天都站在那里等。每次有平民从里面出来时，他都低声呼唤：'赫希·劳特派特''赫希·劳特派特'。"克拉拉把她柔软的双手合拢，模仿阿图尔·帕特朗塔西的动作。她的声音小到我几乎听不到："赫希·劳特派特，赫希·劳特派特，赫希·劳特派特。"

直到某一刻，一个路过的人听到了他的小声呼唤，认出了这个名字，便停下来告诉帕特朗塔西说他认识劳特派特。"因卡就这样找到了她舅舅。"从这里联系上了之后，几个星期后他们就有了直接接触。克拉拉不记得是在几月份，但就是在审判开始的那段时间。在这一年即将过去的时候，1945 年 12 月，劳特派特收到了一封关于家人信息的电报。上面没有详细说明，但所包含的信息足以给他希望。"我希望至少孩子还活着。"劳特派特在新年前夕给身在巴勒斯坦的拉谢尔寄去的信中写道。1946 年初，他得知因卡是唯一幸存的家庭成员。几个星期之后，春天到了，因卡和劳特派特直接开始通信了。

克拉拉说不知能否对我讲她当时的想法。她说，她那时有点厌恶，因为因卡是在和一个英国人对话。

"说实话，有一段时间我对英国人比对德国人还恨。"她随即表示抱歉。为什么？我问道。

"德国人说他们会杀了我，而且他们也试图这么做。然后，很久之后，我困在流离失所者的营地里，想要去巴勒斯坦，而英国人不允许我去。那一段时间，我对他们，就像对德国人一样恨。"

她微笑着补充道，现在她的观点已经变了。"我那时才 17 岁，有这种感觉也是情有可原。"

125

1946 年初，弗兰克遇到了一个知音。在没有妻子布里吉特和情妇莉莉·格劳陪伴的情况下，他新的倾诉对象是美国陆军心理学家古斯塔夫·吉尔伯特博士。吉尔伯特负责监视弗兰克的心理和精神健康状况。吉尔伯特写了一本日记，其中记述了许多段对话，并在审判结束后发表了这本日记的长篇节选（《纽伦堡日记》，1947 年出版）。

弗兰克很信任这位心理学家，可以足够自在地与他讨论许多占据他脑海的问题，包括个人问题和职业问题。他谈了他的妻子和情妇，谈了自杀和天主教，谈了元首（"你能想象一个人冷酷地谋划整件事吗？"）。他分享了栩栩如生的梦境，包括莫名其妙的暴力的性幻想，这些幻想偶尔会导致"梦遗"（这是吉尔伯特博士的用词）。[40]吉尔伯特并不介意分享从他人处听来的秘密；在罗伯特·杰克逊家的一次晚宴上，他告诉比德尔法官，被告中有三个"同性恋者"，其中一个是弗兰克。[41]

在圣诞节休庭期间，吉尔伯特博士到弗兰克的小牢房进行例行探视。这位前总督正在忙着准备辩护词，显然在为没有销毁日记而懊恼不已，这些日记在控方手中派上了极大的用场。吉尔伯特博士问弗兰克，他怎么没销毁这些日记。

"我听了……巴赫清唱剧《马太受难曲》，"弗兰克对这位美国人说，"当我听到基督的声音时，他似乎在对我说：'什么？用假面具去面对敌人？你不可能向上帝隐瞒真相！'不，真相一定会出现，彻彻底底地。"弗兰克经常提起巴赫的重要作品，当中的怜悯和宽恕之意给了他慰藉。[42]

读到这些后，我去观看了一些伦敦和纽约的《马太受难曲》的演出，甚至还在巴赫创作这部作品的地点——莱比锡圣托马斯教堂观看了一场演出。我想要弄明白这部作品中的哪些部分是弗兰克心里所想的，他如何在监狱牢房中得到慰藉。最为人熟知的咏叹调是《我的神，由于我所流的眼泪，请垂怜我》。吉尔伯特博士可能将其解读成是为了个体的软弱而流泪，表达了一种乞求怜悯的忏悔，代表着全体人类。弗兰克是否正确地识别了巴赫的用意？如果是的话，他必然会选择别的作品。十年前，他曾在柏林指责个人享有权利的观点。现在他用一部以强调个人的救赎权而著称的音乐作品作为庇护。

吉尔伯特博士讲到了牢房中的弗兰克在等待审判的那些日子里皈依天主教的话题。弗兰克喃喃说着责任感和诚实的必要性。这是否只是一种歇斯底里的症状，只是为了应对心中的内疚感？弗兰克没有回应。这位美国心理学家感受到了他残留的对纳粹政权的积极情绪，但同时还有对希特勒的敌意。在 1 月初，弗兰克的律师询问梵蒂冈是否在帮助控方，以及弗兰克是否应该离开教会。这个问题引起了弗兰克的反思。

"就好像我是两个人一样，"吉尔伯特博士听着弗兰克倾诉道，"眼下是我，我自己，弗兰克——另一个是纳粹领导人弗兰克。"弗兰克是在耍诡计还是真诚的？吉尔伯特博士暗自揣度。[43]

"有时候我都不知道另一个弗兰克怎么可能做出这些事情。这个弗兰克看着另一个弗兰克说：'嗯，弗兰克你真是个卑鄙小人！——你怎么能做这样的事情？——你肯定被情绪冲昏头了，是不是？'"

吉尔伯特博士沉默不语。

"我敢肯定，作为心理学家，你一定觉得这非常有趣。就好像我是两个不同的人。我在这里，我自己；而那位大发纳粹演讲的弗兰克在那里受审。"

吉尔伯特仍然保持沉默。他越不讲话，弗兰克就说得越多。

"令人着迷，不是吗？"弗兰克略带绝望地说道。

令人着迷且精神分裂，吉尔伯特想，并且毫无疑问是为了将弗兰克自己从绞索中解救出来而设计的。

126

在接下来的一个月里，审判流程从展示一般证据过渡到个人陈述环节，证人出庭给出个人的、一手的证词。其中一位证人是讲波兰语的会计塞缪尔·拉兹曼，他是特雷布林卡集中营唯一的幸存者。

我发觉拉兹曼的叙述特别有说服力且令我感同身受，因为特雷布林卡也是马尔卡遇害的地方。莱昂直到生命的尽头才获知详细的情况，当时我的母亲向他展示了一本书，其中包含了一份特雷西恩施塔特关押者的长长的名单。在数以千计的名字中有马尔卡·布赫霍尔茨的名字，注明在1942年9月23日她被从特雷西恩施塔特运送到特雷布林卡。莱昂拿着这本书回到他的房间独自待着，我的母亲听到他在里面哭了。第二天，他没有再说起这本书，也没再说起特雷布林卡，他从不说起，从没在我面前说起。

1946年2月27日上午，塞缪尔·拉兹曼出现在证人席，在被控方介绍给法官时他被形容为"从另一个世界回来"的男人。[44]他穿戴着深色西装和领带，鼻子上架着一副眼镜。他那瘦骨嶙峋的脸令人不禁惊讶和疑惑于他还活着这件事，他坐的地方离曾经掌管过特雷布林卡所在的那片领土的弗兰克仅几英尺之遥。望向这个男人时，人们无从得知他所走过的路、所目睹过的恐怖。

他以平缓冷静的语调讲述了1942年8月从华沙隔都开始的旅程，在非人道的条件下人们通过铁路被运走，8000人被装进拥挤不堪的运牲口用的列车。他是唯一的幸存者。苏联检察官询问他到达时的情况，拉兹曼告诉他，他们是怎样被迫脱掉衣服，沿着一小段"天堂之路"走向毒气室，突然一个来自华沙的朋友将他挑出来，把他领到别处。德国人需要一名翻译，但在当翻译之前，他的工作是将死者的衣服装到从特雷布林卡开出的空列车上。两天后，一列从文内格洛瓦小镇开出的运输车抵达，车上有他的母亲和兄弟姐妹。他眼睁睁看着他们走进毒气室，无力阻止。几天后，他收到了妻子的文件，连同一张妻子和孩子的合影。"这就是我的家人在这世上留给我的全部，"他在法庭上公开说道，"一张照片。"

他翔实地描述了以工业规模进行的屠杀，以及恐怖、不人道的个人行为。一名十岁的女孩和她两岁的妹妹被带到"医务室"，由一位名叫威利·门茨的德国人看守，他是一个蓄着小黑胡子的送奶工（门茨后来又回去继续做送奶工，直到在 1965 年德国的特雷布林卡审判中被判处终身监禁）。当门茨拿起枪时，姐姐扑到了他的身上。他为什么想要杀死妹妹？拉兹曼描述了他如何看着门茨抓起这个两岁大的孩子，走了一小段路到焚化室，把她扔进焚化炉。然后他杀了姐姐。

坐成两排的被告人默默地听着，脸上露出羞愧的表情。弗兰克是否一副垂头丧气的样子？

拉兹曼用一成不变的语调继续讲述。一名老妇和她女儿被带到"医务室"，女儿正在分娩，被迫躺在一块草地上。卫兵们在看着她分娩。门茨问外婆，她宁可看到哪一个先被杀？老太太乞求先杀自己。

"当然，他们是反着来的。"拉兹曼告诉法庭，非常平静地说。"先杀了刚出生的婴儿，然后是孩子的母亲，最后是外婆。"

拉兹曼谈到了集中营和伪造的火车站的情况。副指挥官库尔特·弗兰兹建造了一座挂着假标志的一流火车站，后来又增设了假餐厅。时刻表上列出了通往格罗德诺、苏瓦乌基、维也纳、柏林的车次出发时间和到达时间。就像拍电影的布景一样。拉兹曼解释说，是为了安抚人们，"以防发生意外"。

为了心理上的作用，让人们在死亡来临时感到安心？

"是的。"拉兹曼的声音保持冷静、平缓。

每天有多少人被灭绝？ 1 万到 1.2 万人。

是如何实施的？ 最初，他们用的是三个毒气室，后来是十多个。

拉兹曼描述了西格蒙德·弗洛伊德的三个妹妹到达时火车站台上的情形。那是 1942 年的 9 月 23 日。他看到指挥官库尔特·弗兰兹处理了其中一个妹妹的特殊待遇请求。[45]

在阅读了这个审判记录后，利用来自特雷西恩施塔特的弗洛伊德姐妹抵达时的细节，我去查找了运输弗洛伊德姐妹那一趟车的情况。当我找到她们时，我看了清单上的其他名字，有一千多个名字，最终我找到了马尔卡·布赫霍尔茨的名字。当她抵达时，拉兹曼一定就在站台上。

127

我决定去特雷布林卡集中营（或者说是其残存的遗迹）看看。我应邀去波兰举办两场讲座时正好有了这个机会。一场在克拉科夫，另一场在华沙，距离特雷布林卡旧址仅一小时车程。克拉科夫的讲座是在阿勒汉德学院举办的，该学院是为纪念劳特派特和莱姆金共同的老师阿勒汉德教授而命名的，他在伦贝格因为质问一个卫兵有没有良心而被杀害。华沙的讲座是在波兰国际事务研究所举办的。两场讲座都座无虚席，观众提了许多关于劳特派特和莱姆金的问题。关于身份的问题占绝大多数。他们问我，认为他们是波兰人还是犹太人？还是两者皆是？这重要吗？我答道。

在华沙，我遇到了波兰法律史专家亚当·雷季奇，他给我讲了教过劳特派特和莱姆金的伦贝格教授斯坦尼斯拉夫·斯塔津斯基的事。他认为应该是斯塔津斯基在无意中挽救了劳特派特，因为他在 1923 年支持了另一位候选人担任利沃夫大学的国际法系主任。伦贝格众教授的照片是雷季奇教授给我的，那是一张摄于 1912 年的合影，里面一共 18 个男性，每个人都留着髭须或络腮胡，其中包括马卡雷维奇，还有后来在伦贝格被德国人杀害的阿勒汉德和隆尚·德·贝里埃。[46]

在华沙的讲座上，观众席中还坐着前波兰外交部长亚当·罗特费尔德。后来罗特费尔德和我谈到了利沃夫，他的出生地佩列梅什利亚内镇就在那附近。我们还谈到了少数族裔的权利，1919 年的条约，犹太人大屠杀，纽伦堡。是的，他告诉我，启发了劳特派特和莱姆金的那位老师可能就是马卡雷维奇。多么讽刺，他若有所思道，一个有着极强民族主义同情心的人成了那个催化劳特派特与莱姆金之间、个人和群体之间冲突的人。

之后我和儿子去参观了新的华沙起义博物馆。其中一个展厅用一整面墙展示了一张巨大的弗兰克一家的黑白照片。我见过这张照片，尼克拉斯·弗兰克几个月前给我发过这张照片。那时他才三岁，穿着一套黑白格子衣服和漆黑发亮的皮鞋，拉着他母亲的手。他站在他父亲面前，背对着他。他看起来不高兴，仿佛想去别的地方。

我和儿子从华沙出发，开车前往特雷布林卡。一路上满是沉闷、单调、灰暗的自然景观。出了高速公路后，我们经过了一些浓密的树林、村庄和教堂。偶尔有独栋的木造建筑打破单调，民居或是谷仓。我们在一处集市停下车，买了饼干和一盆殷红如血的鲜花。车内有一张地图，显示特雷布林卡就在通往瓦夫卡维斯克的路上。

德国人在离开时匆匆摧毁了特雷布林卡的集中营，没有留下什么实质的东西。那里有一个小型博物馆，展示着少量褪色模糊的照片和文件，根据少数幸存者的回忆重构的集中营简陋模型。玻璃罩后面陈列着一些政府法令，部分有弗兰克的签名，其中一份文件批准了 1941 年 10 月的死刑。

另一份文件由指挥官弗朗茨·施坦格尔签署，作家基塔·瑟伦利以此人为主题写了一本令人不安的书。施坦格尔的签名旁边盖着熟悉的总督辖区的圆形图章。这是在特雷布林卡，1943 年 9 月 26 日。这个无法被抹去的具有决定意义的黑色标志指明了责任归属，无可辩驳地证明了弗兰克的权力覆盖着这座集中营。

其他什么都没有了。当苏军发现这个集中营时，瓦西里·格罗斯曼的文章《特雷布林卡的地狱》提供了另一番及时而残酷的讲述。"我们踏在特雷布林卡的土地上，"他写道，"脚下扬起骨头、牙齿、纸张、衣物和其他各种东西的碎片。土地不想保守秘密。"[47] 那是在 1944 年 9 月。

进门后是一条在草地上踏出的土路，水泥轨枕显示了当年的铁路线，拉兹曼、弗洛伊德姐妹和马尔卡沿着这条铁路来到他们生命的终点——一个站台。格罗斯曼在文中描写的半腐烂衬衫和折叠小刀已经荡然无存，装饰着红色绒球的童鞋已经不复存在。

那些杯子、护照、照片和配给卡都已消失，埋在树林中。后来这里被开垦出来放置象征性的水泥轨枕和站台，让人们在心里想象这样一段旅程。

成百块未经雕琢的岩石纪念碑在无尽的灰色天空下排开，像墓碑，又像是雪滴花，嵌入土中。每块岩石上都标有一个小村落、一个村庄或城镇、一个城市或地区，就是来自这些地方的总共 100 万人被关进这座集中营。人们在这里陷入深深的反思，头顶还是当年的天空，四周环绕着高耸的绿杉树。森林默默保守着秘密。

后来我们去了附近的小镇找东西吃。我们经过了废弃的特雷布林卡镇火车站，位于营地几英里开外，威利·门茨与其他德国和乌克兰的工人使用过这座火车站。不远处是布罗克镇，我们在那里的一家寒酸的餐馆里吃了午饭。餐馆内小声播放着电台音乐，一段熟悉的旋律在餐馆里响起，是一首写于 20 世纪 90 年代洛杉矶暴动时期的歌曲。"莫耽于已经逝去的，也莫忧心尚未到来的。"

莱昂纳德·科恩和他想要传达的信息在当今的波兰很流行。"世间万物都有缝隙，所以光才能照进来。"

128

塞缪尔·拉兹曼的证词结束后庭审进入新阶段。1946 年 3 月，戈林是被告中第一个做辩护的。轮到弗兰克时，他知道自己面临着真正的挑战，让自己逃脱绞刑并非易事。那些日记被控方用来"钉死"他，据《纽约客》报道，苏联人经常援引这些日记。[48]

4 月 18 日，星期四，是弗兰克在法庭上辩护的日子。排在他前面的是恩斯特·卡尔滕布伦纳和阿尔弗雷德·罗森堡，他们试图说服法庭，"灭绝"这个词并不意味着其字面意思，更确切地说，它并不指大规模屠杀。[49]奥斯维辛集中营指挥官鲁道夫·赫斯作为卡尔滕布伦纳的证人出庭，详细叙述了3年间"至少250万遇难者"死于毒气室和焚化炉的经过。[50]当赫斯不带一丝悔意或情绪讲话时，弗兰克专心地听着。赫斯在私底下告诉吉尔伯特博士，在奥斯维辛集中营，占据主流的态度是彻底的漠然。"我们甚至从来没有感受到"任何其他的情绪。[51]

在这种背景下，弗兰克可能希望他能显得深思熟虑且慎重，没有坐在他右边的同伴那么罪孽深重，如果罪行可以用程度来衡量的话。直到他站上辩护席的那一刻，他仍未下定决心，不知道是应该为自己的行为做出有力的辩护还是应该采用更温和的方法，辩称自己对于部分恐怖行为并不知情。还有一个不应排除在外的选择是，表示自己负有某种程度的责任。当他走向辩护席时，他在心里做出了哪种选择？

所有的目光都集中在他的身上，他没戴墨镜，藏起受伤的左手。他看起来很紧张，有些不自在。他偶尔会望向坐在他右手边的其他被告，仿佛是在寻求他们的批准（不大可能得到）。塞德尔博士问了一些关于他在被任命为总督之前的职业生涯的问题。[52]塞德尔并没有把握。通过阅读法庭记录，观看我所能找到的新闻影片，我基于自己的法庭经验产生了这种印象——塞德尔博士并不知道他的当事人在回答这些问题时会给出什么意外的答案。

弗兰克逐渐进入状态。他越来越自信地用坚定、响亮的声音作答，完全不似一个身处被告席的犯人。塞德尔博士问弗兰克，在被希特勒任命之后他在波兰的角色是什么。"我是负责人。"弗兰克回答。

"你是否因为犯了……危害人类罪而感到愧疚？"

"这需要由法庭来决定。"弗兰克解释说，审判进行五个月后，他了解了一些他之前不完全知道的事情，也许是指赫斯。现在他对犯下的可怕暴行有了"全面的知觉"。"我内心充满了深深的负罪感。"[53]

这听起来像是某种承认，以及对塞德尔博士的警告。在其余被告听来是这样，在法庭上的其他人听来也是这样。

你是否建立了那些犹太隔都？是。

你是否用袖章标记犹太人？是。

你本人是否将强制劳工引入总督辖区？是。

你是否了解特雷布林卡、奥斯维辛和其他集中营的情况？这是一个危险的问题。弗兰克听到了拉兹曼做出的证词，还有证人赫斯的证词，那太可怕了。所以他回避了。

"奥斯维辛不在总督辖区的领土范围内。"严格地说，这是正确的，尽管它离他所在的克拉科夫近到甚至能够闻到那里的气味。

"我从米没有到过马伊达内克，也没有到过特雷布林卡和奥斯维辛。"

无从查证这是否属实。细心的法官一定注意到了这个短暂的回避，他没有正面回答提出的问题。

你有没有参与消灭犹太人？

弗兰克想了一会儿，面露困惑。他字斟句酌地做出了回答。

"我的回答是'有'，我之所以回答'有'，是因为在经历了五个月的审判之后，特别是在听到证人赫斯的证词之后，我的良心不允许我把责任仅仅扔给这些次要人物来承担。"

这些话在被告中引起了骚动，他一定注意到了。他想要清楚地表达出自己的意思：他从未亲自建造灭绝营或是促成它们的存在。尽管如此，希特勒却让他的人民背负着可怕的责任，所以这也是他的责任。进一步，退一步。[54]

"我们多年来一直在对付犹太人。"他必须承认这些话。是的，他说了"最可怕的言论"，有日记为证，他无可推卸。

"因此，就你的问题回答'有'仅仅是我的义务使然。"法庭上一片沉默。然后他说："就算再过一千年，德国的罪孽也难消。"[55]

这对于一些被告来说太过分了。有人看到戈林厌恶地摇着头，对旁边的人耳语，在被告席里传递纸条。另一名被告对于弗兰克把他个人的罪行与全体德国人的罪行联系起来表示不满。个人的责任与团体的责任是有区别的。有些人听到最后这句评论时可能已经意识到了其中的讽刺。

"他说德国蒙上了千年的羞耻，你听到了吗？"弗里茨·绍克尔对戈林低声说道。[56]

"是的，我听到了。"对弗兰克的蔑视显而易见。今天晚上他不会好过的。

"我猜斯佩尔会说同样的话。"戈林补充道。弗兰克和斯佩尔都是软骨头、懦夫。

在午餐时间，塞德尔博士鼓励弗兰克继续完善他对负罪的表达，使其更加明确。弗兰克拒绝了这个要求。"我很高兴我说出来了，我想就到此为止吧。"[57]后来他向吉尔伯特博士表示，他感到有希望，他的表现足以令他免于绞刑。"我确实知道发生了什么事。我认为当我们中间有一个人说出真心话而且没有试图逃避责任时，法官会深受打动。你不认为是这样吗？他们被我的真诚所打动的样子令我感到非常欣慰。"

其他被告感到不屑。斯佩尔怀疑弗兰克不是真心的。"我想知道如果他没有把日记交出去的话，他会怎么说。"他说。汉斯·弗里切对于弗兰克把他的罪行与德国人的罪行相提并论感到厌烦。"他的罪过比我们任何一个人都要严重，"他对斯佩尔说，"他确实知道那些事情。"[58]

五个月以来一直坐在弗兰克旁边的罗森堡感到震惊。"'德国蒙上了千年的羞耻'？这话说得太过了！"

里宾特洛甫对吉尔伯特博士说，任何一个德国人都不应该说他的国家蒙上了千年的羞耻。

"我想知道这话有几分是真心的？"约德尔问道。

海军元帅卡尔·邓尼茨有着与弗里切一样的担忧。弗兰克应该只是作为个人发言，只代表他自己。他没有资格代表全体德国人说话。

午餐结束后，塞德尔博士又提了一些问题，然后美国检察官托马斯·杜德接手，开始询问关于被掠夺的艺术品的问题。弗兰克认为，任何指明他参与不法活动的说法都是带有攻击性的。

"我没有收集艺术品，在战争期间也没有时间私吞艺术珍品。"[59]所有的艺术品都做了登记，在波兰保留到了最后。这不属实，杜德提醒他从伦贝格掠走的丢勒的版画。那是在我上任之前，弗兰克反驳道。那么他在 1945 年带到德国的画作呢？达·芬奇的那幅画呢？

"我是在保护它们，并不是为了我自己。"它们广为人知，没有人能够私吞它们。"你不可能偷走'蒙娜丽莎'的。"这里所指的是那幅切奇莉亚·加莱拉尼肖像画。坐在被告席一端的戈林毫无表情；而在另一端，有人看到一些被告在咧嘴笑。

129

弗兰克的辩解在司法宫周围引起了热议。当天在场的伊夫·贝格伯德向我证实了这一点。[60] 他现年 91 岁，在完成了联合国杰出的职业生涯并写下了几部关于国际刑法的著作后，退休居住在瑞士纳沙泰尔。他仍然受到弗兰克的证词的影响，当时他是一名 22 岁的法学专业毕业生，担任他舅舅——法国法官多纳迪厄的法律秘书。

多纳迪厄从来没有与外甥讨论过审判的事，甚至在午餐时也没有。"我的舅舅非常谨慎，我可以问任何问题，但他根本没有向我表达过任何看法。我的舅妈也一样，她总是缄默不语。"贝格伯德不记得与劳特派特或莱姆金见过面，但他对这两个名字和他们的声望都很熟悉，即便是在那时，也了解他们各自坚持的观点。然而，他并没有把注意力集中在两个伦贝格人之间的不同理念，即个人和团体的对抗上。"我那时太年轻了，太无知了！"现在，许多年之后，他认识到其重要性和生命力，那是现代国际法的起点。多纳迪厄和法尔科有时会用一种漫不经心的态度谈论莱姆金。他记得他们说过，这个人对种族灭绝有着"执念"。

在贝格伯德抵达纽伦堡一个月后，弗兰克做出了辩护。有传闻说他会采取与别人不同的方法，所以贝格伯德要确保他自己当天出现在法庭现场。在他的回忆中，弗兰克是唯一一个承认负有某种程度责任的被告。这给人留下了印象，使得贝格伯德为法国新教期刊

《改革》写了一篇文章——《预料之外的认罪》。[61]

　　"弗兰克似乎承认了他负有某种责任，"他告诉我，"当然了，并非完完全全的，但他承认他负有某种程度的责任这一事实很重要，是足以产生区别的，我们都注意到了这一点。"

　　我询问了他舅舅和弗兰克的关系。多纳迪厄有没有提过他在 20 世纪 30 年代与弗兰克认识，甚至还在弗兰克的邀请下访问了柏林？这些问题换来的是沉默，然后是一句"你的意思是指什么？"。我给他讲了多纳迪厄去德国法学院演讲的那次柏林之行。之后我把当天多纳迪厄的演讲内容发给了他，演讲标题为《对国际罪行的惩治》，颇具讽刺意味。[62] 弗兰克用攻击回应了多纳迪厄的观点："危险和不明确的一大来源。"我还发了一张照片过去，很显然令贝格伯德大为惊讶。"要不是你告诉我，我都不知道我舅舅早就认识汉斯·弗兰克了。我太惊讶了。"

　　弗兰克和多纳迪厄隐瞒他们之间的联系对双方都有好处。不过法尔科法官知道这件事，他在日记中提到他的法国同事与弗兰克一起吃过饭，甚至还见了尤利乌斯·施特莱彻。苏联人也知道，因此反对任命多纳迪厄为法官。法国社会主义报纸《人民报》发表了一篇标题言简意赅的报道：《纽伦堡法庭上的纳粹法官》。[63]

130

　　弗兰克在濯足节这一天出庭辩护，就在莱比锡圣托马斯教堂例行演出《马太受难曲》的后一天。杜德在给远在美国的妻子写的信中说道，他原本以为弗兰克会"很难缠"，有鉴于他在波兰的"恶劣"记录，但结果并不怎么需要法官对他交叉询问。弗兰克实际上承认了他有罪，这是审判中极富戏剧性的时刻之一。

"他皈依为天主教徒了，"杜德写道，"我猜想也是如此。"[64]

弗兰克很平静。他已经尽了义务，走过一道道黑色大门时，心境是乐观的。法国、英国和美国的法官们一定会欣赏他的坦率。"上帝是一个慷慨的主人。"当吉尔伯特博士问到是什么让他选择了这个方向时，他这样回答。

弗兰克补充说，"最后一根稻草"是一篇新闻报道。

"前几天，我在报纸上看到一则告示，说慕尼黑的一名犹太律师、我父亲最好的朋友之一雅各比博士在奥斯维辛集中营被杀害了。然后，当赫斯证实他如何消灭了250万犹太人的时候，我意识到就是他冷酷地屠杀了我父亲最好的朋友——一个善良、正直、慈祥的老人——和数百万像他一样的无辜者，而我完全没有阻止它的发生！诚然，我并没有亲手杀死他，但我说过的话和罗森堡说过的话促成了那些事！"[65]

就像妻子布里吉特一样，他以坚信自己并没有亲手杀死任何人来安慰自己。也许这能拯救他。

第 9 章

选择不想起的女孩

莱昂选择了保持沉默这条路。关于马尔卡、他的姐姐劳拉和古斯塔、伦贝格和若乌凯夫的家人，以及包括他的四个外甥女在内的维也纳的其他家庭成员，他什么都没有说。

四个外甥女之一的赫塔，是姐姐劳拉十一岁的女儿，她本该在1939年夏天和我的母亲一起随蒂尔尼小姐去巴黎，但最后没有成行。莱昂从未谈起过她。

他没有谈起过他的姐姐古斯塔和姐夫马克斯，直到1939年12月他们一直留在维也纳。

我对古斯塔和马克斯的三个女儿——最大的黛西，最小的埃迪特，以及中间的赫塔——知之甚少，只知道她们在1938年9月设法离开了维也纳。三人辗转到了巴勒斯坦，在20世纪50年代，我母亲与其中的两人还有联系。

当我和母亲为去利韦夫的第一趟旅行做准备时，她说起了对于这三姐妹，莱昂的三个"去世多年"的外甥女的回忆。其中的两个，埃迪特和赫塔是有孩子的，或许可以找得到。我对那一辈人有一点童年时代的遥远记忆，但其余的就不记得了。

现在我要尝试找到他们，听一听他们的故事。通过姓名和旧地址我最终得到了一个电话号码，用这个号码联系上了道伦。他是古斯塔和马克斯的二女儿赫塔的儿子。道伦住在特拉维夫，他给了我一个惊喜：原来他的母亲，莱昂的外甥女赫塔仍然健在，住在附近的一家可以看见地中海美景的养老院里。她现在是一位精神矍铄、生活充实的 92 岁老人，每天都打桥牌，每周至少要完成两个德语填字游戏。

道伦补充道，有一个难题。她坚决拒绝与他谈论战争前发生的事情，拒绝提起 1938 年 12 月离开维也纳之前的生活。他没有掌握什么信息，对于那个时期几乎一无所知。他将之称为"一团谜"。至少据我所知，她是这世上唯一一个曾与马尔卡和莱昂在维也纳生活过且很可能对此有记忆的人。她不愿主动说起，但也许我们可以帮助她重拾记忆。也许她还记得 1937 年春天莱昂和丽塔举行的婚礼，或是一年后我母亲的出生，或是她自己离开维也纳时的形势。她也许能够让我们了解一下莱昂在维也纳的生活。

她应允了与我见面。至于她愿不愿意谈谈那段日子就要另说了。

两周后，我在她儿子道伦的陪同下来到了特拉维夫的赫塔·格鲁贝尔的门前。门开了，出现一位娇小、保养得宜的老太太，染着一头灿烂的红发。她精心打扮了一番，穿着一件雪白的上衣，嘴唇上是刚擦上的深红色唇膏，弯弯的眉毛用棕色眉笔描过。

我与赫塔一起花了两天时间翻阅了 20 世纪 30 年代维也纳的全家福、文件和图片。我把它们从伦敦带过来，希望能够慢慢勾起她的记忆。她自己也有一些文件，其中包括一本小相簿，里面收录了许多我没有见过的全家福。

第一张拍摄于 1926 年，当时六岁的她在入学的第一天站在马克斯的酒品店前留影。接着是：1935 年的夏天，一家人在巴拉顿湖度假；1936 年冬季，她在滑雪胜地巴特奥赛享受寒假；一位英俊的男友，摄于 1936 年；次年夏天，她在南蒂罗尔原野中和朋友们一起采花；1937 年，她们在德布灵及南斯拉夫的达尔马提亚海岸度假；1938 年初，在德奥合并之前，在维也纳市政公园里的游船湖畔拍摄的一张照片，照片展示了一个自在快乐的青少年的生活。

　　然后德国人来了，纳粹接管了国家，生活被扰乱了。相簿后面出现了一张全家福，赫塔和她的双亲及两个姐妹，就在她离开维也纳之前拍摄的。外祖母马尔卡也在照片里，不久后她就变成孤身一人。接下来的一页上面有赫塔标注的日期——1938 年 9 月 29 日——从维也纳离开的日子。她和妹妹埃迪特一起出发，乘火车从维也纳前往意大利南部的布林迪西，再从那里乘船前往巴勒斯坦。

赫塔·罗森布卢姆（赫塔·格鲁贝尔的表妹），约拍摄于 1938 年

相簿中还夹着一张没有注明日期的照片，上面是与她同名的表妹赫塔，莱昂的姐姐劳拉的独生女儿。这个我以前从未见过的女孩戴着眼镜，站在街道上，满脸焦急，旁边的地上摆着一个扎着长长麻花辫的洋娃娃，女孩和洋娃娃都戴着帽子。这就是在最后一刻决定留下来的那个赫塔，无法忍受和母亲骨肉分离的女孩，她的母亲决定不让她随蒂尔尼小姐去巴黎。两年之后，她和母亲在罗兹隔都双双罹难。

马尔卡和露德，
1938 年

相册里还有莱昂的照片。他婚礼那天拍摄的肖像照，旁边没有新娘，由著名的社区照相馆西蒙尼斯照相馆拍摄。还有我母亲在马尔卡怀抱中的四张照片，这是在她出生的第一年，在维也纳拍摄的。这是一幅温馨的画面，是我没有见过的。马尔卡满脸疲惫，显得很苍老。

132

形容赫塔的态度最恰当的词应该是淡然。她见到我时既不欣喜也不生气。对于她来说，我只是出现在她面前而已。她还记得莱昂舅舅，很高兴地谈起他，气氛逐渐热烈起来，她的眼里有了活力。是的，她说，我知道你是谁，你是他的外孙。她只是像陈述事实一样，不带任何感情色彩。实际上，在我们相处的这两天当中，她没有任何一刻表现出悲伤或是喜悦，抑或是介于这两极之中的任何情绪。还有一个奇怪的地方：在我们一起度过的这么长的时间里，赫塔一个问题也没有向我提过。

最初的谈话显示赫塔对她父母后来的遭遇一无所知。她知道他们已经去世了，但不知道是以何种方式或是何时去世的。我问她，想不想知道他们后来怎么样了。

"他知道吗？"这个问题是在问她儿子，而不是我。她似乎对于新信息的可能性感到意外。

"他说他知道。"道伦回答。他们是用希伯来语交谈的，我只能推测出他回答时语气很温和。

我打破了沉默，问她的儿子她是否想知道。

"你问她吧。"道伦耸了耸肩说道。

是的，她回答说，她想知道他们的全部详细情况。

我们在特拉维夫赫塔的小公寓相聚时，距离我所描述的事件已经时隔许多年。我告诉她，她的父母被杀害了，在 70 年前，在她和姐妹们离开维也纳之后。当时的情况极其不幸。我发现古斯塔和马克斯设法登上了"天王星"号蒸汽船，这艘船从多瑙河驶向布拉迪斯拉发，本应带着他们和数百名其他犹太移民前往黑海。他们将从那里再乘别的船前往巴勒斯坦。

"天王星"号于 1939 年 12 月从维也纳启航，但这次航行被一系列不幸的事件阻断，包括自然事件和人为事件，即冰封和占领。

到年底时，这艘船已经抵达南斯拉夫（现为塞尔维亚）境内小镇克拉多沃。前方的航道因为凛冽的寒冬而冻结封住了。因为好几个月不允许下船，古斯塔和马克斯在拥挤的船上度过了整个寒冬，直到第二年春天。然后他们被带到克拉多沃附近的一个临时居住地，在那里又待了几个月。1940 年 11 月，他们登上另一艘驶回维也纳的船，沿多瑙河返回，抵达贝尔格莱德附近的沙巴茨镇。就在那里，他们正赶上 1941 年 4 月德国攻打并占领南斯拉夫。他们就被困在那里，无法继续行进。[1]

最终，他们被德国当局关押起来。男人和女人被隔离开。马克斯被带到塞尔维亚的扎萨维卡，他和船上的其他男性在一片原野中站成一排，被射杀。那天是 1942 年 10 月 12 日。古斯塔多活了几个星期，然后她被运送到贝尔格莱德附近的游乐场集中营。1942 年秋，她在那里遇害，具体日期不详。

我怀着不安的心情讲述着，赫塔认真地听着。我讲完之后，静候她提出疑问，但她什么都没问。她听到了，也明白了。她选择在这一刻来解释她采取的对待过去的态度：缄默不言并铭记在心。

"我想让你知道，我并没有忘却这一切。"

这是她的原话，她目光坚定地直视着我。

"只是我很久以前就下定决心，我不愿想起这段日子。我并没有忘却。我是选择了不想起。"

133

在这两天的过程中，赫塔的相册和我笔记本电脑上的大量其他照片稍稍打开了她的记忆。最初，仿佛没有一丝光线，然后出现一个火花，一道亮光，闪烁跳跃的照明。赫塔想起了一些事情，但其余的被埋得太深而无法出现。

我给她看了一张她母亲的妹妹，即她的姨妈劳拉的照片。她对劳拉毫无印象。然后是一张莱昂和丽塔的结婚照，一张他们举办婚礼的那座会堂的照片。这些照片也没有唤起她什么印象。她说她不记得了，但她肯定去参加了婚礼。她也完全不记得丽塔这个名字。丽塔，我说，也就是雷吉娜，但她的记忆并没有闪现似曾相识的火花，什么都没有。不，她不记得了。仿佛丽塔这个人从未存在过。赫塔对于 1938 年 7 月我母亲的出生也没有记忆，那是在她去往布林迪西的几个月前。她知道莱昂有一个孩子，但也仅限于此。

其他的回忆浮现出来，但非常缓慢。

当我向她展示马尔卡的照片时，赫塔的脸色一亮。"我的外婆"，她说，"非常非常慈祥的人"，不过"个子不高"。赫塔认出了他们居住过的克洛斯特新堡大街 69 号大楼的照片。她回忆起大楼的内部（"三间卧室和一间用人房，一个可容纳全家人一同用餐的大餐厅"）。家庭聚餐的话题勾起了另一段记忆，她儿子之前曾与我分享过这段记忆：大人为了教导她用餐时要保持手臂夹紧，让她吃饭时在两只胳膊下各夹一本书。

我把这栋大楼的照片放在她面前，这张照片是我几个月前与女儿一同去参观时拍下的。她说，一点儿也没变。她指着二楼角落的一扇大窗户。

"每天早上我去上学时，我母亲就从那个房间的窗口对我挥手告别。"

她父亲的商店在一楼。她指着橱窗，详细描述了商店内部。那些瓶子、那些玻璃杯、里面的气味、那些友善的客人。

现在，她的回忆几乎不断涌现，她想起了在奥地利的湖畔度过的暑假，在巴特奥赛的滑雪假期（"非常棒"），城堡剧院和维也纳国家歌剧院之行（"华丽且令人兴奋"）。然而，当我向她展示她家附近挂满"✧"字旗的街道照片时，她说她完全不记得这样的场景。仿佛1938年3月的一切记忆都被抹去了。和她年纪一样的英格·特罗特记得德军到来和纳粹接管。赫塔却完全不记得那些。

经过我们的深入挖掘和提示，她想起了一个名叫伦贝格的地方，还有一次乘火车去探望马尔卡的家人。对若乌凯夫仿佛有印象，但她记不清有没有去过那里。

莱昂的名字引出了最生动的家庭记忆。她把他形容为"心爱的"，她的舅舅莱昂如同哥哥一样，只比她大16岁。他总是在她身边，一直都在。

"他人特别好，我很爱他。"她停住了，对自己刚说的话感到惊讶。然后她又说了一遍，以免我没听到。"我真的很爱他。"

赫塔解释说，他是看着她长大的，1919年马尔卡返回伦贝格后，他们生活在同一间公寓里。1920年她出生的时候，他就在那里，当时他16岁，还是一名维也纳学生。马尔卡不在身边时，她母亲古斯塔就是莱昂的监护人。

多年来，莱昂一直在她的生活中。当马尔卡从伦贝格回来时，她搬进了同一栋大楼的一套公寓里，这栋大楼属于古斯塔和马克斯（后来我找到的文件显示在德奥合并数月后，这栋楼被马克斯和古斯塔以少得可怜的价钱卖给了当地纳粹）。马尔卡令人安心，是赫塔童年时期女家长一般的存在，尤其是在宗教节日的大型家庭聚会中。至少在赫塔的回忆中，他们的家庭生活中鲜有宗教成分，他们很少去犹太会堂。

"我认为莱昂非常爱他的母亲"，赫塔没有铺垫地突然说道，"他非常关心她"，她也很关心他，埃米尔在"一战"的最初几天战死之后，他成了她唯一的儿子。赫塔提醒我，她父亲已经不在了。当我们浏览相册时，每当看到莱昂的照片，她的表情都明显地柔和起来。

她认出了出现在几张照片中的另一位年轻男性的脸。她一时想不起他的名字。我告诉她，他是马克斯·库普费尔曼，是莱昂最好的朋友。

"是的，没错，"赫塔说，"我记得他，他是我舅舅的好友，他们总是在一起。舅舅来我家的时候，都是跟他的好友马克斯一同来的。"

这又让我提出了一个关于女性朋友的疑问。赫塔坚定地摇摇头，然后微笑着，一个温暖的微笑。她的眼睛也很有表现力。"大家老是问莱昂：'你什么时候结婚？'他总是说他从不想结婚。"

我又问了一次莱昂有没有女朋友。她说不记得有过。

"他总是和好友马克斯在一起。"她这样说道，重复着同样的话。

道伦问她是否认为莱昂可能是同性恋？

"我们当时并不了解那是什么意思。"赫塔答道。她的语气很平常。她并没有感到意外或震惊。她既没有证实，也没有否认。

134

回到伦敦，我又开始研究莱昂的文件，把所有我能找到的照片聚在一起，这些照片并没有明显的顺序。我把所有马克斯的照片单独拿出来，尽可能按照时间顺序排列。

第一张照片是 1924 年 11 月由维也纳的中央摄影室拍摄的正式肖像照。在这张小小的方形照片的背面，马克斯写了一段赠言（"赠吾友布赫霍尔茨留念"）。莱昂相册中最后一张马克斯的照片拍摄于 12 年之后的 1936 年 5 月，两个人趴在草地上，抱着一只皮球。马克斯签名为"马茨凯"。

1924 年至 1936 年这 12 年间，莱昂与朋友马克斯拍了几十张合影。似乎每年都有合影，而且往往一年拍好多张。

两个人在假期远足，踢足球，在宴会上。与女孩们一起在海滩聚会，大家手挽着手。在乡间，两人并排站在一辆汽车前。

莱昂（左）和"马茨凯"，1936 年

在 12 年的时间里，从 20 岁起直到他 32 岁那年与丽塔结婚前的几个月，这些照片标志着一段亲密的关系。至于是不是另一种意义上的亲密关系则尚不明确。现在看着它们，赫塔的回忆在我的脑海中浮现，似乎揭示了特殊的亲密关系。他说过他从不想结婚。

马克斯设法离开了维也纳，但我不清楚他是何时、以何种方式离开的。他到了美国，去了纽约，然后又去了加州。他一直与莱昂保持着联系，许多年后，当我母亲去洛杉矶时，与他见了一面。我母亲告诉我，他很晚才结婚，没有孩子。他这个人怎么样？"热情、友善、风趣，"她说，"而且派头十足。"她笑着说，是会心的一笑。

我又回头去看从莱昂的文件中找到的唯一一封马克斯的来信。这封信写于 1945 年 5 月 9 日，即德国向苏联投降的那天。这是对莱昂一个月前从巴黎去信的回信。

马克斯在信中描述了家庭成员的去世、幸存下来的感受、重新乐观起来的感受。这些话传达了一种明显的希望之感。像莱昂一样，他以"杯子半满"的态度拥抱了生活。

用打字机敲打下的最后一行字引起了我的注意，我第一次阅读时也注意到了，不过在当时还没有听说过赫塔、不了解当时的情况，这次我注意的点不太一样了。在献上"衷心的吻"之后，马克斯的思绪是否回到了记忆中的维也纳，因此以问句作为这封信的结尾？

马克斯写道："我是否应该回应你的吻，还是说你的吻只是属于你的妻子？"

第 10 章

判　決

135

弗兰克完成为期两天的辩护后，其余被告做出辩护，然后检察官做结案陈词。美国控方选择不让莱姆金参与他们的工作，但英国控方参考了劳特派特的意见，他协助了肖克罗斯的工作。考虑到他在开庭陈述上给予的"巨大帮助"，肖克罗斯委托劳特派特起草最终的法律论证并将其应用于事实。"无论如何，我都应该感激你提供的建议。"[1]

劳特派特经过了一段时间的休整，才从数月前的第一次纽伦堡之行中恢复过来。他的恢复方式是让自己沉浸在教学和写作中，包括写下一篇题为《"现实主义"和"原则"之间的冲突》的文章，以反映审判带来的挑战。他总结道，"健全的现实主义"[2]和务实的做法都是必要的，但从长远来看，对"原则"的坚持更重要，应该以之为重。他没有评价莱姆金的观点，但如果他提到的话，他会说那些从原则上就是错误的，而且不切实际。

到1946年春天，劳特派特感到疲倦和沮丧。拉谢尔担心他的健康状况和精神状态，还有令他过分担心以致失眠的生活上的小困难，比如蓓尔美尔大街雅典娜俱乐部的会员费用。因卡传达的关于他父母和全家人死亡的可怕消息，即使没有任何细节，仍给他带来沉重打击。拉谢尔告诉伊莱，在夜晚四下无人的时候他的父亲会"在睡梦中痛哭"，这是"他听到那些非人行径的描述"后做出的反应。[3]

因卡的生还的确给他带来了一丝光亮。劳特派特花费时间和精力说服她搬到英国，与他们一起在剑桥生活。他解释说，作为她健在的血缘关系最近的亲人，他有权将她带到英国，但他无法将在奥地利流离失所者营地照顾她的梅尔曼夫妇带过来。劳特派特理解因卡倾向于留在梅尔曼夫妇身边的想法，在经历了"可怕的痛苦遭遇"之后，是他们为她提供了安全和稳定。"我们知道很多关于你的事，"他写给 15 岁的因卡，"因为你的外公阿龙非常爱你，经常说起你。"[4] 在一定程度上，他希望能尊重她的意愿。他写道，她自己的未来应该由她自己来决定，但她应该到英国来，那里的生活条件将会更"正常"。

拉谢尔出面结束了僵局。她对因卡说，我理解你的"恐惧和疑惑"，但赫希是你最亲近的人，他是你母亲的哥哥。"我认识你的母亲，我非常爱她，"拉谢尔写道，"我认为你来到我们身边，把这里当作你自己的家，把我们当作你的家人再合适不过。"她补上了一句："你将成为我们自己的孩子，我们的女儿。"这句话一定起到了作用。就在那一年晚些时候，因卡去了英国，住进了他们在克兰默路的家。

在与因卡通信的过程中，劳特派特回到了纽伦堡，现在他已经知道了他们指控的那些人摧毁了他的家族。他于 5 月 29 日前去协助戴维·马克斯韦尔·法伊夫和负责准备结案陈词的英国法律团队。结案陈词将在几周后的 7 月底做出，因此肖克罗斯提出分工协作：在纽伦堡的英国律师负责处理有关个别被告人的事实，而劳特派特则负责准备"案件的法律和历史部分"，他的任务是说服法官，认定被告犯有危害人类罪或任何其他罪行不存在任何障碍。肖克罗斯向他说明，他的部分将是"演讲的主要方面"。[5]

136

莱姆金仍然沮丧地留在华盛顿特区，刻意与这个行动保持距离，继续当一个局外人。直到现在他才再次试图想办法重回欧洲，因为"灭绝种族罪"被审判漏掉了，他该说的话还没有说出来。他坚信只有他可以重新将灭绝种族罪放入案件中，为此，他需要亲自出现在纽伦堡。

当时他在美国战争部担任兼职顾问（日薪 25 美元），独自一人生活，一边担心着家人的命运——仍然没有音讯——一边通过新闻报道和庭审记录追踪着审判进展。他可以接触到部分证据，并仔细阅读了弗兰克日记中提供的细节。他写道，这些是"即时记录"，记叙了"每一个'官方'发出的言论或实施的行动"。有时候它们读起来如同"蹩脚的好莱坞剧本"，是一个冷血的、极端利己而不讲道义的、狂妄自大的、心中毫无怜悯且对于自己罪行之深重毫无感觉的人所说出的话。[6]这些日记让弗兰克进入了他的视线。

不过，他的生活中并非全都是工作和操心。他还有社交活动——比劳特派特更活跃——并且变成了交际很广的人。事实上，《华盛顿邮报》甚至把他列入了一篇关于首都"在外国出生的"男性及其对美国女性的看法的专题报道中。在同意参加的 7 位受访者中，拉斐尔·莱姆金博士被描述为"学者"，一位"有严肃想法"的波兰国际法律师，著有《轴心国的统治》一书。[7]

莱姆金没有放过这个表达他对美国女性看法的机会。作为一位坚定的单身汉，他认为华盛顿特区的女士"太坦率，太真诚"，无法吸引他，缺少他心目中的"欧洲风情女郎的那种诱人、含蓄的特质"。是的，在美国，"几乎所有的女性"都是"有魅力的"，因为美是"非常大众化的"。相比之下，欧洲女性通常"不成样子而且样貌丑陋"，这意味着只有在"上层社会"才能找到真正的美女。还有一个区别：与美国女性不同，欧洲女性会利用自己的智慧吸引男性，扮演着"知识分子'艺伎'"的角色。不过，他告诉采访者，不管美国女性有着什么样的缺点，他仍然乐意"接受"这样一位伴侣。

但他从来没有。与莱姆金在河滨公园相遇的"德鲁伊公主"南希·阿克利，在我向她问起莱姆金的感情问题时，她回忆说，他对她说过，他"没有时间也没有金钱负担婚姻生活"。几个星期后，《华盛顿邮报》刊登了几页莱姆金的诗歌，一共三十首诗，莱姆金曾拿给南希看过。其中大部分诗作是关于那些触及他毕生事业的事件，写得比较隐晦，不过还有一些写的是感情的事。没有一篇是明确献给女性的，但有两篇看起来是写给男性的。[8]他在《惶恐的爱》中写道：

> 今晚他敲门时
> 假如我锁上了门
> 他会更爱我吗？

另一篇没有题目，开头是这样的：

先生，不要抗拒

让我用爱

吻遍你的胸膛。

　　这些字句的确切含义只能凭空揣测。但很明确的是，莱姆金过着孤独、寂寞的生活，身边没有人可以听他倾诉审判进展给他带来的挫败感。也许在 1946 年的春天，他又重拾希望，波兰的全国刑事审判在他的老导师埃米尔·拉帕波特的主持下开庭，在开审的案件中德国被告将受到灭绝种族罪的指控。然而，这个词在纽伦堡直接消失了，除了在开庭之初早早登场，在接下来 130 天的聆讯里，完全没有人提及灭绝种族罪。

　　因此在 5 月，他通过频繁写信开始新一轮游说，试图影响那些可能帮助改变审判方向的关键人物。我找到的这些信件内容冗长且十分迫切，充满了天真、几近谄媚的特质。尽管如此，信中还是有让人喜爱的东西，就是那种脆弱但真实的语气。一封长达三页的信写给了新联合国人权委员会主席埃莉诺·罗斯福，她在莱姆金心中富有同情心，因为她了解"弱势群体的需求"。[9] 他感谢罗斯福夫人向她丈夫——他称罗斯福为"我们伟大的战争领袖"——提起他的想法，并告诉她，杰克逊法官接受了"我提出的将种族灭绝定性为犯罪的观点"，他这种说法不完全属实。他承认，法律"不能解决世界上所有的难题"，却能成为建立关键原则的手段。她是否愿意帮助建立一个新机制来预防和惩治种族灭绝？他随信附上几篇他撰写的文章。

　　另一封类似的信件发给了《纽约时报》编委会的安妮·欧黑尔·麦克米克，还有一封信寄给了联合国新当选的秘书长，挪

莱姆金的美国陆军部证件卡，1946 年 5 月

威律师特吕格弗·赖伊。[10] 还有许多信件发给了他认为相关的人
士，不管他们的关系多么疏远：例如，前宾夕法尼亚州州长吉福
特·平肖，多年前他们曾通过利特尔夫妇会面，但他已经同他们
断了联系（"我非常想念你们二位。"莱姆金写道[11]）。他在给美国
国务院国际组织负责人的信中表示歉意（因"突然被召唤到纽伦
堡和柏林"无法继续对话）。擅长建立人脉网的莱姆金正在为他新
一轮的游说铺路。

关于纽伦堡的"突然召唤"没有详细解释。[12] 他于 5 月底前
往欧洲，手握战争部制作的崭新的证件卡，虽然上面注明了"非
通行证"字样，但仍可能帮他在德国获得通行便利。[13]

证件上的照片展示了作为官方人士的莱姆金，身着衬衫，系
着领带，两个月前的《华盛顿邮报》报道中曾刊登过这张照片。
莱姆金炯炯有神地望着镜头，嘴唇紧闭，眉头微蹙，若有所思。

证件上标注他是蓝色眼睛和"黑灰色"头发，体重 176 磅，身高
5 英尺 9.5 英寸。

137

莱姆金第一站去了伦敦。他在那里见到了联合国战争罪行委
员会负责人埃贡·施韦伯，一位富有同情心的捷克斯洛伐克律师，
在战前曾在布拉格担任过反纳粹德国的难民代表，他同时也与劳
特派特有联系。[14] 他们谈论了种族灭绝和问责制，莱姆金提出制
作一部影片来追缉在逃战犯的想法。然而就没有下文了。他从伦
敦出发前往德国，于 6 月初抵达纽伦堡，劳特派特在几小时前已
经离开，刚好与他错过。弗里茨·绍克尔当天在被告席上回应控
方对他在德国强迫劳工劳动负有刑事责任的指控，向法官讲述了
1942 年 8 月弗兰克刚从伦贝格返回克拉科夫后，他与弗兰克的会
面内容。弗兰克告诉绍克尔，他已经运送了 80 万波兰工人到"帝
国"，但他很轻易便能再为他找到 14 万劳工。他们把人视同廉价
商品。[15]

6 月 2 日，星期天，莱姆金受邀与罗伯特·杰克逊会面，解
释他此次欧洲之行的目的，即协助战争部评估从拘留营释放党卫
队员会产生多大的影响。莱姆金告诉杰克逊，已经有超过 2.5 万
名党卫队员获释。[16] 检察官很是惊讶，因为党卫队已经被指控为
犯罪组织，他的儿子比尔也在场陪同。三个人还谈到了莱姆金在
东京审判中的工作，如果莱姆金没有在谈话中穿插"种族灭绝"
这个词将令人非常意外。因为并不是杰克逊团队的正式成员，莱
姆金在事实基础上稍加修饰，对杰克逊说明自己的身份是"法律

顾问"。[17] 他获得了一张通行证，让他可以进入纽伦堡的军官食堂，拥有上校级别的用餐特权。我没有找到他进入法庭的正式通行证，也没有找到照片能显示他出现在 600 号审判庭。我在盖蒂图片资料馆花了很多时间也没找到。

不过他显然出现在了司法宫，因为他花了大量时间追着那些控方律师，而且——更令人惊讶的是——也找辩方律师交谈了。杰克逊团队的初级律师本雅明·费伦茨将莱姆金描述为一个头发凌乱、迷失方向的人物，他在不断地试图吸引检察官的注意。"我们都特别忙"，费伦茨回忆道，不想为灭绝种族罪费心，"没有时间考虑"这个问题。控方律师希望不被打扰地专注于"将这些人定以大屠杀罪"。[18]

检察官罗伯特·肯普纳博士是一名对他比较有帮助的检察官，肯普纳在一年前的 1945 年 6 月曾收到过他的赠书。赫尔曼·戈林曾免除了他在德国的律师职务，然后把他驱逐出"帝国"，肯普纳现在是杰克逊团队的重要成员：令人感叹的是，时过境迁，现在他将对戈林提起指控。肯普纳让莱姆金使用他的办公室，司法宫的 128 室作为邮件代收处，同时让莱姆金有地方可以策划重启其游说活动。[19]

在与杰克逊见面的 3 天后，莱姆金写了一份篇幅很长的备忘录来阐释种族灭绝的概念。目前尚不清楚这份备忘录是不是应美国检察官的要求而写的，但我怀疑并不是。这篇题为《在诉讼中引入种族灭绝这一概念的必要性》的文章于 6 月 5 日送到了肯普纳那里。文章详细说明了"种族灭绝"是描述被告意图摧毁民族、种族和宗教团体的恰当术语。换作其他术语——如"大规模屠杀"或"大规模灭绝"——则不充分，因为它们无法传达种族动

机的关键要素和摧毁整个文化的欲望。这个世界将多么贫乏，莱姆金写道，

> 假如遭到德国蹂躏的民族，诸如，犹太人不被允许创造《圣经》或是诞下爱因斯坦、斯宾诺莎这样的人物；波兰人没有机会为世界奉献哥白尼、肖邦、居里；对于希腊人来说就是柏拉图和苏格拉底；对于英国人来说就是莎士比亚；对于俄国人来说就是托尔斯泰和肖斯塔科维奇；对于美国人来说是爱默生和杰斐逊；对于法国人来说就是勒南和罗丹。[20]

他还明确表示，对任何团体的毁灭都令他关注，而不仅仅是犹太人团体。他单独列出了波兰人、罗姆人、斯洛文尼亚人和俄罗斯人，以强调应避免"仅偏重于犹太人一方"，因为这会让戈林和其他被告趁机"利用法庭做反犹宣传"。对灭绝种族罪的指控必须成为更广泛的审判战略的一部分，以显示被告是全人类的敌人，被告犯下的罪行是"特别危险的罪行"，这种罪行超越了危害人类的罪行。

莱姆金向指控弗兰克的美国律师托马斯·杜德发送了修改后的备忘录。他在这个版本中添加了新的材料，为目标读者量身定制了文字，在德国人想毁灭的人物名单中加入了一些捷克斯洛伐克人的名字（胡斯和德沃夏克）。他还新增了一段，指出"德国人"就是"杀害亚伯的该隐"，人们必须要明白纳粹分子杀害个人不是通过零星的犯罪，而是为了另一个故意的目的"杀害兄弟民族"。莱姆金在这封信的结尾警告说：如果灭绝种族罪的指控被排除在判决之外，那么会给人留下"控方无法证明其论点"的印象。[21]我

没有找到显示这封信对杜德产生了任何效果的证据。

　　莱姆金于6月底再次与杰克逊会面，这次是为了说服他将种族灭绝视为一种独特的罪行。[22] 考虑到美国历史上黑人的待遇和英国历史上的殖民行为，他面临着美国和英国的政治反对。他还面临着劳特派特提出来的实际困难：到底要如何证明毁灭一个团体的意图？此外还有利奥波德·柯尔所提出的那种对原则的反对，即莱姆金陷入了"生物思维"的陷阱，这种只关注团体的做法会滋长反犹主义和反德主义。莱姆金前面的路依然障碍重重。

138

　　尽管存在这些阻碍，莱姆金的努力还是得到了一些回报。与杰克逊第二次会面后，仅过了四天，"种族灭绝"一词就重新回到了诉讼中。在6月25日，莱姆金意料之外的救星是马克斯韦尔·法伊夫爵士，这位苏格兰人将负责交叉盘问希特勒的第一任外交部长，优雅的银发外交官康斯坦丁·冯·诺伊拉特。[23] 1940年8月，冯·诺伊拉特撰文论述了怎样处置占领区的捷克斯洛伐克人口。他公开表达的一种选择是——他将其称之为"最激进和理论上最完整的解决方案"——把这片领土上的所有捷克斯洛伐克人口彻底清除，以德国人口取而代之，假设能凑到足够多的德国人口的话。另一种选择是"通过个体选择性繁殖"实现一部分捷克斯洛伐克人的"德国化"，对其余捷克斯洛伐克人实施驱逐。无论采用哪种方法，其目的都是毁灭捷克斯洛伐克的知识分子。

　　马克斯韦尔·法伊夫大声念出冯·诺伊拉特这份备忘录的摘要。"那么，被告人"，他以一种干脆利落的语气问道，他是否承认犯下他被指控的"灭绝种族罪，也就是对种族和民族团体的灭绝"？莱姆金当时一定得到了极大的满足，而且稍后当马克斯韦尔·法伊夫提到"莱姆金教授的知名著作"并朗读了其中莱姆金对于"种族灭绝"的定义时更是如此。"你想做的，"马克斯韦尔·法伊夫对冯·诺伊拉特说，"就是除掉捷克斯洛伐克的教师、作家和歌手，这些你们称之为知识分子的人，将捷克斯洛伐克人民的历史和传统一代代传承下去的人。"[24] 那就是种族灭绝。冯·诺伊拉特没有做出回应。莱姆金这趟纽伦堡之行产生了立竿见影的效果。

莱姆金后来写信给马克斯韦尔·法伊夫，以兴高采烈的口吻表达了他"由衷的感激之情"，因这位英国检察官支持对灭绝种族罪的指控。[25] 马克斯韦尔·法伊夫的回信，如果有回信的话，已经遗失。不过，在审判结束后，这名检察官为《泰晤士报》记者 R. W. 库珀详尽记叙审判过程的书写了一篇序，里面提到了种族灭绝和莱姆金的书。他写道，种族灭绝的罪行在纳粹的计划中"必不可少"，且导致了"可怕的"行为。库珀用了一整章介绍"种族灭绝"这一"新罪行"，这个术语的"使徒"是莱姆金，他的主张如"旷野中的呼声"无人理睬。库珀指出，"种族灭绝"这个词的反对者知道它同样可以适用于"北美洲印第安人的灭绝"，承认莱姆金的观点是对"白人种族的紧急警告"。[26]

这位记者提到豪斯霍费尔、"野蛮罪""破坏罪"，以及莱姆金"被召回波兰"而无法参加的那次马德里会议（这表明莱姆金在继续美化事实，就像他四年前在杜克大学所做的那样）。[27] 很明显，这位波兰律师利用库珀来接近马克斯韦尔·法伊夫，这很可能就是使"种族灭绝"一词重回法庭的途径。

由于肖克罗斯和劳特派特当时并不在纽伦堡，马克斯韦尔·法伊夫得以自由地独自做出种族灭绝的论证。其后果可能具有重大意义：与反对战争相关行为责任的危害人类罪这一概念不同，灭绝种族罪的指控为一切行为打开了大门，包括开战之前发生的行为。

139

在莱姆金忙碌着，游说着，坚持着的同时，劳特派特在撰写肖克罗斯结案陈词的部分内容。他独自在克兰默路 6 号的二楼工作，不必在纽伦堡大酒店的酒廊里忙于和记者握手应酬。我想象着背景中播放着巴赫的《马太受难曲》，他的想法沿着笔尖倾泻而出。偶尔他会看向窗外，望着远处的大学图书馆和足球场。

劳特派特花费了数周时间起草这份讲稿。他完成了简短的引入部分，以及篇幅较长的总检察长发言的第一部分和第三部分，提出了法律论证（纽伦堡那边正在撰写涉及事实和证据的第二部分）。我拿到了劳特派特这篇文字的打字版本，但仍想看看劳特派特交给莱昂斯太太用打字机誊清的手写原稿。伊莱说原稿还保存在剑桥，所以我再次回到那里只为亲眼看一看。无论是笔迹还是论点都让我感到熟悉，清楚而有逻辑地阐明，请求法官驳回被告声称指控是新奇、前所未有的论点。开头的几页比较低调，摘除了感性和激情的因素。就像在其他许多方面一样，劳特派特与莱姆金截然相反。

然而，这份讲稿与他为审判开场所写的那份有着不一样的结尾，一个不加掩饰、扣人心弦、慷慨激昂的结尾。开头并不是这样的，9 页篇幅的引言讲了审判的目的和对公平的诉求。劳特派特写道，审判不是为了报复，而是为了依法实现正义，对罪行做出"权威、彻底及公正的认定"。法官的任务是制定保护每一个个体的法律，为将来的国际刑事法庭开创"最有价值的先例"（这一体察具有先见之明，因为国际刑事法院成立已有 50 年之久了）。[28]

劳特派特手稿的第二部分占据了 40 多页的篇幅，其中汇集了他经过多年思考的诸多观点。在战争罪方面，他主要关注了谋杀和战俘、波兰知识分子、苏联政治工作者。他竭力断言，"危害人类罪"的指控绝对称不上是新创造，直接推翻了他几个月前对外交部的说法；正相反，这是维护"人权"的起点，是为了保护人们免遭"本国残忍野蛮行径"的侵害。[29] 即使德国法律允许，这些行为也是非法的。他起草的讲稿强调人的基本权利高于国家法律，这是一种为个人利益而不是国家利益服务的新方法。

通过这种方式，每个人都有权受到法律的保护，法律不能对暴行视而不见。值得注意的是，劳特派特对希特勒只是一笔带过，并且提到了一次犹太人，500 万犹太人仅仅因为"其犹太种族或信仰"就被杀害。[30] 对于苏联人在审判开始时提到的伦贝格发生的事件，他只字未提。劳特派特剔除了对那些可能被视为与他切身相关的事件的援引，对于波兰人的遭遇只字未提，当然也没有使用"种族灭绝"这个词。他仍然坚决反对莱姆金的观点。

然后他把焦点放在了被告身上，这群"可悲的"家伙想援引国际法使自己脱罪。他们用过时的观念寻求庇护，这些观念认为，以某种方式代表国家行事的个人免于承担刑事责任。在法庭上的 21 名被告中，他指认了其中 5 个人的姓名，单独提到了尤利乌斯·施特莱彻的种族理论，以及赫尔曼·戈林参与华沙隔都的

"屠戮"。

劳特派特反复提到的唯——一个被告就是汉斯·弗兰克。这也许并非巧合，他是被告席上与劳特派特家人的遇害有着最大关系的人。劳特派特写道，弗兰克是"灭绝罪行"的"直接代理人"，即便他没有亲自参与处决行为。[31]

劳特派特把最后几页的重点放在弗兰克身上，作为这篇交响乐般的文章的最后几个小节。新的《联合国宪章》为确立人权最高地位迈出了一步。它预示着一个新的纪元，一个"将个人的权利和义务置于世界宪法中心位置"的纪元。这就是纯粹的劳特派特，他毕生工作的中心主题。但在这几页中，他也找到了一种不同的声音，释放出被压抑的情绪和能量。字迹发生了变化，有增删的痕迹，这是针对被告的愤怒，他们甚至没有"干脆地认罪"。是的，这里有"卑怯的招供"，或许有部分带着诚意，但这些都是假的，不过是"狡猾的回避"。

然后劳特派特瞄准了与他自己家人的命运关系最为密切的被告人，那个在4月份表达了自己负有责任的人。"见证人 …… 被告弗兰克，"他写道，"他承认为说过的可怕言论怀有深深的负罪感——仿佛严重的是他的言论而不是伴随着这些言论的可怕行为。这本可能成为弥补这种人性泯灭的宣言，结果却显示这不过是穷途末路者的狡猾手段。他和其他被告一样，直到最后都辩称自己对于这项玷污了国家历史的、庞大的、有组织的、极度复杂恶劣的罪行一无所知。"[32]

这里有些一反常态的情绪化。我把这段指给伊莱看，他说，有意思。他以前从未意识到这些话的含义。"我的父亲从来没有

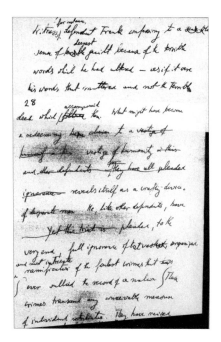

"见证人……被告人弗兰克"，劳特派特
的手稿，1946 年 7 月 10 日

向我讲过这些事情，一次也没有。"现在，面对着这些文件，我
已经为他解释了其背景，伊莱不禁好奇他的父亲与这些被告人之
间的关系。直到那时，他才知道，直接参与伦贝格屠杀事件的奥
托·冯·韦希特尔长官，弗兰克的副手，是他父亲在维也纳时的
同学。几个月后，出现了一个机会令他可以与尼克拉斯·弗兰克
和罗比·邓达斯见面，这是一场法官、检察官和被告人的子女的
相聚。伊莱谢绝了。

　　劳特派特担心肖克罗斯不会使用他写的内容。"我当然倾向于
认为这是相关且必要的。"他告诉总检察长，提醒他注意法庭外的
受众的需要。如果讲稿篇幅过长，肖克罗斯可以将全文提交给法

官，只宣读"节选部分"。[33]

7月10日，劳特派特的秘书将这些补充说明和打字稿装在一个大信封里，寄了出去。[34]

140

当劳特派特起草的讲稿通过铁路运往伦敦时，莱姆金正在加倍努力。他得到了一个看似不大可能的人物的帮助，阿尔弗雷德·罗森堡。我不是"种族灭绝犯"，这位弗兰克的邻座通过他的律师对法官表示。阿尔弗雷德·托马博士试图说服法官，罗森堡对纳粹政策的贡献不过是一种"科学"实践，与莱姆金提出的那种意义上的"种族灭绝"没有任何关系。相反，罗森堡一直受到"内心煎熬"的折磨，律师补充道，他并没有屠杀或摧毁的欲望。[35]这个意外的辩解是由莱姆金在书中引自1930年出版的罗森堡的代表作《20世纪神话》的一句话引起的。这本书声称为种族主义观点提供了一个思想基础。[36]罗森堡对莱姆金曲解他的话感到不满，声称莱姆金省略了原书中重要的一句话，罗森堡并没有主张一个种族消灭另一个种族。这是一种扭曲且无可救药的辩解。[37]

我好奇莱姆金的观点是怎样被罗森堡知道的，我在哥伦比亚大学档案馆无意中找到了答案。在莱姆金留下来的文件当中夹着一份托马博士为罗森堡所写的长篇辩护词的副本。托马把它送给莱姆金过目，并附上手写的短笺表达个人感谢。"敬请过目。"托马写道。[38]该文件体现了莱姆金孜孜不倦的努力，甚至于愿意通过律师与被告接触。在接下来的日子里，其他辩护律师也引用了他的一些观点，仅仅是为了反驳它们。

也许是因没有家人的音讯而深受困扰，莱姆金的健康问题进一步恶化了。在罗森堡爆发出反种族灭绝辩护的 3 天后，莱姆金不得不卧床休息，并在镇静剂的作用下躺了 6 天。7 月 19 日，一名美国军医发现他患上了急性高血压，伴有恶心和呕吐的症状。经过进一步检查之后，他开始住院治疗。他在美国陆军第 385 站医院住了几天，另一位医生建议他不要拖延，立刻回美国接受治疗。他没有听从医生的建议。[39]

141

7 月 11 日，当塞德尔博士在法庭上为弗兰克做结案陈词时，莱姆金仍在纽伦堡。面对弗兰克在 4 月对集体罪责的假意承认，以及从他的日记中流出的证据，这位律师的任务颇具挑战性。雪上加霜的是法官对塞德尔博士感到厌烦，他之前也担任了鲁道夫·赫斯的代表律师（塞德尔惹恼了法官，因为他没有提供为赫斯所做辩护的英文翻译版，而且他无休止地辩称《凡尔赛和约》是导致其当事人被控做出那些叫怕行为的原因）。[40]

塞德尔博士试图尽量淡化弗兰克之前的证词，以及日记中许多无益的段落。"除了一例之外"，塞德尔告诉法官，日记的记录不过是秘书的手笔而已，并非弗兰克口授的确切字眼。[41] 没有人能够知道它们是否准确，因为弗兰克没有亲自检查速记员的记录。这些只是文字，而非行为或事实的证据。但塞德尔不得不承认，弗兰克所做的那些演讲表现出他在犹太人问题上倾向于某种"观点"，并且"毫不掩饰他的反犹主义观点"，这是一种以退为进的说法。塞德尔辩称，控方并没有确立弗兰克的言论与治安警察所采取的措施之间的"因果关系",警方并不受他当事人的控制。

况且,塞德尔博士继续说道,记录显示,弗兰克曾反对过严重过激行为。弗兰克并未否认总督辖区领土上发生了可怕的罪行,尤其是在集中营里,但他对此没有责任。相反,他坚持了"5年反对所有的暴力措施",向元首抱怨,但没有成功。塞德尔提交了大量文件作为佐证。[42]

弗兰克安静地坐着听完这些乐观的辩论,没有露出任何表情。偶尔有人看见他在抖动,有人观察到在审判过程中他的头埋得更低了。弗兰克无法调查关于奥斯维辛的谣言,塞德尔博士继续说,因为集中营在他的领地之外。至于在他领地上的特雷布林卡,律师采用了不同的论点。只是建设和管理弗兰克领地上的集中营是否构成危害人类罪?"不。"塞德尔博士反驳道。作为占领国,德国有权采取"必要步骤"来维护公共秩序和安全。建立特雷布林卡集中营就是这样一个步骤,而弗兰克不应对此负责。塞德尔博士对塞缪尔·拉兹曼的证词没有做评论。[43]

这种做法令检察官罗伯特·肯普纳忍不住打断,他明显被激怒了。他向法官表示,塞德尔的论点"完全与案件无关",并且没有任何证据支持。劳伦斯大法官接受了这一观点,但塞德尔博士仍然以同样的方式继续着。[44]

法官们面无表情地坐着。3个月前,弗兰克在4月讲了一些话,即使没有承认个人或个体责任,似乎至少也反思了某种程度的集体责任。现在他的律师采取了截然不同的策略。这应该是其他被告说服了他,让他认识到了团结一致的必要性。

142

辩护律师在 7 月底完成了他们的辩护。对于 21 名被告来说，每个人只剩下一段简短的个人总结陈述。在那之前，控方先发言。

四个检查团队的发言顺序与开案陈词的顺序相同。首先是美国人，着重于对第一项罪名——阴谋罪的陈述。[45] 然后，英国人就第二项危害和平罪，以及劳特派特编写的关于整个案件的法律角度做出了概述。[46] 接着是法国人和苏联人，做关于战争罪和危害人类罪的陈述。[47]

7 月 26 日，星期五上午，罗伯特·杰克逊代表控方第一个发言。[48] 莱姆金仍然在纽伦堡，渴望听到关于种族灭绝的言论。劳特派特则留在剑桥。杰克逊带领法官们回顾了事实、战争、战时行为和对被占领人口的奴役。这些行为中"最广泛和最可怕"的就是纳粹对犹太人的迫害和灭绝，导致 600 万人丧生的"最终解决方案"。被告们异口同声地"合唱"，声称对这些可怕的事实毫不知情。杰克逊对法官说，这是"荒谬"的辩解。戈林说，他"完全不知道"任何暴行，尽管他签署了"大量法令"，他对灭绝计划毫无察觉。赫斯只是"无辜的中间人"，没有仔细过目就把希特勒的命令传达下去了。冯·诺伊拉特？他身为外交部长"对外交事务知之甚少，对外交政策毫不知情"。罗森堡？一个纳粹党的哲学家，却对他的哲学所煽动的暴力"全然不知"。

至于弗兰克？身为波兰总督"在位但不统治"。在政府的高层人士中，他是"狂热分子"，一名为纳粹巩固势力的律师，给波兰带来无法律状态，把人口减少至仅剩"悲惨的残存者"。杰克逊告诉法官，记住弗兰克的话，"就算再过一千年，德国的罪孽也难消"。[49]

杰克逊的演讲持续了半天时间。他的讲话强而有力、一针见血，而且很是优雅，但是在莱姆金看来，演讲的核心存在一个大漏洞：杰克逊完全没有提及种族灭绝。莱姆金意识到了其中的危险：如果首席检察官没有被说服，那么法官中的美国人比德尔和帕克也不太可能支持他。这使得英国方面变得更加重要，但是莱姆金还不知道劳特派特已经为肖克罗斯写好了那份完全不提种族灭绝的演讲稿。

143

午餐后，肖克罗斯走向发言台，他的发言持续了一下午并于第二天继续。他谈了事实、"危害和平的罪行"，以及个人的神圣不可侵犯。[50]

当肖克罗斯准备发言时，劳特派特心里明白他起草的讲稿会被纽伦堡的英国律师团队大刀阔斧地修改，因为他们担心审判的方向会被带偏。"法官们在晚餐会等非正式场合关于定罪量刑的讨论让我们很是担心，"哈利·菲利莫尔上校告诉肖克罗斯，"他们表示可能无罪释放两三名被告，而且相当多的被告可能不会被判死刑。"肖克罗斯深感担忧。我们能够想象"有一两个人会躲过死刑"，菲利莫尔补充说，"但对任何一个被指控者做无罪判决，以及对任何其他被告的量刑过低，都会使审判变成一场闹剧。"[51]

肖克罗斯曾告诉劳特派特，他写的长篇大论的讲稿带来了"一些相当大的困难"。为了解决这些困难，并且要以自我保护的方式，总检察长就需要花更多的时间陈述事实，这意味着要削减劳特派特所写的法律论证。"如果我没有遵从法伊夫的建议而导致了任何差错，显然我会成为众矢之的。"[52] 而且他并未准备以书面形式提交更长的讲稿作为记录，只想宣读其中的一部分。他会尽可能地从劳特派特起草的讲稿中提取可用的部分。最终，肖克罗斯总共 77 页的讲稿中有四分之三篇幅侧重于事实和佐证。法律论证的篇幅仅占 16 页，其中 12 页完全是由劳特派特撰写的。有删节之处，劳特派特很快就会发现这一点，但也有一些增补之处。

肖克罗斯以一张历史年表开头，从被告阴谋犯下贯穿整个战争过程的罪行的战前时期开始。他按照莱姆金收集的法令和文件勾勒了欧洲各地的事件，从莱茵兰和捷克斯洛伐克开始，一路穿过波兰，西至荷兰、比利时和法国，北至挪威和丹麦，向东南至南斯拉夫和希腊，最后向东进入苏俄。肖克罗斯告诉法官，他所列的战争罪行既是"其他罪行的目标也是其他罪行的根源"。危害人类罪确实发生了，但仅限于战争期间。[53] 他做出的关联正是莱姆金最为担心的，对 1939 年以前纳粹犯下的所有罪行保持沉默。

然而，这次演讲仍然贡献了法庭控诉的独一无二的、辉煌的、决定性的一刻。肖克罗斯带着法官们回顾了其中一次屠杀行动，这次屠杀足以让十年的恐怖集中体现于震撼的一幕。他宣读了赫尔曼·格雷贝所写的见证书，他是弗兰克领地上的杜布诺周边一家工厂的德国经理，该工厂就在莱姆金曾于 1939 年 9 月躲藏数日的面包师家附近。肖克罗斯的语调仿佛将字里行间的情绪全部挤压掉，从容而流利地、清晰准确地吐出每一个字：

这些人没有哭也没有喊，被迫脱光衣服，以家庭为单位站在一起，互相亲吻、告别，然后等待着另一个党卫队的指令，他站在坑边，手里也拿着鞭子。[54]

这些字句起了作用，时间仿佛凝滞了一般，整个法庭陷入了沉默。在肖克罗斯演讲的时候，坐在记者席里的作家丽贝卡·韦斯特注意到弗兰克在座位上不自在地扭动着，像小孩子受到校长斥责时一样。

我站在近处见证的 15 分钟里，没有听到一个人抱怨或是求饶。我看到了一个八口之家，夫妇在 50 岁上下，有 3 个大概分别是 1 岁、8 岁和 10 岁的小孩子，还有两个成年的女儿，大概 20 至 24 岁的样子。一个头发雪白的老妇把 1 岁大的孩子抱在怀里，一边唱歌、一边用手逗着孩子。孩子高兴地轻哼着。夫妇眼含泪水看着他们。父亲拉着约 10 岁大的男孩的手，轻声对他说着话，那个男孩正在拼命忍住眼泪。

肖克罗斯停下来环视法庭四周，面朝着被告们。他有没有注意到正低头盯着法庭地板的弗兰克？

"父亲指着天空，抚摸着他的头，似乎向他解释了些什么。"

正如丽贝卡·韦斯特所描述的那样，这一刻是"活生生的惨剧"。[55]

144

肖克罗斯接着把注意力投向了弗兰克。这些行为就发生在他的领地上，这一事实足以将弗兰克定罪，然后他更进一步地控诉。[56]

早在 1933 年，巴伐利亚司法部长汉斯·弗兰克就收到了关于达豪屠杀的报告。

汉斯·弗兰克是纳粹党的首要法学家，是下令抵制犹太人的中央委员会的一员。

汉斯·弗兰克是 1934 年 3 月通过广播为种族法规辩护的部长。

汉斯·弗兰克是请求法官相信他虽写下日记却对事实毫不知情的被告人。

"那个该死的英国人。"弗兰克咒骂了肖克罗斯一句，声音大得足以被整个法庭听到。[57]

汉斯·弗兰克是为支持"恐怖的种族灭绝政策"而演讲和写作的律师。

劳特派特并未在他起草的讲稿中写下这个凭空出现的词语。一定是肖克罗斯加上去的，接着他反复提及这个词。"种族灭绝"是一个广泛的目标。"种族灭绝"适用于罗姆人、波兰知识分子、犹太人。"种族灭绝"以不同的形式发生在南斯拉夫、阿尔萨斯-洛林、低地国家，甚至在挪威。[58]

肖克罗斯一鼓作气，谈起种族灭绝的手段。他描述了那些行为模式，纳粹通过毒气室，通过大扫射，通过劳役受害者至死实现蓄意谋杀群体的目的。他谈到了那些用于减少出生率的"生物学工具"，诸如绝育、阉割、堕胎、男女隔绝。证据确凿，他继续说道，被告中的每一个都对"种族灭绝政策"心知肚明，每一个都有罪，每一个都是凶手。唯一恰当的判决就是"最高刑罚"。这在被告席上引起了一片哗然。

　　肖克罗斯使用了莱姆金的术语，但对其完整含义有所保留。莱姆金希望将从 1933 年起至战争爆发之前的所有集体屠杀都定为刑事犯罪。肖克罗斯则是在更为有限的意义上使用这个词，他也明确表达了这一点。"种族灭绝"是一种更为严重的"危害人类罪"，但仅限于发生在与战争有关的情况下。这是由《联合国宪章》第 6 条（c）款所施加的限制，因为 1945 年 8 月在文本中引入了那个臭名昭著的逗号。作为罪行，它必须与战争联系在一起。这是"一个非常重要的条件"，肖克罗斯对法官说，转眼就抹杀了他之前对于种族灭绝概念的完整表述。读了他的话，我明白了其后果，就是从审判中剔除了 1939 年 9 月以前发生在德国和奥地利的所有行动。而发生在 1938 年 11 月，纳粹对莱昂这样的个人以及对其他数百万人所实施的致贫剥削和流放的行为——没收、驱逐、拘留和杀害——也将被排除在审判管辖范围之外。

　　尽管如此，肖克罗斯仍然在很大程度上援引了劳特派特的观点。不存在追溯力的问题，因为所有涉及的行为——灭绝、奴役和迫害——在绝大多数国家的法律下都属于犯罪。德国法律规定其合法的事实并不能作为辩解，因为这些行为影响了国际社会。它们是"违反万国法律的罪行"，而不仅仅是一国内部事务的问题。过去，国际法允许每个国家自行决定如何对待国民，但现在已经用新的方法取而代之了：

> 　　国际法过去曾提出过一些主张，即国家的无所不能是有限度的，而个人，作为所有法律的最终单位，在国家以侵犯人类良知的方式践踏其权利时，并不会被剥夺其作为人类被保护的权利。[59]

为防止"暴君对其臣民犯下暴行"的战争是正义合法的。如果国际法允许通过战争做出人道主义干预，那么怎么能说"通过司法程序干预"是非法的呢？肖克罗斯渐入佳境。他驳斥了被告的论点，即依据国际法，"只有国家而不是个人"才能犯下罪行。没有这样的国际法原则，那些帮助国家犯下危害人类罪的人不会免于责罚，他们不能用国家作为挡箭牌。"个人必须独立于国家。"[60]

他的发言内容吸取了劳特派特思想的精髓，以及他对莱姆金关于种族灭绝和群体观点的极其有限的了解。不过，肖克罗斯的发言结尾之处正如劳特派特所愿，落脚在强调个人是"所有法律的最终单位"。[61]他在种族灭绝问题上背离了劳特派特，并且，我注意到了另一个改动：肖克罗斯删掉了劳特派特在讲稿最后几页中关于弗兰克的全部内容。毫无疑问，那些内容过于个人化、过于激愤。

145

肖克罗斯之后是年老体弱的法国总检察长奥古斯特·查布提尔·德·黎贝斯，他在做了一段简介之后就交由副手继续。夏尔·杜波斯特论证的语气没那么严厉，但法国人仍然清楚地表明这些被告构成了刑事犯罪，他们是德国行动的帮凶。弗兰克的话被再次用于攻击他：他已经承认了，政府官员的责任比执行命令的人的责任更大，难道不是吗？[62]

法国人加入了肖克罗斯对种族灭绝定罪的诉求。发生的灭绝是"科学的、系统的"，数百万人惨被杀害，仅仅因为他们碰巧是一个民族或宗教团体的成员，是阻碍了"日耳曼种族霸权"的男人和女人。在集中营和其他地方，在盖世太保的要求下，在这些被告人的支持下，通过这样或那样的方式，"几乎完全实现了"种族灭绝。[63]

法国检察官驳斥了塞德尔博士的论点，即代表国家行事的个人无须对其错误承担责任。"没有一名被告是'孤立的个人'"，杜波斯特对法官说道。每个人都在行动中表现出合作与团结。"严惩不贷"，他恳求道，严惩弗兰克及所有其他甘于下令实施这些可怕行为的人。他们有罪，给他们定罪，判处他们绞刑。[64]

苏联人跟进，仿佛是协同攻击的一部分。罗曼·鲁坚科将军，他的论证与他的身躯一般强硬，开始了关于个别被告的陈词。他没空处理细微差别、错综复杂的理论或是讽刺。[65] 他谴责了德国人对波兰的入侵。他剖析弗兰克的野蛮统治，向法庭提起利沃夫和1942年8月发生的事件。他找到了更多的证据，一份新的关于在利沃夫市发生的罪行的苏联报告，一位在儿童之家工作过的法国妇女伊达·瓦瑟的证词。瓦瑟描述了他们把幼儿当作练习射击的靶子，这种恐怖活动一直持续到1944年7月德国占领的最后一天。目标是彻底湮灭，仅此而已。

想要剥夺我们"惩罚那些以奴役和种族灭绝为目的者的权利"，鲁坚科对法官说道，"是何等的徒劳"！[66] 他将他们的注意力带回弗兰克的日记，里面欢快地记录了这片领土上的犹太人被清空的方式！弗兰克对集中营是知情的，他应该面临"最高刑罚"。弗兰克在1940年错误地告诉赛斯-英夸特，他在波兰工作的记忆会是"不朽的"，并没有正面的遗产留下来，完全没有。

我想起一张奥托·冯·韦希特尔的肖像照，他的儿子霍斯特把那张照片和一张赛斯-英夸特的照片塞在同一个相框里。"赛斯-英夸特是我的教父，"霍斯特曾告诉我，"我的中间名就叫阿图尔。"

奥托·冯·韦希特尔肖像（主），以及
阿图尔·赛斯－英夸特的照片（右下），
哈根伯格城堡，2012 年 12 月

146

大概就在我初次读到鲁坚科专注于利沃夫发生的事件的演讲时，我收到了一个从华沙寄来的小邮包。里面是早已被人遗忘的、由居住在若乌凯夫的教师格尔松·塔费写的一本薄薄的书的复印件。这本书出版于 1946 年 7 月，就在鲁坚科在法庭上做出陈词的同一时期。[67]

塔费生动地描述了该城的历史、城中犹太居民的毁灭，以及克拉拉·克拉默向我描述过的发生在 1943 年 3 月 25 日的灾难性事件。那一天，塔费写道，3500 名隔都居民沿着镇里东西向的街道前行，来到劳特派特和莱昂曾经驻足玩耍过的叫作 borek 的小树林。占领者离开后，那条街道上满是尸体、帽子、纸张和照片。

塔费提供了关于处决行动的第一手资料：

> 他们一经脱光衣服并接受彻底搜查（特别是女性）后，就被迫在掘好的墓穴边上排队站好。他们一个接一个地被迫站上深坑上方的木板，这样他们被枪打死时就会直接落入挖好的墓穴里……行动结束后，墓穴被填埋起来……在行动过后的好几天里，坟墓上覆盖的土还在动，仿佛起了涟漪一样。[68]

有些人拒绝了其他选择：

> 作为若乌凯夫一位受人尊敬的市民，西姆哈·图尔克的行为可以称得上是为人父及为人夫的典范。德国人告诉他，作为专业人士，如果他放弃家人，就能活命。作为回应，他骄傲地一手挽起妻子，一手挽起孩子，然后他们一起昂首并肩赴死。

塔费描述了整个群体的毁灭，这个群体可以追溯到 16 世纪的若乌凯夫居民。1941 年在若乌凯夫居住的 5000 名犹太人中，他写道，只有"约 70 人幸存"。他提供了一份幸存者名单，其中包括克拉拉·克拉默，梅尔曼夫妇和格达罗·劳特派特。帕特朗塔西先生也在名单上，那个去纽伦堡替因卡寻找劳特派特的同学。我这才知道，那个小声呼喊劳特派特的帕特朗塔西先生名字叫作阿图尔。名单上没有莱昂的舅舅莱布斯·弗莱施纳，或是曾生活在这座城市的 50 多个弗莱施纳家的任何一个成员。

塔费找到了未来的希望所在。他特别提到了若乌凯夫两位著名的同时代人。其中一位在 1942 年 8 月的大行动中于伦贝格被杀害。另一位是"国际法知名专家亨里克 *·劳特派特博士，目前是剑桥大学的教授"。[69]

147

纽伦堡的检察官们提出最后意见，要求对所有被告判处死刑。对于法官们来说，还剩下一个月的时间可以用来讨论与第三帝国各组织的犯罪行为有关的问题——主要是技术性问题。重要的是，这提出了党卫队、盖世太保和内阁的集体责任，但更具争议性的是，将德国军队的总参谋部和最高司令部包括在追究集体责任的名单内的做法。之后，每个被告都会做一个简短的结束陈词，接着是聆讯休庭，法官们将退庭商议，预计将在 9 月底做出判决。

劳特派特和莱姆金之间的差距更大了。劳特派特关于危害人类罪和个人权利的观点在诉讼程序中已经根深蒂固，给整个案件都染上了这层色彩。似乎越来越多的人支持这种想法，即法庭的管辖权仅限于战时行为，并不包括《纽伦堡法令》、1933 年 1 月以后发生的谋杀，以及"水晶之夜"。

莱姆金对这种前景感到苦恼。但他仍然希望这个趋势或许能够转变，对种族灭绝的论证能够得到推动，让法官们对早期的行为也可以做出判决。他的乐观是有一定依据的：经过数月的沉默，

---

* 赫希的波兰语拼法，原文为 Henryk。

对灭绝种族罪的指控重新回到了聆讯中，这要感谢戴维·马克斯韦尔·法伊夫，他把怀疑论者撇在一边，包括劳特派特在内。坚持不为所动的是美国人，但即使在他们这里，似乎也有所松动，我从哥伦比亚大学的档案中发现了这一点。

在莱姆金的文件中，我找到了一份杰克逊办公室于 7 月 27 日发布的新闻稿，发表于他做出法庭陈词的第二天，但陈词当中没有提及种族灭绝。[70] 这份新闻稿的标题是《特刊 1 号》，其中提到英国人在询问冯·诺伊拉特时提到了"种族灭绝"，这个词被肖克罗斯引用（"数次"），而且还会"在法国人和苏联人的陈词中用到"这个词。

新闻稿指出，如果法庭判定被告犯有灭绝种族罪，就会设定一个先例，即"在国际上保护这类群体——即使罪行由政府对本国公民实施"。在美国代表团中是有人支持莱姆金的。莱姆金保留着这份激励他坚持下去的新闻稿。

8 月，在英国剑桥举行的国际会议让他有了意外的机会继续推进他的想法。莱姆金被告知，如果他能说服会议通过一项决议表达对他想法的支持，那么他在推动灭绝种族罪的落实这件事情时将事半功倍。

148

国际法协会是一个享有盛誉的机构，成立于 1873 年，总部设在伦敦，但发源于美国。其常规会议在 1938 年后中止，7 年之后随着第 41 次会议于 1946 年 8 月 19 日在剑桥举行而恢复。来自欧洲各国的 300 多名国际法律师齐聚在这座城市，除了德国，参会名单中没有任何来自德国的律师。[71]

　　与会者名单汇集了一系列伟大且善良的名字，包括我在伦贝格那条起源于 1919 年的大街上遇到的许多名字。阿图尔·古德哈特出席了会议，从俯瞰利沃夫的那座山上下来。劳特派特的导师阿诺德·麦克奈尔爵士和莱姆金在伦敦会见的埃贡·施韦伯也在。哈特利·肖克罗斯爵士本应出席，但恶劣的天气阻止了他从英国西部赶来。劳特派特出席了会议，他的名字被列入按字母顺序排列的官方记录中，与排在他后面的莱姆金之间隔了 5 名律师的名字（莱姆金以《国际军事法庭——纽伦堡》为题做会议发言，但没有注明其所在房间号码）。这是我第一次可以确定劳特派特与莱姆金同时出现在同一座城市的同一栋建筑里。

　　莱姆金虚弱的身体状况差一点令他无法出席。他从纽伦堡乘坐的飞机降落在伦敦南部克洛伊登机场后，他就晕了过去。危险的高血压需要立即治疗，但他无视了医生让他休息的建议，急急忙忙赶到剑桥出席了会议开幕式。他在开幕当天被列为第三位发言人，在身为法官和会议主席的波特勋爵的开场致辞之后发言。[72]波特恳请在场的律师们在工作中要"务实"，并在应对未来面临的诸多挑战时"克制他们的冲动"。他提醒在座的每个人，不得当的倡导"容易引起抵触"，这正是莱姆金所憎恶的那种英国实用主义。[73]

　　莱姆金没有理会波特勋爵。他的发言中包含了他对种族灭绝的一贯的激动之情、纽伦堡审判中的证据、实际应对的必要性，以及刑法至关重要的作用。他反对有关人权的一般性声明，而这样的声明将出现在同一年晚些时候的联合国第一届大会上。他反问道：海盗行为和伪造行为都是国际罪行，灭绝数百万人怎么会不是？他提议将种族灭绝"宣布为国际罪行"，并对与会者提起《轴心国的统治》。他告诉在场众人，任何涉及"种族灭绝之犯罪哲学"的人都应该被视为罪犯。[74]

众人礼貌地听完了莱姆金的发言，他等待着回应。一些发言者对他给予了一般性支持，但没有人响应他要求采取强硬行动的呼吁。如果劳特派特在场（他当时正在准备去哥本哈根的旅程），这个记录清楚地表明他觉得没有必要干预莱姆金。也许他能感觉到会场上的气氛，而且他的感觉是对的。那一周编写的决议草案里并没有提到种族灭绝或任何其他国际罪行。

大失所望的莱姆金返回伦敦，并给马克斯韦尔·法伊夫送去感谢信，感谢他给予的"道德上和专业上的启发"。他写道，剑桥的大会对他的想法"反响冷淡"，但他不会就此放弃：

> 我们不可能一直用无穷无尽的语句告诉世人：不要屠杀民族、种族和宗教团体的成员；不要强制他们绝育；不要强制他们堕胎；不要偷走他们的孩子；不要强迫他们的妇女为你的民族生孩子；等等。但是现在，在这个独特的场合，我们必须告诉世人，不要实行种族灭绝。[75]

这次失利促使他开始又一轮疯狂地写信。莱姆金写信给美国初级法官帕克，信中的语气带着点儿乐观。"我认为我成功地说服了听众相信这一法律概念的有用性。"他解释说，一如既往地满怀希望。[76]

莱姆金还不知道他早先的努力说服已经令一些人接受了他的观点。8月26日，他写信给马克斯韦尔·法伊夫的那天，《纽约时报》发表了一篇社论，赞扬了莱姆金，认为种族灭绝是一项有着"不同寻常手段和不同寻常后果"的罪行。该报告诉读者，接下来要做的就是将这个词纳入国际法，这是"莱姆金教授已经完成了一半"的任务。[77]

149

莱姆金及时赶回纽伦堡听取被告的简短结案陈词。吉尔伯特博士注意到，紧张并且有些沮丧的 21 人团体在聆听了一个月的关于党卫队及其相关组织的恐怖事件之后，居然表现出"因检察机关仍然认为他们是罪犯而感到吃惊"的样子。[78] 马克斯韦尔·法伊夫的结案陈词对纳粹的"邪恶"计划做出了强烈谴责。他抛开了肖克罗斯的克制，对希特勒的意识形态和《我的奋斗》传达的群体斗争的信息所反映的"可怕的种族灭绝罪行"大加鞭挞。[79]

莱姆金确信他已经争取到了英方，让美方陷入孤立。尽管杰克逊在 7 月份发布了新闻稿，他的同事美国检察官特尔福德·泰勒在马克斯韦尔·法伊夫之后接着发表陈词时完全没有提到种族灭绝。[80] 与此相对，法国人则把"种族灭绝"作为一揽子概念，以涵盖纳粹从集中营到奴役的所有罪行。[81] 苏联检察官鲁坚科将党卫队定性为种族灭绝实体，因此任何与该组织有联系的人都是实施种族灭绝的共犯。[82] 这一主张具有潜在的深远影响。

终于，在这个月的最后一天，8 月 31 日，被告们有机会向法官们陈词。戈林第一个发言，辩称德国人民无罪，他自己对这些可怕事实不知情。[83] 赫斯陷入习惯性的混乱状态，但已经恢复到足以让法官放心的程度，如果他必须重来一次，他会"做出一模一样的事"。[84] 接着是里宾特洛甫、凯特尔和卡尔滕布伦纳依次发言，然后是罗森堡，他对于莱姆金和其他人认为种族灭绝是一项罪行的想法感到惊讶，但这个主张同样保护了作为群体的德国人民。与此同时，他否认自己犯有种族灭绝或其他罪行。[85]

弗兰克第 7 个发言。600 号审判庭里的许多人都好奇他会说些什么，他会选择哪个方向，鉴于他早些时候承认了部分责任。这一次他开始意识到，其他所有被告都在没有想到后果的情况下就背弃了上帝。这样一来，他开始"越来越深地陷入负罪感"，他仿佛感觉到死者的灵魂在法庭上穿过，那些死得"不明不白、无声无息"的数百万人的亡灵。他试图从没有销毁日记的决定，以及在他失去自由的最后时刻自愿"上缴"日记的行为中得到自我安慰。[86]

他几个月前表达的集体责任感又恢复了。他告诉法官，他不希望"死后在世上留下任何我没有承担下来的隐匿的罪责"。是的，他对他必须承担的事情负责。是的，他承认了"一定程度的罪责"。是的，他是"阿道夫·希特勒、他的运动以及他的帝国的拥护者"。

紧接着出现了"但是"，一个宽泛而无所不包的转折。

他觉得有必要让法官回顾他在 4 月份所说的话，那些话现在困扰着他，需要做出纠正。他指的是他那段关于"一千年"的供述，杰克逊和肖克罗斯及其他检察官揪住这段供述不放，但他意识到自己的话被误解了。经过反省，他觉得是自己不够严谨，错误地说出了这样的话。随着时间的推移，他发现事实并非如此，德国已经付出了足够的代价。所以他说："我们国家犯下的一切可能存在的罪孽都已经完全消除了。"[87]

法庭上的所有人都仔细地听他接着讲下去。"我们在战争中的敌人对我们的国家和士兵所做的事"已经抵消了德国的罪孽。而这些事完全被排除在审判之外,他的意思是说,这样的正义有失公允。他认为,苏联人、波兰人和捷克斯洛伐克人对德国人民犯下了"最为可怕的那种"大规模罪行。也许他没有意识到,他再次提及了一个群体对抗另一个群体的角度。

面对他的被告同伴,他接着又提出了一个问题:"又有谁来审判这些针对德国人民的罪行呢?"[88] 这个问题没有得到回答。一下子,他将之前自己对部分罪责的承认一笔勾销。

弗兰克之后,其他 14 名被告依次发言。没有一个人承认自己有罪。

在最后一个人发完言之后,劳伦斯大法官宣布休庭,法庭将于 9 月 23 日做出判决。

150

直到庭审结束时,莱姆金仍然没有家人的消息。只是在 9 月中旬休庭期间,他才得知贝拉和约瑟夫的遭遇。消息是他的哥哥伊莱亚斯在慕尼黑与他团聚时带来的。他才得知自己的家人也是"纽伦堡审判档案"的一部分。

伊莱亚斯的儿子绍尔·莱姆金告诉我,他的父亲幸免于难。1941 年 6 月,12 岁的绍尔与父母一起住在瓦夫卡维斯克,当时这一家子决定去苏联度假。"当时我们都在俄罗斯的度假木屋里,我的姨妈说发生了一些战事,于是我们打开了收音机。"他们得知希特勒撕毁了与斯大林的协议,发动了"巴巴罗萨计划",一周后德国人就占领了瓦夫卡维斯克，贝拉、约瑟夫和留在家里的其他亲人都被困在那里了。

一个短暂的假期变成了在苏联的中心地带一待就是 3 年。他们得知"拉斐尔叔叔"在北卡罗来纳州很安全，但贝拉和约瑟夫的遇害，以及因他们身体不佳而没有带他们一起度假的决定，导致拉斐尔和伊莱亚斯两兄弟之间关系紧张。"我叔叔对于我们把他们丢在家里感到非常生气，但是，唉，我们也没想到会发生这样的事。"虽然事情已经过去了 70 年，绍尔看起来还是很沮丧，很愧疚。"我们只是出门去旅行而已，谁也没有料到会发生战争，即便是斯大林也没有料到。"

绍尔和他的父母在莫斯科一直待到 1942 年 7 月。当他们的签证到期时，他们乘坐火车到达东边的乌法，巴什科尔托斯坦共和国的首府，这是苏联的一个小共和国。[89] 他们于 1944 年 2 月回到莫斯科。战争结束后，他们返回波兰，最终流落到柏林的一处流离失所者营地，莱姆金就是在那里找到他们的。"1946 年 8 月，叔叔给逗留在柏林的我们打来电话。他当时在纽伦堡。他同我讲了话，"绍尔解释说，"他告诉我父亲不要在柏林逗留太久，苏联人可能封锁城市。"

在莱姆金的帮助下，美国人安排他们一家人从柏林转移到慕尼黑，住进另一个营地。9 月中旬，当莱姆金前来看望他们时，绍尔刚做完阑尾炎手术正在医院恢复。

"他和秘书夏勒特女士一起来医院看望我，夏勒特女士是一位美国陆军军人，会说一点俄语，和蔼可亲。我的叔叔看起来身体很好，穿的衣服也很好。我们拥抱了彼此。他告诉我：'你一定要来美国。'"

他们分享了他们了解到的关于瓦夫卡维斯克事件极其有限的信息。"我父亲伊莱亚斯发现，1944 年夏天苏联人抵达时，那里只剩下很少的犹太人，大概不超过 50 人，或 60 人。"那里重复了发生在若乌凯夫、杜布诺及中欧其他数以万计大大小小的地方的，被铭刻在特雷布林卡岩石纪念碑上的事件。绍尔谈到这个话题时语气平缓，但他的眼神变得黯淡了。"至于其余的人，我们都知道他们的遭遇了。一位犹太人给我们寄了一封信。信中说我的祖父母被带到了一个未知的目的地。然后他们死了。"

绍尔有没有贝拉和约瑟夫的照片？没有。他了解到，从瓦夫卡维斯克出发的最后一次运送犹太人的火车是 1943 年 1 月开往奥斯维辛的那次，但他的祖父母是在更早的一次运输中被运往不远处的另一个目的地。"贝拉和约瑟夫被送到了特雷布林卡，因为那里离得比较近。"

他带着悲伤、疲惫和深深的忧愁说出这些话，然后他又振作起来。

"那个写《生活与命运》的著名记者叫什么名字来着？"他问。

瓦西里·格罗斯曼。

"没错，就是他报道了特雷布林卡的事。我读了之后，想起了我的祖父母。"

绍尔认为拉斐尔叔叔一直不知道他们去了特雷布林卡。"这一信息后来才出现，在他去世很久之后。"

绍尔讲的这段故事为另一个故事提供了某种框架。通过这段故事，我才发现我的曾外祖母马尔卡·弗莱施纳曾经与劳特派特家族的人在若乌凯夫的同一条街道上生活过，又与莱姆金家族的人在特雷布林卡的同一条街道上罹难。

"关于那段时期，有一件事我必须要讲，"绍尔突然有些兴奋地说道，"诊所里的德国人对我特别好，他们很有礼貌。与波兰的生活相比，德国简直是犹太人的天堂。"假如绍尔心中还有恨意的话，它们也被层层包裹了起来。

"当然，拉斐尔叔叔对此有着不同的看法，"他继续说道，"诊所里有很多德国人，但我的叔叔连看都不看他们一眼。"绍尔注视着我说道。"他恨他们。对他来说，他们是毒药。他恨他们。"

151

整个9月，劳特派特一直待在剑桥等待审判结果，他希望判决结果可以为个人提供保护并为国际权利法案提供支持。他没有莱姆金那么能言善辩，没有表现出明显的情绪，但他的热情和关心丝毫不逊于莱姆金。这次审判对他产生了深刻的影响，但他不喜欢显露出来，甚至是在他的儿子面前也没有表现出来，那个月伊莱一直陪在他的身边，他正准备进入三一学院的本科二年级学习。

现在回想起来，伊莱好奇是不是就在那一阵子他父亲的内心起了什么变化。这场审判和失去家人的消息不可避免地影响了他的工作方向。伊莱认为就是在那个时候他才更好地——或者说至少更有意识地——理解了他父亲的工作。

"不单单是因为我在专业上更多地参与其中，还因为我意识到了别的事，意识到这是一段尤为困难的时期。"因卡即将来到剑桥，这会勾起他的丧亲之痛，但也带来了希望。

"在情感上，他深深地投入了审判之中。"伊莱补充道。他不怎么谈起这些事情，而且"从来没有对我说起过他的父母，一次也没有"。伊莱意识到我一直在探究的这个问题他却从未问过他自己，这是引起他最近开始反思的根源。他已经接受了既成的事实，用了和他父亲一样的方式。困难和痛苦不是用组织好的语言，而是用其他的方式表现出来。

我问到他父亲对"种族灭绝"一词的看法。他没有喜欢过，因为这太"不切实际"了，伊莱回答说，他甚至可能认为这是危险的。那时候，埃贡·施韦伯是与劳特派特有来往的人之一，也是这个人在 1946 年 5 月与莱姆金会面并鼓励了他。伊莱认为施韦伯是他父亲关于个人权利主张的坚定支持者，是他父亲的智慧和研究成果的仰慕者。施韦伯在一封信中提到了劳特派特相信纽伦堡审判中的"危害人类罪"与"基本人权及其在刑法中的保护的理念"之间存在"密切联系"。施韦伯的信也证实，劳特派特"不太赞成"所谓的"灭绝种族罪"，并给出了解释：劳特派特认为，"如果过分强调杀死整个民族是一种犯罪，就会削弱杀死一个人已经是犯罪的认定"。[90]

施韦伯还知道劳特派特在个人层面上与莱姆金也不是很处得来。他们之间没有敌意，这是肯定的，而且毫无疑问，劳特派特欣赏"莱姆金博士的冲动、理想主义和坦率"。这些是含蓄的赞美之词。然而，这位前剑桥教授并不承认这位前波兰检察官是一位真正的学者或具有强大的学术能力，而这一点很重要。劳特派特和施韦伯一致认为，"建议""妥善处理"危害人类罪和灭绝种族罪之间的关系，并以前者为重。做正确的事，意味着沉默。最好的办法是法官们对种族灭绝只字不提。

152

1946 年 9 月，尼克拉斯·弗兰克当时 7 岁，他的年龄已经足以记住判决之前的几周弥漫在家中的焦虑气氛。那个月，他去了纽伦堡，见到了他的父亲，这是时隔一年多以来的第一次见面。这次探视形成了一段不带感伤的回忆。

在那个时候，弗兰克一家已经一贫如洗，他们竭尽一切可能地收集食物和关于审判的消息。布里吉特差不多与弗兰克疏远了，她与巴伐利亚的一名记者保持着联系，这位男士每天晚上都在德国广播节目中提供审判摘要。"我母亲每天晚上 7 点钟都准时收听。"尼克拉斯回忆说。这个记者偶尔会上门来拜访，有时他带着巧克力来，这对孩子们来说是一种难得的享受。他想得到一些可以用在电台节目中的信息片段。尼克拉斯想起了一个细节，那个记者是犹太人："我的母亲给狱中的父亲写信说：'我喜欢这个名叫加斯东·乌尔曼的先生，我希望你能在监狱里与他见个面。'"[91]

尼克拉斯说到这个疯狂的想法时轻声笑了。

"我母亲在信中接着写道：'他是一个犹太人，但我认为他是有些善心的。'"尼克拉斯停顿了一下。"她写了那种话，"尼克拉斯惊叹道，"你能想象吗，'他是有些善心的'那种话？到了纽伦堡审判的末尾，我母亲已经从广播中听到了德国人所犯下的所有罪行，但她仍然能够写出这样一句话。"

他摇着头。

"难以置信。"他说，然后顿了顿。

"我的父亲接受审判是应该的。"这是他一贯的看法。是的，当他的父亲在4月出庭陈述时，他表明了自己在某种程度上是有罪的。

"这固然是好事，但那是发自真心的吗?"尼克拉斯对此表示怀疑，而且弗兰克在8月份表现出的态度转变也证实了他的怀疑。"他的真实性格在第二次发言中显露出来了"，尼克拉斯直言不讳地说：他的父亲是一个软弱的人。

到了9月，他们全家人前往纽伦堡。尼克拉斯给我看了一张照片，他的母亲戴着一顶黑色大帽子，身穿黑色外套和裙子，伶仃细腿，面带微笑，正催促着他和他姐姐快走。

"我想这天应该是9月24日。我和母亲一起去了。我们5个孩子都去了。我们进了司法宫，来到一个大房间，大概有20米长。右手边是一排窗户，在房间的另一边，我认出了戈林，他正

布里吉特·弗兰克与尼克拉斯（左），纽伦堡，1946年9月

在和他的家人见面。我坐在妈妈的腿上，我们通过一个开着小孔的玻璃窗与我父亲说话。"

他的父亲怎么样？

"他微笑着，努力做出高兴的样子。我还记得我的父亲说谎骗我时的样子。"

什么意思？

"他说：'再过两三个月，我们将会在施利尔塞的家里一起过圣诞节，我们大家都会很开心。'我当时想，你为什么要撒谎？我已经从学校、从我的朋友说的话里知道将要发生的事了。永远不要欺骗一个 7 岁的孩子，他一辈子都不会忘记的。"

那是在判决的前一周。据尼克拉斯的回忆，他没有对父亲讲一句话。一个字也没讲。

"我没有说再见。整个过程持续了不过六七分钟。没有流泪。我真的很伤心，不是因为他将被绞死，而是因为他对我撒谎。"

153

判决是在 9 月 30 日和 10 月 1 日这两个阳光明媚的金色秋日里做出的，即他们探视弗兰克的一周之后，这比预期要来得晚一些。整座城市戒备森严，司法宫周围的警戒和坦克比往常更加显眼。法庭内人满为患，进入法庭受到严格管制。

从司法宫后面的旧砖楼（后来被拆除）里的牢房出发，弗兰克并不需要走太远。戴着白色头盔的军警押送他走过封闭的走廊，走进电梯，穿过滑门，坐进被告席前排中间的位置。他戴着常戴的那副墨镜，左手戴着手套，刻意藏在人们的视线之外。

　　劳特派特于判决前两日从英国飞抵纽伦堡。与他同机的是一群英国要人，其中包括英国战争罪行委员会的主席赖特勋爵。大律师卡其·罗伯茨和他们在一起，他在一年前带头反对莱姆金和灭绝种族罪的指控。[92] 他们都住进纽伦堡大酒店，于判决当天上午 9 点 15 分在酒店前台集合，一起乘车前往司法宫。

　　9 月 30 日，莱姆金正在巴黎出席和平大会。他希望说服代表们在决议中加入几句关于种族灭绝的话。他的健康状况没有改善，他再一次得到美国军事医院的救治。他在医院里通过床边的收音机听到了判决内容。[93]

　　莱昂也在巴黎，就在离得不远的地方，正在做着安置返乡的被驱逐者和难民的工作。鲁特西亚酒店的许多人都很关心审判的结果。

　　判决分为两部分。第一天是 9 月 30 日，星期一，这一天将专门用于讨论法律上的总体事实和调查结果；单个被告人的判决在第二天才会宣布。[94] 关于事实，法官们分成一个个工整的小节列出，刻意但权威，这是让律师们感觉自在的做法。历史和人类互动的复杂性将被简化为一段叙述，巧妙地描述了纳粹夺取权力，侵略欧洲及发动战争的行为。在这间审判庭进行的 453 次公开聆讯将 12 年的混乱、恐怖和杀戮公之于世。总共有 94 名证人出庭，其中 33 名为控方证人，61 名为辩方证人。

　　法官们迅速宣布了对各个组织的判决。纳粹领袖集团、盖世太保、党卫队保安局和党卫队全部被认定有罪，同样还有武装党卫队及归其指挥的 50 万成员。这意味着大量罪犯被定罪。作为一种司法妥协的行为，冲锋队、"帝国"内阁及国防军总参谋部和国防军最高司令部得到豁免。

法官们接着宣判阴谋、侵略和战争罪行。危害人类罪在判决中占据中心地位，并且有史以来第一次被认定为国际法的既定部分。法庭内的人们安静地聆听着陈述：谋杀、虐待、掠夺、奴役、迫害，所有这些都构成了国际罪行。

对弗兰克和其他被告来说，仔细听着有关他们前景的任何暗示一定极其煎熬。对于三个组织的无罪宣判令控方感到不满，却给了被告一些希望，钟摆似乎摆向了另一侧。弗兰克的命运会走向哪个方向？他所做的是否足以使自己免受绞刑？最初承认的集体罪责是否足够，还是说后来的反悔又将其抹杀了？苏联法官尼基琴科的话对于缓解弗兰克的焦虑毫无帮助，他再次援引弗兰克的日记来描述纳粹历史的最后一章和危害人类罪。"一千年"这个词被一遍又一遍地重复着。

法官采纳了由劳特派特撰写、肖克罗斯演说的关于"是由人而不是抽象实体所犯下"的国际罪行的那段话的精髓。法官说，必须通过惩治犯下此类罪行的个人，国际法的条款才能得到执行。个人的国际义务"高于个别国家强加给个人的服从义务"。[95]

相比之下，即使在英国、法国和苏联检察官以及杰克逊的新闻稿的支持下，种族灭绝在第一天也完全没有被提及。在第一天发言的八位法官中无一人引用过莱姆金的话，也无一人提到法律保护团体的功能。独自留在遥远的巴黎医院病床上的莱姆金，原本还盼望着第二天会出现什么。

对于这一遗漏没有真正的解释，只有来自尼基琴科法官的只言片语。这位苏联法官说，可能构成危害人类罪的行为仅限于1939年9月战争开始后发生的行为。[96]没有战争，就没有危害人类的罪行。这样一来，法官排除了所有发生在1939年9月以前的事情，无论这些行为多么恶劣。莱姆金试图取缔无论是在战争时期还是和平时期发生的一切暴行的努力因为《宪章》第 6 条（c）款加入的那个逗号而被搁置，这个逗号正是莱姆金所担心的事后添加。纳粹于 1939 年 1 月将莱昂驱逐出维也纳的行为，连同纳粹在 1939 年 9 月以前对他的家人及数十万人采取的所有行为，都不被认定为犯罪。

法官意识到随之而来的困难。尼基琴科法官提醒那些在场的人，政治异见者于战前就在德国被杀害了。许多人被关进集中营，生活在恐怖和残忍的氛围中，而且有大批人员被杀害。在 1939 年战争开始前，纳粹在德国境内大规模、有组织、有系统地推行着恐怖政策，对平民的迫害、镇压和谋杀残酷无情。战前纳粹对犹太人采取的行动"毫无疑问"是确凿的。尽管这些行为"令人反感、恐惧"，宪章文本中加入的逗号却将它们排除在法庭的管辖范围之外。法官们说，我们无能为力。[97]

因此，第一天的判决结果给了莱姆金一个沉重的打击。而坐在法庭之中的劳特派特并没有这种烦恼。以 1939 年 9 月划分的界限是无法逾越的，这是《宪章》中共同协定的规则的后果，是法律的逻辑。务实的劳特派特在 7 月为肖克罗斯撰写的讲稿中为这个结果做了论证。而情绪激动的莱姆金次月就在剑桥对其做出了反驳。

在第一天的听审结束后，出席者回到各自的办公室、住宅、监狱囚室或酒店，分析着法官在庭上说过的内容，预测着第二天会发生什么。丽贝卡·韦斯特离开司法官后去了离纽伦堡不远的一个小村庄。她在那里遇到一位德国妇女，在得知这位英国作家出席了审判现场之后，这位妇女发了一大通对纳粹的抱怨。他们在她的村子附近派驻了外国劳工，"两千多个晦气的野蛮人，地球上的渣滓，俄国人、巴尔干人、波罗的人、斯拉夫人"。这名妇女对审判感兴趣，假如他们没有任命一个犹太人担任首席检察官的话，她是不反对这件事的。丽贝卡请她具体解释一下，她说出所指的是戴维·马克斯韦尔·法伊夫。丽贝卡·韦斯特指出她弄错了，这位女士斩钉截铁地说："除了犹太人，谁会给儿子取名叫戴维？"[98]

154

劳伦斯大法官在判决第二天的 9 点 30 分整走进审判庭，为在场的 21 名被告人一一做出单独判决。他随身带着一张速查表，在一张英国战争罪执行委员会抬头的信笺上列出了每一名被告的判决和量刑。玛乔丽·劳伦斯后来将这张纸粘贴到家庭剪贴簿中。

首先，法官们将阐明对每一名被告宣判有罪或无罪的理由。劳伦斯大法官采用了严肃的语调。

弗兰克坐在前排的中间位置，他的眼睛隐藏在墨镜后面。劳特派特坐在英国团队的桌子旁，与这个对他的父母、兄弟姐妹、舅舅舅妈的被害负有最直接责任的被告人仅在咫尺之间。莱姆金身在巴黎，等待在无线电收音机旁。

劳伦斯从戈林开始，在审判期间，戈林有时"让人想到妓院的老鸨"，丽贝卡·韦斯特坐在新闻媒体席中观察到。他从滑门进入，"一副震惊的样子"。[99] 他被指控的所有罪名都成立。

杰弗里·劳伦斯爵士随后宣判了接下来的 5 名被告。全部有罪。尼基琴科法官对罗森堡做出有罪宣判。罗森堡试图对他的种

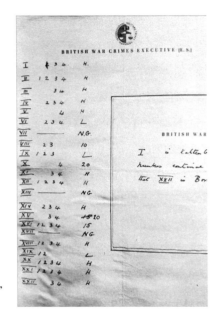

杰弗里·劳伦斯爵士的速查表，
1946 年 10 月 1 日

族政治的真正目的做出的解释徒劳无功。判决仍是有罪。[100]

现在轮到弗兰克了。他一动不动地坐在那里，看着地板。与丽贝卡·韦斯特陷入了混乱情事的比德尔法官，宣读了准备好的文稿。[101] 他们在三周前一致做出了这个决定，但弗兰克并不知道这一点。比德尔总结了这位律师的角色，从他 1927 年加入纳粹党起，到成为德国法学院院长，再到他被任命为总督。因缺乏证据，弗兰克逃脱了第一项定罪，没有任何证据证实他参与了发动侵略战争的决定。这给了弗兰克一个短暂的喘息。

比德尔接着宣布第三项（战争罪）和第四项（危害人类罪）定罪。[102] 波兰的两起有关事件都发生在战争开始后，都在法庭管辖范围内。弗兰克参与了对波兰这一国家实体的破坏。他用尽各种资源支持德国打这场战争，极其严酷地镇压了反对派。他实施了恐怖统治。在他的领地上建起了集中营，包括"臭名昭著的特雷布林卡集中营和玛伊达内克集中营"。成千上万的波兰人被清除，包括知识分子的"主要代表"。奴工被遣送到德国。犹太人遭到强制迁入隔都、歧视、饥饿和灭绝等形式的迫害。

法官认可了弗兰克对在他统治的领地内犯下的暴行所表达的"可怕的内疚"。但他的辩护归根到底主要是为了证明他没有责任，因为这些活动不在他的控制之下，或者因为他对此并不知情。

"很有可能确实如此，总督辖区境内的部分罪行是在不为弗兰克所知的情况下犯下的，"比德尔总结道，"甚至偶尔还是在他本人反对的情况下。"也许，并非所有罪恶的政策都出自他之手。尽管如此，他依然"自愿并且知情"地参与了恐怖活动、对波兰的经济剥削、令大量人口饥荒死亡的行动。他参与了将超过 100 万的波兰人遣送至德国的行动。他涉嫌参与谋杀至少 300 万犹太人的计划。[103]

基于这些原因，他的战争罪和危害人类罪罪名成立。

比德尔没有使用"种族灭绝"这个词。

弗兰克认真地听着，在剩余判决下达时安静地坐着。在场的 21 名被告中，有 3 名被宣告无罪。帝国银行前总裁亚尔玛·沙赫特被判无罪，因为没有证据证明他知道战争的侵略计划。曾出任希特勒的副总理 18 个月的弗朗茨·冯·帕彭因为同样的理由被判无罪。戈培尔宣传部的小喽啰汉斯·弗里切，作为他上司缺席时的不称职替补，因缺乏证据证明他蓄谋煽动德国人民犯下暴行而被宣告无罪。[104] 其余的人被判犯有危害人类罪，但没有一人被判犯有灭绝种族罪。这个词没有被提及。

法庭在午餐时间宣布休庭。休息之后将会宣布量刑。弗兰克向 3 名被宣判无罪的人表示了祝贺。

155

午餐过后，所有人都把目光投向被告席后面的小木门，等待着被告人一一从门后面进入，面对自己的判决。"打开，关上，打开，关上"，再一次地，记者 R. W. 库珀向《泰晤士报》的读者描述道。

下午 2 点 50 分，法庭重新开庭。这 18 名被判有罪并等待着宣布具体量刑的被告人，在长达一年的审判中第一次作为单独个人，而不是一个团体被带进法庭。他们每一个人都等在 600 号审判庭外的电梯门口。他们每一个人在轮到自己的时候便单独进入法庭听取判决，然后离开法庭。

那天下午没有出现在 600 号审判庭的人无法看到整个审判中最戏剧性的一刻。为保护被告人的尊严，在对每一个被告下达刑罚判决时的画面没有被拍摄下来。弗兰克排在第 7 个。在前 6 个被告中，5 人被判处死刑：戈林、里宾特洛甫、凯特尔、卡尔滕布伦纳和罗森堡。鲁道夫·赫斯逃过了绞刑，被判处无期徒刑。[105]

轮到弗兰克的时候，他是第 7 个乘电梯上升并通过滑门的人。在进入法庭时，他完全失去了方向感，转身时背对着法官。警卫不得不把他转过来面对法官。丽贝卡·韦斯特注意到了这一幕。这是一种抗议的形式吗？不是。她把它解释为弗兰克处于心神不宁状态的"奇怪证据"。[106] 他面对法官，沉默地倾听，有的人记录说他并没有被吓倒。大法官劳伦斯用寥寥数语宣布了判决。

"基于你被判成立的罪名，本庭对你判处绞刑。"通过翻译耳机，弗兰克听到了"绞刑"。[107]

弗兰克永远也想不到他与亨利·多纳迪厄·德·瓦布尔的相识会带来一线希望，因为这位法国人试图帮助他。直到最后，多纳迪厄都主张判处他终身监禁而不是死刑，但只有他一个人持这种意见，其余 7 名法官一致否决该意见。比德尔法官惊讶于他的法国同事对于这位现在已经成了国际罪犯的德国法学家有着"奇特的温柔"。[108] 或许这位美国法官像伊夫·贝格伯德一样，并不知道弗兰克曾于 1935 年邀请多纳迪厄访问柏林。

听完判决后，弗兰克回到了牢房。吉尔伯特博士与他见了一面，他与每个被告都见面了。弗兰克礼貌地微笑着，无法直视心理学家的眼睛。他所剩下的这样的自信已经消失殆尽。

"绞死。"

弗兰克喃喃地说出这个词。他一边说一边点点头，仿佛默认了。"是我罪有应得，我也预料到了。"[109] 他没有再多说什么，对吉尔伯特博士，以及后来对家人都没有解释为什么他会那样做。

156

这个判决对劳特派特来说是一种宽慰。他对危害人类罪的论证受到了法庭的认可，现在成了国际法的一部分。对个人的保护及个人对最严重罪行负有刑事责任的概念，将成为新的法律秩序的一部分。国家主权再也不能为这种规模的犯罪提供绝对的庇护，至少理论上如此。

判决后不久，他收到肖克罗斯的一封短笺。"愿你作为这一对未来的国际关系行为产生真正影响的事业的领头人而常感欣慰。"[110] 即使劳特派特的确感到欣慰，他也从来没有公开提及，甚至在私下也没有。没有对他的儿子提起，也没有对因卡提起。

莱姆金则是另一种反应。判决没有提及种族灭绝，这令他大受打击，强化了他此前对于"纽伦堡噩梦"的预感。[111] 在判决中甚至没有提到此前对种族灭绝的论证，也没有提到种族灭绝概念已经得到了四国中三国控方的支持（我个人在国际法庭上的经验是，即使没有成功，对论点的总结也能带来一些安慰；这也为将来其他案例的论证打开了一扇门）。莱姆金对于纳粹在战争之前犯下的罪行完全被忽视同样感到震惊。

后来，莱姆金遇到了美国初级检察官亨利·金，后者称这位波兰人"胡子拉碴""蓬头垢面"，衣衫褴褛。莱姆金坦言，这次判决是他生命中"最黑暗的一天"。[112] 甚至比他在一个月前得知贝拉和约瑟夫已经不在人世的那一刻还要黑暗。

莱昂在巴黎收到判决的消息。第二天早上，住在附近的小姑娘吕赛特来接我的母亲，莱昂8岁的女儿，然后一道走着去学校。吕赛特看到莱昂在祈祷，他每天早上都要进行这项仪式，为了建立一种归属感，一种"对于一个业已消失的群体的归属感"，他对我母亲这样说。

莱昂从来没有告诉我他对审判和判决的看法，以及在他看来它们作为追责手段是否足够。不过，他对我的职业选择感到高兴。

157

12名被告被判处死刑且无权上诉。包括弗兰克、罗森堡和赛斯-英夸特在内，他们用不了多久就会被执行绞刑。教皇为弗兰克请求赦免，被法官拒绝了。[113] 对于劳伦斯大法官来说，这样的刑罚并不会带来道德上的困扰。他的女儿罗比告诉我，她父亲在英国曾把好几个罪犯送上了绞刑架。

"他认为这是对那些做出极度邪恶之事的人的公正惩罚，"她解释说，"他很高兴英国废除了死刑，但我认为他一刻也没有怀疑过在这种情况下，对于这些被告来说，死刑是最合适的。"

在判决之日和处决之日之间，杜鲁门总统写信给劳伦斯大法官。他对法官为"加强国际法和司法"的"忠诚服务"表示了赞赏。[114]

2周后的10月16日上午，《每日快报》上出现了标题为《凌晨1时戈林首先被处决》的报道，文中称，随后是其他10名被告。[115]这篇报道犯了有名的错误。戈林逃避了绞刑，他在预定的行刑时间即将到来前自杀了。

里宾特洛甫第一个被绞死。弗兰克被提前至第五个。执行地点是司法宫的体育馆，陪同他的是美国陆军随军牧师西斯笃·奥康纳。他穿过院子，走进体育馆，闭上眼睛，被罩上黑色头套时不停地咽着口水。他说了几句遗言。[116]

当天晚些时候绞刑的消息传出时，《泰晤士报》记者R. W. 库珀正在法国。他在回忆录中写道："在一家巴黎小餐厅里迎来了结局。"餐厅里的音乐家正在弹奏一首名为《不知不觉》的曲子，此曲后来成了姜戈·莱因哈特最喜欢的曲目。包括弗兰克在内的被绞死者的照片刊登在晚报的背面，在餐厅供大家传阅。

"赏心悦目，"一位客人喃喃地说，"这很好。"然后他懒洋洋地翻过这一页。[117]

158

几百英里之外，在离巴伐利亚小镇施利尔塞湖畔的诺伊豪斯有一段距离的地方，汉斯·弗兰克较年幼的孩子们正在幼儿园里。布里吉特·弗兰克后来把他们接回了家。

"我的母亲穿着花朵图案的春装走进来，告诉我们父亲现在已经到了天堂里。"尼克拉斯回忆说。"我的哥哥姐姐们开始哭泣，我没有出声，因为我知道现在事情已经发生了。我认为就是从那一刻起，巨大的伤害开始了，我对这个家庭的冷酷反应开始了。"

多年以后，尼克拉斯会见了当时陪同弗兰克走到体育馆的牧师西斯笃·奥康纳。牧师告诉他，你的父亲是带着微笑走上绞刑架的。"即使在纽伦堡的牢房里，"他补充说，"你的父亲仍然惧怕着你的母亲。"

尼克拉斯并没有忘记那天，他时常回想起那天。我们一起参观了空置的纽伦堡司法宫监狱，在一间与当年关押他父亲相类似的牢房里坐下来。"有意思的是，"尼克拉斯说："当他们要进来把我的父亲带去绞刑架时，门一打开，我父亲正跪着。"尼克拉斯说着便跪下来向我演示。"他对牧师说：'神父，我母亲在我小的时候，每天早上送我出门上学时都会为我划一个十字。'"尼克拉斯在前额上划了一个十字。"请您现在也为我做一次吧。"弗兰克请求牧师。

尼克拉斯不知道这是不是父亲演给别人看的。"也许这是为数不多的时刻之一，在上绞刑架之前，在死亡之前……他很清楚他不可能活过 10 月 16 日的晚上，也许这真的是发自内心的，是他做的仅有的而且是最后的诚实的事。"

　　尼克拉斯沉默了一会儿。"他想变回那个无辜的孩子，回到母亲为他画十字时的样子。"他又停顿了一下，然后说道，"这是我第一次想到这一点。我想他是希望再次成为一个从未犯下这些罪行的小男孩。"

　　然而，尼克拉斯毫不怀疑父亲在法庭上不完整地表达出的负罪感缺乏诚意，而且对他父亲的绞刑没有丝毫反对。"我反对死刑，"他不带感情地说道，"但我父亲例外。"在我们的一次交谈中，他回忆起他父亲在行刑前夜写给律师塞德尔博士的信。"他写道：'我不是罪犯。'"尼克拉斯带着鄙夷说出这句话，"也就是说，

被绞刑处死的汉斯·弗兰克，1946 年 10 月 16 日

他确实反悔了，收回了他在审判期间所承认的一切。"

当我们谈到他们的最后一次见面，谈到他与牧师的对话，谈到他母亲无声的坚韧，尼克拉斯伸手从外套胸前口袋里掏出了几张纸。"他就是罪犯。"他低声说，从中拿出一张磨损褪色的黑白照片。他递给我。照片上是他父亲的尸体，摆在行军床上，已经断气了，这是在执行绞刑几分钟后拍下来的，尸体胸前挂着一张标签。

"我每天都要看看它，"尼克拉斯说，"为了提醒我自己，为了确认，他已经死了。"

尾 声

走进森林

纽伦堡的审判产生了后续影响。

审判结束几周后，联合国大会在纽约北部召开。在 1946 年 12 月 11 日的议程中，大会制定了一系列决议草案以建立新的世界秩序，其中两项与纽伦堡审判有关。

大会渴望为国际人权法案铺平道路，确认了由《宪章》所确定的国际法原则——包括危害人类罪——是国际法的一部分。大会第 95 号决议支持了劳特派特的观点，并决定在新的国际秩序中为个体找到一席之地。[1]

大会随后通过了第 96 号决议。[2] 这一决议比纽伦堡法官的决定更进一步：指出种族灭绝剥夺了"整个人类群体的生存权利"，大会决定推翻裁决并申明"种族灭绝系国际法上的一项罪行"。在法官们不敢涉足的问题上，各国政府通过立法实现了莱姆金的想法，建立了法规。

决议帮助莱姆金从他生命中"最黑暗的一天"走了出来。他的精力恢复了，他撰写了关于种族灭绝的公约草案，并力图说服世界各国政府支持他的文书。这是历时两年多的艰难跋涉。1948
年12月9日，大会通过了《防止及惩治灭绝种族罪公约》，这是
第一个现代人权公约。[3] 该公约在两年多一点儿的时间后生效，让
莱姆金可以在他人生的最后十年致力推动各国加入该公约。到
1959年他因心脏病发作在纽约去世时，法国和苏联已经加入了公
约。英国于1970年加入，美国于1988年在里根总统访问比特堡
党卫队军官墓地的争议事件之后加入。莱姆金去世时没有子女。
据说几乎没有人参加他的葬礼，但在南希·阿克利的记忆中并非
如此。"来了不少人，而不是一些媒体可能为了造成戏剧性的效果
所报道的五六个人"，她告诉我，而且其中有"不少戴着面纱的女
性"。他长眠于纽约法拉盛。

赫希·劳特派特在判决结束一天后回到剑桥，继续专注于
学术事业，陪伴因卡和家人。他的著作《国际人权法案》启发了
联合国大会于1948年12月10日通过的《世界人权宣言》，就
在《防止及惩治灭绝种族罪公约》通过的第二天。这项宣言并不
具有法律约束力，劳特派特对此感到失望，同时希望它能为更为
有力的后续发展打开大门。同时达成的还有对于《欧洲人权公
约》的共识，该公约于1950年签署。[4] 在这一首创的个人可以诉
诸国际人权法院的文本的制定过程中，参与纽伦堡审判的检察官
戴维·马克斯韦尔·法伊夫发挥了关键作用。随后，其他一些区
域性和全球性的人权文书出台了，但尚未有任何与莱姆金的《防
止及惩治灭绝种族罪公约》同等重要的关于危害人类罪的公约通
过。1955年，劳特派特当选为海牙国际法庭的英国法官，尽管一
些人认为他不是名正言顺的英国人。1960年，在任期结束之前他
就去世了，被安葬于剑桥。

劳特派特和莱姆金曾经是生活在伦贝格和利沃夫的两个年轻人。他们的理念引起了全球性的共鸣，产生了广泛而深远的影响。灭绝种族罪和危害人类罪的概念并行发展，这种关联将个人和群体联系起来。

由于各个国家向着不同的方向推动，无法就国际罪行的惩罚达成一致，整整 50 个夏天过去了，国际刑事法院才得以从构想成为现实。1998 年 7 月，在南斯拉夫和卢旺达发生的暴行的催化下，变革终于到来。就在那个夏天，在罗马召开的一次会议上，150 多个国家同意制定一个国际刑事法院规约。[5] 我有幸参与了这次协商的外围工作，与同事一起参与制定序言和条约的介绍性文字，希望能启发大家。作为幕后工作者，我们在序言中插入了一句简短的文字，陈述"每个国家都有义务对国际罪行责任人行使刑事管辖权"。这句话看来毫无害处，在谈判进程中被保留下来，这是第一例各国依据国际法承认其负有此类义务。自 1935 年亨利·多纳迪厄·德·瓦布尔与汉斯·弗兰克在柏林就国际法庭的构想争论以来，经过三代人的努力，一个有权力惩治灭绝种族罪和危害人类罪的全新国际法院终于成立了。

在就国际刑事法院规约达成协议的两个月后，即 1998 年 9 月，让-保罗·阿卡耶苏成为有史以来第一个因灭绝种族罪被国际法院定罪的人。这发生在国际刑事法院就卢旺达问题举行审判之后。[6]

几周后，即 1998 年 11 月，伦敦上议院做出裁决，智利前总统、参议员奥古斯托·皮诺切特无权请求对英国法院管辖权的豁免，因为据说他要为之负责的酷刑行为属于危害人类罪。这是第一次由一国的法院做出这样的裁决。[7]

2007 年 3 月，美国地方法院一名法官剥夺了约翰·卡莱蒙的美国国籍。为何？因为在 1942 年 8 月，他在乌克兰仆从军服役，参与了围捕犹太人的大行动。他参与协助了对平民的迫害，犯下了危害人类罪。[8]

2007 年 9 月，海牙国际刑事法院裁定塞尔维亚未能阻止斯雷布雷尼察发生的种族灭绝行为，从而违反了对波斯尼亚和黑塞哥维那的义务。这是第一起国际法院谴责一个国家违反"灭绝种族罪公约"的案例。[9]

2010 年 7 月，苏丹总统奥马尔·巴希尔成为首个被国际刑事法院指控犯有灭绝种族罪的国家首脑。[10]

2 年后的 2012 年 5 月，查尔斯·泰勒成为首个被判处犯有危害人类罪的国家元首。[11]他被判处 50 年监禁。[12]

2015 年，联合国国际法委员会开始积极开展有关危害人类罪的工作，为《防止及惩治灭绝种族罪公约》的潜在伙伴开辟了道路。[13]

案件不断出现，罪行也在不断发生。今天，我处理着一些与塞尔维亚、克罗地亚、利比亚、美国、卢旺达、阿根廷、智利、以色列和巴勒斯坦、英国、沙特阿拉伯、也门、伊朗、伊拉克和叙利亚有关的灭绝种族罪或危害人类罪的案件。关于灭绝种族罪和危害人类罪的指控遍布全球，尽管最初启发劳特派特和莱姆金的观点来自不同的途径，但它们在不同的道路上彼此共鸣。

一种不成文的等级之分出现了。在纽伦堡审判过后的几年中，种族灭绝一词在政界和公共讨论中被视为"众罪之首"，保护群体上升到高于保护个人的地位。[14]也许是因为莱姆金语言的力量，但正如劳特派特所担心的，受害人之间的比赛出现了，在这场比赛当中，危害人类罪被视作较轻的罪恶。[15]这还不是劳特派特与莱姆金并行的努力所造成的意想不到的唯一后果。证明灭绝种族罪很困难,在我亲眼看到的诉讼案件中,像《防止及惩治灭绝种族罪公约》所要求的那样,必须证明全部或部分摧毁整个或部分团体的意图可能产生不愉快的心理后果。这会增强受害者群体成员之间的团结意识,也会强化他们对犯罪者群体的负面情绪。"种族灭绝"这个术语的重心在于群体,往往会强化"他们"和"我们"的感觉,激发群体认同感,并且可能在不知不觉中反而会引发其本来要解决的问题:让一个群体与另一个群体产生敌对的方式不太可能带来和解。我担心灭绝种族罪已经歪曲了对战争罪和危害人类罪的指控,因为成为灭绝种族罪受害者的愿望会迫使检察官提起对这项罪名的指控。对于一些人而言,被贴上种族灭绝受害者标签已经成为"民族认同的重要组成部分"[16],而这无助于解决历史争端或减少大规模杀戮。[17]

早在 1893 年,社会学家路德维希·龚普洛维奇在《种族斗争》一书中就曾指出:"当一个人来到这个世界时,他就是群体的一员了。"[18]这种观点一直存在。在一个世纪之后,生物学家爱德华·威尔逊写道:"我们残忍的天性是根深蒂固的,因为群体与群体的对抗是我们之所以成为我们的主要动力。"似乎人性的一个基本要素就是"人们认为必须从属于群体,加入群体后,随即认为他们的群体是优于其他竞争群体的"。[19]

这给面临明显紧张局势的国际法体系提出了严峻的挑战:一方面,人们因为碰巧属于某一群体而被杀害;另一方面,法律倾向于通过强化群体认同感来承认这一事实,而这往往更容易引发群体之间的冲突。也许利奥波德·柯尔在致友人莱姆金的那封强硬的私人信件中说对了,灭绝种族罪最终恰恰会导致它所致力于改善的情况进一步恶化。

这个故事中其他的主要人物后来怎么样了呢？

从维泰勒被解救出来后，蒂尔尼小姐为美国陆军工作了一段时间后返回了巴黎。她在那里住了 2 年，然后回到英格兰。在 20 世纪 50 年代，她再次前往南非传教，并于 1964 年移民美国。她最后的居所位于迈阿密的椰林区，与退休的健美药品销售商弟弟弗雷德住得不远。有人告诉我，她的熟人圈子里包括查尔斯·阿特拉斯。她于 1974 年去世。2013 年，我将收集到的有关她的材料寄给耶路撒冷的以色列犹太大屠杀纪念馆，一道寄去的还有两份宣誓证明书，一份由我母亲提供，另一份由舒拉·特罗曼提供。2013 年 9 月 29 日，蒂尔尼小姐被认定为国际义人。

萨沙·克拉维茨被蒂尔尼小姐救出，逃脱了被送往奥斯维辛的命运，在维泰勒重获自由之后移民去了美国。他于 1946 年从不来梅乘船前往纽约。我一直无法找到任何关于他之后经历的痕迹。

埃米尔·林登费尔德留在了维也纳。在战争的最后 2 年中，他像“U 型潜艇”一样藏身于非犹太裔的家人和朋友当中。他于 1961 年再婚，1969 年在维也纳去世，并葬在那里。

奥托·冯·韦希特尔在战后躲藏了起来，最终被梵蒂冈收留。1949 年，他在罗马拍摄的电影《命运之力》中担任群众演员。他因发生在利沃夫的对超过 10 万波兰人的大屠杀的罪行受到波兰政府的指控，但在奥地利主教阿洛伊斯·胡达尔的庇护下，他仍然在逃。就在 1949 年晚些时候，他离奇死亡。[20] 他的儿子霍斯特与妻子住在哈根贝格城堡里，坚信父亲是一个品行端正的好人，不是罪犯，即使出现了新证据证明了他的罪行，包括 1939 年 12 月他明目张胆地从克拉科夫的国家博物馆掳掠一幅勃鲁盖尔的画作及其他艺术品的行为。[21]

尼克拉斯·弗兰克长大后成为一名优秀的记者，最终成为《亮点》杂志的海外编辑。1992年，他回到华沙那座他小时候生活过的建筑，采访那时新当选的波兰总统莱赫·瓦文萨。他没有告诉瓦文萨，就在用于采访的这个房间里，当年他的父亲曾绕着他们现在所就座的桌子追着小时候的他跑。他和妻子住在汉堡西北部的小村庄里，膝下有一个女儿和两个外孙。

2014年夏天，我与尼克拉斯·弗兰克和霍斯特·冯·韦希特尔一起去了利韦夫。在关于我们的纪录片《我的纳粹遗产：我们的父亲所做的事》的拍摄过程中，我们参观了若乌凯夫被毁坏的犹太教堂、附近的一个万人冢，以及汉斯·弗兰克在1942年8月1日发表重要讲话的大学礼堂，当时奥托·冯·韦希特尔也在场。尼克拉斯出乎我们意料地从口袋里掏出了那份演讲稿的复印件并大声念了起来。第二天，我们三人参加了一个纪念武装党卫队加利西亚分部的仪式，该组织是由奥托·冯·韦希特尔在1943年春建立的，至今仍然受到民族主义者、组织这次活动的边缘乌克兰团体的推崇。霍斯特告诉我，这是这次旅行中最棒的环节，因为老老少少都来到他面前向他的父亲致敬。我问他，会不会介意那些人身上穿着带"⚡⚡"字徽的党卫队制服？"我为什么会介意呢？"霍斯特答道。

莱昂·布赫霍尔茨和丽塔·布赫霍尔茨在巴黎度过了余生，他们一直住在我儿时记忆中的巴黎北站附近的那所公寓里。莱昂一直活到1997年，几乎经历了一个完整的世纪。他们的女儿露德于1956年与一个英国人结婚，并搬到伦敦。她有两个儿子，我是

她的大儿子，她后来在伦敦市中心经营一家古董书店，专营儿童
绘本类图书。我进入了剑桥大学学习法律，1982年我在那里修读
了当时已成年的赫希的儿子伊莱·劳特派特所教授的国际法课程。
在1983年夏天我毕业后，莱昂和丽塔参观了剑桥，我们也一起参
加了在伊莱家的花园举办的聚会。他的母亲、已故的劳特派特的
夫人拉谢尔当时也在场，我清楚地记得她头上梳着的圆髻。我不
清楚她有没有与莱昂交谈过，但如果他们交谈过，而且谈起了他
们在维也纳、伦贝格和若乌凯夫的亲人的话，那么莱昂应该是觉
得没有必要与我分享他们的谈话内容。

　　1983年秋天，我去了美国，在哈佛法学院做了一年访问学
者。伊莱·劳特派特在1984年春天写信给我，邀请我应征剑桥大
学的一个学术职位，在他所负责的新成立的国际法研究中心担任
研究员。在那个时候，以及之后的四分之一个世纪里，我们从同
事关系变成了朋友关系，却并没有意识到在一个多世纪以前，我
们的祖辈曾经就住在同一条街道上。伊莱和我过了三十年才得知
他的父亲和我的曾外祖母过去分别住在若乌凯夫城的两头，都在
那条东西向的大街上。

　　是利韦夫发来的邀请让我们意识到这一点的。

　　那么利韦夫呢？我第一次去那里是在2010年，之后的每一
年我都回去过。距离其鼎盛时期已经过去了一个世纪，今天它仍
然是一座令人惊奇的城市，尽管有着一段黑暗和隐秘的过去，现
在这里的居民所占据的是由其他人所创造的空间。建筑物的弯
道、电车的嘶嘶声、咖啡和樱桃的香味仍旧在。1918年11月在
城市街道上争斗的社群基本消失了，乌克兰人已经占据主导地

位。尽管如此,其他人的存在感仍然留在这里。在维特林的帮助下,你能从一砖一瓦中感觉到,而且如果仔细观察就会发现:从集市广场街 14 号大门上方"威严俯视下方"[22] 的那只狮子背后的翅膀可以看出来,它脚下是一本摊开的书,可以看到书页上写着"愿你平安,马可,我的福音传道者!";从褪色的波兰街道标志以及过去用来悬挂门框经文匣的倾斜空凹槽可以感觉到;从伯纳定斯基广场街上历史悠久的匈牙利皇冠药房的橱窗可以看出来,它曾经是加利西亚和洛多梅里亚最华丽的橱窗,而且直到今天,在一如既往地繁忙的夜晚,点亮之后的橱窗华丽依旧。

在这么多次访问之后,我更能理解那个在我的第一次访问中主动接近我,低声说我的讲座对她具有重大个人意义的年轻学生的话了。在今天的利韦夫市,莱姆金和劳特派特已经被这里遗忘,身份和血统是复杂而危险的话题。一如过去那么多人所品尝到的,这座城市依然是一杯"苦胆汁"。

与那位主动询问血统的年轻女性的谈话并不是我在利韦夫唯一一次得到这样的信息。在餐馆里、在大街上、在讲座结尾、在大学里、在咖啡馆里,我听到了人们以微妙的方式暗示身份与背景的问题。我记得被人介绍给拉比诺维奇教授那次,他是利韦夫法学院的杰出教师,曾在最黑暗的时期为学生讲授人权法。好几个人对我说"你应该与他谈一谈"。显然,他们委婉的言外之意是指我们的血统。

有人建议我去金玫瑰餐厅用餐,该餐厅位于古老的中世纪中心,在市政厅和市档案馆之间,就在建于 1582 年并于 1941 年夏天由德军下令焚毁的犹太会堂的遗址附近。这家店的自我定位是犹太餐厅，但由于现在这座城市里没有犹太居民，它显得有点奇怪。我第一次路过金玫瑰门口，是在我儿子的陪同下，我们透过窗户往里看，发现里面的顾客给人一种印象，至少一眼看过去，像是从 20 世纪 20 年代穿越过来的，都是一些戴着黑色大帽子、穿着正统犹太服饰的人。我们震惊了，原来这是一个让游客可以角色扮演的地方，入口处的挂钩上就有标志性的黑色衣服和帽子供人取用。餐厅的菜单上有传统的犹太餐食——还提供猪肉香肠——但没有标明价格。在结束用餐后，服务员会邀请顾客为这顿饭讨价还价。[23]

　　我（花了五年时间）终于鼓起勇气走进这家餐厅，坐在这里，我不禁再次思忖，我是更偏向于劳特派特和莱姆金其中一人的观点，还是中立于他们二人的观点，抑或是可以与他们二位一同坐下来？莱姆金可能是更风趣的晚餐伙伴，而劳特派特则是更专业严谨的对话者。这两位都乐观地相信用法律的力量能够行正确之事并保护人民，同时需要改进法律来实现这一目标。两人都认可单个人生命的价值，以及作为社群一员的重要性。然而，他们从根本上不同意实现保护这些价值的最有效方式，无论是关注个人还是集体。

　　劳特派特从未接受灭绝种族罪的想法。在他生命的最后，不管是对于这个主题也好，还是对于编造这个概念的人也好（或许略为客气一些），他仍是不屑一顾，尽管他承认其满怀抱负的品质。莱姆金则担心这一边保护单个人权利的项目和那一边保护群体及防止种族灭绝的项目互相矛盾。可以说这两个人互不承认。

　　两种观点的优点我都能看到，在两极之间摇摆不定，陷入了学术困境。因此，我暂时放下这个问题，把精力转移到说服利韦夫市长采取一些措施来纪念他们二位的成就，以及这座城市对于国际法和国际正义的贡献。市长说，只要告诉他应该把纪念铭牌放置在哪里，他就会安排完成。告诉他怎么做，告诉他怎么走。

我会带上维特林，充满希望的田园诗人，饱含着跨越不同群体的朋友之间的和谐理念，以及关于加里西亚和我外祖父逝去的童年中的这座城市的神话。我可能从城堡山出发，然后前往这一切开始的地方，集市广场街的中心，长着翅膀的狮子那里。在经过我可能轻轻一带而过的交战各阵营之后，在剧院街上装着铁栅门的劳特派特故居的对面，沿着五月三日大街走向因卡·卡茨的故居，她曾经从那个窗口目睹了母亲被抓走，经过利韦夫大学国际法系的办公室，那里新近悬挂起了劳特派特和莱姆金的肖像。然后前往老法学院大楼，经过尤利乌什·马卡雷维奇的故居，沿着蜿蜒的街道朝着圣乔治主教座堂的方向前行，站立在奥托·冯·韦希特尔曾召集党卫队加里西亚分部的广场上。再往前走一点，不超过一箭之遥的地方，往山上走去，我可能在舍普季茨基街上莱昂出生的那栋房子前逗留片刻。

然后回到莱姆金当年居住的大楼，他曾在这里就各州有权杀害自己公民的问题与一位教授辩论；接下来前往老加里西亚省议会大楼，1942 年 8 月弗兰克就在此处发表了屠杀演讲；接着一直走到歌剧院门前，孩子们曾经齐齐站在这里挥舞着小旗子和"卐"字标志；然后去到索别斯基高中的操场，犹太人曾被扣押在这里；继而来到铁路桥下的隔都及莱姆金的第一处住所，这座城市最贫困区域的住宅楼中的一个房间。从这里乘一小段火车就到了雅诺夫斯卡，就在那里，毛雷奇·阿勒汉德曾无畏地质问集中营的警卫有没有良心，这句话让他付出了生命的代价；接着来到宏伟的火车站，我可以坐上火车去若乌凯夫，只要我想，还能去往贝尔赛克和世界的尽头。

　　我的确坐上了去往若乌凯夫的列车，然后遇到了那座可怜的、贫瘠的城市里的历史学家柳德米拉。是她陪同我去了郊外的一个地点，一个被当局和除少数居民外的所有人忽视的地方。从她那间位于古老的若乌凯夫斯基城堡里的办公室出发，我们沿着东西向的大街笔直向着郊外行进，最后来到林间的一片空地。我们从长长的街道西端的一片草地开始，我曾外祖母马尔卡的房子曾经就建在这里，一路经过精美的天主教教堂和乌克兰教堂，以及破败、凄凉的17世纪犹太会堂，到了克拉拉·克拉默曾经躲藏在地板下的那座房子，就在古老的木造教堂的街对面，经过十字路口，我现在已经知悉那里是赫希·劳特派特的出生地。我们继续向前，一公里又一公里，穿过田野，通过城门，走上一条细碎沙路，两旁是橡树，伴着蝉鸣蛙叫和泥土的芬芳，接着就来到一片染上了明亮秋色的树林中，来到了可能是莱昂和劳特派特曾经玩耍过的地方。我们离开沙路，走上草地经过灌木丛，然后来到林中的一片开阔地。

　　"我们到了。"柳德米拉轻轻地说。这里有池塘，两个大沙坑，里面是宽阔幽暗的水面、泥浆和随风摇曳的芦苇。仅用一块白石头标记出来的地点，不是由整座城传达出来的哀悼或遗憾，而是一种私人的纪念行为。我们在草地上坐下来，看着太阳落入紧紧覆盖在大地缺口上的幽暗、平静的水中。在水底深处，是半个世纪甚至更久以来无人问津的3500人的遗骸，他们属于早已被遗忘的格尔松·塔费在1946年夏天所写的——每个人都是个体，合起来是一个群体。

被深埋起来的骸骨混在一起，莱昂的舅舅莱布斯、劳特派特的叔叔达维德都彼此紧挨着长眠于此，因为他们碰巧都是这个不幸群体的成员。

太阳温暖了水，我的视线离开芦苇，沿着高耸的树木向上移动，望向靛蓝色的天空。就在那里，有那么一瞬间，我明白了。

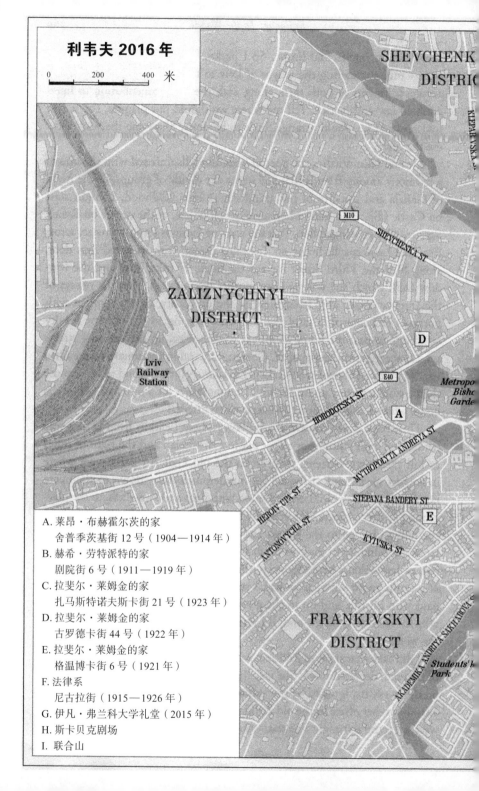

利韦夫 2016 年

0　200　400　米

SHEVCHENK
DISTRIC

KLEPAROVSKA

M10

SHEVCHENKA ST

ZALIZNYCHNYI
DISTRICT

Lviv
Railway
Station

D

E40

Metropo
Bisho
Garde

HORODOTSKA ST

A

MYTHOPOLYTA ANDREYA ST

STEPANA BANDERY ST

HEROIV UPA ST

ANTONOVYCHA ST

KYIVSKA ST

E

FRANKIVSKYI
DISTRICT

AKADEMIKA ANDRIYA SAKHAROVA S

Students'k
Park

A. 莱昂・布赫霍尔茨的家
舍普季茨基街 12 号（1904—1914 年）
B. 赫希・劳特派特的家
剧院街 6 号（1911—1919 年）
C. 拉斐尔・莱姆金的家
扎马斯特诺夫斯卡街 21 号（1923 年）
D. 拉斐尔・莱姆金的家
古罗德卡街 44 号（1922 年）
E. 拉斐尔・莱姆金的家
格温博卡街 6 号（1921 年）
F. 法律系
尼古拉街（1915—1926 年）
G. 伊凡・弗兰科大学礼堂（2015 年）
H. 斯卡贝克剧场
I. 联合山

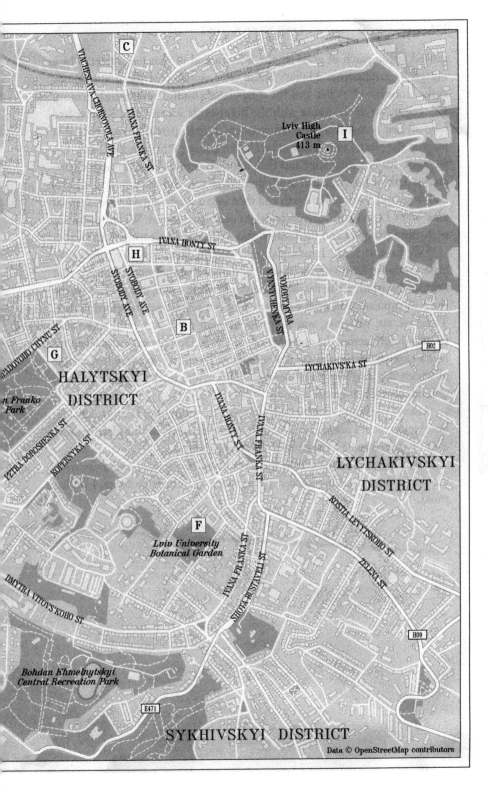

致　谢

在过去六年里，我一直仰仗着来自世界各地的许多个人和机构的援助。在某些情况下，随着时间的推移，他们的援助是巨大的和持续的；在其他情况下，他们的付出是非正式的，仅仅是提供一段回忆，或是像其中一个特例那样，仅仅是因为用了一个词。我深深感谢所有为我的项目做出贡献的人，这个项目超出了我最初受邀前往利韦夫时的预期。

我尤其要感激故事中四个核心人物的家属们。我的母亲露德·桑兹，在面对那些带来深深伤害的痛苦事件时一直都很坚强地支持着我。我的舅妈安妮·布赫霍尔茨在过去的二十多年里一直与外公很亲近，她非常慷慨地分享了她的回忆，还有我的表弟马克，同样慷慨，他是最好的。还有其他的家庭成员——我的父亲艾伦·桑兹，他的儿时玩伴、我外公的妻侄埃米尔·兰德斯，还有其他诸如多伦·皮莱格、奥尔多和珍妮特·纳乌里夫妇等——为原本模糊的画面增添了许多细节。很高兴能有机会与我的恩师兼导师伊莱休·劳特派特爵士共度这么多时光。绍尔·莱姆金，这世上最后一位认识拉斐尔·莱姆金的他的在世亲人，毫无保留地帮助了我，同样慷慨大方的还有尼克拉斯·弗兰克，这个看似最不可能成为朋友的人成了我的新朋友。我也很感激霍斯特·冯·韦希特尔慷慨提供如此多的资料和时间。

在某些方面，可以说利韦夫是这本书中的第五大角色，或者说是第一大角色。有两个人作为最慷慨的向导为我介绍了这座城市的秘密、它的档案和咖啡馆，在这个过程中他们成了我的好朋友：在利韦夫大学，伊凡·霍罗迪斯基博士太神奇了，这位聪明、内行、周到的年轻律师是那种将来一定会给这座城市带来荣誉的人才；利韦夫城市历史中心的主管索菲亚·迪亚克博士以一种精妙、诚实而富有趣味的方式开启了这座城市的历史财富和复杂性。还有不胜枚举的其他人，其中我必须要单独感谢佩德罗·拉宾诺维奇教授和奥克萨娜·霍洛夫科教授，他们自始至终为我提供支持；伊霍尔·莱曼博士，在他完成他自己关于莱姆金和劳特派特的研究后被征入对俄作战的军队；亚历克斯·杜奈；卓娅·巴兰教授；还有柳德米拉·拜布拉，勇敢而慷慨的若夫克瓦档案员，没有她我永远也不可能知道小树林（borek）及里面的秘密。

伦敦大学学院的各位同仁——在院长哈泽尔·吉恩教授和研究部主任谢丽尔·托马斯教授的领导下——一直非常支持这个一再扩大的写作项目，同时我也极大地获益于伦敦大学学院一群热情、聪明的研究助理贡献的智力和劳动：雷米·赖克霍德，没有他找不到的文件；玛丽亚姆·基齐巴什和路易斯·比韦罗斯帮忙做了注释；戴维·施瓦泽提供了关于德国文化和语言方面的协助；达里亚·齐格蒙征服了波兰语的材料并发掘了一份维特林的《我的利沃夫》的原始版本；以及希贾兹·希兹巴拉发掘了国际联盟的材料中的宝藏。在其他地方，我得到了巴黎大学的泰莎·巴萨克、希伯来大学的诺亚·阿米拉夫、乔治城大学的梅丽莎·高尔克和肖恩·利昂斯、纽约雪城大学的埃里克·西格蒙德和耶鲁大学的阿西姆·梅塔的协助。

我仰仗着来自世界各地的慷慨援助。在法国，吕赛特·芬格茨威格讲述了关于"罪恶部队"的更坦诚、更私密的故事，而理查德·盖林牧师开启了巴黎 14 区浸信会教堂的档案。戴高乐基金会的凯瑟琳·特鲁耶帮助解读了一张拍摄于 1944 年的照片，丹妮尔·格勒叶让我查阅了默东的档案，让-米歇尔·佩提特和雷蒙德·贝特雷米厄为我讲解了库里耶尔的历史。

在波兰，波兰科学院历史研究所的马雷克·科纳特教授告诉了我莱姆金在克拉科夫雅盖隆大学的短暂经历，雅努什·菲奥卡博士在克拉科夫及其周边为我提供了无尽的协助，阿勒汉德研究所的阿卡迪乌什·拉德万、扬·福泰克、格热戈日·皮容和亚历山德拉·波拉克提供了与莱姆金和劳特派特共同的老师毛雷奇·阿勒汉德的家人取得直接联系的机会，华沙大学的亚当·雷季奇博士是我所描写的那个时期利沃夫大学的头号历史专家。埃娃·萨尔凯维奇-曼纳林提供了关于战间期波兰国际法界的宝贵见解，安娜·米塔和乔安娜·维涅维奇-沃尔斯卡是我在瓦维尔皇家城堡的导游。阿格涅什卡·边齐克-米撒拉审阅了手稿的部分内容，安东尼娅·劳埃德·琼斯提供了波兰语翻译方面的帮助。

在奥地利，我有幸得到族谱专家私人调查员卡提娅-玛利亚·克拉德克硕士的帮助。我外公的母校布里吉特瑙文理学校的现任校长玛格丽特·维特克硕士贡献了信息和见解。感谢赫尔穆特·蒂奇大使、埃米尔·布里克斯大使和伊丽莎白·蒂奇-菲斯尔伯格大使，第三人博物馆的卡琳·赫夫勒，我在维也纳大学的研究助理马克思·瓦尔德。

在德国，德克·罗兰·豪普特（外交部）和赖纳·胡勒（纽伦堡人权中心）帮忙为我开放了档案。我在安妮·鲁伯斯曼博士、米凯拉·利索夫斯基和本德·伯夏特大使（纽伦堡国际原则学院）和亨里克·岑特格拉夫（纽伦堡审判纪念博物馆）的帮助下了解了纽伦堡法庭。诺伯特·坎佩博士就万湖会议的会址为我做了私人讲解。大律师丹尼埃尔·亚历山大、约瑟夫·拜耳教授（康斯坦茨大学）、萨宾·博斯、戴维·康韦尔、克劳斯·冯·赫辛格博士（科隆大学教授）、杰弗里·普劳博士和埃迪·雷诺兹帮助解答了我在理解德语上的疑惑。

至于审判，我从伊夫·贝格伯德博士、伊尼德·邓达斯夫人，本杰明·费伦茨和齐格飞·拉姆勒提供的第一手资料中受益匪浅。奥克西男爵夫妇和大律师帕特里克·劳伦斯向我提供了由杰弗里·劳伦斯爵士的妻子玛乔丽整理记录的他的私人文件。

在华盛顿特区，我从美国大屠杀纪念馆获取的知识和体验使我受益匪浅，尤其感谢雷伊·法尔，阿纳托尔·斯特克和莱斯利·斯威夫特。在美国司法部，伊莱·M. 罗森鲍姆和最后的纳粹猎人戴维·里奇博士帮助我发现了最有价值的文件证据。

在萨里礼拜堂的模范档案保管员罗萨蒙德·科德林和牧师汤姆·查普曼的帮助下，艾西·蒂尔尼这个人物变得更加鲜明、丰满了。在细节方面，我还得到了以下各位的鼎力协助：苏珊·梅斯特、克里斯·希尔、《迈阿密先驱报》讣闻记者埃莉诺·布利彻、珍妮特·温特森和苏西·奥巴赫、西尔维娅·惠特曼和杰梅茵·蒂尔尼。

族谱 DNA 公司的马克斯·布兰克菲尔德和莱斯特大学的图瑞·金博士为我解释了 DNA 测试的复杂性。

书中地图由国际制图公司的斯科特·埃德蒙兹、蒂姆·蒙代约尔、亚历克斯·泰特和维琪·泰勒编制。我亲爱的朋友像素大师乔纳森·克莱因和同样来自盖蒂图片社的马修·布特森,以及几乎能够捕捉到任何瞬间的戴安娜·玛塔尔提供了摄影协助。

感谢国际社会的作家、学者、图书管理员、档案管理员和博物馆管理人员给予的通力协作。我要感谢伊丽莎白·奥斯布林克·雅各布森(斯德哥尔摩大学)、约翰·Q. 巴雷特教授(圣约翰大学)、约翰·库珀(伦敦大学)、大卫·克雷恩教授(纽约雪城大学法学院)、乔纳森·登博教授(东卡罗来纳州立大学 J. Y. 乔伊纳图书馆)、米歇尔·底特律(美国犹太档案馆雅各布·拉德·马库斯中心)、塔尼娅·埃尔德(美国犹太历史学会)、克里斯廷·埃谢尔曼(康涅狄格大学托马斯·J. 杜德研究中心)、多娜-李·弗里兹教授(迪肯大学)、乔安娜·格慕拉博士(剑桥大学)、让-保罗·希姆卡教授(阿尔伯塔大学)、马丁·豪斯顿博士(布拉德福德大学)、斯蒂芬·雅各布教授(阿拉巴马大学)、瓦伦丁·约伊特纳(剑桥大学)、亚拉斯劳·克里沃伊博士(西伦敦大学)、克里斯腾·拉·福莱特(哥伦比亚口述历史中心)、詹姆斯·莱夫勒教授(弗吉尼亚大学)、玛格丽特·莫斯特(杜克法学院古德森法律图书馆)、尼古拉斯·彭尼(国家美术馆)、丹·普勒什博士(伦敦大学亚非学院)、迪特尔·波尔教授(克拉根福大学)、拉杜·波帕博士(纽约大学)、安德鲁·桑格(剑桥大学)、萨布里娜·松迪(哥伦比亚大学亚瑟·W. 戴蒙德法律图书馆)、索菲亚·苏莱伊(金山大学威廉·库伦图书馆)、弗兰西斯卡·特拉玛(《晚邮报》基金会)、克斯廷·冯·林根博士(海德堡大学)、安娜·菲利帕·弗尔多利亚克博士(悉尼科技大学)、荣誉退休教授亚瑟·温辛格(卫斯理大学)。

感谢各位热心且知识渊博的新老朋友和同事。斯图尔特·普罗菲特最初推动了写作这本书的想法成为现实。詹姆斯·卡梅隆和希沙姆·马塔尔一直对我有求必应。阿德里安娜·法布拉，西尔维亚·法诺、阿曼达·高尔斯沃西、戴维·肯尼迪、肖恩·墨菲、布鲁诺·西马和格里·辛普森审阅了部分书稿。尤瓦尔·沙尼帮助我找到了失散多年的亲人和早已被人遗忘的手稿。詹姆斯·克劳福德帮助我（再次）见树木而知森林。在制作我们的电影《我的纳粹遗产：我们的父亲所做的事》的工作中，戴维·查拉普、菲诺拉·德怀尔、戴维·埃文斯、尼克·弗雷泽和阿曼达·波西提供了新鲜而独到的见解。与劳伦·纳乌里、纪尧姆·德·恰西、凡妮莎·雷德格雷夫、艾玛·帕兰特、瓦莱丽·贝桑松和卡嘉·瑞曼一起演出的《善恶之歌》，给了我意想不到的见解。伊娃·霍夫曼帮助我理解了那些关于生命和经历的翻译，而路易·贝格利（他的小说《战时谎言》则提供了最早的灵感），伊夫·贝亚尔、罗比·邓达斯、迈克尔·卡茨（经亚历克斯·乌拉姆介绍）、克拉拉·克拉默、齐格飞·拉姆勒、鲍勃·西尔维斯、南希·斯汀森（阿克利）、舒拉·特罗曼和英格·特罗特非常友善地与我分享他们的真实经历。安雅·赫伯特协助安排了与切奇莉亚·加莱拉尼的会面，而汤姆·亨利则提出了关于她曲折生涯的有用读物；丽兹·约比提供了风格上的指点；马可·德·马蒂诺扩充了我关于库西内利·马拉帕尔特的知识；克里斯蒂娜·詹宁斯提供了很久以前的会议材料；萨拉·伯什特尔帮忙找了语言学家；戈兰·罗森堡把我介绍给了瑞典人；丹尼斯·马克斯和莎莉·格罗夫斯解读了理查德·施特劳斯；而乔纳森·斯克拉提醒我注意濒临崩溃的大脑有多么危险。在达丁顿，西莉亚·阿瑟顿和沃恩·林赛为我提供了极佳的写作空间。我还要感谢读者们费心指出最初版本中存在的小错误和不足之处。

这份手稿的完成离不开我 30 多年的同事兼好友路易丝·兰兹细心专业的打字工作，她还将看似无穷无尽的采访内容转录成可供使用的白纸黑字。

我那慷慨、神奇、暖心的经纪人吉尔·科尔里奇额外付出了许多时间展示这些交错的故事，然后无缝交接给乔治亚·加勒特，我现在很高兴能得到他的指导。对于他们二位及 RCW 公司的全体优秀员工，我深表感谢。同样感谢大西洋彼岸纽约的梅兰妮·杰克逊，她立刻找到了最适合做这本书的编辑。巧合的是，梅拉妮与书稿内容还有些家族关系，因为她的父亲和祖父都出现在其中（让我得到了更多信息以理解她父亲在 1947 年写的一封信中将莱姆金称为"那个鸡奸者"是想要表达哪种意思）。

阿尔弗雷德·A. 克诺夫出版公司的维多利亚·威尔逊一直是一位完美的编辑。她令人敬畏、有战略性、周到、充满爱心而且有质疑精神，她不断地向我强调时间和慢写作的优点，对此我非常感激。在后来的写作过程中，我很幸运地与 W&N 出版公司的贝亚·赫明合作，即使是在最后阶段，她的洞察力和专业意见也极大地改善了我的文字。剩下的不足都是由我自己造成的。

最后，最要感谢的是我最亲密的家人，即核心 5 人，他们现在彻底（且过度）沉浸在利韦夫的欢乐和黑暗中。历史学家利奥为我讲授了虔敬派的知识，社会科学家拉娜让我意识到了我的虚假意识过剩，艺术家卡佳鼓励我用不同的眼光看待地点和事物。

还有娜塔莉亚，她让我们这个小团体如此幸福，同时认识到并处理那些使我们变得如此不同的怪癖，并且容忍了我的执着。娜塔莉亚，言语不足以表达我的爱和感激，谢谢你，谢谢你，谢谢你。

参考文献

我借鉴了广泛而多样的材料。有些是新发现的原始资料——从利沃夫的档案中，触及劳特派特和莱姆金的生活——但更多时候我可以借鉴其他人的成果，他们付出巨大努力形成的资源可供使用。这些材料在注释中标注出来了，但在这许多来源中，有一些因其趣味性和质量值得特别提出来。

与我的外祖父莱昂·布赫霍尔茨的生活有关的材料主要来自个人、家庭档案和其他人，特别是我母亲和舅妈的回忆。我受益于奥地利国家档案馆；华沙历史记录中央档案馆；奥地利抵抗军文献中心；维也纳城市和国家档案馆；JewishGen 网站；Yad Vashem 犹太大屠杀纪念馆，包括大屠杀受害者姓名中央数据库；以及美国大屠杀纪念馆的收藏品。

伦贝格／利韦夫／利沃夫是许多文学作品的主题，其中包括历史性的学术材料和个人回忆录。在学术方面，我非常赞赏 John Czaplicka 的经过精心编撰的 *Lviv: A City in the Crosscurrents of Culture* (Harvard University Press, 2005) 中的篇章。在回忆录方面，读者会注意到许多地方参考了 Józef Wittlin 的 *Moy Lwów* (Czytelnik, 1946)，由 Antonia Lloyd-Jones 翻译的英文版 *City of Lions* 即将出版（该书已于 2017 年由 Pushkin Press 出版——编注），书中配有 Diana Matar 拍摄的图片。关于德国占领后（1941—1944 年）

的事件，历史学家 Dieter Pohl 的成果一直是主要参考来源，包括 *Ivan Kalyomon*, *the Ukrainian Auxiliary Police*，以及 *Nazi Anti-Jewish Policy in L'viv, 1941–1944: A Report Prepared for the Office of Special Investigations, U.S. Department of Justice*, May 31, 2005；还有 *Nationalsozialistische Judenverfolgung in Ostgalizien 1941–1944*, 2nd ed. (Oldenbourg, 1997)。我很幸运地参考了 Philip Friedman 的 "The Destruction of the Jews of Lwów, 1941–1944" 一文，出自 Ada June Friedman 主编的 *Roads to Extinction: Essays on the Holocaust* (Jewish Publication Society of America, 1980), 第 244—321 页；Christoph Mick 的 "Incompatible Experiences: Poles, Ukrainians, and Jews in Lviv Under Soviet and German Occupation, 1939–44"，*Journal of Contemporary History* 46, no. 2 (2011): 336–63；Omer Bartov 的 *Erased* (Princeton University Press, 2007)；Ray Brandon 和 Wendy Lowe 主编的 *The Shoah in Ukraine: History, Testimony, Memorialization* (Indiana University Press, 2008)。

我还参考了一些回忆录，包括 Rose Choron 的 *Family Stories* (Joseph Simon/Pangloss Press, 1988)；David Kahane 的 *Lvov Ghetto Diary*(University of Massachusetts Press, 1990)；Voldymyr Melamed 的 *The Jews in Lviv* (TECOP, 1994)；Eliyahu Yones 的 *Smoke in the Sand: The Jews of Lvov in the War Years, 1939–1944* (Gefen, 2004)；Jan Kot 的 *Chestnut Roulette* (Mazo, 2008)；Jakob Weiss 的 *The Lemberg Mosaic* (Alderbrook, 2010)。利沃夫的中东欧地区城市历史中心所提供的卓越制图和图片收藏（http：// www. lvivcenter.org/en/）是一项丰富而易于获取的资源，此外在利沃夫

州政府档案馆通过挖掘也可以发现不少内容。

附近的小城镇若夫克瓦 / 若乌凯夫虽然没有成为许多文学作品的主题，但它的悠久历史表明它本应该是。对于追溯到 20 世纪 30 年代和 40 年代的事件的历史资料，我依赖于 Gerszon Taffet 所写的 *The Holocaust of the Jews of Żółkiew* (Lodz: Central Jewish Historical Committee, 1946)；Clara Kramer 和 Stephen Glantz 的 *Clara's War: One Girl's Story of Survival* (Ecco, 2009)；Omer Bartov 的 "White Spaces and Black Holes"，出自 Brandon 和 Lower 主编的 *The Shoah in Ukraine*，第 340—342 页。

有许多描写赫希·劳特派特一生的作品。以他的儿子伊莱休所写的百科全书式的参考作品 *The Life of Hersch Lauterpacht* (Cambridge University Press, 2010) 为起点。我还受益于一系列以 "The European Tradition in International Law: Hersch Lauterpacht" 为题发表在 *European Journal of International Law* 8, no. 2 (1997) 的文章。伊莱·劳特派特提供了他父亲的个人档案，包括笔记本、图片、信件和其他文件，特别是他在 1945 年和 1946 年为哈特利·肖克罗斯爵士写的两篇纽伦堡演讲的原始草稿。

与拉斐尔·莱姆金和他所创造这个词有关的作品就更多了。我极大地参考了莱姆金那部久未发表的回忆录，一开始是纽约公共图书馆收藏的一份手稿副本，后来则是由 Donna-Lee Frieze 编辑出版的 *Totally Unofficial*(Yale University Press, 2013)。John Cooper 率先写出的 *Raphael Lemkin and the Struggle for the Genocide Convention* (Palgrave Macmillan, 2008) 使我受益匪浅，这是第一部完整的传记（最近以平装本重新发行），并借鉴了 William Korey 的 *Epitaph for Raphael Lemkin* (Jacob Blaustein

Institute, 2001），以及由 Agnieszka Bieńczyk-Missala 和 Sławomir Dębski 编撰的一本非常好的论文集 *Rafal Lemkin: A Hero of Humankind* (Polish Institute of International Affairs, 2010)。还有同样内容丰富的 John Q. Barrett 的精彩文章，"Raphael Lemkin and 'Genocide' at Nuremberg, 1945–1946"，收录在由 Christoph Safferling 和 Eckart Conze 主编的 *The Genocide Convention Sixty Years After Its Adoption*（Asser, 2010），第 35—54 页。我所依赖的其他资料包括 Samantha Power 的 *A Problem from Hell* (Harper, 2003)，以及 Steven Leonard Jacobs 的两部作品，*Raphael Lemkin's Thoughts on Nazi Genocide* (Bloch, 2010) 和 *Lemkin on Genocide* (Lexington Books, 2012)，我还读过 Douglas Irvin-Erickson 的 *Raphael Lempkin and Genocide: A Political History of Genocide in Theory and Law* (University of Pennsylvania, forthcoming) 的手稿，这是一项重要的贡献。还有分散在美国各地的莱姆金档案，可在纽约的美国犹太人历史协会拉斐尔·莱姆金收藏 P-154；克利夫兰的美国犹太人档案馆的拉斐尔·莱姆金文档，MC-60；纽约公共图书馆的莱姆金文档；哥伦比亚大学的珍本与手稿图书馆；以及康涅狄格大学的托马斯·J. 杜德研究中心中找到。

　　我找到的第一个且给我留下印象最为生动的关于汉斯·弗兰克生平的讲述，是他的儿子尼克拉斯所写的 *Der Vater* (Bertelsmann, 1987)，其后被翻译成英文版并经过删节出版（据尼克拉斯的说法是删得过多了），书名为 *In the Shadow of the Reich* (Alfred A. Knopf, 1991)。我参考了 Stanislaw Piotrowski 编撰的 *Hans Frank's Diary* (PWN, 1961)，以及经过翻译的，弗兰克在纽伦堡监狱中写下的手稿 *In the Shadow of the Gallows*（在他死后由他的妻子于 1953 年在慕尼黑出版而且只有德文版）的摘录；派卓斯基声称弗兰克授权的手稿和打字稿被修改了，其中一些句子被删去，而另一些则被用来"针对波兰民族"。我极大地受益于 Martyn Housden 详尽的 *Hans Frank: Lebensraum and the Holocaust* (Palgrave Macmillan, 2003)，Dieter Schenk 的 *Hans Frank: Hitlers Kronjurist und Generalgouverneur*(Fischer, 2006)，以及 Leon Goldensohn 的 *The Nuremberg Interviews: Conversations with the Defendants and Witnesses* (Alfred A. Knopf, 2004)。关于弗兰克日常生活的详细记载可以在他的日记中找到，英文译本的摘录可以在 *Trial of the Major War Criminals Before the International Military Tribunal* 的第 29 卷中找到。

至于纽伦堡的审判，仔细阅读诉讼记录和法官面前的文件证据是无法替代的，在 *Trial of the Major War Criminals Before the International Military Tribunal* (Nuremberg, 1947) 的第 42 卷中可以找到，可访问 http: // avalon.law.yale.edu/subject_menus/imt.asp。我广泛使用了 Robert H. Jackson 的 official *Report to the International Conference on Military Trials* (1945)；美国华盛顿特区国会图书馆手稿部收藏的 Robert H. Jackson 文档；以及由 Marjorie Lawrence 制作并由威尔特郡 the Lawrence family 私人收藏的四本大型剪贴簿。

还有一些关于审判的优秀同期报道。R. W. Cooper 的 *Nuremberg Trial* (Penguin, 1946) 是《泰晤士报》记者的个人回忆录，几乎与美国军队心理学家 Gustave Gilbert 的 *Nuremberg Diary*（Farrar, Straus, 1947）一样扣人心弦。其他必读作品包括由 Janet Flanner 发表在 *The New Yorker* 上的三篇文章，收录在 *Janet Flanner's World*，由 Irving

Drutman 主编（Secker & Warburg, 1989）；Martha Gellhorn 的文章 "The Paths of Glory"，收录在 *The Face of War* (Atlantic Monthly Press, 1994)；和 Rebecca West 的 "Greenhouse with Cyclamens I"，收录在 *A Train of Powder* (Ivan R. Dee, 1955)。我还引用了两位法官的著作：Robert Falco 的 *Juge à Nuremberg* (Arbre Bleu, 2012) 和 Francis Biddle 的 *In Brief Authority* (Doubleday, 1962)。Telford Taylor 在 *The Anatomy of the Nuremberg Trials* (Alfred A. Knopf, 1993) 中提供了丰富的历史资料，Ann Tusa 和 John Tusa 合著的 *Nuremberg Trial* (Macmillan, 1983) 提供了非常有用的补充。

最后，我必须提及其他一些学术著作：Ana Filipa Vrdoljak 的重要文章 "Human Rights and Genocide: The Work of Lauterpacht and Lemkin in Modern International Law," *European Journal of International Law* 20 (2010): 1163–94；William Schabas 的 *Genocide in International Law* (Cambridge University Press, 2009)；Geoffrey Robertson 的 *Crimes Against Humanity* (Penguin, 2012)；和 Gerry Simpson 的 *Law, War, and Crime: War Crime Trials and the Reinvention of International Law* (Polity, 2007)。至于我自己的作品，我引用了我主编的 *From Nuremberg to The Hague* (Cambridge University Press, 2003)，以及与 Mark Lattimer 合编的 *Justice for Crimes Against Humanity*（Hart, 2003），还有我写的 *Lawless World* (Penguin, 2006)。

注　释

序　章　邀　请

1. R. W. Cooper, *The Nuremberg Trial* (Penguin, 1946), p.272.

2. 2014 年 10 月 16 日，我和尼克拉斯在拍摄团队的陪同下参观了 600 号审判庭。我们拍摄了一部名为 *What Our Fathers Did: A Nazi Legacy* 的纪录片，探讨了儿子与父亲之间的关系。

3. Nicolas Abraham, "Notes on the Phantom: A Complement to Freud's Metapsychology" (1975), in Nicolas Abraham and Maria Torok, *The Shell and the Kernel*, ed. Nicholas T. Rand (University of Chicago, 1994), 1:171.

4. Joseph Roth, "Lemberg, die Stadt," in *Werke*, ed. H. Kesten (Berlin, 1976), 3:840, cited in John Czaplicka, ed., *Lviv: A City in the Crosscurrents of Culture* (Harvard University Press, 2005), p.89.

5. Ibid.

6. Jan II Kazimierz Waza，生于 1609 年 3 月 22 日，卒于 1672 年 12 月 16 日，波兰国王和立陶宛大公。

7. *Mój Lwów* (1946); *Mein Lemberg* (Suhrkamp, 1994) in German; *Mi Lvov* (Cosmópolis, 2012) in Spanish.

8. Ivan Franko，1856 年 8 月 27 日出生于纳古叶夫维奇（现名伊凡·弗兰克镇），1916 年 5 月 28 日于伦贝格去世。

9. Józef Wittlin, *Mój Lwów* (Czytelnik, 1946); translation by Antonia Lloyd-Jones, *City of Lions* (Pushkin Press, 2017), p.32. 页码引用自翻译的手稿。

10. Ibid. , p.p.7－8 .

11. David Kahane, *Lvov Ghetto Diary* (University of Massachusetts Press, 1990), p.57.

第 1 章　莱　昂

1. 2011 年 4 月 1 日，国际法院裁定，它没有审理此案的管辖权。

2. Wittlin, *City of Lions*, p.5.

3. 他于 1947 年入狱，1950 年去世，"Czuruk Bolesław—The Polish Righteous"，http://www.sprawiedliwi.org.pl/en/family/580,czurukboleslaw。

4. Michael Melnyk, *To Battle: The History and Formation of the 14th Galicien Waffen-SS Division*, 2nd ed. (Helion, 2007).

5. Andrey Sheptytsky，1865 年 7 月 29 日—1944 年 11 月 1 日。Philip Friedman, *Roads to Extinction: Essays on the Holocaust*, ed. Ada June Friedman (Jewish Publication

Society of America, 1980), p. 191；John-Paul Himka, "Metropolitan Andrey Sheptytsky," in *Jews and Ukrainians*, ed. Yohanan Petrovsky-Shtern and Antony Polonsky (Littman Library of Jewish Civilization, 2014), p.p.337–360.

6. 利沃夫州政府档案馆。

7. 华沙档案与历史记录中心。

8. 1547 年—1620 年。

9. 数字拷贝文件。

10. Joseph Roth, *The Wandering Jews*, trans. Michael Hofmann (Granta, 2001), p.25.

11. 1879 年若乌凯夫土地所有者卡片档案，利沃夫历史档案馆，186 号全宗，1 号目录，1132 号案卷，B 册。

12.《伦敦条约》（Treaty of London），签订于 1913 年 5 月 30 日，签署者：保加利亚、奥斯曼帝国、塞尔维亚、希腊、黑山、意大利、德意志帝国、俄罗斯帝国和奥匈帝国。

13.《布加勒斯特条约》（Treaty of Bucharest），签订于 1913 年 8 月 10 日，签署者：保加利亚、罗马尼亚、塞尔维亚、希腊和黑山。

14. "Lemberg Taken, Halicz As Well," *New York Times*, Sept. 5, 1914.

15. Stefan Zweig, *Beware of Pity*, trans. Anthea Bell (Pushkin, 2012), p.451.

16. 奥地利国家档案馆馆长 2011 年 5 月 13 日致作者信。

17.《圣日耳曼条约》（Treaty of Saint-Germain-en-Laye），签订于 1919 年 9 月，签署者：奥地利、英国、法国、意大利、日本、塞尔维亚、美国。第 93 条规定："奥地利应将割让领土内属于民政、军政、司法或其他行政管理形式的各项档案、登记册、计划、产权证书和文件等迅速移交有关主权国家。"

18. Roth, *Wandering Jews*, p.55.

19. 1911 年 1 月 22 日—1990 年 7 月 29 日，1970 年—1983 年任奥地利总理。

20. 见第 2 章注 39。

21. Wittlin, *City of Lions*, p.4, p.28.

22. Roth, Wandering Jews, p.p.56–57.

23. *Neue Freie Presse*, May 13, 1933, http://anno.onb.ac.at/cgi-content/anno?aid=nfp&datum=19330513&zoom=33.

24. Howard Sachar, *The Assassination of Europe, 1918–1942: A Political History* (University of Toronto Press, 2015), p.202.

25. Otto Tolischus, "Polish Jews Offer Solution of Plight," *New York Times*, Feb. 10, 1937, 6.

26. Guido Enderis, "Reich Is Jubilant, Anschluss Hinted," *New York Times*, March 12, 1938, 4; "Austria Absorbed into German Reich," *New York Times*, March 14, 1938, 1.

27. Friedrich Reck, *Diary of a Man in Despair*, trans. Paul Rubens (New York Review of Books, 2012), p.51.

28. "Hitler's Talk and Seyss-Inquart Greeting to Him," *New York Times*, March 16, 1938, 3.

29. Doron Rabinovici, *Eichmann's Jews*, trans. Nick Somers (Polity Press, 2011), p.p.51–53.

30. 奥托·冯·韦希特尔的生平简历，由霍斯特·冯·韦希特尔提供，于 1938 年 6 月 11 日记录在案。

31. 维也纳犹太社团，一般认为成立于 1852 年，至今仍在运转（http://www. ikgwien.at）。

32. Rabinovici, *Eichmann's Jews*, p.p.57 – 59.

33. 犹太大屠杀纪念馆数据库（Julius Landes，1911 年 4 月 12 日出生），根据奥地利抵抗组织文献中心提供的信息。

34. Frederick Birchall, "Poland Repudiates Minorities' Pact, League Is Shocked," *New York Times*, Sept. 14, 1934, 1; Carole Fink, *Defending the Rights of Others* (Cambridge University Press, 2004), p.p.338 – 341.

35. See generally Jean Brunon and Georges Manue, *Le livre d'or de la Légion Étrangère, 1831–1955*, 2nd ed. (Charles Lavauzelle, 1958).

36. Janet Flanner, "Paris, Germany," *New Yorker*, Dec. 7, 1940, in *Janet Flanner's World*, ed. Irving Drutman (Secker & Warburg, 1989), p.54.

37. Augur, "Stalin Triumph Seen in Nazi Pact; Vast Concessions Made by Hitler," *New York Times*, Sept. 15, 1939, 5; Roger Moorhouse, *The Devils' Alliance: Hitler's Pact with Stalin, 1939–1941* (Basic Books, 2014).

38. Robert Kershaw, *War Without Garlands: Operation Barbarossa, 1941/42* (Ian Allan, 2008).

39. Rabinovici, *Eichmann's Jews*, p.103.

40. Ibid.

41. 据文件记录，可查阅：http://www.bildindex. de/obj16306871.html#|home。

42. Rabinovici, *Eichmann's Jews*, p.104.

43. Ibid.

44. Third Man Museum, http://www.3mpc.net/englsamml.htm .

45. Anna Ungar (née Schwarz) 的证言，1942 年 10 月从维也纳被驱逐到特雷西恩施塔特，南加州大学浩劫基金会研究所，https://www.youtube.com/watch?v= GBFFlD4G3c8。

46. 她和其他被驱逐者一起被押送到美景宫后面的阿斯庞火车站：Henry Starer 的证言，1942 年 10 月从维也纳驱逐到特雷西恩施塔特，南加州大学浩劫基金会研究所，https://www.youtube.com/watch?v=HvAj3AeKIlc。

47. 据档案记录。

48. 马尔卡·布赫霍尔茨被运送的细节可参考：http://www.holocaust.cz/hledani/43/ ?fulltextphrase=Buchholz&cntnt01origreturnid=1；名单可查阅：http://www. holocaust.cz/transport/25bqterezintreblinka/。

49. 关于弗朗茨·施坦格尔，最翔实的著作莫过于 Gitta Sereny's *Into That Darkness* (Pimlico, 1995)；关于特雷布林卡，最真实的莫过于 Chil Rajchman 的第一手陈述，*Treblinka: A Survivor's Memory,* trans. Solon Beinfeld (MacLehose Press, 2011)。

50. 这一片段可参见：https:// www.youtube.com/watch?v= JXweT1BgQMk。

51. Claude Lanzmann, *The Patagonian Hare*, trans. Frank Wynne (Farrar, Straus and Giroux, 2013), p.424.

52. See http://www.holocaust.cz/hledani/43/?fulltextphrase=Buchholz&cntnt01origretu rnid=1.

53. Clara Kramer, *Clara's War: One Girl's Story of Survival*, with Stephen Glantz (Ecco, 2009).

54. Ibid. , p.124 ; Gerszon Taffet, *The Holocaust of the Jews of Żółkiew*, trans. Piotr Drozdowski (Central Jewish Historical Committee, Lodz, 1946).

55. Maurice Rajsfus, *La rafle du Vél d'Hiv* (PUF, 2002).

56. 据作者与贝特雷米厄先生在 2012 年 8 月 2 日所通电话内容。

57. 法国犹太人联盟于 1941 年 11 月 29 日由 Vichy 政府犹太事务办公室依法成立，以便将法国全部犹太组织合并为一个单位。该组织于 1944 年 8 月 9 日依法解散。

58. Asher Cohen, *Persécutions et sauvetages: Juifs et Français sous l'occupation et sous Vichy* (Cerf, 1993), p.403.

59. Raul Hilberg, *La destruction des Juifs d'Europe* (Gallimard Folio, 2006), p.p.1209–1210.

60. 美国犹太人联合分配委员会成立于 1914 年，至今仍在运转（http://www.jdc.com）；全国战俘及被放逐者运动由 François Mitterrand 带头，融合了 3 个已存在的法国抵抗组织，创立于 1944 年 3 月 12 日。参见 Yves Durand, "Mouvement national des prisonniers de guerre et déportés," ，引自 *Dictionnaire historique de la Résistance*, ed. François Marcot (Robert Laffont, 2006)；法国犹太人团结和防卫委员会是为反对法国犹太人联盟而于 1943 年底创立的。参见 Anne Grynberg, "Juger l'UGIF (1944–1950)？"，引自 Hélène Harter 等主编的 *Terres promises: Mélanges offerts à André Kaspi*,（ Publications de la Sorbonne, 2009），p.509n8。

61. 这家餐馆始建于 1927 年，因包括毕加索、波伏娃、萨特在内的画家、作家、歌手喜爱在此聚集而闻名。

62. Nancy Mitford, *Love in a Cold Climate* (Hamish Hamilton, 1949).

63. 那些被处决的人中：法兰西自由射手游击队-移民劳工建立于 1941 年。参见 generally Stéphane Courtois, Denis Peschanski, and Adam Rayski, *Le sang de l'étranger: Les immigrés de la MOI dans la Résistance* (Fayard, 1989)。1944 年 2 月 15 日在大陆酒店由德国军事法庭对这 23 名成员进行了审判。

64. 海报的正面和背面内容可参见：http://fr.wikipedia.org/wiki/Affiche_rouge#/media/File:Affiche_rouge.jpg。

65. 原文为："Bonheur à tous, Bonheur à ceux qui vont survivre,Je meurs sans haine en moi pour le peuple allemande, Adieu la peine et le plaisir, Adieu les roses, Adieu la vie adieu la lumière et le vent." 。

66. 据马克斯·库普费尔曼于 1945 年 5 月 9 日写给莱昂·布赫霍尔茨的信。

67. Robert Falco, 法国律师，1882 年 2 月 26 日—1960 年 1 月 14 日。他在 1907 年完成的博士论文是关于"剧院观众的义务与权利"的。

68. Robert Borel, "Le crime de génocide principe nouveau de droit international," *Le Monde*, Dec. 5, 1945.

第 2 章　劳特派特

1. Hersch Lauterpacht, "The Law of Nations, the Law of Nature, and the Rights of Man" (1943), in *Problems of Peace and War*, ed. British Institute of International and Comparative Law, Transactions of the Grotius Society 29 (Oceana Publications, 1962), p.31.

2. Elihu Lauterpacht, *The Life of Hersch Lauterpacht* (Cambridge University Press, 2010), p.272.

3. 华沙中央档案馆的资料。

4. Elihu Lauterpacht, *Life of Hersch Lauterpacht*, opposite p.372.

5. Ibid. , p.19.

6. "Lemberg's Derby," *Wanganui Chronicle*, July 14, 1910, 2nd ed.

7. Charles Eldridge Griffen, *Four Years in Europe with Buffalo Bill* (University of Nebraska Press, 2010), xviii.

8. Wittlin, *City of Lions*, p.32, p.26.

9. "Lemberg Battle Terrific," *New York Times*, Sept. 4, 1914, 3.

10. "Russians Grip Galicia," *New York Times*, Jan. 18, 1915.

11. "Great Jubilation over Lemberg's Fall," *New York Times*, June 24, 1915.

12. Elihu Lauterpacht, *Life of Hersch Lauterpacht*, p.20.

13. Ibid. , p.19.

14. 利沃夫州政府档案，第 26 全宗，第 15 编目，第 171 箱，第 206 页（1915—1916 年度，冬季）；第 170 箱（1915—1916 年度，夏季）；第 172 箱，第 151 页（1916—1917 年度，冬季）；第 176 箱，706 页（1917—1918 年度，夏季）；第 178 箱，第 254 页（1918—1919 年度，冬季）。

15. Manfred Kridl and Olga Scherer-Virski, *A Survey of Polish Literature and Culture* (Columbia University Press, 1956), p.3.

16. 利沃夫州政府档案，第 26 全宗，第 15 编目，第 393 箱。

17. Timothy Snyder, *The Red Prince: The Secret Lives of a Habsburg Archduke* (Basic Books, 2010) .

18. Fink, *Defending the Rights of Others*, p.110 (and generally p.p.101–130).

19. Elihu Lauterpacht, *Life of Hersch Lauterpacht*, p.21.

20.《华沙条约》（Treaty of Warsaw）（被称为彼得留拉 - 毕苏斯基协定）签署于 1920 年 4 月 21 日，但没有什么影响力。

21. "1100 Jews Murdered in Lemberg Pogroms," *New York Times*, Nov. 30, 1918, 5.

22. Elihu Lauterpacht, *Life of Hersch Lauterpacht*, p.23.

23. Antony Polonsky, *The Jews in Poland and Russia, Volume 3: 1914–2008* (Littmann, 2012); Yisrael Gutman et al., eds., *The Jews of Poland Between Two World Wars* (Brandeis University Press, 1989); Joshua Shanes, *Diaspora Nationalism and Jewish Identity in Habsburg Galicia* (Camridge, 2014).

24. Asher Biermann, *The Martin Buber Reader: Essential Writings* (Palgrave Macmillan, 2002).

25. Elihu Lauterpacht, *Life of Hersch Lauterpacht*, p.21.

26. 生于 1873 年 11 月 16 日，卒于 1936 年 9 月 22 日。

27. Israel Zangwill, "Holy Wedlock," in *Ghetto Comedies* (William Heinemann, 1907), p.313.

28. Stefan Zweig, *The World of Yesterday* (Pushkin, 2009), p.316.

29. Ibid. , p.313.

30. Address to the U.S. Congress, Jan. 8, 1918; Margaret Macmillan, *Paris 1919* (Random House, 2003), p.495.

31. Elihu Lauterpacht, *Life of Hersch Lauterpacht*, p.20.

32. R. F. Leslie and Antony Polonsky, *The History of Poland Since 1863* (Cambridge University Press, 1983).

33. "Rights of National Minorities," April 1, 1919; Fink, *Defending the Rights of Others*, p.p.203–205.

34. Fink, *Defending the Rights of Others*, p.154n136.

35. Norman Davies, *White Eagle, Red Star: The Polish-Soviet War, 1919–20* (Pimlico, 2003), p.47.

36. David Steigerwald, *Wilsonian Idealism in America* (Cornell University Press, 1994), p.72.

37. Fink 提供了一段详细的叙述，参见 *"Defending the Rights of Others"* ，p.p.226–231, p.p.237–257。

38. 第 93 条规定如下："波兰接受并同意在条约中与主要盟友和相关大国签署被上述国家认为是必要的条款，以保护那些与多数人口在种族、语言或宗教上不同的波兰居民。"

39. "不论出身、国籍、语言、种族或宗教"：《波兰与主要盟国之间的少数民族条约》(Minorities Treaty Between the Principal Allied Powers and Poland)，凡尔赛，1919 年 6 月 28 日，第 4 条和第 12 条，http://ungarischesinstitut.de/dokumente/pdf/191906283.pdf。

40. Fink, *Defending the Rights of Others*, p.251.

41. Henry Morgenthau, *All in a Lifetime* (Doubleday, 1922), p.399.

42. Arthur Goodhart, *Poland and the Minority Races* (George Allen & Unwin, 1920), p.141.

43. Morgenthau, *All in a Lifetime*, app.

44. Elihu Lauterpacht, *Life of Hersch Lauterpacht*, p.16.

45. Karl Emil Franzos, *Aus Halb-Asien: Land und Leute des östlichen Europas*, vol. 2 (Berlin, 1901)，in Alois Woldan, "The Imagery of Lviv in Ukrainian, Polish, and Austrian Literature" , in Czaplicka, *Lviv*, p.85.

46. Bruce Pauley, *From Prejudice to Persecution: A History of Austrian Anti-Semitism* (University of North Carolina Press, 1992), p.82.

47. Hugo Bettauer, *The City Without Jews* (Bloch, 1926), p.28.

48. Pauley, *From Prejudice to Persecution*, p.104.

49. Elihu Lauterpacht, *Life of Hersch Lauterpacht*, p.26.

50. Hans Kelsen, "Tribute to Sir Hersch Lauterpacht," *ICLQ* 10 (1961), reprinted in *European Journal of International Law* 8, no. 2 (1997): p.309.

51. Ibid.

52. Norman Lebrecht, *Why Mahler?* (Faber & Faber, 2010), p.95.

53. Elihu Lauterpacht, *Life of Hersch Lauterpacht*, p.22.

54. Arnold McNair, "Tribute to Sir Hersch Lauterpacht," *ICLQ* 10 (1961), reprinted in *European Journal of International Law* 8, no. 2 (1997) p.311；Paula Hitler 于 1945 年 7 月 12 日接受采访，http://www.oradour.info/appendix/paulahit/paula02.htm。

55. Elihu Lauterpacht, *Life of Hersch Lauterpacht*, p.31.

56. Ibid. , p.32.

57. Ibid. , p.41.

58. Ibid. , p.43.

59. Macnair, "Tribute to Sir Hersch Lauterpacht," p.312.

60. Elihu Lauterpacht, *Life of Hersch Lauterpacht*, p.330.

61. Ibid. , p.44.

62. Ibid. , p.55.

63. Ibid. , p.49.

64. Philippe Sands, "Global Governance and the International Judiciary: Choosing Our Judges," *Current Legal Problems* 56, no. 1 (2003): p.493; Elihu Lauterpacht, *Life of Hersch Lauterpacht*, p.376.

65. Macnair, "Tribute to Sir Hersch Lauterpacht," p.312.

66. Elihu Lauterpacht, *Life of Hersch Lauterpacht*, p.40.

67. Ibid. , p.157.

68. Ibid. , p.36.

69. Adolf Hitler, *Mein Kampf* (Jaico Impression, 2007), p.60.

70. Antony Alcock, *A History of the Protection of Regional-Cultural Minorities in Europe* (St. Martin's Press, 2000), p.83.

71.《纽伦堡法令》（Nürnberger Gesetze），1935 年 9 月 15 日由国会通过；Anthony Platt and Cecilia O'Leary, *Bloodlines: Recovering Hitler's Nuremberg Laws from Patton's Trophy to Public Memorial*（Paradigm，2005）。

72. Martti Koskenniemi, introduction to *The Function of Law in the International Community*, by Hersch Lauterpacht (repr., Oxford, 2011), xxx.

73. Lassa Oppenheim, International Law: A Treatise, vol. 2, Disputes, War, and Neutrality, 6th ed., Hersch Lauterpacht (Longmans, 1944).

74. Reprinted in Hersch Lauterpacht, *International Law*, vol. 5, *Disputes, War, and Neutrality, Parts IX–XIV* (Cambridge University Press, 2004), p.p.728–736.

75. Oscar Janowsky Papers (undated 1900– and 1916–1933), chap. 17, p.367 (on file); see James Loeffler, "Between Zionism and Liberalism: Oscar Janowsky and Diaspora Nationalism in America," *AJS Review* 34, no. 2 (2010): p.p.289–308.

76. Janowsky Papers (undated 1900– and 1916–1933), chap. 17, p.389.

77. Elihu Lauterpacht, *Life of Hersch Lauterpacht*, p.p.80–81 (the request was from Professor Paul Guggenheim).

78. Ibid. , p.82.

79. Ibid. , p.88.

80. Ibid. , p.86.

81. Ibid. , p.424.

82. "The Scenic View," *Times Higher Education Supplement*, May 5, 1995.

83. G. P. Walsh, "Debenham, Frank (1883–1965)," *Australian Dictionary of Biography* (1993), p.602.

84. Elihu Lauterpacht, *Life of Hersch Lauterpacht*, p.85.

85. Ibid. , p.95.

86. Ibid. , p.104.

87. Ibid. , p.106.

88. Ibid. , p.105.

89. Ibid. , p.134.

90. 1940 年 12 月劳特派特致杰克逊的信件；Elihu Lauterpacht, Life of Hersch Lauterpacht, p.p.131–132。

91. Elihu Lauterpacht, *Life of Hersch Lauterpacht*, p.142.

92. Ibid. , p.135.

93. "An Act to Promote the Defense of the United States," Pub.L. 77–11, H.R. 1776, 55 Stat. p.31, enacted March 11, 1941.

94. "Text of Jackson Address on Legal Basis of United States Defense Course," *New York Times*, March 28, 1941, 12, the editorial is at 22.

95. Elihu Lauterpacht, *Life of Hersch Lauterpacht*, p.137.

96. 达维德·劳特派特致赫希·劳特派特的信，伊莱·劳特派特的私人文件，未注明日期。

97. Elihu Lauterpacht, *Life of Hersch Lauterpacht*, p.152.

98. Ibid. , p.153.

99. Ibid.

100. Ibid. , p.152.

101. Ibid. , p.156.

102. Ibid. , p.166.

103. 1941 年 1 月 4 日，阿龙·劳特派特致赫希·劳特派特的信，伊莱·劳特派特的私人文件。

104. Elihu Lauterpacht, *Life of Hersch Lauterpacht*, p.152.

105. Christoph Mick, "Incompatible Experiences: Poles, Ukrainians, and Jews in Lviv Under Soviet and German Occupation," *Journal of Contemporary History* 46, no. 336 (2011): p.355; Dieter Schenk, *Der Lemberger Professorenmord und der Holocaust in Ostgalizien* (Dietz, 2007).

106. Elihu Lauterpacht, *Life of Hersch Lauterpacht*, p.176.

107. Ibid. , p.180 and n43.

108. Punishment for War Crimes: The Inter-Allied Declaration Signed at St. James's Palace, London, Jan. 13, 1942; "Nine Governments to Avenge Crimes," *New York Times*, Jan. 14, 1942, 6 (with text).

109. 1942 年 10 月 17 日联合国调查战争罪行委员会宣布成立。Dan Plesch, "Building on the 1943–48 United Nations War Crimes Commission", in *War-time Origins and the Future United Nations*, ed. Dan Plesch and Thomas G. Weiss (Routledge, 2015), p.p.79－98。

110. David Maxwell Fyfe, *Political Adventure* (Weidenfeld & Nicolson, 1964), p.79.

111. "Poland Indicts 10 in 400 000 Deaths," *New York Times*, Oct. 17, 1942.

112. "State Bar Rallied to Hold Liberties," *New York Times*, Jan. 25, 1942, 12；speech available at http://www.roberthjackson.org/theman/bibliography/ouramericanlegalphilosophy/.

113. Elihu Lauterpacht, *Life of Hersch Lauterpacht*, p.184.

114. "'Pimpernel Smith' (1941): 'Mr. V,' a British Melodrama with Leslie Howard, Opens at Rivoli," *New York Times*, Feb. 13, 1942.

115. Elihu Lauterpacht, *Life of Hersch Lauterpacht*, p.183.

116. Hersch Lauterpacht, ed., *Annual Digest and Reports of Public International Law Cases (1938–1940)* (Butterworth, 1942), 9:x.

117. Jurisdiction over Nationals Abroad (Germany) Case, Supreme Court of the Reich (in Criminal Matters), Feb. 23, 1938, in ibid., 9:294, x.

118. Elihu Lauterpacht, *Life of Hersch Lauterpacht*, p.188.

119. Ibid. , p.183.

120. Ibid. , p.201.

121. Ibid. , p.204.

122. Ibid. , p.199.

123. Hersch Lauterpacht, "Law of Nations, the Law of Nature, and the Rights of Man", cited in ibid. , p.252.

124. 据文件记载。

125. Elihu Lauterpacht, *Life of Hersch Lauterpacht*, p.220.

126. Ibid. , p.234.

127. Ibid. , p.229.

128. Ibid.

129. Ibid. , p.227.

130. Ibid. , p.247.

131. Cambridge Law Journal 9 (1945－46): p.140.

132. Serhii Plokhy, *Yalta: The Price of Peace* (Viking, 2010), p.168.

133. Charter of the United Nations, San Francisco, June 26, 1945, preamble.

134. Hersch Lauterpacht, *An International Bill of the Rights of Man* (Columbia University Press, 1944).

135. Hans Morgenthau, *University of Chicago Law Review* 13 (1945－46): p.400.

136. 1945 年 7 月 2 日杰克逊致劳特派特的信，赫希·劳特派特档案馆（"我十分感激你昨天的款待，以及与劳特派特夫人愉快的茶会时光。我很感激你为小杰克逊着想"）。

137. Robert H. Jackson's official *Report to the International Conference on Military Trials* (1945), vi (hereafter cited as Jackson Report).

138. 1945 年 7 月 23 日和 25 日由苏联代表团提交的《"罪行"定义修改稿》（Redrafts of Definition of "Crimes"），以及美国代表团于 1945 年 7 月 25 日提交的《"罪行"定义修改稿》（Redraft of Definition of "Crimes"），in ibid. , p.327，p.373, p.374。

139. 英国代表团编写并于 1945 年 7 月 28 日被法国代表团接受的《英国对"罪行"定义的修订版》（Revised British Definition of "Crimes"），in ibid. , p.390。

140. "就像网球场一样光滑平整"：1945 年 8 月 5 日凯瑟琳·菲特致母亲的信件，《战争罪档案》（War Crimes File），Katherine Fite Lincoln Papers, container 1 (Correspondence File)，哈里·S. 杜鲁门总统博物馆及图书馆。

141. 1961 年 5 月 31 日威廉·E. 杰克逊致雅各布·罗宾逊的信件，（来自档案）；Elihu Lauterpacht, *Life of Hersch Lauterpacht*, p.272n20。

142. Dan Plesch and Shanti Sattler, "Changing the Paradigm of International Criminal Law: Considering the Work of the United Nations War Crimes Commission of 1943–1948," *International Community Law Review* 15 (2013): p.1, esp. at p.11 et seq.; Kerstin von Lingen, "Defining Crimes Against Humanity: The Contribution of the United Nations War Crimes Commission to International Criminal Law, 1944–1947," in *Historical Origins of International Criminal Law: Volume 1*, ed. Morten Bergsmo et al., FICHL Publication Series 20 (Torkel Opsahl Academic EPublisher, 2014).

143. 1945 年 8 月 5 日凯瑟琳·菲特致母亲的信件。

144. "Notes on Proposed Definition of Crimes" 和美国代表团于 1945 年 7 月 31 日提交的 "Revision of Definition of 'Crimes'"，in *Jackson Report*，p.p.394–395；"我要说这个词是一位著名的国际法学者向我建议的，" Ibid. , p.416。

145. Minutes of Conference Session of Aug. 2, 1945, *Jackson Report*, p.416.

146. Charter of the International Military Tribunal, *Jackson Report*, p.422.

147. Elihu Lauterpacht, *Life of Hersch Lauterpacht*, p.274.

148. Ibid. , p.272.

149. Ibid. , p.266.

150. Protocol to Agreement and Charter, Oct. 6, 1945, *Jackson Report*, p.429 .

151. Elihu Lauterpacht, *Life of Hersch Lauterpacht*, p.275.

第 3 章　诺里奇的蒂尔尼小姐

1. Frederick Tilney, *Young at 73—and Beyond!* (Information Incorporated, 1968)。于 1920 年 6 月 20 日成为美国永久居民的弗雷德里克，读者评论中称赞他"对体育健身提出了永不过时的建议"，以及"如此热爱新鲜蔬菜和果汁"。

2. 位于南非约翰内斯堡威特沃特斯兰德大学威廉卡伦图书馆的档案，包含了 6 封蒂尔尼小姐在 1947 年 8 月 27 日至 1948 年 10 月 6 日间收到及寄出的信件，http：//www .historicalpapers.wits.ac.za / inventory.php？ IID = 7976。

3. 据档案。

4. 罗伯特·戈维特，生于 1813 年 2 月 14 日，卒于 1901 年 2 月 20 日；W. J. Dalby, "Memoir of Robert Govett MA," attached to a publication of Govett's "Galatians," 1930。

5. http：//www.schoettlepublishing.com/kingdom/ govett / surreychapel.pdf .

6. 诺福克记录办公室；该档案分为 3 个系列：FC76；ACC2004 / 230；ACC2007 /

1968。在线目录可参见：http://nrocat.norfolk.gov.uk/Dserve/dserve.exe?dsqServer=NCC3C
L01&dsqIni=Dserve.ini&dsqApp=Archive&dsqCmd=show.tcl&dsqDb=Catalog&dsqPos=0&
dsqSearch=(CatalogueRef== 'FC%2076')。

7. *North Africa Mission Newsletter*, March/April 1928, p.25.

8. *North Africa Mission Newsletter*, Sept./ Oct. 1929, p.80.

9. Surrey Chapel, Missionary Prayer Meeting Notes, May 1934.

10. Surrey Chapel, Missionary Notes, Oct. 1935.

11. Elsie Tilney, "A Visit to the Mosque in Paris," *Dawn*, Dec. 1936, p.p.561 – 563.

12. *Trusting and Toiling*, Jan. 15, 1937.

13. *Trusting and Toiling*, Sept. 15 and Oct. 15, 1937.

14. *Trusting and Toiling*, Jan. 16, 1939.

15. André Thobois, *Henri Vincent* (Publications Croire et Servir, 2001), 67, quoting a
firsthand account reported in *Le Témoin de la Vérité*, April–May 1939.

16. Thobois, *Henri Vincent,* p.80.

17. *Trusting and Toiling*, April 15, 1940.

18. *Trusting and Toiling*, July 15, 1940.

19. Surrey Chapel, note following prayer meeting, Aug. 6, 1940 ; Foreign Mission
Band Account (1940); *Trusting and Toiling*, Oct. 15, 1940.

20. Surrey Chapel Foreign Mission Band Account (1941).

21. On the Vittel camp, see Jean-Camille Bloch, *Le Camp de Vittel: 1940–1944* (Les
Dossiers d'Aschkel, undated); Sofka Skipwith, *Sofka: The Autobiography of a Princess* (Rupert
Hart-Davis, 1968), p.p.233–236; Sofka Zinovieff, *Red Princess: A Revolutionary Life* (Granta
Books, 2007), p.p.219–261。The camp at Vittel is also the subject of a documentary film by
Joëlle Novic, *Passeports pour Vittel* (Injam Productions, 2007), available on DVD.

22. Surrey Chapel Foreign Mission Band Account (1942); *Trusting and Toiling*, March
15, 1943.

23. Bloch, *Le Camp de Vittel*, 10 et seq.; Zinovieff, *Red Princess*, p.p.250 – 258; see also
Abraham Shulman, *The Case of Hotel Polski* (Schocken, 1981).

24. Bloch, *Le Camp de Vittel*, p.18, p.22, and nn12 – 13.

25. Ibid. , p.20.

26. Zinovieff, *Red Princess*, p.251（"这首成为索芙卡最珍爱的诗歌之一，她不断
地抄写和分发它。"他们已不在。什么也别问，这世上不管哪个角落。到处空荡荡。
他们已不在。"）。

27. Skipwith, *Sofka*, p.234.

28. Ibid.

29. *Trusting and Toiling*, Dec. 15, 1944, p.123.

30. Ibid.

31. 1945年4月18日A. J.塔尔上校致蒂尔尼小姐的信件；1915年5月22日D. B.弗
莱曼上尉致蒂尔尼小姐的信件。

第 4 章 莱姆金

1. Raphael Lemkin, *Axis Rule in Occupied Europe* (Carnegie Endowment for International Peace, 1944), xiii.

2. Nancy (Ackerly) Steinson, "Remembrances of Dr. Raphael Lemkin" (n.d., on file).

3. Raphael Lemkin, *Totally Unofficial*, ed. Donna-Lee Frieze (Yale University Press, 2013), xxvi.

4. Ibid. , p.3.

5. Ibid.

6. John Cooper, *Raphael Lemkin and the Struggle for the Genocide Convention* (Palgrave Macmillan, 2008), p.6.

7. Lemkin, *Totally Unofficial*, p.17.

8. J. D. Duff, *Russian Lyrics* (Cambridge University Press, 1917), p.75.

9. Paul R. Mendes-Flohr and Jehuda Reinharz, *The Jew in the Modern World: A Documentary History* (Oxford University Press, 1995), p.410.

10. Hayyim Bialik and Raphael Lemkin, *Noach i Marynka* (1925; Wydawnictwo Snunit, 1926).

11. Lemkin, *Totally Unofficial*, xi.

12. Government Archive of Lviv Oblast, fund 26, list 15, case 459, p.p. 252–253.

13. Ibid.

14.Marek Kornat, "Rafał Lemkin's Formative Years and the Beginning of International Career in Inter-war Poland (1918–1939)," in *Rafał Lemkin: A Hero of Humankind*, ed. Agnieszka Bieńczyk-Missala and Sławomir Dębski (Polish Institute of International Affairs, 2010), p.p.59–74; Professor Kornat to author, e-mail, Nov. 3, 2011.

15. Ludwik Ehrlich，1889 年 4 月 11 日生于捷尔诺波尔，1968 年 10 月 31 日死于克拉科夫。

16. 雅诺夫斯卡集中营建于 1941 年 10 月，在伦贝格西北郊，旁边是雅诺夫斯卡街 134 号的一家工厂。Leon Weliczer Wells, *The Janowska Road* (CreateSpace, 2014).

17. Roman Dmowski，生于 1864 年 8 月 9 日，卒于 1939 年 1 月 2 日。

18. Adam Redzik, *Stanisław Starzyński, 1853–1935* (Monografie Instytut Allerhanda, 2012), p.54.

19. Zoya Baran, "Social and Political Views of Julius Makarevich," in *Historical Sights of Galicia*, Materials of Fifth Research Local History Conference, Nov. 12, 2010, Lviv (Ivan Franko Lviv National University, 2011), p.p.188–198.

20. Juliusz Makarewicz，生于 1872 年 5 月 5 日，卒于 1955 年 4 月 20 日。

21. Joseph Roth, *The Bust of the Emperor, in Three Novellas* (Overlook Press, 2003), p.62.

22. Rafael Lemkin and Tadeusz Kochanowski, *Criminal Code of the Soviet Republics*, in collaboration with Dr. Ludwik Dworzad, Magister Zdziław Papierkowski, and Dr. Roman Piotrowski, preface by Dr. Juliusz Makarewicz (Seminarium of Criminal Law of University of Jan Kasimir in Lwów, 1926).

23. "Slayer of Petlura Stirs Paris Court", *New York Times*, Oct. 19, 1927; "Paris Jury

Acquits Slayer of Petlura, Crowded Court Receives the Verdict with Cheers for France," *New York Times*, Oct. 27, 1927.

24. Lemkin, *Totally Unofficial*, p.21.

25. Ibid.

26. http : //www.preventgenocide.org/lemkin/bibliography.htm.

27. Raphael Lemkin, "Acts Constituting a General (Transnational) Danger Considered as Offences Against the Law of Nations" (1933),http://www.preventgenocide.org/lemkin/madrid1933english.htm.

28. Vespasian Pella, report to the Third International Congress of Penal Law, Palermo, 1933, cited in Mark Lewis, *The Birth of the New Justice: The Internationalization of Crime and Punishment, 1919–1950* (Oxford University Press, 2014), p.188, citing *Troisième Congrès International de Droit Pénal, Palerme, 3–8 avril 1933, Actes du Congrès*, p.737, p.918.

29. Lemkin, *Totally Official*, 23. 尽管没有点出拉帕波特的姓名，但他符合莱姆金所描述的打电话者。

30. *Gazeta Warszawska*, Oct. 25, 1933.

31. Lemkin, *Totally Official*, xii.

32. Keith Brown, "The King Is Dead, Long Live the Balkans! Watching the Marseilles Murders of 1934" (delivered at the Sixth Annual World Convention of the Association for the Study of Nationalities, Columbia University, New York, April 5–7, 2001), http://watson.brown.edu/files/watson/imce/research/projects/terrorist_transformations/The_King_is_Dead.pdf.

33. Lemkin, *Totally Unofficial*, p.155.

34. Ibid. , p.28.

35. Ibid. , p.54.

36. By way of interpretation, see Charlton Payne, "Epic World Citizenship in Goethe's *Hermann und Dorothea*," *Goethe Yearbook* 16 (2009): p.p.11–28.

37. Lemkin, *Totally Unofficial*, p.64.

38. 1939 年 10 月 25 日莱姆金致主管先生（身份不详）的信件，伊丽莎白·奥斯布林克·雅各布森提供抄录件。

39. Lemkin, *Totally Unofficial*, p.65.

40. Simon Dubnow, *History of the Jews in Russia and Poland: From the Earliest Times Until the Present Day* (Jewish Publication Society of America, 1920).

41. Jean Amery, *At the Mind's Limits* (Schocken, 1986), p.44.

42. Lemkin, *Totally Unofficial*, p.76.

43. John Cooper, *Raphael Lemkin*, p.37.

44. The decree is in Lemkin, *Axis Rule*, 506; Lemkin, *Totally Unofficial*, p.77.

45. Lemkin, *Axis Rule*, p.524.

46. Lemkin, *Totally Unofficial*, p.78.

47. Ibid. , p.82.

48. Ibid. , p.86.

49. Ibid. , p.88.

50. Ibid. , p.96.

51. Ibid.

52. Ibid. , p.100.

53. John Cooper, *Raphael Lemkin*, p.40.

54. Lemkin, *Totally Unofficial*, vii.

55. Andrzej Tadeusz Bonawentura Kośiuszko，生于 1746 年 2 月，卒于 1817 年 10 月 15 日，军事领袖。

56. Lemkin, *Totally Unofficial*, p.106.

57. Ibid. , p.108.

58. 1941 年 5 月 25 日用意第绪语写的信件，美国犹太历史协会拉斐尔·莱姆金收藏，第 1 箱，第 4 册，纽约。

59. Lemkin, *Totally Unofficial*, p.111.

60. Address on the observance of the golden anniversary of Paderewski's American debut, 1941, on Ignacy Jan Paderewski, *Victor Recordings (selections) (1914–1941)*.

61. "The Legal Framework of Totalitarian Control over Foreign Economies" (paper delivered at the Section of International and Comparative Law of the American Bar Association, Oct. 1942).

62. Robert Jackson, "The Challenge of International Lawlessness" (address to the American Bar Association, Indianapolis, Oct. 2, 1941), *American Bar Association Journal* 27 (Nov. 1941).

63. "Law and Lawyers in the European Subjugated Countries" (address to the North Carolina Bar Association), *Proceedings of the 44th Annual Session of the North Carolina Bar Association*, May 1942, p. p.105–117.

64. 第五届国际刑法统一大会会议记录（马德里，1933 年）。

65. Ryszard Szawłowski, "Raphael's Lemkin's Life Journey," in Bieńczyk-Missala and Dębski, *Hero of Humankind*, p.43; box 5, folder 7, MS-60, American Jewish Historical Society.

66. Lemkin, *Totally Unofficial*, p.113.

67. Norman M. Littell, *My Roosevelt Years* (University of Washington Press, 1987), p.125.

68. Lemkin, *Totally Unofficial*, p.235, xiv.

69. John Cooper, *Raphael Lemkin*, p.53.

70. Franklin Roosevelt, Statement on Crimes, Oct. 7, 1942.

71. Jan Karski, *Story of a Secret State: My Report to the World*, updated ed. (Georgetown University Press, 2014).

72. Littell, *My Roosevelt Years*, p.151.

73. Rare Book and Manuscript Library, Columbia University.

74. Lemkin, *Axis Rule*, p.79.

75. Uwe Backes and Steffen Kailitz, eds., *Ideokratien im Vergleich: Legitimation—Kooptation—Repression* (Vandenhoeck & Ruprecht, 2014), p.339; Sybille Steinbacher and Fritz Bauer Institut, *Holocaust und Völkermorde: Die Reichweite des Vergleichs* (Campus,

2012), 171; Valentin Jeutner to author, e-mail, Jan. 8, 2014.

76. Lemkin, *Axis Rule*, p.89.

77. 1939 年 10 月 26 日的公告, in ibid. , p.524。

78. 乔治城法学院，1944—1945 年的期末成绩, box 1, folder 13, Lemkin Collection, American Jewish Historical Society。

79. Vasily Grossman, "The Hell of Treblinka," in *The Road* (MacLehose, 2011), p.178.

80. "Report to Treasury Secretary on the Acquiescence of This Government in the Murder of the Jews" (prepared by Josiah E. Dubois for the Foreign Funds Control Unit of the U.S. Treasury, Jan. 13, 1944). 1942 年 1 月 16 日，摩根索部长、约翰·佩勒和兰道夫·保罗会见了罗斯福总统，向他提交了一份关于成立战争难民委员会的行政命令草案，该委员会负责"直接援助和解救欧洲犹太人和其他敌人迫害的受害者"。Rafael Medoff, *Blowing the Whistle on Genocide: Josiah E. Dubois, Jr., and the Struggle for a U.S. Response to the Holocaust* (Purdue University, 2009), p.40.

81. "U.S. Board Bares Atrocity Details Told by Witnesses at Polish Camps," *New York Times*, Nov. 26, 1944, 1; "700 000 Reported Slain in 3 Camps, Americans and Britons Among Gestapo Victims in Lwow, Says Russian Body," *New York Times*, Dec. 24, 1944, 10.

82. *The German Extermination Camps of Auschwitz and Birkenau*, Nov. 1, 1944, American Jewish Joint Distribution Committee Archive.

83. "Twentieth-Century Moloch: The Nazi Inspired Totalitarian State, Devourer of Progress, and of Itself," *New York Times Book Review*, Jan. 21, 1945, 1.

84. Kohr to Lemkin, 1945, box 1, folder 11, MS-60, American Jewish Archives, Cleveland.

85. Lemkin to Jackson, May 4, 1945, box 98, folder 9, Jackson Papers, Manuscript Division, Library of Congress, Washington, D.C.

86. Raphael Lemkin, "Genocide: A Modern Crime," *Free World* 9 (1945): p.39.

87. John Q. Barrett, "Raphael Lemkin and 'Genocide' at Nuremberg, 1945–1946," in *The Genocide Convention Sixty Years After Its Adoption*, ed. Christoph Safferling and Eckart Conze (Asser, 2010), p.36n5.

88. Lemkin to Jackson, May 4, 1945.

89. *Washington Post*, May 6, 1945, B4.

90. Jackson to Lemkin, May 16, 1945, Jackson Papers; Barrett, "Raphael Lemkin and 'Genocide' at Nuremberg," p.38.

91. H. B. Phillips, ed., "Reminiscences of Sidney S. Alderman" (Columbia University Oral History Research Office, 1955), p.817; Barrett, "Raphael Lemkin and 'Genocide' at Nuremberg," p.39.

92. Draft Planning Memorandum of May 14, 1945, box 107, folder 5, Jackson Papers; Barrett, "Raphael Lemkin and 'Genocide' at Nuremberg," p.39.

93. "Planning Memorandum Distributed to Delegations at Beginning of London Conference," June 1945, in *Jackson Report*, p.68.

94. Barrett, "Raphael Lemkin and 'Genocide' at Nuremberg," p.40.

95. Ibid. , p.p.40 – 41.

96. Phillips, "Reminiscences of Sidney S. Alderman," p.818; Barrett, "Raphael Lemkin and 'Genocide' at Nuremberg," p.41.

97. Barrett, ibid.

98. Phillips, "Reminiscences of Sidney S. Alderman," p.842, p.858; Barrett, "Raphael Lemkin and 'Genocide' at Nuremberg," p.41.

99. Barrett, "Raphael Lemkin and 'Genocide' at Nuremberg," p.41, at n. 27.

100. "Declaration Regarding the Defeat of Germany and the Assumption of Supreme Authority with Respect to Germany," Berlin, June 5, 1945, Article 11(a)（"由盟军代表具体指明之主要纳粹领导人，以及其（现在或过去之）头衔、职务或具体工作被盟军代表认为涉嫌发动、组织或促进战争之人，将被逮捕并交由盟军代表处置"）。

101. Barrett, "Raphael Lemkin and 'Genocide' at Nuremberg," p.42.

102. Ibid.

103. Ibid.

104. Ibid. , p.43.

105. Ibid. , p. p.43–44.

106. Donovan to Taylor, memorandum, Sept. 24, 1945, box 4, folder 106, Jackson Papers; Barrett, "Raphael Lemkin and 'Genocide' at Nuremberg," p.42.

107. William E. Jackson to Robert Jackson, Aug. 11, 1947, box 2, folder 8, Jackson Papers; Barrett, "Raphael Lemkin and 'Genocide' at Nuremberg," p.53.

108. 他设法将西德尼·奥尔德曼变成了支持种族灭绝罪的盟友：关于后来在美国的反对意见，参见 Samantha Power, *A Problem from Hell: America and the Age of Genocide*, rev. ed. (Flamingo, 2010), p.p.64–70。

109. Telford Taylor, *The Anatomy of the Nuremberg Trials* (Alfred A. Knopf, 1993), 103; Barrett, "Raphael Lemkin and 'Genocide' at Nuremberg," p.45.

110. Phillips, "Reminiscences of Sidney Alderman," p.818; Barrett, "Raphael Lemkin and 'Genocide' at Nuremberg," p.45.

111. Indictment, adopted Oct. 8, 1945, *Trial of the Major War Criminals Before the International Military Tribunal* (Nuremberg, 1947), 1: 43.

112. Note from U.S. Army Dispensary, Oct. 5, 1945, box 1, folder 13, Lemkin Collection, American Jewish Historical Society.

113. Lemkin, *Totally Unofficial*, 68; Barrett, "Raphael Lemkin and 'Genocide' at Nuremberg," p.46.

第5章　戴领结的男子

1. Milein Cosman，画家，1921 年生于德国哥达，1939 年到达英格兰。

2. Hans Keller，音乐家和评论家，1919 年 3 月 11 日生于维也纳，1985 年 11 月 6 日在伦敦逝世。关于德奥合并以及他自己被捕的个人讲述参见 Hans Keller, *1975 (1984 Minus 9)* (Dennis Dobson, 1977), p.38 et seq。

3. Inge Trott，社会活动家，1920 年出生于维也纳，2014 年在伦敦去世。

4. Alfred Seiler, *From Hitler's Death Camps to Stalin's Gulags* (Lulu, 2010).

5. Ibid. , p.126.

第 6 章　弗兰克

1. Hans Frank, *International Penal Policy* (report delivered on Aug. 21, 1935, by the *Reich* minister at the plenary session of the Akademie für Deutsches Recht, at the Eleventh International Penal and Penitentiary Congress).

2. *Jackson Report*, p.p.18 – 41.

3. Martyn Housden, *Hans Frank: Lebensraum and the Holocaust* (Palgrave Macmillan, 2003), p.14.

4. Ibid. , p.23.

5. Ibid. , p.36.

6. *Neue Freie Presse*, May 13, 1933, 1; "Germans Rebuked Arriving in Vienna," *New York Times*, May 14, 1933.

7. Housden, *Hans Frank*, p.49.

8. "Germans Rebuked Arriving in Vienna."

9. "Austrians Rebuff Hitlerite Protest," *New York Times*, May 16, 1933, 1, 8.

10. "Turmoil in Vienna as Factions Clash," *New York Times*, May 15, 1933, 1, 8.

11. "Vienna Jews Fear Spread of Nazism," *New York Times*, May 22, 1933.

12. Howard Sachar, *The Assassination of Europe, 1918–1942: A Political History* (University of Toronto Press, 2014), p. p.208 – 210.

13. 1935 年 8 月在柏林举行的第十一届国际刑事和监狱大会的会议记录。Sir Jan Simon van der Aa (Bureau of International Penal and Penitentiary Commission, 1937)。

14. Hans Frank, *International Penal Policy*. App. 1 lists the participants.

15. Henri Donnedieu de Vabres, "La répression internationale des délits du droit des gens," *Nouvelle Revue de Droit International Privé* 2 (1935) 7 (1935 年 7 月 7 日向德国法学院提交的报告，1935 年 2 月 27 日，柏林)。

16. Reck, *Diary of a Man in Despair*, p.42.

17. Geoffrey Bing, "The International Penal and Penitentiary Congress, Berlin, 1935," *Howard Journal* 4 (1935), 195–98; "Nazis Annoyed: Outspoken Englishman," *Argus* (Melbourne), Aug. 23, 1935, 9.

18. Housden, *Hans Frank*, p.78.

19. Decree of the Führer and Reich Chancellor Concerning the Administration of the Occupied Polish Territories, Oct. 12, 1939, Section 3(2).

20. Oct. 3, 1939; William Shirer, *The Rise and Fall of the Third Reich* (Arrow, 1991), p.944.

21. Housden, *Hans Frank*, 126, citing Frank, Diary, Nov. 10, 1939.

22. Frank, Diary, extracts in *Trial of the Major War Criminals*, p.29, and Stanisław Piotrowski, *Hans Frank's Diary* (PWN, 1961).

23. 到离开克拉科夫时为止，弗兰克在审判期间提到了 43 册 (*Trial of the Major War Criminals*, 12:7)，但波兰代表斯坦尼斯瓦夫・彼得罗斯基指出，保留了 38 册，但 "很难确定是否可能有几册在国际法庭第一次到纽伦堡的工作中丢失了"。Piotrowski, *Hans Frank's Diary*, p.11.

24. *Trial of the Major War* Criminals, 3:580 (Dec. 14, 1945).

25. Housden, *Hans Frank*, p.119.

26. Frank, Diary, Oct. 2, 1940; *Trial of the Major War Criminals*, 7:191 (Feb. 8, 1946).

27. Karl Lasch, 生于 1904 年 12 月 29 日, 卒于 1942 年 6 月 1 日。

28. 弗兰克日记, 1941 年 12 月 16 日, 总督辖区内阁出席; *Trial of the Major War Criminals*, 22:542 (Oct. 1, 1946)。

29. Mark Roseman, *The Villa, the Lake, the Meeting: Wannsee and the Final Solution* (Allen Lane, 2002).

30. 会议记录可在 "万湖会议别墅" 网站上查阅, 网址: http://www.ghwk.de/wannsee/dokumentezurwannseekonferenz/?lang=gb 。

31. Curzio Malaparte, *Kaputt* (New York Review of Books, 2005),p. 78.

32. Curzio Malaparte, "Serata a Varsavia, sorge il Nebenland di Polonia," *Corriere della Sera*, March 22, 1942.

33. Malaparte, *Kaputt*, p.68.

34. Niklas Frank, *In the Shadow of the Reich* (Alfred A. Knopf, 1991), p.217, p.p.246–247.

35. Malaparte, *Kaputt*, p.153.

36. 这次参观发生在 1942 年 1 月 25 日, 但不清楚弗兰克是否陪同他一起。 Maurizio Serra, *Malaparte:Vies et Légendes* (Graeest,2011) p.366.

37. Housden, *Hans Frank*, p. p.169–72. The speeches were given in Berlin (June 9), Vienna (July 1), Munich (July 20), and Heidelberg (July 21).

38. Niklas Frank, *Shadow of the Reich*, p.219.

39. Ibid. , p.p.208–209.

40. Ibid. , p.p.212–213.

41. Ibid. , p.213.

42. *Gazeta Lwowska*, Aug. 1, 1942, 2.

43. Dieter Pohl, *Nationalsozialistische Judenverfolgung in Ostgalizien, 1941–1944*, 2nd ed. (Oldenbourg, 1997), p.p.77–78.

44. Frank, Diary, Conference of the District Standartenführer of the NSDAP in Kraków, March 18, 1942, in *Trial of the Major War Criminals*, 29:507.

45. *Gazeta Lwowska*, Aug. 2/3, 1942, back page.

46. Ibid.

47. Housden, *Hans Frank*, p.p.40–41, citing Niklas Frank, *Der Vater* (Goldmann, 1993), p.p.42–44.

48. *Gazeta Lwowska*, Aug. 2/3, 1942, back page.

49. Frank, Diary, Aug. 1, 1942, Documents in Evidence, in *Trial of the Major War Criminals*, 29: p.p.540–542.

50. Ibid.

51. Ibid.

52. Decree of Oct. 15, 1941, signed by Hans Frank, Article 1, para. 4(b)（"未经许可离开限制区域的犹太人将受到死刑的惩罚"）。

53. 夏洛特·冯·韦希特尔的日记, 1942 年 8 月 1 日星期六, 霍斯特·冯·韦希特尔的个人文档。

54. Dieter Pohl, "Ivan Kalymon, the Ukrainian Auxiliary Police, and Nazi Anti-Jewish Policy in L'viv, 1941–1944" (a report prepared for the Office of Special Investigations, U.S. Department of Justice, May 31, 2005), p.92; Pohl, *Nationalsozialistische Judenverfolgung in Ostgalizien*, p. p.216–223.

55. 奥托·冯·韦希特尔于 1942 年 8 月 16 日致夏洛特的信，霍斯特·冯·韦希特尔的个人文档。

56. Peter Witte, *Der Dienstkalender Heinrich Himmlers, 1941/42* (Wallstein, 2005), p.521 (entry for Monday, Aug. 17, 1942, 18:30 hours).

57. 弗兰克，日记，1942 年 8 月 18 日。

58. Karl Baedeker, *Das Generalgouvernement: Reisehandbuch* (Karl Baedeker, 1943).

59. Ibid. , p.p.157–164.

60. Ibid. , p.137, p.10.

61. "Poland Indicts 10 in 400 000 Deaths."

62. Simon Wiesenthal, *The Murderers Among Us* (Heinemann, 1967), p.p.236–237. ("1942 年初，我在利沃夫的隔都里见过他。他于 1942 年 8 月 15 日亲自负责将 4000 名老年人集中到隔都并送往火车站。我的母亲也在其中。")

63. Narodne Archivum Cyfrove (NAC), http://audiovis. nac.gov.pl/obraz/12757/50b35 8369d3948f401ded5bffc36586e/.

64. *United States v. John Kalymon, a.k.a. Ivan, Iwan, John Kalymon/Kaylmun*, Case No. 04-60003, U.S. District Court, Eastern District of Michigan, Judge Marianne O. Battani, Opinion and Order Revoking Order of Admission to Citizenship and Canceling Certificate of Naturalization, March 29, 2007. 2011 年 9 月 20 日，移民上诉委员会核准驱逐令，但卡莱蒙在被驱逐出境之前，于 2014 年 6 月 29 日去世。See Krishnadev Calamur, "Man Tied to Nazis Dies in Michigan at Age 93," NPR, July 9, 2014.

65. Dieter Pohl, "Ivan Kalymon, the Ukrainian Auxiliary Police, and Nazi Anti-Jewish Policy in L'viv, 1941–1944" (a report prepared for the Office of Special Investigations, U.S. Department of Justice, May 31, 2005), p.16, p.27.

66. 1942 年 1 月 10 日关于将犹太人遣出伦贝格的记录，由 [Alfred] Bisanz 上校签署。

67. 1942 年 3 月 13 日关于犹太劳工署的命令，于 1942 年 4 月 1 日生效。

68. 1942 年 8 月 25 日，海因里希·希姆莱致国务秘书、武装党卫队地区总队长斯图卡特。

69. 弗兰克，日记，1943 年 1 月 25 日，华沙，国际军事法庭，*Nazi Conspiracy and Aggression* (U.S. Government Printing Office, 1946), 4:916。

70. 弗兰克，日记，1941 年 12 月 16 日；*Trial of the Major War Criminals*, 29:503。

71. Amon Göth，生于 1908 年 12 月 11 日，1946 年 9 月 13 日被波兰最高国家法庭在克拉科夫审判并定罪后执行死刑。

72. Stoop Report (*The Warsaw Ghetto Is No More*), May 1943, available at https://www.jewishvirtuallibrary.org/jsource/Holocaust/nowarsaw.html.

73. 弗兰克，日记，1943 年 8 月 2 日，quoted in *Trial of the Major War Criminals*,

29:606 (July 29, 1946)。

74. 弗兰克，日记，1943 年 1 月 25 日。

75. Michael Kennedy, *Richard Strauss: Man, Musician, Enigma* (Cambridge University Press, 1999), p.p.346–347.

76. *Trial of the Major War Criminals*, 4:81 (Dec. 18, 1945).

77.《抱银鼠的女子》，约 1489—1490，切奇莉亚·加莱拉尼（1473—1536）的肖像，卢多维科·斯福尔扎的情妇。银鼠是纯洁的象征，据说达·芬奇相信这样一幅画可以纪念和激发爱情，现在是恰尔托雷斯基基金会的财产。

78. 弗兰克，日记，1944 年 3 月 18 日，赖希斯霍夫；*Trial of the Major War Criminals*, 7:469 (Feb. 15, 1946)。

79. Housden, *Hans Frank*, p.209; 弗兰克，日记，1944 年 7 月 11 日。

80. Timothy Snyder, *The Reconstruction of Nations: Poland, Ukraine, Lithuania, Belarus, 1569–1999* (Yale University Press, 2003), p.177.

81. Norman Davies, *Rising '44: The Battle for Warsaw* (Macmillan, 2003).

82. 弗兰克，日记，1944 年 9 月 15 日（与布勒博士的谈话）。

83. *Die Stadt ohne Juden* (1924, dir. Hans Karl Breslauer)。Hans Moser 扮演了 Bernart 议员的角色。

84. Housden, *Hans Frank*, p.218.

85. Ibid. , p.218；弗兰克，日记，1945 年 2 月 2 日。

86. Niklas Frank, *Shadow of the Reich*, p.317.

87. 1935 年 6 月 28 日通过了第 175a 条，增加了严重淫秽罪（Schwere Unzucht），并将该罪行重新定义为重罪。See generally Burkhard Jellonnek, *Homosexuelle unter dem Hakenkreuz: Die Verfolgung von Homosexuellen im Dritten Reich* (F. Schöningh, 1990). Frank had warned that the "epidemic of homosexuality" was threatening the new *Reich*. Richard Plant, *The Pink Triangle: The Nazi War Against Homosexuals* (Henry Holt, 1988), p.26.

88. Housden, *Hans Frank*, p.218.

89. 1945 年 6 月 21 日，英国和美国代表的第一次会议收到了 David Maxwell Fyfe 提出的第一份包含 10 名可能的被告的名单，他们的名字是为公众熟知的。Taylor, *Anatomy of the Nuremberg Trials*, p.p.85–86.

90. Ibid. , p.89.

91. Ann Tusa and John Tusa, *The Nuremberg Trial* (Macmillan, 1983), p.p.43–48.

92. John Kenneth Galbraith, "The 'Cure' at Mondorf Spa," *Life*, Oct. 22, 1945, p.p.17–24.

93. Hans Frank 与美国陆军军官的谈话，1945 年 8 月 4 日至 5 日，http://www.holocaustresearchproject.org/ trials/HansFrankTestimony .html。

94. 1945 年 8 月 29 日，首席检察官宣布了"国际军事法庭将进行审判的第一份战犯名单"。Taylor, *Anatomy of the Nuremberg Trials*, 89 (twenty-four defendants were on the first list).

95. Hans Frank 的审讯证词，在纽伦堡取证，9 月 1 日、6 日、7 日、10 日和 13 日，以及 1945 年 10 月 3 日和 8 日（由 Thomas A. Hinkel 上校采集），http://library2.

lawschool.cornell. edu/donovan/show.asp?query=Hans+Frank。

第 8 章 纽伦堡

1. Taylor, *Anatomy of the Nuremberg Trials*, p.132, p.165.

2. Ibid. , 143; Tusa and Tusa, Nuremberg Trial, p.p.109 – 110.

3. Trial of the Major War Criminals, 1: 1 ("Members and alternate members of the Tribunal").

4. Francis Biddle, *In Brief Authority* (Doubleday, 1962; Praeger, 1976), p.381.

5. Ibid. , p.p.372 – 373.

6. Tusa and Tusa, *Nuremberg Trial, 111*; Guillaume Mouralis, introduction to *Juge à Nuremberg*, by Robert Falco (Arbre Bleu, 2012), 13 (at note 2), p.p.126 – 127.

7. *Trial of the Major War* Criminals, 2:30.

8. Ibid. , p.64.

9. Taylor, *Anatomy of the Nuremberg Trials*, p.132.

10. *Trial of the Major War Criminals*, 2:75.

11. Elihu Lauterpacht, *Life of Hersch Lauterpacht*, p.277.

12. Ibid.

13. *Illustrated London News*, Dec. 8, 1945.

14. Gustave Gilbert, *Nuremberg Diary* (New York: Farrar, Straus, 1947), p.42.

15. Martha Gellhorn, "The Paths of Glory," in *The Face of War* (Atlantic Monthly Press, 1994), p.203.

16. *Trial of the Major War Criminals*, 2:97.

17. Ibid. , p.98.

18. Ibid. , p.99.

19. Ibid. , p.120.

20. Rudyard Kipling, "The Old Issue," in *Collected Poems of Rudyard Kipling* (Wordsworth Poetry Library, 1994), p.p.307 – 309.

21. Elihu Lauterpacht, *Life of Hersch Lauterpacht*, p.277.

22. Ibid. , p.276.

23. 在文件里。

24. Hersch Lauterpacht, "Draft Nuremberg Speeches," *Cambridge Journal of International and Comparative Law* 1, no. 1 (2012): p.p.48 – 49.

25. Elihu Lauterpacht, *Life of Hersch Lauterpacht*, p.276.

26. Ibid.

27. Ibid. , p.278.

28. Gilbert, *Nuremberg Diary*, 66; see also John J. Michalczyk, *Filming the End of the Holocaust: Allied Documentaries, Nuremberg, and the Liberation of the Concentration Camps* (Bloomsbury, 2014), p.96.

29. Janet Flanner, "Letter from Nuremberg," *New Yorker*, Jan. 5, 1946, in Drutman, *Janet Flanner's World*, p.p.46 – 48.

30. Janet Flanner, "Letter from Nuremberg," *New Yorker*, Dec. 17, 1945, in Drutman,

Janet Flanner's World, p.99.

31. Ibid. , p.98.

32. Sir Hugh Dundas，生于 1920 年 7 月 22 日，卒于 1995 年 7 月 10 日。

33. Biddle, *In Brief Authority*.

34. Falco, *Juge à Nuremberg*.

35. David Low, "Low's Nuremberg Sketchbook No. 3," *Evening Standard*, Dec. 14, 1945, available at http://www.cartoons.ac.uk/record/LSE1319.

36. *Trial of the Major War Criminals*, 3:551.

37. Tusa and Tusa, *Nuremberg Trial*, p.294.

38. 1945 年 12 月 28 日，多纳迪厄致莱姆金，美国犹太历史协会，莱姆金收藏，第 1 箱，第 18 册。

39. *Law Reports of Trials of War Criminals, Selected and Prepared by the UN War Crimes Commission*, vols. 7, 14, http://www.loc.gov/rr/frd/Military_Law/lawreportstrialswarcriminals.html.

40. Gilbert, *Nuremberg Diary*, p.22.

41. Taylor, *Anatomy of the Nuremberg Trials*, p.548.

42. Gilbert, *Nuremberg Diary*, p.p.81 – 82 (Dec. 22, 1945).

43. Ibid. , p.116 (Jan. 10, 1946).

44. *Trial of the Major War Criminals*, 8:322.

45. Ibid. , p.328.

46. Redzik, *Stanislaw Starzynski*, p.55.

47. Grossman, *Road*, p.174.

48. Flanner, "Letter from Nuremberg," Dec. 17, 1945, 107.

49. *Trial of the Major War Criminals*, 11:553.

50. Ibid. , p.415.

51. Gilbert, *Nuremberg Diary*, p.259.

52. *Trial of the Major War Criminals*, 12:2 – 3.

53. Ibid. , p.p.7 – 8.

54. Ibid. , p.19, p.13.

55. Ibid.

56. Gilbert, *Nuremberg Diary*, p.277.

57. Ibid.

58. Ibid. , p.p.277 – 283.

59. *Trial of the Major War Criminals*, 12:14, 40.

60. Yves Beigbeder 与作者的对话，2012 年 6 月 29 日。

61. Yves Beigbeder, "Le procès de Nuremberg: Frank plaide coupable," *Réforme*, May 25, 1946.

62. Hans Frank, *International Penal Policy*.

63. Falco, *Juge à Nuremberg*, p.42.

64. Christopher Dodd, *Letters from Nuremberg: My Father's Narrative of a Quest for Justice* (Broadway Books 2008), p.289.

65. Gilbert, *Nuremberg Diary*, p.280.

第 9 章　选择不想起的女孩

1. Gabrielle Anderl and Walter Manoschek, *Gescheiterte Flucht: Der jüdische "Kladovo-Transport" auf dem Weg nach Palästina, 1939–42* (Failed flight: The Jewish 'Kladovo transport' on the way to Palestine, 1939–42) (Verlag für Gesellschaftskritik, 1993). See also "The Darien Story," *The Darien Dilemma*, http://www.dariendilemma.com/eng/story/darienstory/; Dalia Ofer and Hannah Weiner, *Dead-End Journey* (University Press of America, 1996).

第 10 章　判　决

1. Elihu Lauterpacht, *Life of Hersch Lauterpacht*, p.293.

2. Ibid. , p.p.285–286; Hersch Lauterpacht, "The Grotian Tradition in International Law," *British Year Book of International Law* 23 (1946): p.p.1–53.

3. Elihu Lauterpacht, *Life of Hersch Lauterpacht*, p.278.

4. Lauterpacht to Inka Gelbard, May 27, 1946, personal archive of Eli Lauterpacht.

5. Elihu Lauterpacht, *Life of Hersch Lauterpacht*, p.294.

6. Steven Jacobs, ed., *Raphael Lemkin's Thoughts on Nazi Genocide* (Bloch, 2010), p.261.

7. G. Reynolds, "Cosmopolites Clock the American Femme; Nice, but Too Honest to Be Alluring," *Washington Post*, March 10, 1946, S4.

8. Copies provided by Nancy (Ackerly) Steinson.

9. Lemkin to Eleanor Roosevelt, May 18, 1946, box 1, folder 13, 5–6, Raphael Lemkin Papers, American Jewish Archives.

10. Lemkin to McCormick, May 19, 1946, box 1, folder 13, 7–9, Lemkin Papers, American Jewish Archives.

11. Lemkin to Pinchot, May 20, 1946, box 1, folder 13, p.p.15–16, Lemkin Papers, American Jewish Archives.

12. Lemkin to Durward V. Sandifer, May 20, 1946, box 1, folder 13, p.p.13–14, Lemkin Papers, American Jewish Archives.

13. 他于 5 月底前往欧洲：战争部在 1946 年 5 月 22 日签发的证件卡，box 1, folder 12, Lemkin Collection, American Jewish Historical Society; Peter Balakian, "Raphael Lemkin, Cultural Destruction, and the Armenian Genocide," *Holocaust and Genocide Studies* 27, no. 1 (2013): p.74。

14. Schwelb to Lemkin, June 24, 1946, Rafael Lemkin Papers, Rare Book and Manuscript Library, Columbia University.

15. *Trial of the Major War Criminals*, 15:164.

16. Barrett, "Raphael Lemkin and 'Genocide' at Nuremberg," p. 48.

17. Lemkin, *Totally Unofficial*, p.235.

18. Power, *Problem from Hell*, p.50.

19. Rafael Lemkin Papers, Rare Book and Manuscript Library, Columbia University.

20. Ibid.

21. "The significance of the concept of genocide in the trial of war criminals," Thomas Dodd Papers, Box/Folder 387:8580, Thomas J. Dodd Research Center, University of Connecticut.

22. Barrett, "Raphael Lemkin and 'Genocide' at Nuremberg," p.p.47–48.

23. Ibid. , p.p.48–49.

24. *Trial of the Major War Criminals*, 17:61.

25. John Cooper, *Raphael Lemkin*, p.70.

26. R. W. Cooper, *Nuremberg Trial*, p.109.

27. Ibid. , p.110.

28. Lauterpacht, "Draft Nuremberg Speeches," p.68.

29. Ibid. , p.87.

30. Ibid. , p.74.

31. Ibid. , p.76.

32. Ibid. , p.110.

33. Elihu Lauterpacht, *Life of Hersch Lauterpacht*, p. 295.

34. Ibid.

35. *Trial of the Major War Criminals*, 18:90, p.p.92–94.

36. Ibid. , p.p.112–113.

37. Ibid. , p.p.114–128.

38. Lemkin Papers, Rare Book and Manuscript Library, Columbia University.

39. Office of the Registrar 385th Station Hospital APO 124, U.S. Army, Abstract Record of Hospitalization of Raphael Lemkin, box 5, folder 7, 23, Lemkin Papers, American Jewish Archives.

40. *Trial of the Major War Criminals*, 17:550–555.

41. Ibid. , 18:140.

42. Ibid. , p.160.

43. Ibid.

44. Ibid. , p.152.

45. Ibid. , 19:397–432.

46. Ibid. , p.p.433–529.

47. Ibid. , p.p.530–618; ibid., vol. 20, 1–14.

48. Ibid. , 19:397.

49. Ibid. , p.p.406.

50. Ibid. , p.p.433–529.

51. Elihu Lauterpacht, *Life of Hersch Lauterpacht*, p.295.

52. Ibid. , p.296.

53. *Trial of the Major War Criminals*, 19:437–57.

54. Ibid. , p.507.

55. Rebecca West, "Greenhouse with Cyclamens I," in *A Train of Powder* (Ivan R. Dee, 1955), p.20.

56. *Trial of the Major War Criminals*, 19:446.

57. Housden, *Hans Frank*, p.231.

58. *Trial of the Major War Criminals*, 19:497.

59. Ibid. , p.p.471–472.

60. Ibid. , p.529.

61. Ibid. , p.472.

62. Ibid. , p.p.530–535.

63. Ibid. , p.550.

64. Ibid. , p.562.

65. Ibid. , p.570.

66. Ibid.

67. Taffet, *Holocaust of the Jews of Żółkiew*.

68. Ibid. , p.58.

69. Ibid. , p.8.

70. Lemkin Papers, Rare Book and Manuscript Library, Columbia University.

71. International Law Association, *Report of the Forty-First Conference, Cambridge* (1946), xxxvii–xliv.

72. Note on Raphael Lemkin (undated, prepared with input from Lemkin), box 5, folder 7, MS-60, American Jewish Archives, Cleveland.

73. International Law Association, *Report of the Forty-First Conference*, p.p.8–13.

74. Ibid. , p.p.25–28.

75. Barrett, "Raphael Lemkin and 'Genocide' at Nuremberg," p.51.

76. John Cooper, *Raphael Lemkin*, p.73.

77. "Genocide," *New York Times*, Aug. 26, 1946, 17.

78. Gilbert, *Nuremberg Diary*, p.417.

79. *Trial of the Major War Criminals*, 22:229.

80. Ibid. , p.p.271–297.

81. Ibid. , p.300.

82. Ibid. , p.321.

83. Ibid. , p.p.366–368.

84. Ibid. , p.373.

85. Ibid. , p.382.

86. Ibid. , p.384.

87. Ibid. , p.385.

88. Ibid.

89. 与绍尔·莱姆金的交谈。

90. Schwelb to Humphrey, June 19, 1946, PAG-3/1.3, box 26, United Nations War Crimes Commission, 1943–1949, Predecessor Archives Group, United Nations Archives, New York; cited in Ana Filipa Vrdoljak, "Human Rights and Genocide: The Work of Lauterpacht and Lemkin in Modern International Law," *European Journal of International Law* 20, no. 4 (2010): 1184n156.

91. Gaston Oulmàn，生于 1898 年 1 月 5 日，卒于 1949 年 5 月 5 日，播音员，记者；see Maximilian Alexander, *Das Chamäleon* (R. Glöss, 1978)。

92. Taylor, *Anatomy of the Nuremberg Trials*, p.103.

93. John Cooper, *Raphael Lemkin*, p.73.

94. *Trial of the Major War Criminals*, 22:411 – 523.

95. Ibid. , p.466.

96. Ibid. , p.497.

97. Ibid. , p.498.

98. West, "Greenhouse with Cyclamens I," p.p.53 – 54.

99. Ibid. , p.6, p.p.58 – 59.

100. *Trial of the Major War Criminals*, 22:541.

101. Lorna Gibb, *West's World* (Macmillan, 2013), p.178.

102. *Trial of the Major War Criminals*, 22:542 – 544.

103. Ibid.

104. Ibid. , p.574, p.584.

105. Ibid. , p.p.588 – 589.

106. West, "Greenhouse with Cyclamens I," p.59.

107. John Cooper, *Raphael Lemkin*, p.272.

108. David Irving, *Nuremberg: The Last Battle* (1996, Focal Point), p.380 (citing "Notes on Judgement—Meetings of Tribunal," Final Vote on Individuals, Sept. 10, 1946, University of Syracuse, George Arents Research Library, Francis Biddle Collection, box 14).

109. Gilbert, *Nuremberg Diary*, p.432.

110. Elihu Lauterpacht, *Life of Hersch Lauterpacht*, p.297.

111. Letter from Lemkin to Anne O'Hare McCormick, May 19, 1946, box 1, folder 13, Lemkin Papers, American Jewish Archives.

112. William Schabas, "Raphael Lemkin, Genocide, and Crimes Against Humanity," in Biénczyk-Missala and Dębski, *Hero of Humankind*, p.233.

113. "Pope Asks Mercy for Nazi, Intercedes for Hans Frank," *New York Times*, Oct. 6, 1946.

114. Truman to Lawrence, Oct. 12, 1946, Lawrence family album, on file.

115. Lawrence family album.

116. Kingsbury Smith, "The Execution of Nazi War Criminals," International News Service, Oct. 16, 1946.

117. John Cooper, *Raphael Lemkin*, p.301.

尾　声　走进森林

1. 1946 年 12 月 11 日第 55 次全体会议通过的联合国大会第 95 号决议（"肯定《纽伦堡法庭宪章》确认的国际法原则"）。

2. 1946 年 12 月 11 日第 55 次全体会议通过的联合国大会第 96 号决议（"种族灭绝罪"）。

3. 1948 年 12 月 9 日：《防止及惩治灭绝种族罪公约》（Convention on the

Prevention and Punishment of Genocide），联合国大会于 1948 年 12 月 9 日通过，1951 年 1 月 12 日生效。

4. Convention for the Protection of Human Rights and Fundamental Freedoms, Nov. 4, 1950, 213 *United Nations Treaty Series* p.221.

5. Rome Statute of the International Criminal Court, July 17, 1998, 2187 *United Nations Treaty Series* p.90.

6. Prosecutor v. Jean-Paul Akayesu, Case No. ICTR-96-4-T, Trial Chamber Judgment (Sept. 2, 1998).

7. *R v. Bow Street Metropolitan Stipendiary Magistrate, Ex Parte Pinochet Ugarte* (No. 3) [1999] 2 All ER 97.

8. *United States v. John Kalymon*, Opinion and Order, March 29, 2007.

9. Case Concerning Application of the Convention on the Prevention and Punishment of the Crime of Genocide (*Bosnia Herzegovina v. Serbia and Montenegro*)Judgment, *ICJ Reports* (2007), paras. 413–415, p.471(5).

10. *Prosecutor v. Omar Hassan Ahmad Al Bashir*, ICC-02/05-01/09, Second Warrant of Arrest (Pre-trial Chamber I, July 12, 2010).

11. *Prosecutor v. Charles Ghankay Taylor*, SCSL-03-01-T, Trial Judgment (Trial Chamber II, May 18, 2012).

12. *Prosecutor v. Charles Ghankay Taylor*, SCSL-03-01-T, Sentencing Judgment (Trial Chamber II, May 30, 2012), p.40.

13. Professor Sean Murphy, "First Report of the Special Rapporteur on Crimes Against Humanity" (February 17, 2015), UN International Law Commission, A/CN.4/680; also Crimes Against Humanity Initiative, Whitney R. Harris World Law Institute, Washington University in St. Louis School of Law, http://law.wustl.edu/harris/crimesagainsthumanity.

14. David Luban, "Arendt on the Crime of Crimes," *Ratio Juris* (2015) (forthcoming), ssrn.com/abstract=2588537.

15. Elissa Helms, " 'Bosnian Girl' : Nationalism and Innocence Through Images of Women," in *Retracing Images: Visual Culture After Yugoslavia*, ed. Daniel Šuber and Slobodan Karamanić (Brill, 2012), p.198.

16. Christian Axboe Nielsen, "Surmounting the Myopic Focus on Genocide: The Case of the War in Bosnia and Herzegovina," *Journal of Genocide Research* 15, no. 1 (2013): p. p.21–39.

17. Timothy Snyder, *Bloodlands: Europe Between Hitler and Stalin* (Basic Books, 2010), p.405, p. p.412–413.

18. Louis Gumplowicz, *La lutte des races* (Guillaumin, 1893), p.360.

19. Edward O. Wilson, *The Social Conquest of Earth* (Liveright, 2012), p.62.

20. Request for Delivery of Dr. Gustav Waechter for Trial for a War Crime, Wiesbaden, September 28, 1946 ："主犯对大规模谋杀负有责任（射杀和处决）。在他作为加利西亚地区长官的指挥下，超过 10 万波兰人丧生。"冯·韦希特尔被列为联合国战争罪和安全怀疑登记中心 CROWCASS 名单上的一名战犯，文件号：78416,449, File Bd. 176，国家纪念研究所（华沙）的收藏中，可查阅美国大屠杀纪念博物馆 USHMM,

RG-15.155M（波兰调查纳粹罪行主要委员会的调查和文件记录，对古斯塔夫・奥托・冯・韦希特尔博士的调查记录，其先后任克拉科夫区和加利西亚区长官，被指控下令进行大规模处决和针对犹太人的行动）。

　　21. See Diana Błońska, "O Muzeum Narodowym w Krakowiew czasie drugiej wojny światowej, p.28 Klio" *Czasopismo poświęcone dziejom Polski i powszechnym*(2014), p.85, p.119 at note 82（"该博物馆遭受了由克拉科夫地区长官的妻子韦希特尔夫人造成的重大的不可挽回的损失，韦希特尔夫人是一位年龄约 35 岁的维也纳妇女，头发呈棕褐色。她劫掠了博物馆的所有部门，使用最精美的绘画和最漂亮的古董家具、兵器等来装饰作为地区总部的 Pod Baranami 宫，不顾博物馆馆长警告她不要将艺术杰作用于这种目的。失踪的物品包括：勃鲁盖尔的《嘉年华和四月斋之战》、［尤利安・］法拉特的《猎人的求爱》等；许多艺术品归还时已经严重受损。" Cited in: Archive of the National Museum in Kraków, Office of [Feliks] Kopera, Letter to the personnel department at the Kraków City Administration dated 25 March 1946. "我不知道战争罪犯名单中是否包括居住在被称为 Pod Baranami 的波托茨基宫里的克拉科夫长官的夫人洛拉・韦希特尔。她对我们造成了巨大的伤害，把包括尤利安・法拉特的作品以及一幅非常珍贵的勃鲁盖尔的画作《嘉年华和四月斋之战》在内的杰作掠走用以装饰韦希特尔宅邸——后者与法拉特的画作都丢失了。我向当地法院提出了她的名字，法院要求我提供关于博物馆被掠夺的信息，我并不知道韦希特尔夫人的名字是否列入名单，我在此代表博物馆报告她的破坏行为。" Cited in: ibidem, Dz. p. 407/46 Letter to the Polish Military Mission for Research into German War Crimes at Bad Salzuflen, dated December 9, 1946）, trans. Antonia Llloyd-Jones.

　　22. Wittlin, *City of Lions*, p. p.11–12.

　　23. Jan Kot, *Chestnut Roulette* (Mazo, 2008), p.85.

出版后记

东西街——既是作者曾外祖母生活过的地方，也是赫希·劳特派特幼时居住的地方，只不过一家在街的东端，另一家在街的西端。这条街道见证了两家人的过去和纳粹对生活在这条街上的无辜居民的迫害。

在书中，作者菲利普·桑兹有着多重身份，他是逃过纳粹迫害的莱昂·布赫霍尔茨的外孙，也是赫希·劳特派特的儿子伊莱休·劳特派特的学生，更是一名律师兼法学教授。在这样的多重身份下，他将外祖父辈的家族历史、以汉斯·弗兰克为首的纳粹在波兰的残酷统治，以及同时在利沃夫大学法学系求学却最终走向不同法学研究领域的拉斐尔·莱姆金和赫希·劳特派特的人生经历交织在一起，讲述了以这四个人物及其家庭为切入点展开的极具故事性却又残酷真实的"二战"旧事以及为惩治纳粹战犯而创立危害人类罪和灭绝种族罪的过程。

因此，本书甫一出版就得到诸多赞誉，并获得了 2016 年英国最顶尖的非虚构文学奖贝利·吉福德奖。相信读者通过阅读本书，会对"二战"及经历过"二战"的那些普通又不普通的人物有一个更全面而深入的认识。

服务热线：133-6631-2326 188-1142-1266

服务信箱：reader@hinabook.com

后浪出版公司

2020 年 6 月

© 民主与建设出版社，2023

图书在版编目（CIP）数据

东西街：灭绝种族罪和危害人类罪的起源 / (英)
菲利普·桑兹 (Philippe Sands) 著；吴筱筠译. -- 北
京：民主与建设出版社，2020.6（2023.10重印）
书名原文: East West Street：On the Origins of
Genocide and Crimes Against Humanity
ISBN 978-7-5139-2928-8

Ⅰ. ①东… Ⅱ. ①菲… ②吴… Ⅲ. ①长篇小说—英
国—现代 Ⅳ. ①I561.45

中国版本图书馆CIP数据核字(2020)第033608号

EAST WEST STREET: ON THE ORIGINS OF GENOCIDE AND CRIMES AGAINST
HUMANITY
by PHILIPPE SANDS
Copyright © Philippe Sands 2016
This edition arranged with ROGERS, COLERIDGE & WHITE LTD (RCW) through Big Apple
Agency, Inc., Labuan, Malaysia.
Simplified Chinese edition copyright: 2020 Ginkgo (Beijing) Book Co., Ltd.
All rights reserved.
中文简体版权归属于银杏树下（北京）图书有限责任公司。

版权登记号：01-2023-3146

东西街：灭绝种族罪和危害人类罪的起源
DONGXIJIE：MIEJUE ZHONGZU ZUI HE WEIHAI RENLEI ZUI DE QIYUAN

著　者	〔英〕菲利普·桑兹		译　者	吴筱筠
出版统筹	吴兴元		责任编辑	王　颂
特约编辑	李　贺　范　琳		营销推广	ONEBOOK
封面设计	徐睿绅		装帧制造	墨白空间

出版发行　民主与建设出版社有限责任公司
电　话　（010）59417747　59419778
社　址　北京市海淀区西三环中路 10 号望海楼 E 座 7 层
邮　编　100142
印　刷　天津联城印刷有限公司
版　次　2020 年 6 月第 1 版
印　次　2023 年 10 月第 4 次印刷
开　本　889 毫米 ×1194 毫米　1/32
印　张　16
字　数　358 千字
书　号　ISBN 978-7-5139-2928-8
定　价　88.00 元

注：如有印、装质量问题，请与出版社联系。